W0400328

ullstein

Das Buch

Mitten in der Nacht bekommt Kriminalhauptkommissarin Toni Stieglitz einen Anruf aus der Zentrale: Nachtschwärmer haben beim Monopteros im Englischen Garten eine männliche Leiche entdeckt. Auf deren Brust prangt – eingeritzt in die Haut – das Wort »Drecksau«. Bei dem Toten handelt es sich um Matthias Krumbad, einen Lehrer, der junge Mädchen heimlich fotografiert haben soll. Ein klarer Fall von Rache, wie es zunächst scheint. Wären da nicht die Hinweise, die Toni kurze Zeit später von einem mysteriösen Unbekannten zugespielt werden. Angeblich war Krumbad einem Skandal ungeahnten Ausmaßes auf der Spur, der bis in die höchsten Kreise der Wirtschaft und Politik reicht. Doch kann Toni den kruden Angaben eines Verschwörungstheoretikers trauen?

Die Autorin

Manuela Obermeier kam 1970 in München zur Welt. Sie begann bereits in der fünften Klasse mit ihrem ersten Roman, schlug nach dem Abitur aber eine ganz andere Richtung ein und ging zur Polizei. Das Schreiben hat die Polizeihauptkommissarin jedoch nie losgelassen. *Gegen deinen Willen* ist der dritte Teil in der Krimiserie um Kriminalhauptkommissarin Antonia Stieglitz.

MANUELA OBERMEIER

GEGEN DEINEN WILLEN

Kriminalroman

Ullstein

Besuchen Sie uns im Internet:
www.ullstein-buchverlage.de

MIX
Papier
FSC FSC® C083411

Originalausgabe im Ullstein Taschenbuch
1. Auflage Mai 2019

Umschlaggestaltung: Büro für Gestaltung –
Cornelia Niere, München
Titelabbildung: © P.S. Zoeller / Lookphotos
Gesetzt aus der Quadraat Pro powered by pepyrus.com
Druck und Bindearbeiten: CPI books GmbH, Leck
ISBN 978-3-548-29172-7

Dies ist ein Roman. Sowohl die Handlung als auch sämtliche Figuren sind frei erfunden. Ähnlichkeiten mit lebenden oder bereits verstorbenen Personen sowie mit tatsächlichen Ereignissen sind rein zufällig und nicht beabsichtigt.

Manuela Obermeier im Dezember 2018

Eins

»Wie spät ist es, und wo liegt die Leiche?«

Kriminalhauptkommissarin Toni Stieglitz hatte das Handy zwischen ihr Ohr und das Kopfkissen geschoben und weigerte sich, die Augen zu öffnen. Es konnten doch kaum mehr als zehn Minuten vergangen sein, seit sie eingeschlafen und in wohlig-warmer Dunkelheit versunken war, und wenn es nach ihr ginge, würde sie auch sofort wieder dorthin zurückkehren.

»Es ist kurz vor drei Uhr am Montagmorgen«, antwortete eine männliche Stimme, »und es gibt keine Leiche.«

Der Schlaf waberte immer noch als zäher Nebel durch Tonis Kopf, und sie war sich deshalb nicht sicher, ob sie den Anrufer richtig verstanden hatte.

»Wie bitte?«, fragte sie und wälzte sich auf den Rücken. »Was soll das heißen, es gibt keine Leiche? Hans, bist du das?«

»Ja«, antwortete ihr Vorgesetzter. »Ich bin es und ...«

»Witze waren ja noch nie dein Ding«, unterbrach ihn Toni, »aber das ist einer deiner schlechtesten. Wie in aller Welt kommst du auf die Idee, mich mitten in der Nacht anzurufen und mir mitzuteilen, dass niemand erstochen, erschlagen oder erwürgt wurde und es somit überhaupt keinen Grund gibt, mich aufzuwecken?« Sie rieb sich die Augen und wusste nicht, ob sie sich ärgern oder wundern sollte. Scherzanrufe gehörten eigentlich nicht zum Repertoire ihres Chefs. Zumindest bisher nicht. Mal sehen, welche Erklärung er für diese nächtliche Störung parat hatte. Doch Hans ging überhaupt nicht auf ihre Fragen ein.

»Wo bist du, Toni?«, wollte er stattdessen wissen.

Sie stutzte.

»Was glaubst du, wo ich bin? Im Bett natürlich.«

»In welchem?«

»Wie bitte?«

»In welchem Bett bist du? In deinem oder in dem von Doktor Mulder?«

Hans klang zwar nicht betrunken, aber er musste es sein. Nüchtern würde er sich lieber die Zunge abbeißen, als ihr so eine Frage zu stellen.

»Ich glaube nicht, dass dich das irgendetwas an–«

»Wo bist du, Toni?«, grätschte ihr Chef dazwischen. »Bei dir oder bei ihm?«

Vorgesetzter hin oder her – normalerweise hätte sie Hans eine gepfefferte Antwort auf diese Fragen gegeben, doch da war etwas in seiner Stimme, das ein unangenehmes Ziehen in Tonis Bauch verursachte. Sie warf einen Blick zu Tom, der sich mittlerweile ebenfalls aufgesetzt hatte.

»Ich ... ich bin zu Hause. Bei mir. Am Westpark. Warum fragst du?«

»Dann mach die Tür auf.«

»Was?« Toni schwang die Beine aus dem Bett. »Du stehst jetzt aber nicht vor dem Haus, oder?« Sie tappte zum Fenster und zog den Rollladen ein Stückchen nach oben. Tatsächlich. Im Lichtschein des Hauseingangs wartete ein Mann.

»Hans? Bist du das dort unten?« Doch die Leitung war tot. Stattdessen schrillte die Türklingel durch das Dunkel der Wohnung. Toni drehte sich zu Mulder um, der sie stirnrunzelnd anschaute.

»Was ist los?«, fragte er.

»Das wüsste ich auch gern«, sagte Toni. Sie klaubte T-Shirt und Jeans vom Boden auf, und während sie sich anzog, kam sie zu dem Schluss, dass es nur eine Erklärung für Hans' seltsames Verhalten gab: Es war etwas passiert, das er ihr nicht am Telefon mitteilen konnte, sondern nur von Angesicht zu Angesicht. Aber was konnte das sein? Was war so außergewöhnlich und vor allem so immens wichtig, dass ihr Chef zu nachtschlafender Zeit vor ihrer Haustür auftauchte?

Sie zog die Hose hoch und wollte gerade den Knopf schließen, als die Antwort in großen, grellen Buchstaben in ihrem Kopf aufleuchtete. Sie lautete: Todesnachricht.

Aus ihren Fingern wich jegliches Gefühl. Ja, das war die einzige plausible Erklärung. Todesnachrichten überbrachte man immer persönlich, nie am Telefon. Die Angehörigen brauchten einen Menschen aus Fleisch und Blut vor sich, keine unbekannte, unpersönliche Stimme aus vielen Kilometern Entfernung, von der sie nicht wussten, ob dahinter nur jemand steckte, der sich einen miserablen Scherz erlaubte. Und sie brauchten jemanden, an dem sie die Gefühle abreagieren konnten, von denen sie in diesem Moment überrollt wurden: den Schmerz, die Wut, die Hilflosigkeit. Sie selbst war schon oft so eine Projektionsfigur gewesen, und nun sah es ganz danach aus, als würde Hans zu ihrer werden.

»Toni?«

Sie hörte Mulders Stimme in ihrem Rücken, aber sie fühlte sich nicht angesprochen. Die Taubheit hatte inzwischen ihren ganzen Körper erfasst, und weder konnte noch wollte sie sich jetzt bewegen. Sie konnte nur an ihre Eltern denken. Sie waren Tonis einzige Angehörige, also musste Hans ihretwegen hier sein. Übelkeit stieg in ihr auf.

»Toni?«, fragte Tom noch einmal. »Was ist los mit dir? Stimmt etwas nicht?«

»Nein, nein, alles in Ordnung«, sagte sie langsam. »Der Reißverschluss hat geklemmt, das ist alles.« Ungelenk schloss sie den Knopf ihrer Jeans und zog die Schlafzimmertür hinter sich zu. Der Boden unter ihren Füßen schien zu schwanken, als sie durch den Flur auf die Wohnungstür zuging, und kaum hatte sie auf den Summer gedrückt, hörte sie schon Schritte im Treppenhaus.

»Komm rein«, sagte Toni, machte einen Schritt zur Seite und lotste Hans weiter in die Küche. »Kaffee?«

Ihr Chef schüttelte den Kopf. Offenbar hatte auch ihn irgendjemand aus dem Bett geholt, jedenfalls standen seine Haare ähnlich wirr in alle Richtungen wie die ihren. Hans schien ihren Blick zu bemerken und strich sich mit den Händen über den Kopf.

Nun betrat auch Tom die Küche und zog sich dabei ein Shirt über den Kopf. Die Narben an seinem Oberkörper waren immer noch deutlich zu erkennen. Obwohl Toni sie nun schon so oft gesehen hatte, versetzte ihr der Anblick immer noch einen Stich, und sie verspürte den starken Drang, die Male mit ihren Händen zu bedecken, als könnte sie dadurch alles ungeschehen machen und sich von der Schuld, die sie daran trug, reinwaschen.

»Doktor Mulder.« Hans nickte dem Arzt zu, wandte sich dann aber sofort wieder an Toni. »Entschuldige bitte den Überfall.« Er schob die Hände in die Taschen seines Trenchcoats. Die Forschheit und das Drängen, die am Telefon in seiner Stimme gelegen hatten, waren vollkommen verschwunden. »Aber ich muss mit dir reden. Dringend.«

»Das dachte ich mir fast«, antwortete Toni und versuchte unbekümmert zu klingen, als wäre es das Normalste der Welt, dass ihr Chef mitten in der Nacht an ihrer Tür Sturm läutete. »Und? Worum geht es? Deinem Gesichtsausdruck nach muss wenigstens die nationale Sicherheit auf dem Spiel stehen. Das ist um diese Uhrzeit eigentlich auch das Mindeste, wenn du mir schon keine Leiche präsentieren kannst.«

Erst als die Worte ihren Mund verlassen hatten und von den Küchenwänden auf sie zurückprallten, wurde ihr bewusst, wie makaber das war, was sie gerade gesagt hatte. Das Lächeln, das sie mit Gewalt auf ihr Gesicht gezwungen hatte, geriet ins Wanken, und auch Hans presste seine Lippen noch fester aufeinander. Sein Blick huschte kurz zu Mulder, der hinter Toni stehen geblieben war, kehrte aber sofort zu ihr zurück.

»Vielleicht solltest du dich lieber setzen.« Er vergrub

seine Hände tiefer in den Manteltaschen. Es sah aus, als wollte er am liebsten selbst in ihnen verschwinden.

»Soll ich euch allein lassen?«, fragte Mulder und deutete mit dem Daumen auf die Küchentür, doch Hans schüttelte den Kopf.

»Nein, Doktor, ganz im Gegenteil. Mir wäre es sogar lieber, wenn Sie bleiben würden.«

Tonis Lächeln sackte in sich zusammen. Das war der Beweis. Würde es um etwas Dienstliches gehen, hätte er Tom gebeten, das Zimmer zu verlassen. Somit konnte es sich nur um etwas Privates handeln. Ohne dass sie etwas dagegen tun konnte, tauchten in ihrem Kopf die schrecklichsten Szenarien auf. Hatten ihre Eltern Einbrecher in ihrem Haus überrascht und waren von ihnen getötet worden? Oder war ein Feuer ausgebrochen, und sie waren in den Flammen umgekommen? Ein schwarzes Loch tat sich vor Tonis Füßen auf.

»Ganz ehrlich, Hans, du machst mir langsam Angst«, sagte sie und rieb sich über die Arme, während das schwarze Loch immer näher kroch. Sie konnte seine bodenlose Kälte bereits spüren.

Ihr Chef nahm die Hände aus den Taschen und deutete auf den Stuhl, der Toni am nächsten war.

»Willst du dich nicht doch setzen?«

Nein, wollte sie nicht.

»Verdammt, nun rück endlich raus mit der Sprache! Es geht um meine Eltern, habe ich recht? Es ist ihnen etwas zugestoßen, und du sollst mir das schonend beibringen.« Toni starrte ihren Vorgesetzten an und machte sich bereit für die Nachricht, für die kein Mensch jemals bereit war.

Hans sah sie einen Augenblick irritiert an, öffnete seinen Mund, schloss ihn wieder – und dann tat er etwas, womit sie überhaupt nicht gerechnet hatte: Er lächelte.

Nun war es Toni, die verwirrt war. Warum zum Teufel lächelte ihr Chef? War es, weil er erleichtert war, dass sie von selbst draufgekommen war und er die Hiobsbotschaft nicht mehr aussprechen musste?

»Du kannst wieder loslassen«, sagte Hans und griff nach ihren Fingern, die sich um seinen Ellenbogen geschlossen hatten. »Es geht nicht um deine Eltern.«

Hastig zog Toni ihre Hand zurück. Sie hatte gar nicht gemerkt, dass sie nach dem Arm ihres Chefs gegriffen hatte.

»Aber wenn es nicht um meine Eltern geht – worum dann? Ist es etwas Dienstliches? Ist ein Anschlag passiert? Ein Amoklauf?« Nein, beantwortete sie sich die Frage sofort selbst. In solchen Fällen war keine Zeit für persönliche Alarmierungen, da ging alles übers Telefon. Also warum war Hans hier, verflixt noch mal?

»Nein, kein Anschlag und kein Amoklauf«, bestätigte ihr Chef. »Es geht um Mike.«

Tonis Augen wurden weit. Mike. Ihr Kollege. Ihr Ex. Der Mann, vor dem sie nach Jahren der Misshandlung geflohen war und der immer noch nicht akzeptieren wollte, dass es aus war zwischen ihnen. Der sie gestalkt hatte. Sie bedroht hatte. Den sie angezeigt und der ihr daraufhin zwielichtige Typen auf den Hals gehetzt hatte, um sie auf Schritt und Tritt zu überwachen. Mike, das Gespenst aus ihrer Vergangenheit, für den es keinen Exorzismus gab.

Seit er vor etwa drei Monaten vor ihrer neuen Wohnung aufgetaucht war und damit seine Macht demonstriert hatte, war es zwar still um ihn geworden, doch Toni hatte sich keine Sekunde lang der Illusion hingegeben, dass er zur Vernunft gekommen war. Sie wusste genau, dass er sie immer noch beobachtete. Sie und Tom, den Mann, der Mikes Platz eingenommen hatte. Toni hatte es nie laut ausgesprochen, denn Tom war sich auch so von Anfang an im Klaren darüber gewesen, dass er auf Mikes Abschussliste ganz oben stand.

In manchen Nächten, wenn sie schlaflos an die Decke starrte und jedes noch so kleine Geräusch wahrnahm, das von draußen in die Wohnung drang, wünschte sie sich, Tom wäre weniger mutig gewesen und hätte ihre Beziehung beendet, bevor sie überhaupt begonnen hatte. Dann müsste sie sich wenigstens nur um ihr eigenes Leben Sorgen machen und nicht auch noch um das von Tom. Denn das tat sie. Sie fürchtete sich vor dem Tag, an dem Mike sie damit bestrafen würde, indem er Mulder etwas antat.

Nach außen hin gelang es ihr zwar immer besser, ihre Befürchtungen zu verbergen und sich nichts anmerken zu lassen, aber die Anspannung war geblieben. Wie ein ständiges Sirren tief in ihrem Inneren. Ein ständiges Hin und Her zwischen der Hoffnung, dass Mike endlich zur Vernunft kam, und der Gewissheit, dass er sie nie freigeben würde.

»Was hat er getan?«, fragte sie, obwohl sie es eigentlich

gar nicht wissen wollte. Warum konnte Mike nicht endlich aus ihrem Leben verschwinden und sie in Ruhe lassen?

»Er war zur falschen Zeit am falschen Ort«, antwortete Hans.

Toni runzelte die Stirn.

»Was soll das heißen?«

»Das LKA hat vor wenigen Stunden zusammen mit tschechischen Kollegen eine Razzia gemacht, in einem kleinen Ort direkt an der Grenze. Menschenhandel, illegale Prostitution und Rauschgift in ziemlich großem Stil. Du weißt schon, das alte Muster: Mädchen aus armen Familien wird versprochen, dass sie im Westen tolle Jobs bekommen. Als Model, als Au-pair oder weiß der Kuckuck was. Die Mädchen fallen drauf rein, steigen zu Hause voller Hoffnung in den Zug, und wenn sie am Ziel ihrer Reise angekommen sind, wartet in dem fremden Land mit der fremden Sprache kein Fotograf auf sie, sondern ein Zuhälter, der ihnen die Pässe abnimmt und sie dann auf den Strich schickt. Und wenn eine aufmuckt, wird sie mit Schlägen und der Drohung, ihren Eltern oder Geschwistern würde noch viel Schlimmeres passieren, gefügig gemacht. Für heute Nacht war wieder eine Lieferung Mädchen angekündigt, diesmal aus der Ukraine.«

Toni verstand immer noch nicht.

»Und was hat das mit Mike zu tun? War sein Kommissariat mit eingebunden? War er bei der Razzia dabei? Wurde er dabei verletzt?« Oder vielleicht sogar getötet?

Einen Herzschlag lang stellte sie sich vor, Hans würde genau das sagen: Mike ist tot. Dann wäre es vorbei. Sie hätte es ein für alle Mal überstanden und müsste nie mehr Angst vor ihm haben. Doch schon im nächsten Moment schämte sie sich für diesen Gedanken.

»Ja, Mike war dort. Aber er wurde nicht verletzt.« Hans verstummte und räusperte sich, als würden die Worte sich in seinem Hals festkrallen, um nicht nach draußen zu müssen. Er senkte den Blick, zögerte und schaute Toni dann direkt in die Augen. »Er wurde festgenommen.«

Zwei

»Festgenommen?« Das Wort jagte durch Tonis Kopf wie eine Flipperkugel. »Aber wie und warum? War es ein Versehen? Haben die tschechischen Kollegen ihn mit jemandem verwechselt?«

Hans schüttelte den Kopf. »Ich fürchte nicht.«

Toni griff nach Mulders Hand und zog ihn näher zu sich heran. Gedanken begannen sich in ihr zu regen, die schon seit langer Zeit in ihr existierten, die sie aber in den hintersten Winkel ihres Bewusstseins verbannt und dort hinter einer dicken Mauer weggesperrt hatte. Was ich nicht sehe, existiert nicht – diese Methode funktionierte eben nicht nur bei Kindern.

Nun war Hans drauf und dran, diese Mauer einzureißen, und ihr blieb nichts anderes übrig, als zuzuschauen, wie die sorgsam zurechtgezimmerten Kulissen ihrer Vergangenheit in sich zusammenstürzten und die hässliche Wahrheit dahinter enthüllten. Toni lehnte sich an Mulder, um sich zu vergewissern, dass er real war und keine armselige Selbsttäuschung wie ihre Jahre mit Mike.

»Was ist passiert?«, fragte sie und hätte sich gleichzeitig

am liebsten die Hände auf die Ohren gepresst, um die Antwort nicht hören zu müssen. Hans schwieg noch einen Augenblick, dann holte er tief Luft.

»Dass Mike nicht der ist, für den wir ihn alle gehalten haben, ist ja vor allem dir nicht neu, Toni, aber das ...« Wieder schüttelte er den Kopf. Seine Kiefermuskeln arbeiteten. Er schien an dem, was er ihr zu sagen hatte, ziemlich zu kauen zu haben. »Das hätte ich ihm trotz allem nicht zugetraut.«

Sie schauten sich an. Toni wusste nicht, ob sie Hans am Kragen packen und die Sätze aus ihm herausschütteln oder ihn mitsamt seiner Botschaft aus der Wohnung werfen sollte. Die Zeit schien sich ewig zu dehnen, bis Hans endlich weitersprach.

»Er steckt mit drin«, sagte er schließlich. »Mike steckt bis zum Hals in dieser verfluchten Sache drin. Und allem Anschein nach nicht nur als kleines Rädchen, sondern als einer von ziemlich weit oben.«

Toni wunderte sich, dass es überhaupt nicht wehtat. Dass es sich anfühlte wie beim Zahnarzt, wenn der Kiefer betäubt war und man keine Schmerzen, sondern nur einen seltsam körperlosen Druck spürte. Die Schmerzen kamen immer erst später, wenn die Betäubung nachließ, aber daran wollte sie jetzt nicht denken.

»Alles okay?« Mulders Stimme drang wie durch einen langen Tunnel zu ihr. Toni nickte. Ja, erstaunlicherweise war wirklich alles okay. Obwohl – oder gerade weil – sie erfahren hatte, dass Mike nicht nur ein Schläger und Stalker, sondern offensichtlich auch ein Menschenhändler war, fühlte sie auf einmal eine tiefe Ruhe in sich. Eine Ruhe, wie sie sie seit Jahren nicht mehr empfunden hatte. Die Art von Ruhe, wenn Vermutungen zu Gewissheit wurden, wenn sich Puzzleteile ineinanderfügten und das Bild ergaben, das man nie hatte sehen wollen, das man aber immer bei sich trug, verborgen in einem Raum, gegen dessen Tür man sich jede einzelne Sekunde mit aller Kraft stemmen musste, um sie verschlossen zu halten.

»Wie geht es weiter?«, fragte Toni, obwohl sie es natürlich genau wusste: Die Kollegen würden über die Staatsanwaltschaft einen Haftbefehl erwirken, und die vorläufige Festnahme würde zur Untersuchungshaft werden, die entweder endete, wenn nicht genügend Beweise gegen Mike vorlagen, sodass er wieder auf freien Fuß gesetzt werden musste, oder die als Haftstrafe weiterlief, wenn es zum Prozess kam und er verurteilt wurde. Das war es dann auch, was Hans sagte, vermutlich hauptsächlich, um Tom zu informieren und ihn nicht außen vor zu lassen.

Währenddessen machte Toni sich an der Kaffeemaschine zu schaffen. An Schlaf war jetzt ohnehin nicht mehr zu denken. Außerdem musste sie sich irgendwie beschäftigen.

»Woher weißt du das eigentlich?«, fragte sie, als sie zu dritt am Küchentisch saßen, jeder eine dampfende Tasse vor sich.

»Ich habe einen Freund beim LKA«, antwortete Hans. »Wir haben uns einmal über dich und Mike unterhalten.« Er warf Toni einen entschuldigenden Blick zu. »Aber erst, als alles schon bekannt war«, fügte er rasch an. »Theo hatte von deiner Anzeige gegen Mike erfahren und nach dir gefragt.

Damals habe ich mich zwar kurz über sein Interesse gewundert, es aber schlussendlich unter kollegialer Neugier verbucht. Schließlich brauchen die Neuigkeiten aus dem Präsidium ja nur in der Maillingerstraße über den Zaun zu schwappen, und schon verbreiten sie sich mit der üblichen Buschtrommelgeschwindigkeit auch im LKA.«

Hans hielt inne, drehte die Tasse zwischen seinen Händen, hing einen Moment seinen Gedanken nach, bevor er weitersprach.

»Theo war einer der Abschnittsführer bei der Razzia und hat mich angerufen, als sicher war, dass Mike unter den Festgenommenen ist. Er durfte mir natürlich nicht allzu viel sagen, aber ich konnte zwischen den Zeilen deutlich heraushören, dass sie Mike schon länger im Visier hatten, aber nichts gegen ihn unternahmen, um den Gesamterfolg der Aktion nicht zu gefährden.«

Toni, die sich gegen Mulder gelehnt hatte, richtete sich auf und runzelte die Stirn.

»Ist das nicht ziemlich leichtsinnig von ihm? Schließlich könnte ich ja mit Mike unter einer Decke gesteckt haben und jetzt Beweise verschwinden lassen.«

Hans ließ die Tasse los und kratzte sich stattdessen am Nacken. Überrascht registrierte Toni, wie seine Ohren dabei tiefrot wurden.

»Dass er das für ausgeschlossen hält, muss wohl an dem liegen, was ich über dich erzählt habe«, gestand Hans, und seine Ohren wurden noch eine Spur dunkler. »Jedenfalls meinte er damals, dass ich gut auf dich aufpassen und dich von Mike fernhalten soll. Ich habe das natürlich rein auf

Mikes Gewaltpotenzial geschoben, aber jetzt sehe ich das in einem völlig anderen Licht.«

Toni hakte nicht näher nach, was Hans seinem Freund alles berichtet hatte. Sie wusste auch so, dass ihr Chef sich für sie ganz besonders verantwortlich fühlte, seit sie ihm gebeichtet hatte, dass sie vor Mike geflohen war, weil er sie jahrelang verprügelt hatte. Zwar musste sie sich genau wie jeder andere im Team eine Standpauke anhören, wenn sie eine verdient hatte, und Hans bevorzugte sie dienstlich auch in keiner Weise, aber was die Fürsorge anging, so bekam sie davon eindeutig den größten Brocken ab.

»Und um mir das zu sagen, bist du extra hierhergefahren? Hätte das nicht noch ein wenig warten können? In« – sie warf einen Blick auf ihr Handy – »etwa vier Stunden hätten wir uns doch sowieso in der Dienststelle gesehen.«

»Bis dahin hat sich das Ganze in Mikes Netzwerk bestimmt schon herumgesprochen, und ich wollte nicht, dass du bei seinen Freunden ins offene Messer läufst. Darunter sind sicher einige, die es dir in die Schuhe schieben wollen, dass er aufgeflogen ist.«

Toni nickte langsam. Ja, das war mehr als wahrscheinlich. Mit Grauen dachte sie daran, was für ein Spießrutenlauf die ersten Tage und Wochen nach ihrer Anzeige gegen Mike gewesen waren: Von Getuschel hinter ihrem Rücken bis hin zu offenen Anfeindungen war alles dabei gewesen.

Sie schaute Hans an und spürte, wie ihr vor Rührung eine Gänsehaut über die Arme lief. Am liebsten hätte sie ihm vor Dankbarkeit einen Kuss auf die Wange gedrückt, aber für solche Aktionen waren weder sie noch Hans der

Typ. Stattdessen legte sie ihm nur kurz die Hand auf den Arm und lächelte, und er lächelte zurück. Mehr brauchte es nicht, und zu mehr wäre es ohnehin nicht gekommen, denn in diesem Moment klingelte Tonis Handy. Wie auf Kommando drehten alle drei ihre Köpfe. Tonis Lächeln verrutschte. War das die sich selbst erfüllende Prophezeiung? Ging der Shitstorm gegen sie schon los?

»Glückwunsch oder Schmähanruf?« Toni sah auffordernd in die kleine Runde. »Noch werden Wetten angenommen.« Es sollte lässig und unbekümmert klingen, tat es jedoch nicht, und weder Tom noch Hans verzogen eine Miene, schienen genauso angespannt zu sein wie Toni selbst. Sie griff nach dem Handy und arrangierte dabei, dass ihr Arm den von Mulder berührte. Nach seiner Hand zu greifen wagte sie nicht, das wäre doch zu peinlich gewesen. Schließlich musste sie keine Bombe entschärfen, sondern nur an das Telefon gehen.

Der Anrufer saß im Präsidium, so viel verriet ihr ein kurzer Blick auf das Display, doch die Durchwahl sagte ihr nichts. Somit konnte es jeder sein, sowohl Freund als auch Feind.

»Mordkommission München, Stieglitz«, meldete sie sich, und sofort ergriff der Anrufer das Wort. Toni lauschte stumm, und mit jedem Satz, den sie hörte, vertiefte sich ihr Stirnrunzeln.

»Und?«, brach es aus Mulder und Hans gleichzeitig hervor, kaum dass sie das Gespräch beendet hatte. Auf den Gesichtern der Männer stand eine so besorgte Anspannung, dass Toni unwillkürlich lachen musste.

»Entschuldigt bitte«, sagte sie, »aber eure Blicke waren einfach unbezahlbar. Ich würde euch liebend gern noch einige Zeit betrachten, aber ihr müsst das Kaffeekränzchen leider ohne mich fortsetzen. Der Anruf hatte nämlich nichts mit der Razzia oder Mike zu tun, sondern kam vom KDD. Auf dem Monopteros im Englischen Garten sitzt ein Toter, und deshalb werde ich jetzt Sören aus dem Schlaf reißen, damit er noch in den Genuss des überaus üppigen Nachtzuschlags kommt.«

Doch bevor sie die Nummer ihres Kollegen wählen konnte, nahm Hans ihr das Smartphone aus der Hand.

»Erstens: Lass den Jungen schlafen. Ich bin ohnehin wach, und die acht Euro Zuschlag für die restlichen zwei Stunden Nachtdienst ergeben immerhin ein akzeptables Frühstück. Zweitens: Ich weiß, dass ich dir die Frage eigentlich nicht zu stellen brauche, aber es interessiert mich doch: Warum ist der Tote etwas für uns?«

Toni schürzte die Lippen.

»Tut mir leid, Chef, aber wer Kollegen um ihre Zulagen bringt, kann nicht erwarten, dass er auch noch mit Informationen versorgt wird. Entweder vertraust du mir, oder die acht Euro gehen doch an Sören.«

Drei

Der feine Sand der Parkwege knirschte unter den Autoreifen, als Toni den Dienst-BMW durch den Englischen Garten Richtung Monopteros steuerte. Zwischenzeitlich hatte es zu regnen aufgehört, doch der Wind schüttelte von den Bäumen immer noch vereinzelte Tropfen auf sie herab, die wie Fingerknöchel auf das Dach klopften.

»Müssen die nicht in die Arbeit?«, brummte Hans und warf einen finsteren Blick auf die Traube von Schaulustigen, die trotz der frühen Morgenstunde an der Polizeiabsperrung standen und ihre Handys auf alles richteten, was eine Uniform trug.

»Arbeit?«, fragte Toni und manövrierte den Wagen an den Neugierigen vorbei. »Die? Schau sie dir doch an. Die eine Hälfte von denen hat doch kaum noch eine Pupillenreaktion, weil sie sich ein Potpourri aus dem Angebot ihres Lieblingsdealers eingeworfen haben. Das Einzige, was bei denen in den nächsten Stunden arbeitet, ist die Leber. Die andere Hälfte pennt später im Hörsaal oder im Klassenzimmer ein, und wenn sie dann durchs Examen oder Abi rasseln, lag es natürlich an den Lehrern.«

»Du willst mir aber nicht erzählen, dass du in deiner Sturm-und-Drang-Zeit jeden Abend nur brav gelernt und spätestens um zehn Uhr das Licht ausgemacht hast?«, schaltete sich Tom vom Rücksitz aus in das Gespräch ein.

Toni zuckte mit den Schultern. »Meine Eltern sind davon bis heute überzeugt, und da Eltern bekanntermaßen immer recht haben, wird es wohl so gewesen sein.«

Am Fuß des künstlichen Hügels, auf dem König Ludwig I. den Nachbau eines griechischen Rundtempels hatte errichten lassen, stoppte Toni den BMW. Dank der starken Scheinwerfer der Spurensicherung erstrahlten die Säulen des Monopteros vor dem immer noch nachtschwarzen Himmel in makellosem Weiß, und wie immer, wenn sie den kleinen Tempel sah, kam ihr das Lied »Sommer in der Stadt« der Spider Murphy Gang in den Sinn. Der Song zauberte ihr jedes Mal aufs Neue ein Lächeln ins Gesicht, egal, wie schlecht ihre Stimmung gerade war. Bisher hatte der echte Sommer mit jenem aus dem Lied allerdings nichts gemeinsam, denn nach einem beinahe zu warmen Mai machte nun die Schafskälte ihrem Namen alle Ehre. Bei verregneten zehn Grad lungerten dort oben vermutlich nicht einmal die obligatorischen Kiffer und Badesalzkonsumenten herum, und die Nackten legten sich statt an den Eisbach lieber unter das Solarium.

Schweigend folgten Toni, Hans und Mulder dem Weg, der sich wie eine aufgerollte Schlange um den Hügel wand. Das Geräusch ihrer Schritte mischte sich unter den ersten, noch etwas schläfrigen Gesang der Vögel und die Funksprüche ihrer Kollegen. Während sie einen Fuß vor den anderen setzte und sich fragte, welches Bild sich ihnen gleich bieten würde, begann Toni allmählich zu begreifen, was die Nachricht von Mikes Festnahme bedeutete. Wenn er tatsächlich bei dieser Menschenhändlersache mitgemischt hatte, wenn er auf irgendeine Art und Weise darin verstrickt war, dann hieß das, dass sie für die nächsten Monate, höchstwahrscheinlich sogar für die nächsten Jahre sicher vor ihm war. Denn dass er ihr aus dem Gefängnis heraus das Leben schwer machen würde, bezweifelte sie. Als Polizist hatte er dort drin unter Garantie nicht viele Freunde, und er würde bald am eigenen Leib spüren, wie es sich anfühlte, wenn man nachts todmüde im Bett lag, es aber nicht wagte einzuschlafen. Und fielen einem doch irgendwann die Augen zu, dann schreckte man beim leisesten Geräusch wieder hoch und lauschte mit hämmerndem Herzen in die Dunkelheit und betete, dass der Wolf, der um das Haus herumschlich, keinen Weg hinein fand.

Die letzten Meter führten sie aus den Sträuchern hinaus und auf die Kuppe des Hügels, wo sie ein Kollege des KDD in Empfang nahm.

»Die drei dort drüben haben ihn gefunden«, begann er und deutete mit dem Kinn auf drei junge Männer, die sich einige Meter entfernt gegen das Geländer lehnten und die Szenerie mit sichtlichem Unbehagen beobachteten. »Sie sind durch den Englischen Garten nach Hause getorkelt und wollten unter der Kuppel des Monopteros abwarten, bis der Regen aufhört. Sagen sie zumindest. Ich glaube eher, dass sie sich zum Ausklang der Nacht noch einen letzten Joint drehen wollten, aber sei's drum. Sie haben unseren Toten erst für einen Betrunkenen gehalten, der vor lauter Rausch gar nicht kapiert, dass er voll im Regen sitzt. Weil er auf ihre Rufe nicht reagiert hat, ist der Lange in der Mitte zu ihm hingegangen, um ihn wach zu rütteln. Als er schließlich kapiert hat, dass da nicht mehr viel wach zu rütteln ist, hat er als erste Maßnahme seinen Mageninhalt ausgekippt. Gebt also gut acht, wo ihr hintretet. Ich habe leider einen unvorsichtigen Schritt rückwärts gemacht.« Er verzog das Gesicht und warf einen kurzen Blick hinab auf seine Schuhe. »Jedenfalls hat sein Brechanfall seine Kumpels auf den Plan gerufen, und die haben wiederum den Notruf gewählt. Das war es im Grunde auch schon.«

»Und wie kommt ihr darauf, dass wir es hier mit einem Tötungsdelikt zu tun haben?«, fragte Hans. »Könnte es nicht einfach ein Betrunkener oder einer mit Mischintoxikation aus Alkohol und Drogen sein? Vielleicht musste er sich ja ebenfalls übergeben, wenn auch aus anderen Gründen, und ist dann an seinem Erbrochenen erstickt? Wäre ja nicht der Erste, dem so etwas passiert.«

Der Kollege des Kriminaldauerdienstes legte die Stirn in Falten und schaute verwundert von einem zum anderen. »Hat man euch am Telefon nicht darüber informiert?«

Hans warf Toni einen finsteren Seitenblick zu. »Ich bin sicher, dass man das hat, nur ist diese Information ganz offensichtlich irgendwo hängen geblieben. Also, wärst du so freundlich, mich aufzuklären?«

»Ich denke, das erübrigt sich, wenn du ihn dir ansiehst. Ein Blick sagt mehr als tausend Worte. Wenn ihr mir bitte folgen wollt.«

Toni hatte natürlich bereits am Telefon erfahren, wie der Tote aufgefunden worden war. Dennoch hatte sie sich die Situation anders ausgemalt und war im ersten Moment fast ein wenig verwundert, dass der Ort so ... unspektakulär aussah. Sie hatte Blut erwartet, zumindest ein bisschen, doch sowohl die rundumlaufende Stufe, auf der der Tote saß, als auch der Weg waren unbefleckt.

Wäre sie unbedarft gewesen, so hätte sie beim Anblick der Leiche denselben Gedanken gehabt wie Hans, nämlich dass sich jemand mit diversen Rauschmitteln so zugedröhnt hatte, dass er weder bemerkt hatte, dass er kein Hemd mehr trug, noch dass er im Regen saß. Die Haltung des Mannes unterstützte diesen Eindruck noch. Halb in sich zusammengesackt, das Kinn auf die Brust gesunken, so lehnte er an einem der Pfeiler, als wäre er einfach eingeschlafen und nicht mehr aufgewacht, und niemand hätte an ein Tötungsdelikt gedacht – wäre da nicht dieses eine Detail gewesen.

»Verstehst du jetzt, warum das ein Fall für euch ist?«, fragte der Kollege des KDD, und Hans nickte. Quer über dem Brustkorb des Toten prangte, tief in die Haut geritzt, das Wort *Drecksau*.

Vier

Der Drucker bettelte piepsend um Papier, als Toni Schritte auf dem Gang hörte. Sie musste nicht zur Tür hinausschauen, um zu wissen, dass es Sören war. Man sah ihm nicht nur an, dass er der Jüngste im Team war, man hörte es auch an seiner Art zu gehen. Sogar kurz nach halb sieben Uhr morgens klangen seine Schritte jung und dynamisch.

Toni unterdrückte ein Gähnen, fütterte den Drucker und griff nach ihrer Kaffeetasse. Sie und Hans waren vor etwa einer Stunde im Präsidium eingetroffen und hatten in der Zwischenzeit die ersten Überprüfungen erledigt sowie Berichte geschrieben und hausinterne Verständigungen durchgeführt. Es gab nämlich kaum Schlimmeres, als irgendjemanden nicht rechtzeitig genug zu informieren, und je nachdem, wer übergangen worden war – oder sich zumindest übergangen fühlte –, konnte so ein Fauxpas durchaus ein Echo biblischen Ausmaßes nach sich ziehen.

Gerade als der Drucker seine Arbeit wieder aufnahm, streckte Sören den Kopf zur Tür herein.

»Was machst du denn schon hier?«, fragte er. »Und warum siehst du aus, als hättest du hier übernachtet?«

»Dir auch einen schönen guten Morgen, lieber Kollege, und ja, ich hätte gern noch einen Kaffee. Danke, dass du fragst.« Sie hielt ihre Tasse in die Höhe, was Sören jedoch geflissentlich ignorierte.

»Habe ich irgendetwas verpasst, oder ist das nur deine übliche senile Bettflucht?«, stichelte er und wandte sich um, als hinter ihm Schritte im Gang laut wurden. »Okay.« Sörens Blick wanderte zwischen Toni und Hans hin und her, der sich zu ihnen gesellt hatte. »Wenn du auch schon hier bist, habe ich tatsächlich etwas verpasst. Dürfte ich freundlicherweise erfahren, was?«

»Ich habe Stephan gerade erreicht«, sagte Hans und klopfte Sören zur Begrüßung auf die Schulter. »Seine Frau bringt den Kleinen heute in den Kindergarten, und er macht sich sofort auf den Weg. Sobald er da ist, legen wir los. Bereitest du die Unterlagen vor, Toni?«

»Schon fast erledigt.« Sie deutete auf den Drucker, der gerade den letzten Bogen Papier ausspuckte. Hans hob den Daumen, nickte ihnen zu und verschwand ohne weitere Erklärung in seinem Büro.

»So.« Sören stützte sich mit beiden Händen auf Tonis Schreibtisch und lehnte sich nach vorne. »Da Hans momentan nicht mit mir sprechen will, hättest du wenigstens die Güte, mir zu erzählen, was hier vor sich geht?«

»Nur das Übliche«, antwortete Toni. »Wir haben ein vermutliches Tötungsdelikt.«

»Ach, ein Tötungsdelikt?« Sören richtete sich auf. »Und warum erfahre ich nichts davon? Falls es dir entgangen sein sollte: Ich habe Bereitschaft. Zusammen mit dir. Wir sind also etwas, das man Team nennt, und das wiederum bedeutet, dass du mich rund um die Uhr anrufen kannst. Nein, anrufen musst. Und zwar auch am Wochenende und auch mitten in der Nacht.«

»Wollte ich ja«, versuchte ihn Toni zu beschwichtigen. »Aber Hans war gerade bei mir, als der KDD sich gemeldet hat. Es war kurz vor vier, und er meinte, ich solle dich weiter in deinem Flanellpyjama unter deiner Kuscheldecke schlummern lassen, und er würde stattdessen mit mir den Einsatz fahren.«

Sören zog die Brauen hoch.

»Aha. Hans war also bei dir. Kurz vor vier Uhr am Montagmorgen. Kann es sein, dass ich noch etwas verpasst habe?«

»Noch etwas?«, fragte Toni. »Nein, außer der Leiche auf dem Monopteros war ni–«

Jetzt erst verstand sie, und glühende Röte schoss ihr in die Wangen.

»Nein, es war nicht so, wie du denkst!«, rief sie und spürte, wie die Hitze nun auch ihre Ohren erfasste. Sie wusste nicht, worüber sie sich mehr ärgerte: dass Sören ihr ein Verhältnis mit Hans unterstellte oder dass sie feuerrot anlief, als hätte er sie beide tatsächlich in flagranti erwischt. Toni packte den nächstbesten Gegenstand auf ihrem Schreibtisch und warf ihn in Richtung ihres Kollegen. Dummerweise war es ein Päckchen Papiertaschentücher, das mit einem kaum hörbaren Klatschen an Sörens Brust abprallte und zu Boden plumpste.

»Aua«, sagte er emotionslos und betrachtete einen Augenblick lang das blau-weiße Päckchen vor seinen Füßen. »Kennst du das Sprichwort ›Getroffene Hunde bellen‹? Was bedeutet es wohl, wenn du mich nicht nur anblaffst, sondern gleich Wurfgeschosse auf mich abfeuerst?«

Er sah sie mit schief gelegtem Kopf an. In diesem Moment hatte er ein wenig Ähnlichkeit mit dem berühmten kleinen Hund, der lauschend vor dem Grammofontrichter saß, fand Toni.

»Ich muss mich vor dir ja nicht im Geringsten rechtfertigen«, sagte sie und beugte sich nach vorn, »aber wenn du es genau wissen willst: Tom war auch da.«

»Ihr wart zu dritt?« Er riss die Augen auf. »Das wird ja immer schöner.«

Toni griff nach einem der Ausdrucke aus dem Computer, knüllte ihn zusammen und warf ihn nach Sören. Allerdings musste sie dabei so lachen, dass sie seinen Kopf um einen halben Meter verfehlte.

»Du bist so ein Idiot! Das bekommst du zurück, verlass dich drauf! Und nun mach, dass du verschwindest!« Sie wedelte mit den Händen. »Infos über den Fall bekommst du von mir jetzt jedenfalls nicht. Du wirst schön brav bis zur Besprechung warten. Strafe muss schließlich sein.«

Etwa zwanzig Minuten später saßen Hans, Sören und Stephan Westenrieder, der Vierte im Team, der wegen seiner Vorliebe für Pizza »mit allem« nur Contutto genannt wurde, am Besprechungstisch, und Toni verteilte die Unterlagen, die sie zuvor ausgedruckt hatte. Viel war es nicht, was sie bislang in Erfahrung gebracht hatten. Immerhin war der Täter so freundlich gewesen, nicht auch noch die Brieftasche des Toten zu klauen, sodass sie ihn sehr schnell anhand seines Personalausweises hatten identifizieren können.

Gleich nach ihrer Ankunft im Präsidium hatte Toni Namen und Geburtsdatum durch sämtliche behördlichen Systeme gejagt, doch das Ergebnis war mehr als spärlich ausgefallen: Matthias Krumbad, ledig, dreiundvierzig Jahre, geboren in München, viermal innerhalb der Stadt umgezogen, zuletzt wohnhaft in der Ligsalzstraße auf der Schwanthalerhöhe. Das war es auch schon, was die Systeme über ihn ausspucken wollten. Aus polizeilicher Sicht war er ein gänzlich unbeschriebenes Blatt, hatte weder eine Straftat begangen, noch hatte er selbst jemanden angezeigt. Nicht einmal das Fahrrad war ihm gestohlen worden, was in München schon fast eine Leistung war. Auch in der Waffen- oder der Gewerbedatei hatte er keinen Eintrag. Dennoch musste sich hinter dieser harmlosen Fassade etwas verbergen, das einen anderen Menschen dazu gebracht hatte, Matthias Krumbad nicht nur das Leben zu nehmen, sondern ihn auch noch über seinen Tod hinaus zu diffamieren.

»Toni«, wandte sich Hans an sie, »würdest du für Sören und Contutto bitte alles zusammenfassen?«

»Wollen wir nicht auf Beate warten?«, fragte sie. »Es ist erst fünf vor sieben, sie kommt sicher auch gleich.«

Hans schüttelte den Kopf. »Auf Beate müssen wir heute leider verzichten. Sie hat sich krankgemeldet.«

Toni sah ihren Chef verblüfft an.

»Krank? Beate? Die ist doch nie krank, und erst recht

nicht bei einem neuen Fall. Sie würde sich doch noch mit dem Kopf unter dem Arm hereinschlepp–«

»Heute aber nicht«, fuhr ihr Hans ins Wort. »Und jetzt die Zusammenfassung bitte.«

Toni warf ihrem Vorgesetzten einen skeptischen Blick zu, rekapitulierte dann jedoch ohne weiteren Kommentar das, was sie bislang zusammengetragen hatten.

»Tom hat den Toten vor Ort untersucht, soweit es ihm möglich war. Seiner ersten Einschätzung nach liegt der Todeszeitpunkt mehrere Tage zurück, aber Gewissheit bringt natürlich erst die Obduktion«, schloss sie ihre Ausführungen. »Da es absolut unwahrscheinlich ist, dass der Monopteros in den letzten zwei bis drei Tagen komplett verwaist war, bedeutet das, dass Tatort und Auffindeort nicht identisch sind und irgendjemand den Körper eines erwachsenen Mannes zwei oder drei Tage versteckt hat, um ihn dann mitten im Englischen Garten abzusetzen.«

Contutto, der mit verschränkten Armen und zusammengezogenen Brauen dagesessen hatte, lehnte sich nun nach vorn.

»Und es ist sicher, dass der Kerl nicht durch eine Überdosis in irgendeiner Junkie-Wohnung umgekommen ist? Es könnte doch sein, dass seine Freunde im Heroinrausch erst gar nicht kapiert haben, dass er nicht mehr unter ihnen weilt, und nach ein paar Tagen Bedenkzeit hatten sie dann keine bessere Idee, als ihn als Mordopfer zu präsentieren.«

Toni schüttelte den Kopf.

»Diese Möglichkeit können wir auch ohne Obduktion mit an Sicherheit grenzender Wahrscheinlichkeit ausschließen«, sagte sie. »Zum einen deutete nichts an seinem Körper auf den Missbrauch harter Drogen hin. Keine Einstichstellen an Armen oder Beinen, nahezu makelloses Gebiss und insgesamt ein äußerlich sehr guter und gepflegter körperlicher Zustand. Zum anderen gibt es einen eindeutigen Hinweis auf die Todesursache.«

»Und die wäre?«, fragte Contutto. »Vielleicht das berühmte Messer im Rücken, das gerne mal übersehen wird?«

Toni schnalzte mit der Zunge. »Knapp daneben. Möchtest du noch einmal raten? Zwei Versuche hast du noch.«

Ihr Kollege verdrehte die Augen.

»Du klingst wie Robert Lembke, weißt du das? Wie bin ich gestorben? Heiteres Todesartenraten mit Toni Stieglitz. Allerdings hast du die Frage nach dem Schweinderl vergessen. Und Fünfmarkstücke gibt es auch keine mehr.«

»Das reicht jetzt.« Hans schlug mit der Hand auf den Tisch. »Toni, komm auf den Punkt!«

»Gerne, Chef.« Sie nickte. »Obwohl ich die Idee mit dem Todesartenraten gar nicht schlecht finde. Käme bei der nächsten Dezernats-Weihnachtsfeier als kleine Einlage zwischen Hauptspeise und Nachtisch sicher ganz gut an. Und was Krumbad angeht«, schob sie schnell hinterher, da sie bemerkte, wie sich die Falten auf Hans' Stirn bedrohlich vertieften, »der hat ein schönes, rundes Loch im Hinterkopf.«

Fünf

Regina angelte mit der einen Hand ihren Schlüsselbund vom Haken, während sie mit der anderen an die Zimmertür ihrer Tochter klopfte und gleichzeitig einen Blick auf ihre Armbanduhr warf.

»Leonie! Raus aus den Federn! Du kommst sonst zu spät!«

Unartikuliertes Gequengel war die Antwort. Wie immer. Warum konnten Kinder mit der Einschulung nicht automatisch erwachsen werden, sodass einem als Elternteil wenigstens die Pubertät erspart blieb?

»Leonie!« Regina öffnete die Tür und streckte den Kopf in das Zimmer.

»Mensch, Mama!« Ihre Tochter schaute sie aus verquollenen Augen an. Das Augen-Make-up vom Tag zuvor war ihr bis auf die Wangenknochen gerutscht. »Du weißt genau, dass du anklopfen sollst. Schon mal was von Privatsphäre gehört?«

»Erstens: Ich habe geklopft. Und zweitens: Es ist bereits fünf nach sieben. Deine Lehrer werden mit dem Unterrichtsbeginn nicht auf dich warten.«

»Ich hab die erste Stunde heute frei«, maulte Leonie. »Hab ich dir am Freitag gesagt. Aber du hörst mir ja nie zu.«

Natürlich tue ich das!, wollte Regina protestieren, doch sie sparte es sich. Diskussionen mit ihrer Tochter waren in aller Regel so aufreibend wie sinnlos, dazu hatte sie in diesem Moment keine Lust und schon gar nicht die Zeit. Wenn von ihnen beiden heute jemand zu spät kam, dann war das höchstwahrscheinlich sie selbst.

Sie schluckte die mahnenden Worte hinunter, die ihr auf der Zunge lagen, schloss die Zimmertür, vermied einen letzten Blick in den Spiegel und lief eilig die Treppe hinunter. Im Gegensatz zu ihrer Tochter kamen ihre eigenen Augenringe nicht von verschmiertem Kajal, sondern davon, dass sie seit Monaten nicht mehr richtig schlief. Auch heute Nacht waren ihr die Augen erst zugefallen, als die Vögel vor dem Fenster zögerlich ihr Morgengezwitscher begonnen hatten. Natürlich hatte sie als Folge dieses Schlafdefizits ihren Wecker nicht gehört, war viel zu spät aufgewacht und musste nun ohne ihre morgendliche Tasse Assam-Tee aus dem Haus.

Schon von Weitem sah sie etwas Weißes unter dem Scheibenwischer. Das war ganz bestimmt ein Strafzettel. Großartig. Das hatte ihr heute gerade noch gefehlt. Aber wofür? Falsch geparkt hatte sie auf keinen Fall. War der TÜV abgelaufen? Verärgert biss sie die Zähne aufeinander. Wieder eine Ausgabe, die sie sich eigentlich nicht leisten konnte. Hatte sich heute denn alles gegen sie verschworen?

Regina hatte ihren kleinen Peugeot fast erreicht, als sie bemerkte, dass neben dem Zettel noch etwas anderes unter dem Wischerblatt klemmte. Sie stutzte. War das eine

Blume? Tatsächlich. Mit hochgezogenen Brauen blieb sie neben ihrem Wagen stehen. Es war eine Blume. Ein Stängel Vergissmeinnicht, um genau zu sein. Vorsichtig hob Regina den Wischerarm an und zog die Blume darunter hervor. Sie war noch ganz frisch, kaum verwelkt, als wäre sie gerade erst dort platziert worden. Aber von wem? Von Roman? Nein, er kam erst morgen nach München zurück, und außerdem war er vieles, aber kein heimlicher Rosenkavalier.

Hatte sie vielleicht einen heimlichen Verehrer? Unwillkürlich begann ihr Herz ein kleines bisschen schneller zu schlagen. Im Geist ging sie die einzelnen Stockwerke ihres Wohnhauses durch, konnte sich aber beim besten Willen keinen ihrer Nachbarn als verliebten Romeo vorstellen. Höchstens noch den Neuen aus der dritten Etage, dessen Namen sie sich immer noch nicht gemerkt hatte und der wegen seiner schütteren Haare vermutlich älter aussah, als er tatsächlich war. Na ja, nicht nur wegen seiner Haare. Auch weil er den Kopf zwischen die Schultern gezogen hielt und einen Buckel machte, als würde er jeden Moment eine Tracht Prügel erwarten.

Aber nein, das war ganz sicher nicht der Typ, der Frauen Blumen an ihre Autos klemmte. Hoffte sie zumindest.

Außerdem hätte ein Verehrer doch eher eine Rose hinterlassen statt Vergissmeinnicht. Oder doch nicht? War sie jemandem begegnet, der nicht wollte, dass sie ihn vergaß? Erst jetzt fiel ihr auf, dass das Stück Papier, das immer noch unter dem Scheibenwischer klemmte, kein Strafzettel war, sondern ein Kärtchen. Gab sich darin der unbekannte Blumenbote zu erkennen? Ihr Herz schlug noch ein wenig schneller, als sie die Karte an sich nahm und aufklappte.

Regina brauchte nur einen einzigen kurzen Blick, um zu erkennen, dass es kein heimlicher Verehrer gewesen war, der die Karte für sie hinterlassen hatte. Sie starrte auf das Stück Papier, bis die schwarze Schrift vor ihren Augen zu verschwimmen begann. Die Botschaft bestand nur aus einem einzigen Wort, aber das war unmissverständlich.

Es lautete: *Zahltag*.

Sechs

»Ein Loch im Hinterkopf?«, wiederholte Sören und stieß einen leisen Pfiff aus. »Du meinst, es hat ihn jemand von hinten erschossen?«

»Es sieht ganz danach aus, ja«, bestätigte Toni.

»Das hört sich an wie eine Hinrichtung«, sagte Contutto und rieb sich über den Nacken. »Würde in seinem Pass der Vorname Giovanni und als Geburtsort Neapel stehen, und hätte er noch dazu eine Pizzeria, würde ich jetzt die Camorra ins Spiel bringen. Ich weiß, ich weiß, das wäre ein tiefer Griff in die Klischeekiste, aber wenn ich so an den Vortrag des Kollegen vom LKA über mafiöse Strukturen in Bayern denke, dann kann es auf keinen Fall schaden, wenn wir einmal bei den Kollegen von der organisierten Kriminalität nachfragen. Vielleicht hatte er ja Kontakte zur albanischen oder russischen Mafia und hat es sich mit ihnen verscherzt? Diejenigen, die am harmlosesten aussehen, haben es oft faustdick hinter den Ohren. Apropos aussehen: Wie sah er von vorne aus? Bei einem Schuss in den Hinterkopf ziemlich übel, vermute ich.«

»Nein, glücklicherweise nicht«, antwortete Toni. »Sein

Gesicht war vollständig intakt, sprich, es gibt keine Schussdefekte auf der Vorderseite des Schädels und somit auch keine Austrittswunde. Zumindest keine, die Tom auf den ersten Blick als solche identifizieren konnte. Möglicherweise hat der Täter eine kleinkalibrige Waffe wie eine Zweiundzwanziger benutzt.«

Sören kippelte auf seinem Stuhl nach hinten. »Das heißt also, das Projektil könnte noch im Kopf des Toten stecken. Hoffentlich ist es nicht zu sehr deformiert, damit unsere Techniker möglichst viele von den Spuren finden, die die Waffe auf der Kugel hinterlassen hat. Vielleicht haben wir in den Datenbanken ja ein Geschoss mit identischen Spuren. Falls die Waffe, mit der Krumbad erschossen wurde, schon einmal zum Einsatz kam, hätten wir einen Ermittlungsansatz in Richtung Täter. Habt ihr sonst noch etwas über das Opfer in Erfahrung bringen können?«

»Nein, bisher leider nicht«, gestand Toni. »Allerdings hatte ich auch noch keine Zeit, ihn auf Facebook und Co. zu suchen.«

»Das kann ich machen«, bot Sören an.

Hans nickte zustimmend. »In Ordnung. Und schau bei der Gelegenheit, ob du etwas über Verwandte herausbekommst. Eltern, Geschwister, was auch immer. Toni, Stephan ...« Er sah die beiden über den Rand seiner Lesebrille hinweg an. »Ihr beiden übernehmt die Durchsuchung von Krumbads Wohnung und die Koordinierung der Hausbefragung. Mal sehen, was uns die Nachbarn über ihn erzählen können. Und da Beate uns heute nicht zur Verfügung steht, klinke ich mich mit ein und gehe hinüber in die Rechtsmedizin.«

»Was, du?«, ertönte es dreistimmig.

»Ja, ich.« Hans nahm seine Brille ab und putzte sie mit seiner Krawatte. »Nun tut mal nicht so entsetzt. Falls ihr es vergessen haben solltet: Ich bin ebenfalls Polizeivollzugsbeamter und habe schon in einem Streifenwagen gesessen, als ihr noch über das kleine Einmaleins gestolpert seid oder noch nicht einmal in Planung wart«, sagte er mit einem Seitenblick auf Sören. »Ich bin nicht nur dazu da, das Donnerwetter von oben abzupuffern, wenn wir den Täter nicht schnell genug aus dem Ärmel schütteln, oder euch den Urlaub zu streichen, wenn wieder mal irgendwo die Heide brennt. Aber was rechtfertige ich mich eigentlich vor euch. Ich bin hier der Chef, und wenn ich sage, der Himmel ist grün, dann ist der Himmel grün. Wo kämen wir denn da hin, wenn hier jeder eine eigene Meinung hätte?« Er blickte betont finster in die Runde. »Hat jemand noch einen konstruktiven Beitrag? Nein? Dann ab an die Ar–«

»Ich hätte noch was.«

Hans verstummte, und alle Augen richteten sich auf Toni. Bildete sie es sich nur ein, oder hatte sich die Stimmung im Raum innerhalb des Bruchteils einer Sekunde verändert? Nach Hans' empörter Standpauke, bei der die Empörung allerdings deutlich gespielt gewesen war, kam es ihr nun fast unheimlich still vor. Als hielten ihre Kollegen den Atem an, weil sie instinktiv spürten, dass Toni drauf und dran war, eine Bombe platzen zu lassen. Einen Augenblick lang fühlte sie sich wie ein zappelndes Insekt unter dem Mikroskop eines Forschers und wünschte sich, sie hätte den Mund gehalten. Aber Schweigen war keine Option. Nicht den Menschen gegenüber, ohne die sie die letzten Monate nie durchgestanden hätte. Sie räusperte sich und schaute Contutto an.

»Du hast vorgeschlagen, bei den Kollegen von OK Erkundigungen einzuziehen. Wie ihr wisst, arbeitet Mike in einem der Kommissariate. Oder besser gesagt: Er hat dort gearbeitet.«

Tonis Hals fühlte sich auf einmal ganz rau an. Sie musste mehrmals schlucken, um das kratzige Gefühl loszuwerden. Contutto nutzte diese Pause.

»Was meinst du damit, dass er dort gearbeitet *hat*? Ist er nicht mehr dort? Ist er versetzt worden? Das ging dann aber total an mir vorüber. Seit wann ist er denn weg?«

Toni musste sich zusammenreißen, um dem überraschten Blick ihres Kollegen standzuhalten.

»Seit heute Nacht«, antwortete sie. »Das war übrigens auch der Grund, warum Hans bei mir war, und nicht das, was der eine oder andere hier im Raum gedacht hat.«

Sören quittierte ihre Anspielung mit einem schiefen Grinsen, dem allerdings jegliche Leichtigkeit fehlte.

»Seit heute Nacht?«, wiederholte Contutto und runzelte die Stirn. »Und was ist da passiert?« Er sah erst Toni, dann Hans und schließlich wieder Toni an. »Gibt es da etwas zwischen euch beiden, das wir wissen sollten?«

»Ach papperlapapp!« Hans wischte Contuttos Frage mit einer energischen Handbewegung vom Tisch. Dann blickte er zu Toni. »Willst du, oder soll ich?«

Sie erwiderte seinen Blick. Eine Sekunde lang überlegte sie, das verlockende Angebot anzunehmen, sich schweigend zurückzulehnen und es Hans zu überlassen, alles zu erzählen. Doch dann wäre sie sich wie ein Feigling vorgekommen. Sie schüttelte den Kopf und holte tief Luft.

»Er ist festgenommen worden«, begann sie und wiederholte in nüchternen Sätzen das, was sie selbst erst vor wenigen Stunden erfahren hatte und was ihr immer noch wie ein surrealer Traum vorkam.

»Das war es«, schloss sie schließlich und schaute ihren Chef an. »Oder habe ich etwas vergessen?«

»Nein«, sagte Hans. »Das ist zum jetzigen Zeitpunkt alles. Noch Fragen?« Contutto und Sören verneinten. »Dann ab an die Arbeit.«

Toni merkte erst jetzt, dass sie die ganze Zeit über ihre Finger ineinander verkrallt gehalten hatte. Ihr Mund war vollkommen ausgedörrt, und ihre Zunge klebte wie ein Stück trockenes Tuch an ihrem Gaumen. Außerdem fühlte sie sich so ausgelaugt, als hätte sie die letzten drei Tage durchgemacht. Mit zittrigen Knien stand sie auf und ging zur Toilette. Dort drehte sie den Hahn auf und trank das eiskalte Wasser, bis sich ihre Zunge nicht mehr wie ein Fremdkörper in ihrem Mund anfühlte. Dann richtete sie sich auf und schaute in den Spiegel. Wie hypnotisiert starrte sie sich selbst in die Augen, als könnte ihr gespiegeltes Ich jede Sekunde mit einem breiten Grinsen die Arme in die Luft werfen und »War alles nur ein Scherz!« rufen. Aber ihr Spiegelbild zuckte nicht mit der Wimper, und langsam sickerte in

Tonis Bewusstsein, was ihr Verstand zuvor einfach hatte abperlen lassen.

Wie Termiten durch ein Holzhaus, so fraß sich die Wirklichkeit durch ihr Gehirn: Mike saß tatsächlich hinter Gittern. Ihr Magen begann zu flattern, als ihr das ganze Ausmaß der Ereignisse von letzter Nacht bewusst wurde. Mit steifen Beinen stakste sie rückwärts, bis sie die Wand in ihrem Rücken spürte. Langsam ließ sie sich daran hinabrutschen.

Die ganze Zeit über war es in ihrer Brust merkwürdig taub und leer gewesen. Ein Vakuum aus Verdrängung und Nicht-wahrhaben-Wollen. Dann, völlig aus dem Nichts, implodierte das Vakuum und überschwemmte sie mit tiefschwarzer Wut.

»Du Mistkerl!« Toni schlug mit der Faust auf den Boden. »Du elender, widerlicher Mistkerl!« Wieder und wieder schlug sie auf den Boden, bis ihre Hand nur noch aus pulsierendem Schmerz bestand. Sie ließ den Kopf gegen die Wand sinken und schloss die Augen. Die schwarze Wut war verpufft, und an ihre Stelle war ein anderes Gefühl getreten. Eines, das sich noch schlechter anfühlte als die blinde Raserei von eben.

Was war nur los mit ihr? Statt Freudentänze im Kantinenhof aufzuführen, weil Mike sich selbst ins Aus geschossen hatte, hockte sie hier auf dem Boden und ließ ihre Wut an den Fliesen aus. Das war doch nicht normal. Normal wäre, heute Abend im O'Donnel's mit Tom ein Guinness zu trinken und sich auf eine Zukunft zu freuen, in der Mike so schnell keine Rolle mehr spielen würde. Normal wäre, ein breites Lächeln auf dem Gesicht zu haben. Normal wäre, die Ereignisse der letzten Jahre nun ein für alle Mal abzuhaken.

Aber sie war nicht normal, denn statt Erleichterung fühlte sie Schuld. Schuld! Das musste man sich auf der Zunge zergehen lassen. Als wäre sie es gewesen, die ihn hinter Gitter gebracht hatte. Sicher, sie hatte es sich gewünscht, und zwar aus tiefstem Herzen. Schon letztes Jahr, als sie ihn angezeigt hatte. Natürlich war ihr klar gewesen, dass er nie zu einer Haftstrafe verurteilt würde, egal, wie sehr sie es sich erhofft hatte. Körperverletzung ohne Waffe oder bleibende Schäden beim Opfer – da kam ein Ersttäter in aller Regel glimpflich davon.

Nein, an ihr lag es nicht, dass er in Haft saß. Und selbst wenn – er hatte es verdient! Mike war ein Straftäter. Er war keinen Deut besser als die, die sie und ihre Kollegen jeden Tag jagten. Er hatte dabei geholfen, Frauen zu verschleppen und in die Prostitution zu zwingen, hatte Träume und Hoffnungen vernichtet und tiefe Wunden in junge Körper und Seelen geschlagen, die nie mehr heilen würden. Und er hatte daran auch noch verdient.

Ihr wurde eiskalt bei der Vorstellung, welche Rolle Mike wohl genau gespielt haben mochte. War er nur derjenige gewesen, der dafür gesorgt hatte, dass die Polizei in München keinen Wind davon bekam? Dass die Ermittlungen ins Leere liefen? Dass bei den Durchsuchungen alle Beweise verschwunden waren? Oder hatte er dabei geholfen, die Frauen gefügig zu machen? Hatte er seine Macht ausgekostet? Hatte er es genossen, ihnen Schmerzen zuzufügen und sie zu quälen? Wie oft war er zuerst bei den anderen Frauen gewesen und war dann zu ihr ins Bett gekrochen?

Tonis Magen drehte sich um. Sie stürzte in eine der Kabinen, doch nach einem trockenen Würgen war es schon wieder vorbei. Sie spuckte aus und drückte die Spülung.

Ich habe es gewusst, dachte sie. Ich habe immer gewusst, dass etwas nicht stimmt. Die Wohnung in Bogenhausen. Der Porsche. Die Reisen. Einfach alles. Das hatte er nie im Leben allein mit seinen Beamtenbezügen bezahlt. Sie waren in derselben Besoldungsgruppe, Mike hatte lediglich ein paar Dienstaltersstufen mehr als sie, was sich auf dem Gehaltszettel aber auch nicht großartig bemerkbar machte.

Ganz zu Beginn ihrer Beziehung, als er sie wieder einmal in ein sündhaft teures Lokal ausgeführt hatte, hatte sie Mike auf dem Heimweg scherzhaft gefragt, ob er im Lotto gewonnen oder eine reiche Erbtante das Zeitliche gesegnet habe.

»Weder noch«, hatte er geantwortet. »Ich habe mich in einem Puff eingekauft. Die Rendite, die die Mädels abwerfen, ist absolut gigantisch. Das kriegst du sonst nur mit krummen Aktiengeschäften hin. Aber das muss natürlich unter uns bleiben. Für die Nebentätigkeit als Bordellbetreiber bekomme ich von unserer Personalabteilung nie eine Genehmigung.«

Er hatte ihr verschwörerisch zugeblinzelt, und sie hatte pflichtschuldig gelacht, obwohl ihr überhaupt nicht nach Lachen zumute gewesen war. In seinem Blick hatte etwas Kaltes gelegen, als machte er alles andere, nur keinen Witz. Aber natürlich war das ein Witz gewesen, hatte sie sich gesagt. Er war schließlich Polizist. Er war einer von den Guten.

Das war nichts weiter als ein lockerer Spruch, wenn auch kein besonders guter. Eigentlich sogar ein verdammt schlechter und frauenverachtender. Trotzdem hatte sie es nicht gewagt, ihn noch einmal zu fragen, und von diesem Tag an einfach die Augen verschlossen.

Toni verließ die Kabine und ging zu den Waschbecken, musterte erneut ihr Spiegelbild. Für einen Moment war ihr die Frau, die ihr entgegenblickte, vollkommen fremd. War das wirklich sie?

Sie betrachtete sich, als wäre sie sich noch nie im Leben begegnet. Was, wenn diese Frau im Spiegel wirklich eine Wildfremde wäre? Wäre sie dann genauso hart zu ihr wie zu sich selbst? Würde sie ihr dieselben Vorwürfe machen, sie verurteilen und mit dem Finger auf sie zeigen?

Toni wusch sich die Hände und zog ein Papiertuch aus dem Spender. Es war müßig, sich diese Frage zu stellen, denn sie kannte die Antwort. Fast alle Opfer gaben sich zumindest eine Mitschuld an dem, was ihnen widerfahren war, wenn sie nicht sogar die gesamte Verantwortung auf sich nahmen, und sie war da keine Ausnahme.

Aber ich will kein Opfer sein, dachte sie. Nicht mehr. Und sie würde sich auch nicht länger die Schuld an etwas geben, an dem sie keine Schuld trug.

Sie schaute noch einmal in den Spiegel, und jetzt war es wieder sie selbst, die ihr entgegenblickte. Toni schenkte sich ein kleines Lächeln, atmete noch einmal tief durch und ging zurück in ihr Büro.

Sie war gerade dabei, den PC aus dem Stand-by-Nickerchen zu wecken, als Contutto und Sören im Türrahmen auftauchten. Ein paar Sekunden lang herrschte betretenes Schweigen, bis Contutto sich räusperte und das Wort ergriff.

»Ich finde, wir sollten auf unsere Kollegen vom LKA mit ein oder zwei gut gekühlten Getränken anstoßen. So eine erfolgreiche Aktion gegen einen Menschenhändlerring muss gefeiert werden, findet ihr nicht auch? Derartige Kaliber gehen der Polizei schließlich nicht jeden Tag ins Netz.« Er schaute von einem zum anderen, und als niemand antwortete, fügte er etwas leiser hinzu: »Oder ist das unangebracht?«

Toni überlegte. Darauf anstoßen, dass Mike festgenommen worden war? War das trotz allem nicht ziemlich daneben?

»Nein«, sagte sie und schaute Contutto in die Augen. »Das ist überhaupt nicht unangebracht. Erfolge muss man feiern, auch wenn es nicht die eigenen sind. Gleich heute nach Dienstschluss? Im Bratwurstherzl am Viktualienmarkt?«

Contutto nickte eifrig. Die Erleichterung darüber, dass er sich mit seinem Vorschlag bei Toni nicht in die Nesseln gesetzt hatte, stand ihm deutlich ins Gesicht geschrieben. »Prima! Dann erwirke ich zu Hause bei meiner Regierung unverzüglich eine Erlaubnis für längeres Ausbleiben.«

Mit einem breiten Grinsen drehte er sich um und verschwand in Richtung seines Büros. Sören schaute ihm einen Moment lang hinterher, dann trat er einen Schritt auf Toni zu.

»Alles in Ordnung?«, fragte er.

Toni antwortete nicht sofort, sondern horchte in sich hinein. Konnte nach all dem, was sie in den letzten Stunden erfahren hatte, überhaupt noch irgendetwas in Ordnung sein? Ihre Jahre mit Mike waren ein einziges riesiges Lügengebilde gewesen, das nun mit einem heftigen Knall explodiert war und dessen Trümmer ihr gerade wie Granatsplitter um die Ohren flogen. Trotzdem merkte sie zu ihrem eigenen Erstaunen, dass die Last auf ihren Schultern ein winziges bisschen kleiner geworden war.

»Ja«, sagte Toni und lächelte. »Alles in Ordnung. Und die erste Runde heute Abend geht auf mich.«

Sieben

Mit hochgezogenen Schultern, das Gesicht vom Schirm seiner Basecap fast völlig verdeckt, schlurfte Tobias Greiner die Herzogstraße entlang. Er warf einen Blick auf seine Armbanduhr. 7.51 Uhr. Heute war er nur eine Minute später dran als sonst, und das, obwohl er nicht bis zur Münchner Freiheit gefahren, sondern zwei Stationen früher aus dem Bus gestiegen war und sich dann im Zickzackkurs erst nach links über den Pündterplatz, dann rechts in die Clemensstraße, von dort erneut nach rechts in die Viktoriastraße und schließlich quer durch die Innenhöfe bis zur Bismarckstraße vorgearbeitet hatte. Nun war er wieder auf der Herzogstraße angelangt, auf der er zwölf Minuten zuvor und etwa 350 Meter entfernt den Bus verlassen hatte.

Hinter einem vorbeifahrenden Lieferwagen wechselte Tobias im Laufschritt die Straßenseite und ging vor dem kleinen Optikerladen in die Knie, wie um seine Schnürsenkel zu binden. Dabei sah er sich so unauffällig wie möglich um, konnte jedoch keinen potenziellen Verfolger entdecken. Im Grunde glaubte er auch nicht, dass sie ihm folgten. Das würde bedeuten, dass er aufgeflogen war, doch dazu war er viel zu vorsichtig gewesen. Jede Aktivität hatte er doppelt und dreifach abgesichert, um auch nicht die kleinste Spur zu hinterlassen.

Der Hobbit hingegen ... Das ungute Gefühl, mit dem Tobias heute Morgen fast eine Stunde vor dem Wecker aufgewacht war und das ihn früher als sonst aus dem Haus getrieben hatte, rumorte wieder in seinem Bauch. Der Hobbit war einfach zu unbedarft. Er überblickte nicht, was in der digitalen Welt alles möglich war. Wie lächerlich leicht es war, jemanden zu überwachen, ohne dass dieser auch nur die leiseste Ahnung davon hatte. Die meisten Menschen zogen einen Rattenschwanz aus Daten wie einen leuchtenden Kometenschweif hinter sich her, sodass man nicht nur ihr halbes Leben nachverfolgen, sondern auch ihre zukünftigen Handlungen ziemlich gut vorhersagen konnte.

Tobias richtete sich wieder auf, ging noch etwa fünfzig Meter weiter und wechselte dann erneut die Straßenseite. Aus den Augenwinkeln sah er, dass ein Mann hinter ihm die Fahrbahn betrat und ihm folgte. Wo war der so plötzlich hergekommen? Sein Herz schlug schneller, und er musste sich zwingen, sein eigenes Tempo nicht ebenfalls zu beschleunigen. Nichts anmerken lassen, das war das Wichtigste. Die Spiegelung der Schaufensterscheibe neben ihm verriet Tobias, dass der Mann nun auf wenige Schritte an ihn herangekommen war. Jetzt musste er handeln.

Ansatzlos machte er kehrt und ging dem anderen direkt entgegen.

»Hey!« Der Mann stoppte abrupt, konnte aber nicht verhindern, mit der Schulter gegen Tobias zu prallen. »Geht's noch?« Der Anzugträger warf Tobias einen wütenden Blick zu, umrundete ihn und hastete dann kopfschüttelnd weiter in Richtung Leopoldstraße.

Tobias schaute dem Mann hinterher. Das war kein Verfolger gewesen. Die Verärgerung war echt, sein Verhalten vollkommen natürlich und keine antrainierte Reaktion. Er hatte sich im Netz unter anderem auf den Seiten des FBI ausführlich darüber informiert, wie die Polizei Verdächtige observierte und welche Tricks die Leute anwendeten, die von der Polizei beobachtet wurden, um ihre Verfolger zu enttarnen oder abzuschütteln. Die plötzliche Kehrtwende war eine davon. Ungeübte erkannte man dann manchmal durch kurzes Zögern, weil sie nicht wussten, was sie nun tun sollten: weitergehen und die Zielperson aus den Augen verlieren oder ebenfalls umdrehen und sich dadurch verraten?

Der Mann hatte allerdings nicht den Bruchteil einer Sekunde gezögert, sondern war weitergegangen und sogar in ihn hineingelaufen. Entweder war er ein Vollprofi, den nichts überraschen konnte, oder nur ein Irgendjemand auf dem Weg zur Arbeit. Aus dem Bauch heraus entschied Tobias sich für die zweite Möglichkeit. Nein, nicht nur aus dem Bauch heraus. Auch unter logischen Aspekten. Wenn sie ihm nur folgten, um herauszufinden, wo er arbeitete, dann war es vollkommen unnötig und sogar kontraproduktiv, ihm so dicht auf die Pelle zu rücken. Und wenn sie tatsächlich vorhatten, ihn zu beseitigen, dann sicher nicht um kurz vor acht mitten in der Herzogstraße. Auch Schwabing war am Montag um diese Uhrzeit nicht mehr im Dornröschenschlaf. Nein, wenn sie ihn tatsächlich aus dem Weg räumen wollten, dann garantiert mit anderen, tausendmal unauffälligeren und effizienteren Methoden.

Trotzdem war er wachsamer als üblich, als er die Tordurchfahrt zu dem Hinterhof betrat, wo die zweitklassige Werbeagentur saß, in der er seinen Lebensunterhalt verdiente. Wenn er nicht so dringend einen Job gebraucht hätte, hätte er sich dort nie beworben. Schon allein wegen seiner Kollegen hätte auf der Überweisung, die er monatlich bekam, als Verwendungszweck Schmerzensgeld statt Gehalt stehen müssen.

In der winzigen Gemeinschaftsküche im Erdgeschoss brannte bereits Licht, und durch die Sprossenfenster hindurch konnte er erkennen, dass gerade jemand Kaffee aufsetzte. Wenigstens etwas.

Tobias sperrte die Tür zur Agentur auf und steuerte trotz des verführerischen Kaffeedufts direkt sein winziges Kabuff an. Er zog seine Jacke aus, warf seinen Messenger Bag neben dem Schreibtisch auf den Boden und ließ sich auf den Stuhl fallen. Das Kribbeln in seinem Magen war wieder stärker geworden. Der Hobbit hatte sich seit Freitag nicht mehr gemeldet, und das machte Tobias ernsthaft unruhig. Das war überhaupt nicht seine Art. Der Hobbit war ein Tausendprozentiger. Von dem konnten sogar Schweizer Uhren noch was über Zuverlässigkeit lernen.

Er bückte sich nach seiner Tasche, um sein Smartphone herauszunehmen, hielt aber mitten in der Bewegung inne, den Kopf knapp über der Tischkante. Was zur Hölle ... Langsam richtete er sich wieder auf und griff nach dem silbern glänzenden Ding auf seiner Tastatur. Es war ein Hut. So einer, wie er ihn sich früher als Kind aus Zeitungspapier gefaltet und auf den Kopf gedrückt hatte, wenn er seinem Vater beim Renovieren geholfen hatte. Nur war dieser Hut nicht aus Zeitungspapier, sondern aus Alufolie.

»Setz den mal lieber sofort auf«, hörte er eine Stimme, »damit die Echsenmenschen deine Gedanken nicht lesen können.«

Tobias sah auf. Im Türrahmen stand Kevin und bleckte seine eine Spur zu weiß gebleichten Zähne. Kevin, der sich selbst Kevv nannte. Mit zwei V. Warum auch immer. Und der sich für den kommenden Stern am Stand-up-Comedy-Himmel hielt. Warum auch immer. Den üblichen halben Schritt hinter ihm klebte sein Schatten Andreas und war offensichtlich kurz davor, vor unterdrücktem Gelächter zu explodieren. Beavis und Butt-Head, wie sie leibten und lebten. Zwei Gründe, warum Sex ohne Kondom unter Strafe gestellt werden sollte.

Tobias schenkte sich eine Antwort. Jede Silbe an die beiden war eine zu viel. Er knüllte den Aluhut zusammen und warf ihn in den Papierkorb.

»Schwerer Fehler, mein Freund.« Kevv schien nicht so schnell aufgeben zu wollen. »Heute sind besonders massive Chemtrails vorhergesagt. Ohne den Hut bist du ihnen schutzlos ausgeliefert. Wer weiß, vielleicht holen sie dich dann wieder in ihr UFO und machen irgendwelche Experimente mit dir.«

Tobias ließ das Handy, wo es war, und zog stattdessen die Tastatur zu sich heran. Dieser Idiot war einfach für alles zu dämlich. Chemtrails hatten nichts mit UFOs und Außerirdischen zu tun. Chemtrails waren Metallsalze, die von den Regierungen versprüht wurden, um das Wetter, die Ernten und die Gedanken der Menschen zu beeinflussen und Krankheiten zu verbreiten. Die meisten Leute glaubten allerdings nicht daran und nannten die weißen Linien am Himmel weiterhin Kondensstreifen. Er hatte das bis vor einiger Zeit auch getan. Jetzt jedoch nicht mehr.

Während er mit der rechten Hand sein Passwort eingab, hob er die linke über den Computermonitor und zeigte Beavis und Butt-Head den Mittelfinger. Sollten sie ihn nur für einen Spinner halten. Er wusste es besser. Er wusste, was hinter den Kulissen tatsächlich vor sich ging.

Endlich hatten die Idioten genug und zogen Leine. Tobias wartete noch ein paar Sekunden, dann holte er sein Smartphone aus der Tasche. Seit er das Haus verlassen hatte, waren mehrere Nachrichten eingegangen, doch keine war vom Hobbit. Das war nicht gut. Gar nicht gut. Überhaupt nicht gut. Nein, es war sogar mehr als überhaupt nicht gut. Es machte ihm Angst. Und zwar richtig.

Acht

Toni und Contutto standen nebeneinander im Hausflur und betrachteten die weiß lackierte Kassettentür.

»Da wollte es einer wohl ganz genau wissen«, sagte Contutto. »Dem war aber schon klar, dass er hier in einem Altbau auf der Schwanthalerhöhe gewohnt hat und nicht in einer Villa in Grünwald?«

»Tja«, antwortete Toni. »Entweder war sein Sicherheitsbedürfnis etwas größer als das des Durchschnittsmünchners, oder …«

»… oder er hatte einen guten Grund, sich zwei Zusatzschlösser an die Tür bauen zu lassen«, vollendete Contutto den Satz. »Vielleicht gibt es auf der anderen Seite ja Dinge, die niemand sehen sollte. Und dabei denke ich nicht an einen echten van Gogh oder Teile aus dem Bernsteinzimmer.«

Nein. Das tat sie auch nicht. Leute, die illegal Kunstgegenstände horteten, wurden vielleicht hinterrücks erschossen und dann ihrer Schätze beraubt – doch sie landeten nicht auf dem Monopteros im Englischen Garten mit dem Wort *Drecksau* auf der Brust. Drecksäue begingen andere Verbrechen – aber welche?

Nach mehreren Fehlversuchen hatte Contutto am Schlüsselbund des Toten schließlich den passenden Schlüssel für das jeweilige Schloss gefunden, öffnete die Tür und ließ Toni mit einer leichten Verbeugung den Vortritt. Das honigfarbene Parkett knarzte leise, als sie den Flur betrat. Hinter ihr drückte Contutto die Tür in das Schloss.

»Heilige Scheiße«, murmelte er. »Schau dir das mal an.«

Toni drehte sich um und wusste auf den ersten Blick, was ihr Kollege meinte: Die beiden Schlüssellöcher auf der Außenseite der Tür gehörten nicht zu normalen Schlössern, sondern zu zwei massiven, fast handbreiten Metallriegeln, die quer über das gesamte Türblatt liefen und rechts und links des Rahmens in der Wand verankert waren.

»Wie heißen die Dinger noch mal?«, fragte sie.

»Panzerriegel«, antwortete Contutto. »Die halten dem Ansturm einer kleinen Armee stand. Da haben wir echt Glück gehabt, dass der Krumbad wohl nur sehr wenig dem Zufall überlassen und seinen Schlüsselbund mit einem Karabiner an der Gürtelschlaufe eingehakt hatte. Wenn er ihn einfach so in die Hosentasche gesteckt hätte und der Bund irgendwann herausgefallen wäre, während der Täter sein Opfer durch die Gegend gekarrt hat, wären wir so schnell nicht in seine Wohnung gekommen. Da hätten vermutlich sogar die Kollegen von der Feuerwehr ordentlich zu arbeiten gehabt. Zur Not hätten wir zwar immer noch das SEK um eine Handvoll Sprengstoff bitten können, aber die Schadensmeldung möchte ich hinterher nicht schreiben. Hans würde uns die Ohren langziehen, wenn wir die halbe Etage pulverisieren.«

»Mmmh«, murmelte Toni geistesabwesend. Sie schloss ihre Finger um den Knauf des oberen Riegels und drehte. Mit einem satten Klacken schob sich die Metallstange in die Halterungen an der Wand. So ein Ding hätte sie in der Pension Maria auch brauchen können. Jedes noch so leise Geräusch hatte sie damals hochschrecken lassen, und immer hatte sie in Gedanken Mike vor sich gesehen, wie er vor der Tür stand und sich am Schloss zu schaffen machte. Allem Anschein nach war es Krumbad ähnlich ergangen. Er hatte ganz offensichtlich ebenfalls befürchtet, jemand könnte in seine Wohnung eindringen. Jemand so Bedrohliches, dass ihm ein einziger Panzerriegel nicht sicher genug erschienen war. Und doch hatte ihn die geballte schließmechanische Macht am Ende nicht schützen können. Aber vor wem? Wer war so gefährlich, dass man seine Wohnung zu Fort Knox ausbaute? Vielleicht doch die Russenmafia? Oder war es viel banaler, und es steckte keine Verbrecherbande dahinter, sondern die eigene Familie oder die einer ehemaligen Flamme? Wobei man bei dem Hass und der Angst, die augenscheinlich im Spiel gewesen waren, kaum von einer Banalität sprechen konnte.

Toni ließ ihren Blick durch den Flur schweifen. Parkettboden, weiß gestrichene Wände, Stuckleisten unter der Decke. Eine typische Altbauwohnung. Gepflegt, aber auf den ersten Blick unauffällig. Vermutlich genau wie Krumbad zu seinen Lebzeiten.

»Ich hab was«, ertönte Contuttos Stimme aus einem der Zimmer. Toni folgte dem Klang und fand ihren Kollegen an einem wuchtigen antiken Schreibtisch mit Computermonitor, einigen Büchern und Stapeln von Heften und losen Papierbögen, in denen Contutto gerade herumblätterte.

»Lehrer«, sagte er. »Krumbad war Lehrer. Das hier sind Arbeiten seiner Schüler, die er offenbar zum Korrigieren mitgenommen hatte.«

»An welcher Schule?«, fragte Toni, während sie die Regale inspizierte, die vom Fußboden bis zur Decke reichten und Hunderte von Büchern beherbergen mussten.

»Dem Stempel in den Schulbüchern nach an einem Gymnasium in Nymphenburg«, antwortete Contutto. »Dort unterrichtet er wohl Englisch und Deutsch.«

»Englisch und Deutsch? Bist du sicher?«

Ihr Kollege zog aus zwei der Papierstapel je einen Bogen hervor und zitierte: »*The Age of Shakespeare* und *Stilmittel der Lyrik* – wonach klingt das für dich, wenn nicht nach Englisch- und Deutschunterricht? Wieso fragst du?«

»Weil diese zwei Regalmeter ganz klar auf Chemie und Politik hindeuten.« Toni legte den Kopf ein wenig schief, um die Titel auf den Buchrücken besser lesen zu können. Bei näherer Betrachtung schien allerdings kein einziges Lehrbuch darunter zu sein. Vielmehr drehten sich alle Bücher um ganz spezielle Themen. Ihrer Meinung nach zu speziell, um auf dem Lehrplan eines Gymnasiums zu stehen. Sie wandte sich ab und verließ den Raum, um sich in der restlichen Wohnung umzusehen.

»Vielleicht war das sein Hobby«, rief Contutto ihr hinterher und sprach damit Tonis Gedanken aus. »Wobei ich persönlich eher unter die Kaninchenzüchter gehen würde, als mich nach Feierabend freiwillig mit Chemie zu beschäftigen.«

»Geht mir ähnlich«, sagte Toni, obwohl sie Chemie eigentlich ziemlich interessant gefunden hatte. Zumindest die Experimente. Darin war ihr Lehrer ganz groß gewesen. Immer hatte etwas gezischt, war übergelaufen, hatte geknallt oder die Farbe geändert. Warum das geschehen war, hatte sie allerdings nie wirklich verstanden, und dementsprechend waren auch ihre Noten ausgefallen.

Sie öffnete die Tür des benachbarten Raumes und schaute in ihre eigenen Augen, die ihr aus einem Spiegel entgegenblickten. Es war das Badezimmer, das jedoch keine Überraschungen bereithielt: Neben den üblichen Hygieneartikeln fanden sich nur noch ein paar gängige rezeptfreie Medikamente gegen Kopfschmerzen und Erkältungskrankheiten, aber keine verschreibungspflichtigen Präparate. Alles völlig harmlos und unauffällig, genau wie die gesamte Wohnung. Und doch musste hier etwas verborgen sein. Etwas, das einen anderen Menschen dazu getrieben hatte, ihm eine Kugel in den Kopf zu jagen. Nur was?

Neun

Regina drehte die Nadel bis ganz nach oben, hob das Nähfüßchen an und zog den Stoff darunter hervor. Dann griff sie nach der Schere und schnitt die beiden Fäden ab, die den Rock noch mit der Maschine verbanden.

Kurz nach ihrem sechzehnten Geburtstag hatte sie ihre Leidenschaft für das Nähen entdeckt. Sehr zur Freude ihrer Mutter, die ganz begeistert davon gewesen war, dass ihre Teenagertochter lieber nächtelang vor der Maschine hockte, statt sich in Discos und vor allem mit Jungs herumzutreiben. Als Regina ihren Eltern jedoch eröffnet hatte, dass sie nach dem Abitur nicht studieren, sondern eine Schneiderlehre machen wollte, war diese Begeisterung von einer Sekunde auf die andere in Unverständnis und Ablehnung umgeschlagen. Sie würde ihre Zukunft wegwerfen, hatten ihre Eltern gesagt und ihre Träume und Pläne von einer eigenen kleinen Schneiderei mit ihren eigenen Kreationen als dumme Kindereien vom Tisch gewischt, ohne ihr auch nur einen Augenblick wirklich zuzuhören.

Aber Regina hatte nicht nachgegeben. Weder die ständigen Streitereien mit ihren Eltern noch die Drohungen ihres Vaters, ihr die Unterstützung zu verweigern, und auch alles Flehen ihrer Mutter hatten sie nicht umstimmen können: Sie hatte den Ausbildungsvertrag unterschrieben und mit einem Einser-Abitur in der Tasche die Lehre begonnen. Doch nicht einmal die Tatsache, dass sie die Ausbildung als Beste ihres Jahrgangs abgeschlossen hatte, hatte ihren Vater mit ihrer Entscheidung versöhnen können. »Du hast so viel Potenzial und wirfst es einfach weg«, war einer seiner Standardsätze gewesen.

Regina seufzte leise. Das war so viele Jahre her, und doch tat es immer noch weh, wenn sie daran dachte und seinen abweisenden, enttäuschten Gesichtsausdruck vor sich sah. Sie schob den Stuhl zurück und drückte den Rücken durch. So verspannt hatte sie schon lange nicht mehr an der Maschine gesessen. Sie ließ die Schultern kreisen und warf dabei einen Blick aus dem Fenster. Es war bewölkt und windig, aber es regnete nicht. Ein guter Moment, um ein wenig frische Luft zu schnappen. Sehnsüchtig dachte sie an die Zigaretten in ihrer Handtasche, doch die waren während der Arbeit tabu. Frau Klaar duldete nicht das geringste bisschen Zigarettenrauch in ihren Räumen. Angeblich würden die Kunden an ihren Kleidern auch den leisesten Hauch davon bemerken.

In Reginas Augen war das nichts als Schikane, denn wie oft gaben Kunden Kleidungsstücke bei ihnen ab, die stanken, als hätten sie nicht im Schrank, sondern über einem vollen Aschenbecher gehangen. Aber der Kunde war eben König, die Klaar jedoch die Kaiserin, und sie selbst gehörte zum Gesinde, mit dem man umspringen konnte, wie man wollte. Sie stand auf, nahm ihre Jacke vom Garderobenhaken und ging Richtung Hintertür.

»Jetzt schon eine Pause, Frau Lerchl?« Die Stimme ihrer Chefin ließ Regina zusammenzucken. »Können Sie sich das leisten?«

Sie drehte sich um. Die alte Hexe musste einen siebten Sinn dafür haben, wann sie kurz verschnaufen wollte. Sonst ließ sie sich den ganzen Tag nicht im Nähraum blicken.

»Der Rock für Frau Hörmann ist fertig«, sagte Regina und zwang sich zu einem Lächeln. »Und mit den anderen Sachen liege ich auch genau im Zeitplan.«

»Wirklich?« Eine dünne, wie mit Bleistift nachgezeichnete Braue hob sich. »Dann haben Sie also daran gedacht, dass Frau Neuer die gesamte Woche krank ist und Sie einen Teil ihrer Aufträge mit übernehmen müssen?«

Reginas Magen zog sich zusammen. Verdammt! Nein, das hatte sie total vergessen.

»Natürlich habe ich daran gedacht«, log sie. »Das habe ich alles eingeplant.«

»Ist das so?« Die Lippen ihrer Chefin, die ebenso dünn waren wie ihre Augenbrauen, zuckten für einen winzigen Moment und nahmen Regina damit jegliche Hoffnung, dass die Klaar ihr die Lüge abgekauft haben könnte. »Na, dann ist es ja gut. Eine Sekunde lang habe ich nämlich tatsächlich befürchtet, Sie könnten es vergessen haben. Aber so etwas würde Ihnen selbstverständlich nie passieren, nicht wahr, Frau Lerchl?«

Mit diesen Worten drehte sie sich um und rauschte hinaus, vermutlich voll der Genugtuung darüber, dass sie Regina wieder einmal vor Augen geführt hatte, wo ihr Platz im Klaar-Universum war.

Eine kühle Windbö ließ Reginas Jacke flattern, als sie in den Innenhof trat. Fröstelnd schlang sie die Arme um sich und flüchtete sich hinter einen Mauervorsprung. Ihre Finger waren eiskalt, und ihr Herz klopfte, als wäre sie gerade um ihr Leben gerannt. Sie schob die Hände in die Achselhöhlen, lehnte sich gegen die Wand und schloss die Augen. Wieder hatte ihre Chefin es geschafft, einen wunden Punkt zu finden, und wieder hatte der Giftpfeil genau ins Schwarze getroffen. Regina wusste, dass die Klaar das nur tat, weil sie andere niedermachen musste, um sich in ihrem miesen kleinen Leben für einen Augenblick besser zu fühlen. Aber egal, wie oft Regina sich das vorsagte – es verletzte sie trotzdem.

Eine Träne mogelte sich unter ihren geschlossenen Lidern hervor, aber das kam nur von der Übermüdung und vom Wind. Schließlich hatte sie das Schlimmste bereits überstanden. Sie war nicht mehr auf dem Boden des tiefen schwarzen Lochs, in das sie gerutscht war. Sie und Leonie waren auf dem Weg zurück an die Sonne, und wenn sie erst oben angelangt waren, würde auch die Klaar aus ihrem Leben verschwinden, und es würde nicht mehr von ihr übrig sein als die immer blasser werdende Erinnerung an einen lippenstiftbefleckten linken Schneidezahn.

In ganz seltenen Momenten erlaubte Regina sich sogar schon wieder, von ihrem eigenen kleinen Atelier zu träumen. Von eigenen Entwürfen. Von echter Kreativität. Sie wollte mehr, als ausgerissene Säume wieder anzunähen, Hosenbeine zu kürzen oder Kleider weiter zu machen, damit die Lebkuchen vom vergangenen Winter auch im Sommer noch Platz darin hatten. Sie wollte endlich wieder sie selbst sein und auf eigenen Beinen stehen, das wünschte sie sich mehr als alles andere im Leben, und dank Roman schien das alles nicht mehr nur ein dummer Traum zu sein. Er hatte sie aufgefangen, hatte ihren freien Fall gerade noch rechtzeitig gestoppt. Nur durch ihn hatte sie eine zweite Chance bekommen, und die würde sie nutzen.

Ein Sonnenstrahl stahl sich zwischen den Wolken hindurch und kitzelte Regina in der Nase. Sie lächelte unwillkürlich und reckte den Hals, als könnte sie der Wärme und dem Licht dadurch näher kommen. Ihre verschränkten Arme fühlten sich auf einmal an wie ein Gefängnis. Sie löste die Barriere und steckte die Hände in die Gesäßtaschen ihrer Jeans. Dabei erspürten ihre Fingerspitzen ein Stück Papier. Reginas Lächeln gefror.

Zahltag.

Sie riss die Finger aus der Tasche, als hätte sie sich an dem Kärtchen verbrannt. Gleichzeitig bemerkten die Wolken den Riss in ihrer Mitte und stopften ihn. Der Sonnenstrahl und seine Wärme versiegten.

Sie hätte es wissen müssen. Nichts im Leben war umsonst. Auch zweite Chancen nicht.

Zehn

»Setzen Sie sich doch.« Mulder deutete auf den Stuhl vor seinem Schreibtisch. »Kann ich Ihnen einen Kaffee anbieten? Sie sehen aus, als könnten Sie eine Tasse vertragen.«

»Nein danke«, sagte Hans und klopfte sich auf sein Bäuchlein. »Mein Magen ist davon nicht mehr so begeistert. Langsam rächen sich die dreieinhalb Jahrzehnte bei der Polizei. Das Zeug, das zu meiner Zeit im Schichtdienst um vier Uhr morgens noch auf der Wärmeplatte der Kaffeemaschine stand, wäre im Straßenbau besser aufgehoben gewesen als in einer Tasse. Ich will gar nicht wissen, was es mit meinem Magen angestellt hat. Wahrscheinlich muss man mich nach meinem Tod als Sondermüll deklarieren.« Er unterdrückte ein Gähnen und lehnte sich in seinem Stuhl zurück. »Aber wenn Sie mir die Bemerkung gestatten, Doktor: Wie das blühende Leben sehen Sie auch nicht unbedingt aus.«

»Tja«, antwortete Mulder, »irgendwie scheinen bei mir die Zeiten auch vorbei zu sein, in denen Schlaf nur etwas für alte Leute war. Schon alleine bei dem Gedanken, dass ich während des Studiums die Nächte durchgemacht habe und am nächsten Tag wieder im Hörsaal saß, werde ich müde.«

Sie lachten beide, und Mulder hing für einen Moment den Erinnerungen an seine Studentenzeit nach. In diesem Augenblick fühlte es sich an, als lägen sie nicht zwanzig, sondern zweihundert Jahre zurück. Auch Tonis Chef schien weit außerhalb dieses Zimmers zu sein, und er zuckte ein wenig zusammen, als Mulder sich räusperte.

»Die Buchstaben wurden also erst nach dem Tod in die Brust geritzt«, nahm Hans das Gespräch aus dem Obduktionssaal wieder auf. »Und er ist definitiv an der Schussverletzung gestorben.«

»Definitiv«, bestätigte Mulder. »Vermutlich hat der Mann nicht einmal mehr gespürt, wie sein Körper auf dem Boden aufschlug.«

Hans schnaubte. »Da soll noch einmal einer sagen, Kleinkaliberwaffen seien harmlos. Wobei ich allerdings auch von einem Fall im Allgäu weiß, bei dem es für das Opfer glimpflicher ausging.«

»Auch ein Kopfschuss?«, fragte Mulder.

»Auch ein Kopfschuss, ja. Auslöser war ein heftiger Ehestreit, in dessen Verlauf der Mann völlig ausgerastet ist, seine Pistole Kaliber .22 genommen und seiner Frau damit von hinten in den Kopf geschossen hat. Das Projektil ist knapp neben dem Ohr eingedrungen und in der Mundhöhle der Gattin stecken geblieben. Bei der Erstversorgung vor Ort hat sich die Kugel dann plötzlich gelöst, und die Frau hat sie den Sanitätern zusammen mit einem Blutpfropfen regelrecht in die Hände gespuckt. Das war aber auch schon alles. Sonst hat sie keine bleibenden Schäden davongetragen, was für mich persönlich schon fast an ein Wunder grenzt.«

Mulder nickte. Allerdings, das grenzte an ein Wunder. So viel Glück hatte keiner der Patienten gehabt, die während seiner Zeit bei Ärzte ohne Grenzen in Nord-Kivu auf seinem Tisch gelandet waren. Dort waren Kopfschüsse immer tödlich gewesen. Und nicht nur die. Er schüttelte sich unwillkürlich, als würden die Erinnerungen dadurch von ihm abfallen wie welkes Laub, doch die Gerüche, Geräusche und Bilder waren mittlerweile so tief in ihm verwurzelt, dass sie immer wieder austrieben, egal, wie oft er sie an der Oberfläche bekämpfte.

»In diesem Fall sieht es aber eher nicht nach Ehestreit aus«, sagte Mulder, um sich selbst auf andere Gedanken zu bringen. »Eine Frau würde kaum die Kraft haben, einen so großen und schweren Körper auf den Monopteros-Hügel zu schaffen und ihn dann noch auf die Stufe zu setzen.«

»Außer sie war Gewichtheberin, hatte Helfer, oder es war eine homosexuelle Beziehung und die Frau ein Mann.«

»Stimmt.« Mulder nickte. »Der Punkt geht an Sie. Haben Sie denn schon Hinweise in irgendeine Richtung?«

»Nein, noch nicht, aber der Fall ist ja auch erst wenige Stunden alt. Nach allem, was wir bisher in Erfahrung bringen konnten, war das Opfer ein alleinstehender Lehrer an einem Münchner Gymnasium. Aber da endet unsere Weisheit zum jetzigen Zeitpunkt auch schon.«

»Alleinstehender Lehrer«, wiederholte Mulder. »Klingt nicht gerade nach einem Schwerverbrecher.«

»Gilt in selbem Maß für einen Kriminalbeamten«, antwortete Hans. »Polizisten gehören wohl zu denjenigen Berufsgruppen, denen man Kapitalstraftaten am wenigsten zutraut. Hoffe ich zumindest«, setzte er mit einem schiefen Grinsen hinzu. »Umso schlimmer und umso größer der Vertrauensbruch, wenn sich dann herausstellt, dass ein Polizist tatsächlich auf die dunkle Seite der Macht übergelaufen ist.« Er schloss die Augen und drückte mit Daumen und Zeigefinger gegen seine Nasenwurzel.

»Ich muss zugeben«, fuhr er mit gesenktem Blick fort, »dass ich es im ersten Moment nicht glauben wollte, als Toni mir von ihrem Martyrium gebeichtet hat. Mein erster Impuls war, alles infrage zu stellen, weil schließlich nicht sein kann, was nicht sein darf. Mike war einer von uns, ein Polizist. Wir sind dazu da, andere zu beschützen. Wir tun so etwas nicht.«

Hans stützte die Unterarme auf seine Oberschenkel und ließ den Kopf hängen. »Manchmal habe ich mich sogar bei dem Gedanken ertappt, ob Toni nicht doch übertreibt. Ob sie Mike nicht zu viel kriminelle Energie unterstellt – bis heute Nacht der Anruf mit der Nachricht von seiner Festnahme kam. Und als wir dann noch vor dem Toten mit dem Einschussloch im Hinterkopf standen, ist mir mit einem Schlag bewusst geworden, dass Toni genauso hätte enden können.« Er hob den Kopf. »Oder Sie.«

Die Blicke der Männer trafen sich, und Mulder spürte, wie ihm eine Gänsehaut über die Arme lief. Er hatte es Toni gegenüber nie geäußert, aber ihm war es ähnlich ergangen wie ihrem Chef. Auch er hatte sich manchmal, wenn sie in der Tiefgarage um ihr Auto herumging, um sich zu vergewissern, dass die Reifen intakt waren, insgeheim gefragt, ob sie nicht doch übertrieb. Sicher, ihr Ex war gewalttätig, hatte sie verprügelt und nach ihrer Flucht gestalkt, sie bedroht und sogar von irgendwelchen zwielichtigen Typen überwachen lassen – aber daran, dass er wirklich zum Mörder werden könnte, hatte er im Grunde seines Herzens nicht geglaubt. Oder nicht glauben wollen.

Es war ja auch nicht so, dass er nicht wusste, wozu Eifersucht und krankhaftes Besitzdenken einen anderen Menschen treiben konnten. Es war nur etwas völlig anderes, wenn sich dieses Wissen plötzlich materialisierte. Wenn die Bedrohung real wurde und in das eigene Leben sickerte und jeden Schritt, jeden Atemzug mit Angst infiltrierte. Dann gab es in seinen Augen nur zwei Wege: Entweder man lebte damit und drehte sich fortan nach jedem Geräusch und jedem Schatten um, oder man schloss die Augen und verleugnete sie.

Ein Brummen riss Mulder aus seinen Gedanken. Er bemerkte erst jetzt, dass er auf den Krawattenknoten seines Gegenübers gestarrt hatte, und wandte sich mit einem Räuspern ab. Es dauerte aber noch zwei weitere Sekunden, bis er das Brummen als das Vibrieren seines BlackBerrys identifiziert hatte, der vor ihm auf dem Tisch lag. Er warf einen raschen Blick auf das Display.

»Gehen Sie ruhig ran«, sagte Tonis Vorgesetzter. »Meines klingelt auch ständig, und ich verfluche regelmäßig denjenigen, der die Dinger erfunden hat. Wie haben wir früher nur Verbrechen bekämpft, als die Telefone noch Kabel und eine Wählscheibe hatten?«

Mulder schüttelte den Kopf. »Ausnahmsweise ist es privat. Meine Tochter.« Was den Anruf aber nicht angenehmer machen würde, wie er befürchtete. In letzter Zeit waren die Telefonate mit Josefine sehr kräfteraubend und endeten meist in einem Wutanfall oder Tränenausbruch ihrerseits. Sie schien sich immer noch mit jeder Faser ihres Körpers an die Hoffnung zu klammern, dass er es sich doch noch anders überlegen und zu ihr und seiner Noch-Frau Susanne zurückkehren könnte, und das riss ihm schier das Herz aus der Brust.

»Na, dann sollten Sie auf jeden Fall rangehen«, sagte Hans und erhob sich. »Ich muss ohnehin zurück, die Pressekonferenz ruft.« Er reichte Mulder quer über den Schreibtisch die Hand, nahm seinen Trenchcoat und verließ das Zimmer.

Das Brummen hatte inzwischen aufgehört, doch ein helles Klingeln nur wenige Sekunden später verriet ihm, dass Josi ihm eine Nachricht geschrieben hatte. Er lächelte. Wie alle Teenager schien auch seine Tochter mit einem Smartphone in der Hand auf die Welt gekommen zu sein und tippte mit ihren beiden Daumen in einer atemberaubenden Geschwindigkeit, von der ihm schon beim bloßen Zusehen schwindlig wurde. Bevor er WhatsApp überhaupt geöffnet hatte, hatte sie schon den ersten Satz geschrieben.

»Boah, Papa, du tippst wie ein Opa«, hatte sie einmal zu ihm gesagt, als sie ihm dabei zugesehen hatte, wie er mit dem Zeigefinger von Buchstabe zu Buchstabe navigierte. »Das ist echt voll peinlich.« Danach hatte sie ihm das Schreiben mit den Daumen beibringen wollen, doch er hatte sich so ungelenk angestellt, dass Josi es bald aufgegeben hatte. Er sah sie beide noch vor sich, wie sie nebeneinander auf dem Sofa saßen und vor Lachen fast keine Luft mehr bekamen. Bei dem Gedanken daran zog es ihm die Kehle zusammen.

Ein erneuter Klingelton. Die zweite Nachricht. Er griff nach dem BlackBerry und öffnete die Nachrichten.

Papa, ruf mich an.

Papa? Bitte!!!

Er seufzte und lächelte gleichzeitig. Typisch Teenager. Die Welt drehte sich nur um sie. War er genauso gewesen? Vermutlich, mutmaßte er, er hatte es wohl nur vergessen. Mulder wählte die Nummer seiner Tochter. Verdammt, wie er sie vermisste!

Elf

»Und Sie sind ganz sicher mit Herrn Krumbad?« Der alte Mann schaute Toni betroffen an. Seine Hände ruhten auf der Plastiktischdecke. Stellenweise war das Muster schon weggescheuert. Vermutlich lag sie seit Jahren auf dem Tisch, ohne bewegt worden zu sein. Die Reste des blauen Blumenmusters hatten fast dieselbe Farbe wie die Adern auf den Handrücken des Mannes.

»Leider ja«, bestätigte Toni. Der Mann ließ sich gegen die Stuhllehne sinken. Seine Hände folgten der Bewegung, rutschten ein Stück über das Blumenplastik und umklammerten nun die Tischkante. Er schüttelte den Kopf.

»Aber wer tut denn so was?«, fragte er und blickte Toni an. »Der Herr Krumbad war so ein feiner Mensch. Sehr still zwar, hat mit niemandem geredet, nicht mal ein kurzer Ratsch im Treppenhaus. Aber er hat immer freundlich gegrüßt und war immer hilfsbereit. Warum sollte jemand denn so einen Menschen umbringen wollen?«

Seine Blicke schienen in Tonis Kopf kriechen und dort nach einer Antwort wühlen zu wollen, doch die suchte Toni selbst noch. Bisher hatten sie und Contutto einschließlich des alten Herrn Hartinger, dem Toni gerade gegenübersaß, nur drei Bewohner im Haus angetroffen, und die hatten übereinstimmend dasselbe Bild gezeichnet: das eines freundlichen, aber sehr in sich gekehrten und zurückgezogen lebenden Menschen, der garantiert keiner Fliege etwas zuleide getan hatte.

»Zu der Wohnung gehört doch sicher ein Kellerabteil«, wechselte Toni das Thema. »Wissen Sie, welches Abteil das von Herrn Krumbad war?«

»Natürlich weiß ich das.« Der alte Mann klang ein wenig empört. »Wir sind ja nicht in einem der Betonkästen, wo die Leute nicht einmal die Namen ihrer Nachbarn kennen und man wochenlang tot in der Wohnung liegen kann, ohne dass es einer merkt.« Mit einem leisen Ächzen stemmte er sich in die Höhe. »Wenn Sie wollen, zeige ich es Ihnen. Ich hoffe, Sie haben genügend Zeit mitgebracht.«

»Heiliges Kanonenrohr«, murmelte Contutto und kratzte sich am Kopf. »Ich kann ja auch nichts wegwerfen, aber so voll war selbst mein Kellerabteil noch nie. War das schon immer so?«

»Nein.« Herr Hartinger zog ein Taschentuch aus der Hose und schnäuzte sich. »Bevor Herr Krumbad eingezogen ist, war nur das Zeug von seinen Eltern darin. Das hat er allerdings nie ausgeräumt, sondern noch jede Menge Kartons dazugestellt, wie Sie sehen.«

»Wie meinen Sie das: Das Zeug seiner Eltern war noch im Keller?«, fragte Toni.

»Das wissen Sie nicht?«, fragte der alte Mann zurück.

»Na, die Wohnung hat doch seinen Eltern gehört. Die sind aber gestorben, bevor ich hier eingezogen bin. Muss so vor acht oder neun Jahren gewesen sein. Ziemlich tragische Sache. Verkehrsunfall, glaube ich.« Er holte sein Taschentuch wieder hervor, schaute es aber nur kurz an, faltete es umständlich zusammen und steckte es wieder weg.

»Und danach ist Herr Krumbad eingezogen?«, hakte Toni nach, als der Mann in Schweigen zu verfallen drohte. Er reagierte jedoch nicht auf ihre Frage.

»Herr Hartinger?«

Der Mann zuckte zusammen.

»Bitte entschuldigen Sie, Frau … Frau …«

»Stieglitz.«

»Ja, richtig. Frau Stieglitz. Pardon. Ich kann es nur einfach immer noch nicht glauben. So viel Tragik in einer Familie.« Er seufzte, und seine Schultern sackten nach unten. Unsicher, als würde der Boden unter seinen Füßen schwanken, streckte er eine Hand aus und stützte sich an der Kellerwand ab.

»Ist Ihnen nicht gut?« Contutto griff nach dem Arm des Mannes. Lag es nur am ungesunden Licht der Leuchtstoffröhren, oder war er wirklich blasser geworden? »Warten Sie, ich bringe Sie in Ihre Wohnung.«

Oben angekommen, ließ Herr Hartinger sich auf das Sofa fallen.

»Sollen wir einen Arzt rufen?«, fragte Toni, doch der alte Mann wehrte ab.

»Mein Arzt ist schon da. Der sitzt dort drin.« Er deutete

mit dem Finger auf das Sideboard neben dem Fenster. »Ganz oben links. Wenn Sie so freundlich wären?«

Toni durchquerte den Raum und öffnete die Schiebetür. Statt der Herztropfen, die sie zunächst vermutet hatte, stand ganz oben links eine fast leere Flasche Cognac. Er konsultierte den Arzt also des Öfteren, dachte sie und konnte sich ein kleines Lächeln nicht verkneifen, weil es sie an Frau Wilmerdinger erinnerte, die Wirtin der Pension Maria, in der sie nach ihrer Flucht vor Mike Unterschlupf gefunden hatte. Ihr verstorbener Mann Hubert hatte denselben Hausarzt gehabt.

Toni nahm noch eines der Gläser aus dem Regal und stellte es vor Herrn Hartinger auf den Tisch. Darunter legte sie ihre Visitenkarte.

»Den Spruch kennen Sie sicher aus dem Fernsehen: Wenn Ihnen noch etwas einfällt ...«

»... dann rufe ich Sie an. Wobei ich Ihnen alles gesagt habe, was ich weiß. Ich habe die Familie ja nicht wirklich gekannt. Aber Mathilde Drexler, die kann Ihnen ganz sicher weiterhelfen.«

»Mathilde Drexler?«, fragte Toni. »Wohnt die Dame auch hier?«

Der alte Mann hatte sich inzwischen einen großzügigen Schluck Cognac eingeschenkt und leerte das Glas auf einen Zug. Mit einem zufriedenen Schmatzen stellte er es auf den Tisch und lehnte sich zurück. Toni wollte ihre Frage gerade wiederholen, als Herr Hartinger sie ansah.

»Mathilde war hier über fünfzig Jahre Hausmeisterin. Wenn Ihnen jemand weiterhelfen kann, dann sie.«

»Und wo finden wir Frau Drexler?«

Er zuckte mit den Schultern.

»Keine Ahnung. Sie ist in ein Altenheim gezogen. Aber fragen Sie mich nicht, in welches. Ich mag solche Heime nicht. Da gibt es nur alte Leute, die auf den Tod warten. In so etwas gehe ich nicht. Ich sterbe hier und sonst nirgends.«

Zwölf

»Fuck!«

Tobias warf den Pen auf den Schreibtisch und rieb sich über die Augen. Sein Hirn war wie vernagelt und seine Kreativität offenbar auf Urlaub. Ein Entwurf war mieser als der andere. Wenn er nicht bald eine zündende Idee hatte, würde er die Deadline reißen, und dann war wieder ein Vieraugengespräch mit seinem Chef fällig, worauf Tobias überhaupt keine Lust hatte.

Genervt stand er auf und ging Richtung Küche, um sich einen Kaffee zu holen. Auf dem Flachbildschirm im Wartebereich lief wie immer ein Nachrichtenkanal. Der Ton war zwar abgestellt, aber es war dennoch unverkennbar, dass die Münchner Polizei eine Pressekonferenz abhielt. Was war denn jetzt schon wieder passiert? Er blieb stehen und kniff die Augen ein wenig zusammen, um den Text besser lesen zu können. Mann, die Schrift wurde auch immer kleiner.

»Da hat sich bestimmt einer für seine miesen Noten gerächt«, sagte eine Stimme hinter ihm. Tobias drehte sich um. Es war Kevv mit einem extrabescheuerten Grinsen auf dem Gesicht. Tobias sah ihn verständnislos an.

»Na da.« Kevv deutete mit der Hand auf den stummen Bildschirm. »Die Leiche im Englischen Garten.«

Tobias verstand immer noch nicht, und Kevv setzte eine mitleidige Miene auf.

»Müssen wir langsamer sprechen?«, fragte er und zog jedes Wort auf seine dreifache Länge. »Hat dein Gehirn die letzten Experimente der Außerirdischen noch nicht ganz verkraftet? Der Typ, den sie gefunden haben.« Er deutete wieder auf den Fernseher. »Der war Lehrer. Schlechte Noten – Schüler – Wut – Bäm. Kapiert?«

Tobias merkte, wie seine Kinnlade nach unten sackte, aber er war nicht in der Lage, sie aufzuhalten. Alle seine geistigen Kapazitäten waren mit der Verarbeitung einer einzigen Information beschäftigt: Lehrer.

Zwar registrierte er, dass sich Kevvs Lippen bewegten, doch die Worte wurden von dem Dröhnen in Tobias' Kopf vollkommen übertönt.

Lehrer.

Das hatte nichts zu bedeuten, beteuerte sein Verstand. Das war reiner Zufall. Und doch zog es ihm den Magen zusammen.

Lehrer.

Der Hobbit war Lehrer.

Gewesen, flüsterte eine fiese Stimme durch das Dröhnen.

Gewesen.

Dreizehn

Toni stieg aus dem Paternoster und wartete auf Contutto, der den Aufzug bereits ein Stockwerk tiefer verlassen hatte und nun die Treppen heraufgeschnauft kam. Er hatte die irrationale, aber tief sitzende Angst, den Ausstieg im vierten Stock zu verpassen und mit der rumpelnden Kabine durch das Dachgeschoss fahren zu müssen. Irgendjemand hatte im Scherz erzählt, dass die Kabinen sich am Wendepunkt auf den Kopf stellen würden und der Boden somit zur Decke wurde. Das war natürlich vollkommener Quatsch, hatte Contuttos eigentliche Angst, dort oben von einem Stromausfall überrascht zu werden und stundenlang gefangen zu sein, aber nur noch befeuert.

Sie bogen in den Gebäudetrakt ein, in dem ihre Dienststelle lag, und trafen dabei auf Hans, der gerade aus dem Aufzug stieg.

»Pressekonferenz?«, fragte Toni. Hans antwortete mit einem grimmigen Nicken und fingerte an seinem Krawattenknoten herum, bis er ihn ein wenig gelockert hatte.

»Das ist noch einmal mein Tod«, knurrte er. »Wie ich es hasse, auf dem Präsentierteller zu sitzen und Fragen zu beantworten, auf die wir noch keine Antworten haben. Wenn die wenigstens zuhören und nicht ständig die Fragen wiederholen würden, die schon mindestens ein anderer vor ihnen gestellt hat. Oder glauben die, ich bin dämlich und weiß nicht, was ich eine Minute zuvor gesagt habe?« Er öffnete jetzt auch noch den obersten Knopf seines Hemdes. »Hätte ich ein Blutdruckmessgerät getragen, wäre es nach spätestens fünf Minuten explodiert.«

»Gegen hohen Blutdruck haben wir etwas«, sagte Contutto, und Toni hielt die Tüte in die Höhe. »Bestes Feingebäck von der Schwanthalerhöhe. Hilft garantiert.«

»Wenigstens ein Lichtblick an diesem Tag«, brummte ihr Chef. »Sagt den anderen Bescheid. Wir treffen uns in zehn Minuten im Besprechungsraum.«

Als alle am Tisch Platz genommen und sich mit Kaffee und Rosinenschnecken versorgt hatten, begann Contutto mit einem kurzen Abriss dessen, was sie im Wohnhaus von Matthias Krumbad in Erfahrung gebracht hatten.

»Wie gesagt«, schloss er, »die Wohnung an sich ist vollkommen unauffällig – wenn man von den beiden Panzerriegeln an der Tür einmal absieht. Aber sonst«, er zuckte mit den Schultern, »sieht sie aus wie die Durchschnittswohnung eines Durchschnittsmenschen. Kein heimliches Waffenarsenal, kein Meth-Labor in der Küche, keine schwarz gestrichenen Wände mit satanistischen Symbolen aus Ziegenblut. Kurz: nichts, was einen Hinweis darauf geben könnte, weshalb ihn jemand von hinten erschossen hat.«

»Entweder war er wirklich die Harmlosigkeit in Person«, fuhr Toni fort, »oder er hat über Jahre hinweg akribisch das perfekte Bild eines freundlichen, aber unauffälligen Lehrers aufgebaut. Irgendeine Leiche muss er ja im Keller haben, sonst hätte er jetzt kein Loch im Hinterkopf.«

Hans nickte langsam.

»Der berühmte Wolf im Schafspelz also«, sagte er und wandte sich an Sören. »Hast du etwas über unser Opfer herausgefunden, was diese Theorie untermauern könnte?«

»Leider nein«, antwortete Sören an dem Bissen vorbei, an dem er gerade kaute. »Im Grunde habe ich eigentlich so gut wie nichts über ihn herausgefunden. In den sozialen Netzwerken war er jedenfalls nicht unterwegs. Oder zumindest nicht unter seinem Namen. Genau genommen hat keine einzige Suchmaschine auch nur irgendetwas zu ihm ausgespuckt. Virtuell scheint er nicht existiert zu haben. Aber das, was euch der Nachbar erzählt hat, stimmt.« Er nahm einen Schluck Kaffee und gleich darauf einen weiteren Bissen. »Seine Eltern sind vor acht Jahren am selben Tag gestorben und waren bis zu diesem Tag unter Krumbads Adresse gemeldet. Er selbst ist allerdings erst drei Jahre später, sprich vor fünf Jahren, dort eingezogen. Ob er die Wohnung in der Zwischenzeit vermietet hat oder sie einfach nur leer stand, kann ich leider nicht sagen.«

»Das weiß bestimmt die Ex-Hausmeisterin«, warf Toni ein. »Konntest du sie auftreiben?«

»Konnte ich«, antwortete Sören. »Und stellt euch vor, sogar unsere Datenbanken haben etwas über sie ausgespuckt. Vor fünf Jahren hat sie sich nämlich eine Anzeige wegen Körperverletzung eingefangen. Offenbar hat sie einem Jungen, der im Treppenhaus Ball gespielt hat, die Leviten gelesen. Doch statt schön brav zu folgen, hat er ihr die Zunge herausgestreckt, was ihr offenbar zutiefst missfallen hat, denn sie hat ihn kurzerhand am Ohr gepackt und daran zur Wohnung seiner Eltern gezerrt.« Er grinste. »Die Dame scheint noch von der alten Schule zu sein.«

»Dann sollten diejenigen, die die resolute Dame aufsuchen, sich an ihre gute Kinderstube erinnern«, sagte Hans und schaute in die Runde. Toni hob sofort abwehrend die Hände.

»Tut mir leid, Contutto und ich sind außen vor. Wir haben um vierzehn Uhr einen Termin bei der Direktorin von Krumbads Gymnasium.«

»Dann viel Glück, Sören«, sagte Hans und erhob sich, um die Besprechung für beendet zu erklären, doch niemand machte Anstalten, es ihm gleichzutun. Contutto räusperte sich.

»Ähm, Chef. Da wäre noch etwas.«

Hans runzelte die Stirn.

»So? Was denn?«

»Die Obduktion ...«

Hans stieß einen Seufzer aus.

»Natürlich.« Er nahm wieder Platz. »Macht der Gewohnheit. Normalerweise ist das ja der Part von einem von euch. Also gut.« Er griff in die Innentasche seines Jacketts, holte ein schwarzes Notizbuch heraus und blätterte kurz darin. Dann nickte er, steckte es wieder weg und sah in die Runde.

»Wirklich Überraschendes gab es nicht«, begann Hans seinen Bericht. »Todesursächlich war der Schuss in den Hinterkopf, abgefeuert aus einer Waffe vom Kaliber .22. Die dadurch entstandenen Verletzungen des Gehirns waren laut Doktor Mulder unmittelbar tödlich. Das Projektil selbst steckte tatsächlich noch im Schädel des Toten und ist bereits auf dem Weg zur ballistischen Untersuchung. Vielleicht finden sich darauf irgendwelche Spuren, die uns weiterhelfen. Bestätigt hat sich auch unsere Vermutung, dass der Monopteros nur der Auffindeort war, nicht der Tatort. Lage und Ausprägung der Leichenflecken zufolge muss Krumbad längere Zeit auf der Seite gelegen haben, bevor der Täter ihn zum Monopteros verbracht hat.«

Contutto schüttelte den Kopf.

»Das alles wird immer merkwürdiger. Es ist schon seltsam genug, sich für die Beseitigung eine Leiche ausgerechnet einen so exponierten Ort auszusuchen. Aber das erst nach einigen Tagen zu tun, das ist schon ziemlich schräg.«

»Vielleicht hatte er vorher ja keine Möglichkeit, sein Opfer vom Tatort wegzuschaffen«, warf Sören ein.

»Oder er musste sich erst nach einem passenden Ort umsehen«, ergänzte Toni.

»Einem passenden Ort?«, fragte Sören.

»Ja, einem Ort, an dem sichergestellt ist, dass die ganze Welt erfährt, dass Krumbad eine Drecksau war.«

Vierzehn

»Mein Gott, wie schrecklich! Ich kann es noch gar nicht glauben.« Die Frau, die Toni und Contutto gegenübersaß, presste sich die Hand auf den Mund. »Als Matthias heute nicht zum Unterricht erschienen ist und ihn niemand erreichen konnte, haben wir uns ernsthaft Sorgen gemacht. Matthias war immer absolut zuverlässig, wissen Sie? Ich kann mich an keinen Tag erinnern, an dem er zu spät gekommen wäre. Er machte uns mit seiner Korrektheit manchmal regelrecht ein schlechtes Gewissen.« Sie lachte unsicher, als wüsste sie nicht, ob sich so eine Bemerkung über einen Toten schickte. »In letzter Zeit wirkte er allerdings oft übermüdet und ein wenig fahrig, als würde er nicht genügend Schlaf bekommen. Deshalb dachten wir zuerst, er hätte verschlafen, aber als er nicht ans Telefon ging, wussten wir, dass mit ihm etwas nicht stimmte. Vielleicht war er krank, oder ihm war auf dem Weg zur Schule etwas passiert. Jemand vermutete, er könne aus Unachtsamkeit vor ein Auto gelaufen sein. Aber so etwas ...«

Sie verstummte, und Toni konnte sehen, wie die Direktorin sich bemühte, ihren Blick von der Mappe fernzuhalten, in die Contutto das Foto aus der Rechtsmedizin zurückgeschoben hatte.

»Haben Sie eine Ahnung, was Herrn Krumbad den Schlaf geraubt haben könnte, Frau Rösler?«, fragte Toni, und nun fand der Blick der Direktorin doch den Weg zur Mappe. Die Frau zog die Schultern hoch und rieb sich über die Arme.

»Nein«, sagte sie, nachdem sie sich schließlich von dem verborgenen Bild losgerissen hatte. »Matthias war niemand, der viel über sich erzählt hat. Genau genommen hat er gar nichts über sein Privatleben preisgegeben. Zumindest bei mir nicht«, schränkte sie ein. »Ich bin erst seit knapp zwei Jahren an dieser Schule, und anfangs dachte ich, Matthias wäre einer der Menschen, die eine gewisse Zeit brauchen, um anderen gegenüber aufzutauen und sich zu öffnen. Doch auch noch nach Monaten hatten wir kaum ein privates Wort gewechselt. Verstehen Sie mich nicht falsch, er war nie unhöflich oder unfreundlich, und wenn es um Fachliches oder um Belange der Schule ging, war er ein kluger und kompetenter Gesprächspartner. Sobald man jedoch dieses Terrain auch nur einen halben Schritt verließ, zog er sich sofort zurück. Da habe ich irgendwann aufgegeben.« Den letzten Satz hatte Frau Rösler leise, fast beschämt ausgesprochen.

»Gibt es jemanden an der Schule, der engeren Kontakt zu Herrn Krumbad hatte? Jemanden, den er näher an sich herangelassen hat?«, fragte Contutto.

Die Direktorin zuckte mit den Schultern.

»Ich weiß es nicht«, gestand sie. »Vielleicht jemand von früher.«

»Von früher?« Toni zog die Brauen zusammen. »Wie meinen Sie das?«

Die Schulleiterin wich Tonis Blick aus und stand auf. »Ich denke, das können Ihnen meine Kollegen besser erklären. Ich habe diejenigen, die keinen Nachmittagsunterricht haben, gebeten, sich im Lehrerzimmer einzufinden. Bitte folgen Sie mir.«

Als sie das Zimmer der Direktorin verließen, richteten sich Dutzende Augenpaare auf sie. Eine Traube aus Schülerinnen und Schülern aller Jahrgangsstufen drängte sich in dem breiten Gang, und nicht nur auf einem Gesicht waren Tränenspuren zu sehen. Das unruhige Gemurmel, das zwischen den Wänden hin und her geschwappt war, verstummte.

Kein Zweifel, die Nachricht hatte sich nicht nur im Lehrerkollegium, sondern auch unter der Schülerschaft verbreitet. Großartig, dachte Toni. Eine Pressekonferenz vor Kindern und Jugendlichen, von denen vermutlich so gut wie jeder seine Handykamera aktivieren würde, sobald sie nur den Mund aufmachten.

Frau Rösler schien dasselbe zu denken und wollte Toni und Contutto rasch weiter zum Lehrerzimmer lotsen, doch noch bevor sie sich in Bewegung setzen konnten, ergriff eine Schülerin das Wort.

»Sind Sie von der Polizei?«

Toni und Contutto nickten.

»Dann stimmt das?« Die Stimme des Mädchens zitterte. »Dann ist Herr Krumbad wirklich tot?«

Nun blieb ihnen nichts anderes übrig, als die Wahrheit

zu sagen. Toni sah, wie sich die ersten Hände samt Smartphones in die Höhe reckten.

»Wenn euch die Privatsphäre eures Lehrers, wegen dem ihr euch hier versammelt habt, so egal ist, wenn euch egal ist, dass ihr den Schmerz seiner Angehörigen vervielfacht und ihr eure Mitschülerinnen und Mitschüler in ihrer Trauer bloßstellt, indem ihr das hier ins Internet bringt, nur um ein paar Likes auf Facebook oder YouTube zu bekommen, dann filmt weiter«, sagte sie. »Wenn ihr aber nur einen Funken Respekt und Anstand besitzt, dann nehmt ihr die Dinger runter. Und zwar jetzt.«

Zu ihrer eigenen Überraschung senkten sich alle Hände. Bis auf eine. Sie schaute den Jungen an, der die Kamera immer noch auf sie gerichtet hielt.

»Mach das Scheißding aus«, zischte jemand, doch er dachte nicht daran.

»Die Bullen lügen doch, wenn sie den Mund aufmachen. Alle sollen sehen, was die sagen, damit die sich später nicht rausreden können.«

Toni unterdrückte einen Seufzer. Immer dieselbe Leier. Aber wehe, jemand klaute ihm sein iPhone, dann waren die Bullen plötzlich wieder gut genug.

»In Ordnung«, sagte sie und ließ ihren Blick über die Schüler wandern. »Wenn ihr euch demnächst auf ewig im Internet wiederfinden werdet, dann wisst ihr ja, bei wem ihr euch dafür bedanken könnt.« Sie nickte dem Jungen zu, der sein Smartphone nach wie vor unverwandt in die Höhe hielt. »So leid es mir tut«, sagte sie dann. »Aber es stimmt. Herr Krumbad ist tot. Man hat ihn heute früh leblos im Englischen Garten gefunden. Und bevor ihr fragt« – in der fassungslosen Stille klang ihre Stimme auf einmal viel zu laut –, »mehr wissen wir selbst noch nicht.«

Zwei, drei Atemzüge lang hielt die Stille noch an, dann erklang ein leises Schluchzen, und plötzlich begannen alle durcheinanderzureden.

»Gehen Sie«, sagte die Direktorin. »Ich bleibe hier bei den Schülern. Sie können jetzt unmöglich allein bleiben. Es ist die vorletzte Tür auf der linken Seite.«

Toni und Contutto ließen Frau Rösler und ihre Schüler hinter sich zurück und gingen den Flur entlang, bis sie die Tür mit der Aufschrift *Lehrerzimmer* erreicht hatten. Nach kurzem Klopfen traten sie ein. Alle Köpfe wandten sich ihnen zu, und die Gespräche verstummten.

»Mein Name ist Stieglitz«, begann Toni, »und das ist mein Kollege Herr Westenrieder. Wir sind von der Kripo München. Frau Rösler hat uns ja bereits angekündigt, und wahrscheinlich haben Sie unser Kommen aufgrund der Nachrichten ohnehin schon erwartet.«

»Dann stimmt es also?«, unterbrach sie ein Lehrer mit schütterem grauem Haar, der sich seine Lesebrille auf die Stirn geschoben hatte. »Dann ist das wirklich Matthias, den man am Monopteros gefunden hat?«

»Ja«, bestätigte Contutto. »So leid es mir tut. Ihr Kollege wurde allem Anschein nach Opfer eines Verbrechens.«

Dieselbe sprachlose Schrecksekunde wie zuvor bei den Schülern senkte sich über sie, gefolgt von demselben fassungslosen Stimmengewirr. Toni und ihr Kollege warteten geduldig, bis die ersten Reaktionen abgeklungen waren, und begannen dann mit der Befragung. Die lief genauso ab, wie Toni nach dem Gespräch mit der Direktorin insgeheim befürchtet hatte: Alle waren zutiefst betroffen, schilderten ihren Kollegen als freundlich und hilfsbereit, aber verschlossen wie eine Auster, wie eine etwas füllige Lehrerin es formulierte. Niemand konnte sich auch nur ansatzweise vorstellen, wer einen Grund gehabt haben könnte, Matthias Krumbad zu töten.

»Frau Rösler vermutete, am ehesten könnten uns diejenigen unter Ihnen weiterhelfen, die Herrn Krumbad von früher kennen. Leider kam sie nicht mehr dazu, uns zu verraten, wen und was sie mit *früher* meinte. Haben Sie eine Vorstellung?«

Fragend schaute Toni in die Runde und musste zu ihrem Erstaunen feststellen, dass jeder aus dem Lehrerkollegium ihrem Blick auswich. Wie Schüler, die ihre Hausaufgaben nicht gemacht hatten und deshalb nicht aufgerufen werden wollten. In einer weniger ernsten Situation hätte sie über die vertauschten Rollen geschmunzelt, aber jetzt spürte sie, dass sie zum ersten Mal so etwas wie den Hauch einer Spur gefunden hatten.

»Niemand eine Idee?«, hakte sie nach, als sich keiner der Lehrer zu Wort meldete. Sie hatten einen wunden Punkt getroffen, dessen war sie sich nun sicher. Irgendetwas war passiert. Etwas, über das niemand sprechen wollte. Mit wachsender Ungeduld ließ sie ihren Blick über die Runde schweifen. Sämtliche Köpfe waren gesenkt – bis auf einen. Der Grauhaarige mit der Brille auf der Stirn sah Toni direkt in die Augen und nickte fast unmerklich. Toni nickte zurück.

»Gut, vielen Dank. Das war es fürs Erste«, sagte sie. »Bitte nennen Sie meinem Kollegen Ihren Namen und eine Telefonnummer, unter der wir Sie erreichen können für den Fall, dass wir noch Fragen haben sollten.«

Der Letzte in der Reihe war der Lehrer mit den grauen Haaren.

»Feist«, sagte er. »Norbert Feist. Ich unterrichte hier Latein, Deutsch und Geschichte. Und ich weiß, was Frau Rösler mit früher meinte.«

Fünfzehn

»Schade, aber da kann man nichts machen.« Toni versuchte, sich ihre Enttäuschung nicht zu sehr anmerken zu lassen. Doch wenn jemand verstand, dass einem die Arbeit immer wieder und vor allem in den ungünstigsten Momenten die Freizeitpläne verhagelte, dann sie. »Okay. Dann bis morgen.« Hoffentlich, setzte sie in Gedanken hinzu und steckte ihr Handy zurück in die Jackentasche.

»Lass mich raten – beim Doc klappt es heute Abend nicht«, sagte Contutto, während er den Dienstwagen durch die Maxburgstraße Richtung Präsidium steuerte.

Toni schüttelte den Kopf.

»Leider nein. Irgendein Ministerium hat eine Stellungnahme zu irgendeinem rechtsmedizinischen Thema angefordert. Mit Fristsetzung morgen Mittag. Tom hat die zweifelhafte Ehre, diese Stellungnahme zu pinseln, was ihn wohl die halbe Nacht kosten wird.« Nun konnte sie einen Seufzer doch nicht unterdrücken.

»Irgendwie beruhigend, dass es nicht nur bei uns so ist«, sagte Contutto. »Trotzdem würde mich interessieren, warum denen da oben immer erst kurz vor Dienstschluss einfällt, dass sie am nächsten Morgen unbedingt einen Bericht zu irgendeinem Thema brauchen. Haben die keinen Überblick über ihre Termine, oder haben die einfach nur Spaß daran, anderen Leuten den Feierabend zu versauen, weil der Herr Minister ihnen gerade ihren eigenen ruiniert hat?« Er bog in die Ettstraße ab und hielt nach einer Parklücke Ausschau. »Mann, bin ich froh, dass ich dank meiner Beurteilung nie in die Gefahr geraten werde, dass das Ministerium seine Krallen nach mir ausstreckt. Mittelmäßigkeit hat manchmal eben doch enorme Vorzüge. Aber was ist mit heute Abend? Willst du den Umtrunk verschieben?«

»Nein«, antwortete Toni. »Tom hat darauf bestanden, dass wir heute ohne ihn ins Bratwurstherzl gehen. Er meinte, dass man in unseren Berufen die Feste feiern muss, wie sie fallen.« Damit hatte er zweifellos recht. Trotzdem war sie enttäuscht. Schließlich war der Grund ihres Umtrunks, wie Contutto sich ausgedrückt hatte, für sie beide ein ganz besonderer, und ohne Tom an ihrer Seite war es einfach nicht dasselbe. Aber wie auch immer, versuchte sie sich aufzumuntern, Mike war erst einmal kaltgestellt, und das war das Wichtigste.

Nachdem Contutto eingeparkt hatte, stiegen sie aus und gingen auf den Haupteingang zu. Die steinernen Löwen zu beiden Seiten des Portals begrüßten sie mit stummem Brüllen und erhobener Pranke. Heute im Lehrerzimmer hätte Toni am liebsten genauso gefaucht und mit der Faust auf den Tisch gehauen. Alle hatten sie etwas gewusst, das hatte sie jedem Einzelnen an der Nasenspitze angesehen, doch nur einer von ihnen hatte den Mumm gehabt, mit der Sprache herauszurücken. War es, weil man über die Toten nur Gutes sagen sollte? Oder weil sie nicht in irgendetwas hineingezogen werden wollten? Jedenfalls hatten sie es kaum erwarten können, das Zimmer zu verlassen und möglichst viel Raum zwischen sich und die Polizei zu bringen.

»Was glaubst du«, sagte Toni, als sie und Contutto auf das Büro ihres Chefs zuschritten, »hat Sören bei der Hausmeisterin mehr Glück? Oder ist sie genauso verstockt wie Krumbads Kollegen?«

»Also, wenn sie eine echte Münchner Hausmeisterin ist«, antwortete Contutto, »dann hoffe ich für ihn, dass er ein Notizbuch mit vielen freien Seiten und viel Zeit im Gepäck hat. Die wird er nämlich brau–« Er brach mitten im Wort ab. »Was machst du denn schon hier?«

Genau dasselbe hatte Toni sich auch gedacht, als sie Sören erblickte, der auf dem Besucherstuhl vor Hans' Schreibtisch saß.

»Hat die Hausmeisterin dich auch am Ohr gepackt und zur Heimleiterin gezerrt, weil du dich ungebührlich verhalten hast?«, fragte sie.

»Nein. Ich bin ja schließlich nicht du«, antwortete Sören mit einem Grinsen. »Sie war einfach nur nicht da. Sie hatte einen Termin zur Diabetes-Kontrolle beim Hausarzt ihres Vertrauens. Den Arzt im Stift verweigert sie nämlich konsequent. Nur über meine Leiche, soll sie gesagt haben.«

»Im Altersheim eine gewagte Aussage«, rutschte es Contutto über die Lippen. »Schon gut.« Er zog den Kopf zwischen die Schultern. »Ich ziehe diese Bemerkung vollumfänglich zurück und bitte, sie aus dem Protokoll zu streichen.«

»Das ist auch besser so«, brummte Hans. »Erzählt lieber, was ihr beide herausgefunden habt.«

Das ließ sich vor allem Contutto nicht zweimal sagen, und sie berichteten abwechselnd von ihrer Unterredung mit der Schulleiterin und dem Lehrerkollegium.

»Am Schluss war dann nur noch der Lateinlehrer, dieser Feist, mit uns im Lehrerzimmer«, sagte Contutto, »und ihr glaubt nicht, was er über Krumbad erzählt hat.« Er machte eine seiner berühmten Kunstpausen, für die nicht nur Toni ihm hin und wieder am liebsten den Hals umdrehen würde. Diesmal kostete er sie besonders lang aus. »Er war suspendiert«, sagte er schließlich. »Und zwar wegen einer Sechzehnjährigen.«

Sechzehn

»Wegen einer Sechzehnjährigen?« Sören hob die Brauen und pfiff leise durch die Zähne. »Na holla die Waldfee.«

»Eine seiner Schülerinnen?«, mutmaßte Hans, doch Contutto schüttelte den Kopf.

»Nein. Die Freundin seiner Schwester.«

»Seiner Schwester?« Sören schaute von einem zum anderen. »Die ist uns bisher ja vollkommen verborgen geblieben.«

»Kunststück«, schaltete sich Toni ein. »Die liegt ja auch auf dem Friedhof.«

»Autsch«, sagte Sören und verzog das Gesicht. »Du hast heute ganz offensichtlich wieder deinen direkten Tag. Hoffentlich warst du dem Lehrer gegenüber etwas mitfühlender.«

»Weshalb? Es war ja nicht seine Schwester, die gestorben ist.«

»Könntet ihr bitte die Sache von vorne erzählen? Und zwar so, dass klar wird, was Krumbads tote Schwester und ihre sechzehnjährige Freundin damit zu tun hatten, dass er suspendiert wurde?« Hans ließ seine Brille am Bügel kreisen. In Kombination mit seiner gerunzelten Stirn ein untrügliches Zeichen dafür, dass sein Geduldsfaden dünner wurde.

»Zu Befehl, Chef!« Contutto schlug die Hacken zusammen. »Allerdings waren die Angaben des Lehrers nur Wissen aus zweiter Hand, da er die Suspendierung und das, was dazu geführt hat, nicht selbst miterlebt hat. Krumbad hat damals nämlich an einem anderen Gymnasium unterrichtet, aber genau wie bei der Polizei funktioniert auch im Schulwesen der Flurfunk offensichtlich hervorragend, und alle wussten über den Vorfall Bescheid, noch bevor Krumbad seine neue Stelle angetreten hatte. Die ganze Sache muss in seiner alten Schule ziemlich viel Staub aufgewirbelt haben, und auch die Zeitungen waren dankbare Schlagzeilenabnehmer.«

»Ich habe auf der Rückfahrt ein wenig online gestöbert«, sagte Toni, »und bin auch tatsächlich fündig geworden. *Lehrer stalkt Sechzehnjährige* und *Lehrer fällt in Club über Jugendliche her*. So oder so ähnlich lauteten damals die meisten Überschriften. Dass das nicht nur in der Schule, sondern auch im Kultusministerium für Aufruhr gesorgt hat, ist kein Wunder. Und auch nicht, dass man ihn dafür suspendiert hat.«

»Wirklich nicht«, stimmte Sören zu. »Wäre bei uns nicht anders gewesen.«

Hans hatte sich stirnrunzelnd zurückgelehnt und ließ seine Brille wieder rotieren. »War an diesen Schlagzeilen etwas dran?«, fragte er und schaute Toni an.

»Na ja, ihr kennt ja die Boulevardpresse«, begann sie. »Reißerische Überschriften, die die Leute zum Kauf der Zeitung animieren sollen, und wenn man die Artikel dann liest, ist alles ganz harmlos. Ich wäre jede Wette eingegangen, dass es bei Krumbad nicht anders war und eine an und für sich banale Sache künstlich aufgebauscht wurde.«

»Aber so war es nicht?«, fragte Hans.

»Nein«, antwortete Toni. »Zumindest nicht ganz. Selbst wenn man noch ein paar Abstriche aufgrund künstlicher Dramatisierung macht, bleibt noch genügend hängen, was ein ziemlich seltsames Licht auf Krumbad wirft. Vor allem, weil das, was der Lateinlehrer uns erzählt hat, in genau dieselbe Kerbe schlägt und den Inhalt der Artikel zumindest im Grundsatz bestätigt. Allem Anschein nach hatte Krumbad sich nach dem Tod seiner Schwester mehr und mehr auf deren Freundin fixiert. Das war wohl ein schleichender Prozess, den zunächst niemand bemerkt haben wollte. Dass er und das Mädchen sich nach der Beerdigung immer wieder über den Weg liefen, schrieben alle den seltsamen Launen des Schicksals zu. Bis sich diese Begegnungen schließlich zu sehr häuften, um noch als Zufälle durchzugehen, und irgendwann war es nicht mehr zu leugnen, dass er sie gezielt abpasste.«

»Hat er sie denn auch angesprochen?«, wollte Sören wissen.

»Nein«, antwortete Toni. »Er hat sich ihr nie genähert oder versucht, mit ihr zu reden, sondern stand einfach nur da und folgte ihr mit seinem Blick. Aus *unheimlich flackernden Augen*, wie es in einem Artikel so schön hieß. Bis zu jenem Abend in der Disco, an dem alles eskalierte. Laut Zeitungsbericht beobachtete er sie anfangs nur. Dann, aus heiterem

Himmel, stürmte er los, quer über die Tanzfläche, schlug ihr das Glas, aus dem sie gerade trinken wollte, aus der Hand, packte sie am Arm und wollte sie mit sich zerren. Natürlich hatten ihre Freunde etwas dagegen, und es kam zu einer Rangelei, die für Krumbad zusätzlich zu den bekannten Folgen auch noch mit einem gebrochenen Nasenbein endete.«

Sören schüttelte den Kopf. »Hört sich an, als wäre er von dem Mädel regelrecht besessen gewesen.«

Toni war derselben Meinung. Das Bild des seltsamen, aber harmlosen Eigenbrötlers hatte einen ersten, nicht zu kleinen Riss bekommen. War das die Spur, der sie folgen mussten? War dieses Mädchen vielleicht nicht das einzige gewesen, das Krumbad im Visier gehabt hatte?

Gab es noch andere, denen er nachgestellt hatte?

Siebzehn

Ein Krachen ließ Regina so heftig zusammenzucken, dass ihre Hände den Stoff verschoben und die Nadel ihre schnurgerade Linie verließ.

»Mist!«, schimpfte Regina und stoppte im selben Augenblick die Maschine. Es waren nur drei Stiche, die krumm geraten waren, und doch – die Naht war hinüber. Die Klaar mit ihrem messerscharfen Blick für alles Unvollkommene würde den Fehler auf den ersten Blick erkennen und mit sadistischer Freude darauf herumreiten, bis Regina die Tränen kamen. Wenn die alte Hexe könnte, würde sie Regina dabei am Genick packen und wie einen jungen Hund, der noch nicht stubenrein war, mit der Nase in ihr Malheur drücken.

Sie spürte, wie sich ihre Kehle allein bei der Vorstellung zuschnürte. Wieder einmal fragte Regina sich, ob es nicht ein Fehler gewesen war, diese Stelle anzunehmen. Ohne diesen Job wäre sie zwar schon längst zugrunde gegangen – aber mit diesem Job würde sie es auch. Dafür würde die Klaar schon sorgen.

Um sich auf andere Gedanken zu bringen, sah Regina auf und fragte sich, wer in aller Welt die Tür der Schneiderei so heftig aufgestoßen hatte, dass es sich angehört hatte, als würde das halbe Haus zusammenstürzen. Die Antwort auf diese Frage stand keine Sekunde später heftig atmend und mit rot geweinten Augen vor ihr.

»Leonie!« Reginas Magen wurde zu Eis. Sie sprang von ihrem Stuhl auf und rannte um den Tisch. »Was um alles in der Welt ist passiert?« Die Verzweiflung, die ihre Tochter umgab, war beinahe mit Händen zu greifen. Irgendetwas schien sie vollkommen aus der Bahn geworfen zu haben und hatte den rebellischen, sturen Teenager wieder in ein hilfloses Kind verwandelt. Regina packte ihre Tochter an den Oberarmen, teils um Leonie zu stützen, teils um sich selbst an ihr festzuhalten.

»Nun sag schon, Schatz! Was ist los? Warum hast du geweint? Bist du verletzt?«

»Mensch, Mama!« Leonie schniefte. »Warum gehst du nicht an dein Telefon?«

Regina zog die Stirn in Falten. Wieso?, wollte sie sagen. Es hat doch nicht geklingelt. Dabei warf sie einen Blick auf das Fensterbrett neben ihrem Arbeitsplatz, wo sie normalerweise ihr Handy ablegte. Die Klaar hasste es, wenn irgendwelche Telefone außer ihrem eigenen Geräusche von sich gaben. Deshalb stellte Regina ihres immer auf lautlos und legte es neben sich, sodass sie aus dem Augenwinkel sehen konnte, wenn das Display bei einem Anruf oder einer Nachricht aufleuchtete. Aber das Fensterbrett war leer.

Verdammt! Regina hätte sich am liebsten geohrfeigt. Sie hatte das Handy in ihre Jacke gesteckt, als sie mittags schnell zum Bäcker um die Ecke gegangen war. Sie hatte wegen der Nachricht unbedingt mit Roman sprechen wollen, aber er war wieder einmal beschäftigt gewesen, und sie hatte nur die Mailbox erreicht.

»Es tut mir leid, mein Schatz«, sagte Regina. »Es ist in meiner Jacke. Ich ...« Sie stockte. Ach, egal. Das war jetzt nicht wichtig. Regina zog ihre Tochter an sich. Im ersten Moment sperrte sich Leonie dagegen. Sie mochte eigentlich keine Umarmungen mehr, war inzwischen zu alt dafür, wie sie behauptete, doch diesmal schlang sie wie früher ihre Arme um den Hals ihrer Mutter. Regina spürte, wie ihre Tochter zitterte, und drückte sie noch fester an sich. Was in Gottes Namen war nur passiert?

»Alles wird gut«, flüsterte sie in Leonies Haar und strich ihr dabei über den Kopf. »Alles wird gut.«

Ihre Tochter schniefte und murmelte etwas gegen Reginas Schulter.

»Was?«, fragte sie. »Was hast du gesagt?«

Leonie machte sich los und fuhr sich mit dem Jackenärmel über die Nase. Dann sah sie ihre Mutter an.

»Der Krumbad ist tot.«

Regina brauchte einen Moment, um den Namen einer Person zuzuordnen, aber schließlich machte es klick.

»Bist du sicher?«, fragte sie. »Woher hast du das denn? Aus dem Internet?«

Leonie schüttelte den Kopf.

»Die Polizei war da«, sagte sie. »Bei uns. In der Schule. Zwei von der Kripo. Ein Mann und eine Frau. Die waren bei der Rösler und haben sie verhört oder so. Irgendjemand hat davon erfahren, und wir sind sofort zum Direktorat gelaufen und haben gewartet, bis die wieder rausgekommen sind, und da hat die Kommissarin es gesagt. Euer Lehrer ist tot, hat sie gesagt.«

Ein lautes Räuspern ließ Regina aufschauen. Die Klaar stand in der Tür und betrachtete sie und Leonie mit sichtlichem Missfallen.

»Meine Tochter«, beeilte Regina sich zu sagen, doch die Klaar würdigte Leonie nicht eines einzigen Blickes.

»Aha«, war alles, was sie dazu sagte, doch Regina hörte auch den unausgesprochenen Rest.

»Geh schon mal nach draußen, mein Schatz«, sagte sie und drückte ihrer Tochter einen Kuss auf das Haar. Leonie zögerte, schien die Spannung zu spüren, die auf einmal den kleinen Raum erfüllte.

»Nun geh schon«, wiederholte Regina. »Ich komme gleich nach.«

Widerwillig und mit skeptischem Stirnrunzeln folgte Leonie schließlich der Aufforderung. Regina nahm ihre Jacke von der Garderobe und hängte sich ihre Tasche über die Schulter.

»Es tut mir leid«, sagte sie. »Ich muss gehen. Meine Tochter braucht mich wirklich dringend.« Mit eingezogenem Kopf drückte sie sich an ihrer Chefin vorbei. »Ich hole alles nach. Versprochen.«

»Wenn Sie jetzt gehen, Frau Lerchl«, hörte sie die Klaar hinter sich, »dann brauchen Sie morgen erst gar nicht wiederzukommen.«

Regina blieb stehen, die Hand bereits auf der Türklinke. Sie konnte es sich nicht leisten, diesen Job zu verlieren. Aber noch viel weniger konnte sie ihre Tochter jetzt im Stich lassen.

»Ach, ist das so?«, sagte sie, ohne sich umzudrehen. Ihre Stimme war ihr auf einmal völlig fremd, genau wie das schwarze Brodeln in ihrer Brust und der fast übermächtige Wunsch, der Klaar die längste Schere, die sie finden konnte, in ein Auge zu rammen. »Dann vergessen Sie aber nicht, zusätzlich zu meiner Arbeit auch noch die von Frau Neuer zu erledigen. Die fällt nämlich die ganze Woche aus.«

Draußen auf dem Bürgersteig begannen ihre Knie zu zittern, und in ihren Ohren hob ein schrilles Pfeifen an. Jetzt war sie arbeitslos.

Achtzehn

Toni unterdrückte ein Gähnen, als sie in ihre Straße einbog. Der Weg von der U-Bahn nach Hause schien doppelt so lang zu sein wie sonst. Oder war sie heute nur besonders langsam? Am Alkohol konnte es jedenfalls nicht liegen. Sie hatte nur ein dunkles Weißbier getrunken und war dann auf Apfelschorle umgestiegen. Das hatte sie aber nicht davon abgehalten, mit Hans, Contutto und Sören ausgiebig auf die erfolgreiche Arbeit der Kollegen vom LKA anzustoßen. Wobei sie genau genommen zu neunundneunzig Prozent auf Mikes Festnahme angestoßen hatten. So deutlich hatte das zwar niemand gesagt, aber ihrer aller Gesichter hatten Bände gesprochen.

Es war ein schöner, ausgelassener Abend gewesen, und Toni hätte ihn noch mehr genossen, wenn Tom dabei gewesen wäre. Anfangs hatte sie insgeheim fest damit gerechnet, dass er es irgendwie würde möglich machen, doch noch in das Bratwurstherzl zu kommen. Schließlich hatte er im Grunde genauso viel Anlass zu feiern wie Toni, denn nicht nur ihr, sondern auch sein Leben war nun von einer großen Last befreit.

Doch mit jeder Viertelstunde, die verstrichen war, und mit jedem Mal, bei dem die Tür aufgegangen war und ein anderer Mann statt Tom die Gaststube betreten hatte, war die Zuversicht ein Stückchen weiter geschrumpft, bis sie schließlich hatte einsehen müssen, dass er nicht mehr kommen würde.

Aber vielleicht wartete er in ihrer Wohnung auf sie? Mit einer Flasche Wein, um ganz allein mit ihr anzustoßen und ihre neu gewonnene Freiheit zu feiern? An diesen Gedanken hatte sie sich geklammert, seit sie das Wirtshaus verlassen hatte, und nun, nur noch eine Biegung von ihrem Zuhause entfernt, musste sie sich zusammennehmen, um nicht in Laufschritt zu verfallen.

Endlich kam ihr Hauseingang in Sicht. Tonis Herz klopfte hoffnungsvoll. War er da? Wartete Tom auf sie?

Sie blickte hinauf zu ihrem Schlafzimmerfenster. Der Rollladen war hochgezogen, genau wie heute Morgen, als sie die Wohnung verlassen hatte. Nun gut, das konnte bedeuten, dass Tom noch nicht schlafen gegangen war, doch auch hinter dem Fenster, das zur Wohnküche gehörte, war es pechschwarz.

Aber vielleicht saß er ja im Wohnzimmer vor dem Fernseher? Die Fenster gingen zur anderen Seite hinaus. Sie eilte die Treppen empor, nahm immer zwei Stufen auf einmal. Mit pochendem Herzen stand Toni schließlich vor ihrer Wohnungstür und wartete, bis ihr Atem sich beruhigt hatte. Dann steckte sie den Schlüssel in das Schloss, langsam und vorsichtig wie ein Einbrecher. Sie konnte selbst nicht sagen, warum sie das tat. Vielleicht, um die Illusion, dass Tom hier war, nicht zu zerstören?

Genauso langsam, wie sie den Schlüssel gedreht hatte, drückte sie die Tür auf und trat ein. Dunkelheit und Leere empfingen sie. Tom war nicht hier.

Neunzehn

»Nun, worum geht es?«

Toni, Contutto und die ehemalige Hausmeisterin hatten an einem Tisch im Aufenthaltsraum Platz genommen. In einer Hecke vor den großen Fenstern stritt sich lautstark ein Schwarm Spatzen.

»Ich wüsste zwar nicht, wie ich auf meine alten Tage der Polizei helfen könnte, aber das Leben spielt einem ja die seltsamsten Streiche.«

»Wir sind wegen Herrn Krumbad hier«, begann Toni. »Matthias Krumbad. Erinnern Sie sich an ihn?«

»Der junge Krumbad? Natürlich erinnere ich mich«, antwortete Frau Drexler. »Ich kenne ihn schließlich schon, seit seine Mutter ihn in ihrem Bauch vor sich hergetragen hat. Was hat er denn angestellt, dass die Polizei sich nach ihm erkundigt?«

»Nichts«, antwortete Toni. »Es tut mir leid, das sagen zu müssen, aber Herr Krumbad ist tot. Er wurde Opfer eines Verbrechens.«

So wenig sich die ehemalige Hausmeisterin am Telefon davon beeindruckt gezeigt hatte, dass die Polizei mit ihr sprechen wollte, so betroffen war sie nun. Sie schien von einer Sekunde auf die andere noch kleiner und schmächtiger zu werden.

»Das ist ja furchtbar«, sagte sie, nachdem sie sich wieder einigermaßen gefangen hatte. »Ausgerechnet der Matthias! So ein braver Bub.« Sie schaute Toni fragend an. »Aber was wollen Sie denn von mir? Umgebracht habe ich ihn bestimmt nicht.«

»Das haben wir auch nie angenommen«, sagte Toni und lächelte. »Ganz im Gegenteil. Wir hoffen, dass Sie uns dabei helfen können, den Täter zu finden.«

»Ich?« Sie schüttelte den Kopf. »Da sind Sie ganz verkehrt. Ich wüsste nicht, wie ich Ihnen behilflich sein könnte.«

»Ich schon«, übernahm Contutto. »Uns interessiert alles, was Sie über die Familie Krumbad wissen«, sagte er. »Über ihn selbst, seine Eltern, seine Schwester. Als Hausmeisterin haben Sie ja bestimmt das eine oder andere mitbekommen, oder?«

Die alte Dame schaute ihn an.

»Wurde er wirklich ermordet?«, fragte sie nach einem Moment des Schweigens, und Contutto nickte. »Dann kann ich es nicht anders sagen: Über den Krumbads liegt ein Fluch.«

»Ein Fluch? Wie meinen Sie das?« Contutto war Profi genug, sich nichts anmerken zu lassen und einen neutralen Gesichtsausdruck zu bewahren, aber Toni wusste, dass ihn dieses Wort genauso skeptisch gemacht hatte wie sie selbst.

»Jetzt glauben Sie, dass ich da oben nicht alle beisammenhabe, gell?«, antwortete Frau Drexler. »Aber ich bin nicht verwirrt, ich weiß genau, was ich sage. Auf dieser Familie liegt ein Fluch.« Es war nicht zu überhören, dass sie ein wenig beleidigt war; sie schien die Skepsis zu spüren, die Toni und Contutto ihrer Behauptung entgegenbrachten.

»Wissen Sie«, versuchte Contutto die alte Dame zu besänftigen, »mit Flüchen tun wir uns vor Gericht immer ein wenig schwer. Darauf springen die Richter normalerweise nicht besonders gut an. Am besten erzählen Sie uns, warum Sie glauben, dass die Familie verflucht ist.«

Sie musterte Contutto noch einen Augenblick skeptisch, doch dann begann sie zu erzählen.

Anständige Leute seien das gewesen, die Luise und der Gottlieb Krumbad. Beide Lehrer. »Und der Matthias war ein ganz braver Bub. Vielleicht sogar ein bisserl zu brav. Dafür war seine Schwester, die Angela, umso lebhafter. Die war ein richtiger Wirbelwind und hat ihre Eltern ganz schön auf Trab gehalten. Unter uns gesagt« – Frau Drexler senkte die Stimme –, »ich glaube nicht, dass das Mädel geplant war. Der Matthias war ja schon achtzehn, als die Kleine zur Welt kam, und ich habe mir so meine Gedanken gemacht, wie der Junge wohl reagieren wird, wenn plötzlich so ein Buzerl im Mittelpunkt steht. Aber der Matthias war einfach ein feiner Bursche. Der hat seine Schwester vom ersten Moment an vergöttert.« Ein Lächeln huschte über das Gesicht der Hausmeisterin. »Ein großer Bruder wie aus dem Bilderbuch. Er hat auf sie aufgepasst, damit ihr nichts passiert, hat sie so gut wie nie aus den Augen gelassen. Aber immer war er halt auch nicht da. Und als er sie dann gefunden hat, oben auf dem Dachboden mit dem Strick um den Hals, da hat es ihm das Herz gebrochen.«

Frau Drexler verstummte, schaute hinab auf ihre Hände.

»Wissen Sie, wie es dazu gekommen ist?«, fragte Toni leise. Die alte Frau schaute nicht auf.

»Das Mädchen war halt schwermütig«, sagte sie mit einem Schulterzucken.

»Vorhin haben Sie sie noch als Wirbelwind beschrieben«, bemerkte Contutto.

»Das war sie ja auch. Mein Mann – Gott hab ihn selig – hat immer gesagt: *Die kleine Krumbad muss man zum Essen am Tisch festbinden*. Sie war halt immer in Bewegung, hat einfach nicht still sitzen können. Aber von einem Tag auf den anderen war es damit vorbei. Ich hab erst gedacht, sie wär krank, weil sie kaum noch aus der Wohnung gegangen ist. Und wenn doch, dann ist sie so schnell über die Straße gehuscht wie ein Geist. Als würde sie vor jemandem davonlaufen. Sie ist auch immer dünner geworden. Nicht nur da« – sie klopfte mit der Hand auf ihren Bauch –, »sondern insgesamt. Als würde das Mädel sich auflösen.«

Wieder fuhr sie mit den Händen über die Tischdecke, die schon längst keine Falten mehr hatte.

»Sie sagten gerade, Sie dachten zuerst, Angela Krumbad wäre krank«, hakte Toni nach. »Aber das war sie nicht?«

Die Hände der Hausmeisterin hielten inne.

»Schwermut ist doch auch eine Krankheit, oder nicht?«

»Das stimmt«, bestätigte Toni. »Bei Angela scheint es aber einen Auslöser dafür gegeben zu haben. Können Sie sich vorstellen, welchen?«

Die alte Frau rührte sich nicht.

»Frau Drexler?«

Die Hände der Hausmeisterin rutschten vom Tisch in ihren Schoß. Es war nicht zu übersehen, dass sie mit sich kämpfte.

»Da war so ein Gerücht.« Sie hielt den Blick weiter gesenkt, sprach zu ihren Händen. »Niemand hat etwas Genaues gewusst. Gerede halt.«

»Und was war das für Gerede?«

Frau Drexler hob den Kopf und sah Toni an. Unter den Kummer auf ihrem Gesicht hatte sich nun wieder etwas anderes, Hartes gemischt.

»Es heißt«, sagte sie knapp, »ein Mann habe ihr etwas angetan.«

»Etwas angetan?«

»Ja. Sie wissen schon.«

»Sie meinen, Angela Krumbad wurde vergewaltigt?«

Die Hausmeisterin nickte, und Toni runzelte die Stirn. Davon hatte Sören nichts berichtet. Sie sah Contutto an, doch er zuckte auch nur mit den Schultern.

»Haben die Eltern damals Anzeige erstattet?«, fragte sie weiter.

»Das weiß ich nicht«, antwortete Frau Drexler. »Aber um ehrlich zu sein, kann ich es mir nicht vorstellen. Keiner aus der Familie hat auch nur ein Wort darüber verloren, warum sich Angela so verändert hat. Es war, als hätten sich alle in sich selbst eingeigelt. Von einem Tag auf den anderen haben sie mit den Nachbarn nur noch das Allernötigste gesprochen. Und nicht nur mit den Nachbarn. Auch untereinander waren sie stumm wie die Fische. Bis auf einen Sommerabend.« Sie schaute an Toni vorbei aus dem Fenster. »Es war so unerträglich heiß, dass man es in der Wohnung kaum ausgehalten hat. Mein Mann und ich haben uns deshalb nach draußen unter die Bäume gesetzt und haben wenigstens auf ein kleines Lüfterl gehofft. Überall waren die Fenster geöffnet, und hin und wieder hat man Stimmen aus den Fernsehern gehört. Als plötzlich das Geschrei losging, haben mein Mann und ich uns erst gar nichts dabei gedacht. *Da ist aber einer schwerhörig*, hab ich noch zu ihm gesagt. Bis wir gemerkt haben, dass das Geschrei echt war und nicht aus einem Film und dass es aus der Wohnung der Krumbads kam.«

Die alte Frau schaute immer noch aus dem Fenster, schien die Szenen von damals immer noch vor Augen zu haben.

»Die Luise, also die Frau Krumbad, die hat gekreischt, als wär der Leibhaftige hinter ihr her. *Du bist schuld!*, hat sie geschrien. *Du ganz allein!* Dann war es totenstill, und keine zehn Sekunden später ist der Matthias aus dem Haus gestolpert und weggerannt. Zwei Wochen später war die Angela tot und genau ein Jahr darauf die Eltern.« Sie blinzelte, wie um sich aus der Vergangenheit zu lösen und in die Gegenwart zurückzukehren. Dann schaute sie Toni und Contutto an. »Und der Gottlieb, der Vater, der hat sich und seine Frau umgebracht.«

Zwanzig

Mit zitternden Händen trug Regina die Kaffeetasse zu dem freien Tisch in der Ecke und ließ sich erschöpft auf einen Stuhl sinken. Sie kam sich vor wie eine Marionette, die nur noch von einem einzigen ausgefransten Faden in der Senkrechten gehalten wurde. Würde dieser Faden auch noch reißen, würde sie in sich zusammenfallen und als hilfloses Bündel auf dem Boden liegen bleiben. Ihrem Gefühl nach hatte sie heute Nacht überhaupt nicht geschlafen, hatte sich wieder nur von der einen Seite auf die andere gewälzt und den Geräuschen der Nacht gelauscht. Den vorbeifahrenden Autos. Den Schritten im Treppenhaus. Der Musik aus Leonies Zimmer.

Leonie.

Bei dem Gedanken an ihre Tochter schossen ihr die Tränen in die Augen, und Regina wischte sich verstohlen mit einer Serviette über die Wangen. Was hatte sie nur getan? Statt der Klaar alles zu erklären und sie um Verständnis zu bitten, ihr zu versprechen, unbezahlte Überstunden zu machen, bis jeder offene Auftrag erledigt war, hatte sie mit ihrer dummen Trotzreaktion um ihre Kündigung geradezu gebettelt.

Es nützte nichts, dass sie sich sagte, dass die Klaar sie ohnehin nicht hätte gehen lassen, dass es für die alte Hexe nur eine neue, höchst willkommene Gelegenheit gewesen wäre, um Regina zu schikanieren und ihre Abhängigkeit von diesem Job auszunutzen. Fakt war, dass sie nun wieder ohne Arbeit und ohne Einkommen dastand.

Aber vielleicht ... Wider besseres Wissen wühlte sie in ihrer Tasche nach ihrem Handy, und genau so, wie sie es gestern Abend und heute Nacht wieder und wieder getan hatte, überprüfte sie auch jetzt mit klopfendem Herzen, ob sie nicht doch einen Anruf oder eine Nachricht der Klaar verpasst hatte, mit der sie den Rauswurf zurücknahm. Sie brauchte doch eine Schneiderin. Sie konnte unmöglich alle Aufträge alleine abarbeiten.

Regina umklammerte das Handy so fest, als könnte sie eine Nachricht oder einen verpassten Anruf aus dem Gerät herauspressen – aber natürlich hatte niemand versucht, sie zu erreichen. Die Klaar nicht und auch Roman nicht. Dabei hatte sie ihm gestern mindestens fünf Nachrichten geschickt und ihm fast genauso oft auf die Mailbox gesprochen.

Roman machte ein ziemliches Geheimnis um seinen Job, wollte ihr nicht verraten, für wen er arbeitete. Das hatte ihr einen Stich versetzt. Vertraute er ihr denn so wenig? Glaubte er, hinter der verschuldeten, alleinerziehenden Näherin könnte sich tatsächlich eine Auftragskillerin oder Terroristin verbergen?

Nein. Das war lachhaft. Natürlich glaubte er das nicht. Es waren die Regeln seines Jobs, nichts weiter. Würde er ihr misstrauen, wäre er nicht mit ihr zusammen, hätte ihr nicht diese Wohnung besorgt, das kleine Auto, und vor allem hätte er nicht das Geld aufgetrieben, mit dem sie die Schulden bei der Bank hatte tilgen können. Dagegen hatte sie sich allerdings lange mit Händen und Füßen gewehrt. Sie wollte nicht, dass Roman sich von jemandem Geld lieh, um es ihr zu geben.

Aber er hatte ihre Bedenken beiseitegewischt. »Du weißt genau, dass die Zinsen dich auffressen. Du schaffst das keine drei Monate mehr, dann kannst du die Miete nicht mehr zahlen und stehst mit deiner Tochter früher oder später auf der Straße. Willst du das?«

Natürlich hatte sie das nicht gewollt, und das hatte auch Roman gewusst. »Mach dir wegen der Rückzahlung keine Sorgen«, hatte er gesagt und sie in den Arm genommen. »Du hast alle Zeit der Welt dazu. Und zwar ganz ohne Zinsen.« Aber würde der Unbekannte das Geld denn nicht brauchen?, hatte sie ungläubig gefragt, worauf Roman nur gelacht hatte. »Glaub mir, das zahlt er aus der Portokasse. Wahrscheinlich gibt seine Frau dieselbe Summe in einem Monat aus, ohne sich auch nur einen Augenblick darüber Gedanken zu machen. Also mach du dir auch keine. Fühl dich wie das Mädchen in ›Sterntaler‹ und halte einfach deine Schürze auf.«

Da hatte sie nachgegeben und die Schürze aufgehalten. »Es kann sein, dass mein Freund dich irgendwann einmal um einen kleinen Gefallen bittet«, hatte Roman beiläufig gesagt, als sie die Bank zum ersten Mal seit Jahren mit schwarzen Zahlen auf dem Konto verlassen hatte. »Das ist seine Form der Kreditzinsen. Aber mal nicht gleich wieder den Teufel an die Wand. Das ist alles ganz harmlos.«

In diesem Moment hatte Regina sich vollkommen überrumpelt gefühlt. Von einem Gefallen war zuvor nie die Rede gewesen! Die Zweifel und das schlechte Gefühl, die sie trotz all seiner Beteuerungen nie ganz verlassen hatten, waren auf den Treppen der Bank mit voller Wucht zurückgekehrt. Am liebsten wäre sie auf dem Absatz umgedreht und hätte alles wieder rückgängig gemacht, doch dazu war es nun zu spät. Sie hatte sich auf den Deal eingelassen. Einen Deal, den Roman nur für sie eingefädelt hatte, rief sie sich in Erinnerung. Und das hätte er sicher niemals getan, wenn er irgendwo einen Haken gewittert hätte. Roman liebte sie, und er hatte an Leonie den gleichen Narren gefressen wie ihre Tochter an ihm. Die beiden hatten sich von Anfang an blind verstanden, als wäre Roman ihr großer Bruder und nicht der neue Lebensgefährte ihrer Mutter.

Deshalb hatte Regina den Gedanken an den Gefallen in den dunkelsten und abgelegensten Winkel ihres Bewusstseins verbannt, aber nun konnte sie die Augen nicht länger verschließen. Es war Zahltag.

Einundzwanzig

»Krumbad senior soll sich und seine Gattin umgebracht haben? Das wird ja immer schöner.« Hans kniff die Lider zusammen und drückte mit Daumen und Zeigefinger gegen seine Nasenwurzel. »Ist an dieser Behauptung etwas dran?«

Alle Augen richteten sich auf Sören. Toni hatte noch auf der Fahrt zum Präsidium ihren Kollegen angerufen, damit er bis zu ihrer Rückkehr die polizeilichen Aufzeichnungen durchforsten konnte. Das Ergebnis schien angesichts der kleinen handschriftlichen Notiz, die vor Sören auf dem Tisch lag, allerdings eher überschaubar zu sein.

»Jein«, sagte er denn auch. »Wie die Frau Hausmeisterin Toni und Contutto gegenüber bereits gesagt hat, hatten Herr und Frau Krumbad in den österreichischen Alpen einen Autounfall. Ich habe mich mit den dortigen Kollegen in Verbindung gesetzt, was – nebenbei bemerkt – sprachlich eine echte Herausforderung für mich war. Wenn ich alles richtig verstanden habe, durchbrach der Wagen der Krumbads in einer Kurve die Leitplanke und stürzte knapp achtzig Meter in die Tiefe. Wie ihr euch denken könnt, hat keiner von beiden den Sturz überlebt.«

»Das ist zwar sehr tragisch«, bemerkte Contutto, »aber leider nicht außergewöhnlich. Es gibt immer wieder Leute, die ihre Fahrkünste überschätzen und tödliche Unfälle verursachen. Dazu braucht es nicht einmal eine kurvige Passstraße.«

»Da hast du grundsätzlich recht«, stimmte Sören ihm zu. »Was die österreichischen Kollegen in diesem Fall stutzig machte, war das Fehlen jeglicher Bremsspuren. Da nach der Untersuchung des Wracks ein technischer Defekt an der Bremsanlage ausschied, kann die Ursache nur ein fataler Fahrfehler oder Absicht gewesen sein, zumal Zeugen unmittelbar vor dem Unfall das Aufheulen eines Motors gehört haben wollen.«

»Absicht. Hm.« Hans runzelte die Stirn. »Ist das nicht ein bisschen weit hergeholt?«

Sören zuckte mit den Schultern. »Die Unfallursache konnte nie völlig geklärt werden. Aber da es weder einen Abschiedsbrief noch im Vorfeld irgendwelche Hinweise darauf gab, dass Krumbad senior sich und seine Frau umbringen wollte, wurde die Sache denn auch als normaler Unfall zu den Akten gelegt.«

»Moment.« Toni spähte hinüber zu Sörens Notizen, konnte sie aber nicht entziffern. »An welchem Tag geschah der Unfall?«

»Am neunten August. Weshalb?«

»Weil laut Frau Drexler Mama und Papa Krumbad den Tod ihrer Tochter nie verwunden haben und« – sie blätterte in ihrem Notizbuch – »Angela Krumbad sich genau ein Jahr zuvor am neunten August das Leben genommen hat.«

Einige Augenblicke herrschte Schweigen. »Das könnte Zufall sein«, sagte Hans schließlich, doch an seinem Tonfall war deutlich zu erkennen, dass er das selbst für unwahrscheinlich hielt. Auch Toni glaubte nicht an einen Zufall. Die Eltern waren ihrer Tochter an deren Todestag ins Jenseits nachgefolgt – so viel Sinn für schwarzen Humor hatte nicht einmal das Schicksal.

»Langsam glaube ich auch an einen Fluch«, brummte Contutto. »Aber sag mal, Sören, hast du auch etwas über die angebliche Vergewaltigung herausgefunden?«

»Darauf habe ich eine eindeutige Antwort: Nein. Keine Anzeige, kein Polizeieinsatz, nichts. Wenn sie tatsächlich vergewaltigt wurde, so ist das nie bis zu uns gedrungen. Die Familie und alle anderen, die etwas wussten, haben hundertprozentig dichtgehalten.«

Toni zupfte an ihrer Unterlippe.

»Wer könnte denn noch etwas gewusst haben?«, überlegte sie laut. »Außer ihren Eltern und ihrem Bru–«

Sie brach ab und drehte den Kopf, weil sich die Tür des Besprechungsraumes öffnete.

»Beate«, rief Hans überrascht und warf einen Blick auf seine Uhr. »Das ging aber flott. Ich dachte, der ganze Keller wäre vollgestopft bis unter die Decke?«

»War er auch«, antwortete Beate und ging zu ihrem angestammten Platz. Sie war immer noch genauso blass wie heute Morgen, als sie zur Durchsuchung gefahren war, und sie sah immer noch aus, als wäre sie im Bett besser aufgehoben als an jedem anderen Ort.

»Und warum bist du dann schon wieder hier?«, fragte

Hans weiter. »Sag nicht, ihr habt den kompletten Keller in dieser kurzen Zeit durchsucht.«

»Nein, haben wir nicht«, antwortete Beate. »Ich habe die Aktion sehr bald abgebrochen. Einer der Kollegen hat in einem Karton einen Kanister mit einer unbekannten Flüssigkeit gefunden. Laut Etikett handelt es sich um Gamma-Butyrolacton, kurz GBL. Wobei natürlich überhaupt nicht klar ist, ob Etikett und Inhalt übereinstimmen.«

»GBL?« Contutto runzelte die Stirn. »Irgendetwas klingelt in meinem Kopf, aber ich komme nicht darauf, was.«

»Klingelt bei GHB mehr?«, fragte Beate, und Contutto nickte.

»Klar, Gammahydroxybuttersäure, besser bekannt als Liquid Ecstasy oder schlicht K.-o.-Tropfen. Beim Partyvolk und bei Räubern und Vergewaltigern gleichermaßen beliebt, weil es in geringer Dosierung enthemmend und euphorisierend wirkt, in höherer Dosierung kann es aber bis zum kompletten Bewusstseinsverlust inklusive Filmriss oder sogar zum Tod führen. Kurz gesagt: Raub von Geld und Unschuld leicht gemacht.«

»Ein wenig zynisch, aber richtig«, sagte Beate. »Noch dazu hat GHB ein enormes Suchtpotenzial. Deshalb fällt es mittlerweile auch unter das Betäubungsmittelgesetz und darf nicht mehr frei gehandelt werden. Gamma-Butyrolacton wiederum ist die Vorstufe von GHB. Wird es direkt eingenommen, entfaltet es dieselbe Wirkung wie GHB. Nur ist es um einiges wirkungsvoller – und vor allem legal.«

»Und so was hat ein Lehrer im Keller?« Sören zog die Augenbrauen hoch. »Hat er zufällig Chemie unterrichtet?«

»Nein«, sagte Toni. »Deutsch und Englisch. Aber in seiner Wohnung waren jede Menge Bücher über Chemie. Wir haben es für sein Hobby gehalten, stimmt's, Contutto?«

Er nickte. »Ein sehr merkwürdiges Hobby, wenn ihr mich fragt. Und es scheint ihn nicht nur in der Theorie interessiert zu haben. Fragt sich nur, was er mit dem Zeug vorhatte.«

Nichts Gutes, dachte Toni und sah wieder die Überschriften der Zeitungen vor sich.

Lehrer fällt über Sechzehnjährige her.

War es das? Hatte Krumbad es wieder getan? War Krumbad deshalb eine Drecksau?

Zweiundzwanzig

»Kommst du mit in die Kantine?«, fragte Contutto, nachdem sie den Besprechungsraum verlassen hatten. Toni schüttelte den Kopf.

»Nein, ich wollte mit Tom essen gehen. Aber ich hätte noch ein paar Fragen bezüglich der K.-o.-Tropfen.« Sie blieb vor dem Büro ihres Kollegen stehen. »Ich verstehe immer noch nicht, warum Beate die Durchsuchung des Kellers abgebrochen hat. Selbst wenn die Analyse der Flüssigkeit ergibt, dass es sich wirklich um GBL handelt – das ist eine frei verkäufliche Chemikalie und kein instabiler, selbst gemixter Explosivstoff, der dir bei einer falschen Bewegung die Hände abreißt. Wenn es Hinweise darauf gegeben hätte, dass Krumbad ein heimlicher Bombenbastler ist, dann hätte ich das ja durchaus verstanden. Aber so ...«

»Das ist ja wieder klar, dass du das nicht verstehst!«

Toni drehte sich um und blickte geradewegs in die hasserfüllten Augen von Beate.

»Du hast ja auch kein Verantwortungsgefühl. Du denkst immer nur an dich. An andere verschwendest du doch keinen einzigen Gedanken. Dir ist es scheißegal, ob andere für dich draufgehen oder töten müssen. Hauptsache, Madame steht am Ende als die große Heldin da. Wir müssen mit dem Trümmerfeld klarkommen, das du hinterlässt, während du völlig ungerührt einfach weitermachst, als wäre nichts geschehen.«

Damit drehte sie sich um und rauschte davon. Wie vor den Kopf geschlagen starrte Toni auf den Rücken ihrer Kollegin. Das stimmt nicht!, wollte sie Beate hinterherrufen. Mir ist niemand egal! Wie kannst du nur so etwas sagen? Doch Toni war wie gelähmt. Wie durch Watte hindurch spürte sie, wie Contutto ihr auf die Schulter klopfte. Er sagte auch etwas, doch seine Stimme erreichte sie nicht.

»Ist okay«, murmelte Toni und ließ ihren Kollegen stehen. Eigentlich hatte sie Tom zuerst anrufen und fragen wollen, ob er auch Zeit hatte, sich mit ihr zum Essen zu treffen, aber das war jetzt egal. Sie hielt es in diesem Gebäude keine Sekunde länger aus. Sie brauchte frische Luft, bevor sie hier drin erstickte, brauchte den Wind auf ihrer Haut und die Geräusche der Stadt in den Ohren, damit sie das Echo von Beates zornigen Vorwürfen übertönten.

Sie hastete aus dem Präsidium hinaus, quer über die Fußgängerzone und hinein in die Eisenmannstraße. Von dort weiter zum Sendlinger Tor, unter der Sonnenstraße hindurch und auf der anderen Seite noch die letzten wenigen Hundert Meter bis zum Institut für Rechtsmedizin in der Nußbaumstraße. Der Mitarbeiter in der Schleuse erkannte sie und öffnete mit einem breiten Lächeln die Tür, ohne dass sie ihren Ausweis vorzeigen musste. Geistesabwesend nickte sie und stürmte weiter. Ihr Herz hämmerte wie verrückt, als sie in den Gang einbog, in dem Mulders Büro lag, und nun endlich verlangsamte sie ihren Schritt. Angestrengt versuchte sie, ihren Atem unter Kontrolle zu bringen. Tom sollte keinesfalls merken, wie aufgewühlt sie war, und sie würde ihm auch nichts von Beates Ausbruch erzählen. Alles, was sie jetzt brauchte, war seine Nähe und die Gewissheit, dass zwischen ihnen immer noch alles in Ordnung war.

Vor seiner Tür hielt sie an und hoffte, dass das Lächeln auf ihrem Gesicht wenigstens halbwegs entspannt und glaubhaft wirkte. Sie klopfte, aber auf der anderen Seite blieb es stumm. Hatte Tom doch eine Obduktion? Sie hätte schwören können, dass er heute seinen skalpellfreien Tag hatte, wie er es nannte. Sie hob die Hand, um erneut zu klopfen, als sie eine Stimme hinter sich hörte.

»Na so was. Die Damen treten sich bei unserem Doktor Mulder heute ja regelrecht auf die Füße.«

Toni drehte sich um. Ein großer Mann mit schütterem, dunklem Haar und Gesichtszügen wie verwitterter Fels stand vor ihr.

»Doktor Montalbano«, sagte Toni und versuchte ihr Lächeln aufrechtzuerhalten, während sie darüber nachdachte, welchen Damenbesuch Tom wohl haben mochte. Ein alberner Stachel aus Eifersucht pikte in ihrer Brust. Dumme Kuh, schimpfte sie sich im Stillen. Wer wird es wohl sein? Eine Kollegin natürlich. Glaubst du, Tom spricht nur noch mit Männern, seit er mit dir zusammen ist? Überleg doch mal, mit wie vielen Männern du täglich zu tun hast, und dann sag mir, wer hier mehr Grund zur Eifersucht hätte. Doch ihre

Beschwichtigungsversuche schlugen nicht recht an, und der Stachel pikte weiter.

»Wenn Sie möchten, Frau Stieglitz, können Sie gern im Zimmer auf ihn warten. Ich denke nicht, dass der Herr Kollege etwas dagegen hat. Als Polizistin und gleichzeitig seine …«, er zögerte kaum merklich, »… Lebensgefährtin sind Sie ja doppelt vertrauenswürdig.« Er zwinkerte ihr zu und öffnete die Tür. »Bitte schön! Sollte ich Doktor Mulder sehen, sage ich ihm, dass Sie auf ihn warten. Einen schönen Tag noch!«

Mit einer angedeuteten Verbeugung verabschiedete sich der Arzt. Toni blickte ihm noch einen Moment hinterher, bevor sie den Raum betrat und auf dem Besucherstuhl Platz nahm. Warum hatte Montalbano bei dem Wort *Lebensgefährtin* gezögert? War etwas im Busch, das ihr bisher entgangen war? Wusste er mehr als sie? Ja, Tom war in letzter Zeit öfter gereizt und in sich gekehrt gewesen, aber sie hatte immer gedacht, das läge am Verhältnis zu seiner Noch-Frau Susanne. Sie schien einen echten Rosenkrieg vom Zaun brechen zu wollen und stellte sich abwechselnd tot oder torpedierte ihn mit Nachrichten. Dass das an Tom nicht spurlos vorüberging, war kein Wunder.

Toni biss sich auf die Lippe. Oder hatte es etwas mit diesem anderen Damenbesuch zu tun? Der Stachel bohrte sich ein wenig tiefer.

»Hör auf, dir so einen Blödsinn einzureden, Stieglitz!«, murmelte sie. Tom war nicht Mike. Er war aufrichtig und würde sie nicht belügen. Nicht er. Sie zog ihr Handy aus der Tasche. Trotzdem würde sie ihn jetzt anrufen. Aber nur, weil sie ihre Mittagspause nicht über Gebühr ausdehnen konnte, um auf ihn zu warten. Schließlich musste sie wieder zurück an die Arbeit.

Im selben Moment, als das Freizeichen ertönte, erklang eine Melodie, die sich genau wie Toms Klingelton anhörte. Ein weiteres Freizeichen, und die Melodie kam näher. Dann brach sie ab.

»Hallo, Toni«, hörte sie seine vertraute Stimme, und gleichzeitig betrat er das Zimmer und blieb wie angewurzelt stehen.

»Hi, Tom!« Toni sprang auf und versuchte, sich von seinem irritierten Gesichtsausdruck nicht verunsichern zu lassen. »Ich hoffe, du verzeihst mir den Überfall, aber ich hatte Hunger und dachte, wir könnten gemeinsam etwas essen.« Sie ging auf ihn zu, um ihm zur Begrüßung einen Kuss zu geben, doch Tom drehte den Kopf zur Seite und schaute hinter sich. In den wenigen Sekunden, in denen ihre Blicke sich begegnet waren, hatte Toni in seinen Augen etwas zu sehen geglaubt, das sie nur als Beinahe-Panik beschreiben konnte. War da jemand, den sie nicht sehen sollte?

Die Damen treten sich bei unserem Doktor Mulder heute ja regelrecht auf die Füße, hallte Montalbanos Stimme durch Tonis Kopf, und als wäre das ihr Stichwort gewesen, schlüpfte eine junge Blondine durch die Tür. Als sie Toni bemerkte, schaute sie sie aus großen Augen an. In das glückliche Lächeln, das ihre Wangen mit einem rötlichen Hauch überzogen hatte, mischten sich Überraschung und Unsicherheit. Toni hingegen fiel ein Stein vom Herzen. Die Blondine war keine Frau, sondern ein Mädchen von höchstens fünfzehn

Jahren. Wenn das der andere Damenbesuch war, dann hatten ihre Gedanken wieder einmal umsonst rotiert. Aber warum die Panik in seinen Augen? Sie lächelte dem Mädchen zu und blickte zu Tom, der aber immer noch wie paralysiert vor ihr stand. Na gut, dann musste sie sich eben selbst vorstellen, wenn er es nicht tat.

»Hallo!« Sie trat auf das Mädchen zu und streckte ihm die Hand entgegen. »Mein Name ist Stieglitz. Ich bin von der Münchner Kripo, genauer gesagt von der Mordkommission. Ich arbeite mit Doktor Mulder zusammen an einem Fall. Und wer bist du?«

Doch das Mädchen rührte sich nicht. Stattdessen rutschte das Lächeln von seinem Gesicht und nahm die Röte von seinen Wangen gleich mit sich.

»Papa, ist sie das?«

Papa? Natürlich. Dass sie das nicht gleich bemerkt hatte! Die Augen des Mädchens hatten dieselbe Farbe wie die von Tom, dasselbe unverwechselbare Gewitterwolkengrau.

»Papa, bitte sag, dass sie das nicht ist.«

Endlich kam Bewegung in Tom.

»Doch, Jo«, antwortete er und räusperte sich. »Das ist Toni. Toni« – er sah sie an –, »das ist meine Tochter Josefine.«

Wie in Zeitlupe wandte sich das Mädchen Toni zu.

»Warum?« Josefines Stimme zitterte. »Warum nimmst du mir meinen Vater weg? Warum zerstörst du alles? Macht dir das Spaß? Ich hasse dich, du verdammte Bitch!« Das letzte Wort spuckte sie Toni mitten ins Gesicht, dann drehte sie sich um und stürmte davon. Völlig überrumpelt starrte Toni ihr nach.

»W … was …?«, stotterte sie und suchte Toms Blick, doch der schüttelte nur den Kopf und hastete seiner Tochter hinterher.

Dreiundzwanzig

»Ich könnte mich in einer Tour ohrfeigen«, stieß Regina hervor und presste das Sofakissen an ihre Brust. »Wie konnte ich nur so dumm sein, so grenzenlos dumm?« Sie spürte, wie der Kloß in ihrer Kehle wuchs. Sie biss die Zähne aufeinander und schluckte hart, um nicht schon wieder loszuheulen. »Es tut mir so leid, Roman«, flüsterte sie, wagte aber nicht, ihn anzusehen. »So unendlich leid. Ich habe alles kaputt gemacht, was du für mich aufgebaut hast. Ich bin so ein Idiot. Wenn ich doch nur die Zeit zurückdrehen könnte, dann ...«

»... dann würdest du es noch einmal genau so machen«, vollendete Roman ihren Satz. »Vielleicht würdest du an der Klaar nicht einfach vorbeirauschen, sondern sie um Verständnis bitten. Aber du würdest LeLe in ihrem Kummer niemals alleine lassen, sondern mit ihr gehen, egal, was deine Chefin sagt, stimmt's?«

Zaghaft hob Regina den Blick und sah Roman an. Kein Stirnrunzeln, kein Anzeichen in seinem Gesicht, dass er enttäuscht oder wütend auf sie war. Sie nickte langsam. Ja, genau so war es. Es gab in ihrem Leben nichts Wichtigeres als Leonie. Für ihre Tochter würde sie es mit der ganzen Welt aufnehmen, wenn es sein musste.

Roman lächelte.

»Und genau dafür liebe ich dich«, sagte er und legte den Arm um sie. »Für deine Selbstlosigkeit, deinen Kampfgeist – und sogar für deinen fürchterlichen Sturkopf.« Er zog sie zu sich heran. Regina sträubte sich im ersten Moment, hatte das Gefühl, seine Umarmung und seine Zuneigung wegen ihrer Dummheit nicht verdient zu haben, gab dann aber doch nach und lehnte sich an ihn.

Erschöpft schloss sie für einen Moment die Augen und ließ sich hinabsinken in die Geborgenheit seiner Umarmung. Wieder einmal fragte sie sich, wie sie bloß an diesen Mann geraten war. Gerade in der Phase ihres Lebens, in der alles schwarz und aussichtslos ausgesehen hatte, war er in die Reinigung gekommen, in der sie damals, nach dem Scheitern ihrer Selbstständigkeit, einen völlig unterbezahlten Job bekommen hatte. Sie hatte alles dort gehasst: die Hitze, die Luftfeuchtigkeit, die ihre Haare am Kopf kleben ließ, den Gestank der Chemikalien, das Fehlen jeglicher Kreativität.

Sie war hundemüde gewesen an diesem Tag, weil sie wieder die ganze Nacht gegrübelt und sich gefragt hatte, wie sie nur das Geld für die Miete auftreiben sollte. Deshalb hatte sie auch nicht viel mehr wahrgenommen als einen großen Mann, der zwei Anzüge auf den Tresen legte. Es war der Stoff, der ihre Aufmerksamkeit erregte. Beide Anzüge waren aus so feinem Kaschmir, wie sie ihn schon lange nicht mehr gespürt hatte, weshalb sie gar nicht anders konnte, als zärtlich mit den Fingern darüberzustreichen. Die sind zu schade für diese Klitsche, wollte sie sagen. Bringen Sie die Anzüge in eine bessere Reinigung. Doch als sie aufsah und seinem Blick begegnete, waren die Worte aus ihrem Kopf verschwunden. Und nicht nur diese Worte. Alles war aus ihrem Kopf verschwunden. Bis auf den Gedanken, dass sie ausgerechnet heute nicht geschminkt war und die heiße, feuchte Luft ihre Frisur schon vor Stunden ruiniert hatte.

Und doch saß sie nun hier und schmiegte sich an ihn. Was aber nichts daran änderte, dass sie nicht wusste, wie es nach ihrem Rauswurf weitergehen sollte.

»Mach dir wegen der Klaar keine Sorgen«, sagte Roman, als hätte er ihre Gedanken erraten. »Sie kann dich gar nicht so einfach auf die Straße setzen. Du bist schon lange nicht mehr in der Probezeit und hast einen gültigen Arbeitsvertrag. Das kriegen wir wieder hin. Ich weiß einen guten Anwalt, der wird sich darum kümmern.«

»Aber«, begehrte Regina sofort auf und wollte sich von ihm lösen, doch Roman hielt sie fest und legte seinen Zeigefinger auf ihre Lippen.

»Nichts aber. Mach dir über die Bezahlung keine Gedanken. Kümmere dich um LeLe, das ist viel wichtiger. Wie geht es ihr? Hat sie den ersten Schock überwunden?«

»Ja«, antwortete Regina. »Aber sie bleibt heute nach dem Unterricht noch in der Schule. Das Direktorat hat eine Art Trauergruppe ins Leben gerufen, dort möchte sie unbedingt hingehen.« Sie spürte, wie Roman den Kopf schüttelte.

»Ich habe ja nie verstanden, was sie an diesem komischen Kauz so toll gefunden hat«, sagte er. Seine Stimme war einen Hauch härter geworden, und Regina lächelte.

»Kein Grund, eifersüchtig zu sein«, sagte sie. »Krumbad war für sie da, als sie in der Schule gemobbt wurde, und seither lässt sie nichts auf ihn kommen. Aber du« – sie küsste Roman auf die Wange – »bist ihre absolute Nummer eins. Schon allein, weil sie wegen dir nun diesen tollen Spitznamen hat. LeLe wie Leonie Lerchl. Selbst wenn ich darauf gekommen wäre – von mir hätte sie ihn nie akzeptiert. Aber von dir ist er das Nonplusultra.«

Sie lehnte sich wieder gegen Roman und legte die Hand auf seine Brust, die sich ruhig und gleichmäßig hob und senkte. Er war wie ein kleines Wunder für sie und Leonie. Mit ihm war nur Gutes in ihr Leben gekommen. Nicht nur, dass er ein Partner war, wie sie ihn sich nicht besser hätte backen können – auch der Schlingerkurs, auf dem sie sich bewegt hatte, immer hin und her zwischen Überleben und Untergang, war vorbei. Er hatte ihr Stabilität gebracht, und das nicht zuletzt, weil die Schulden sie nun nicht mehr zu erdrücken drohten.

Regina löste sich von Roman, stand auf und holte das Kärtchen. »Hier«, sagte sie. »Das war gestern früh an meinem Auto. Glaubst du, das ist von ihm?«

Roman nahm das Stück Papier und betrachtete es. Dann nickte er.

»Und?«, fragte Regina. »Was passiert nun? Was muss ich für ihn tun?«

»Das«, antwortete Roman, »weiß nur er allein.«

Vierundzwanzig

Völlig betäubt war Toni zurück zum Präsidium gegangen. Von dem Sandwich, das sie sich auf dem Weg gekauft hatte, hatte sie nichts geschmeckt, hätte hinterher nicht einmal sagen können, womit es belegt gewesen war. Weder der Verkehrslärm der Sonnenstraße noch der leichte Nieselregen, der irgendwann eingesetzt hatte, konnten sie erreichen. Alles um sie herum war weit, weit weg.

Hans hatte die Fortsetzung der Durchsuchung des Kellers angeordnet, doch auf mehr als den üblichen Hausrat waren sie dabei nicht gestoßen. Keine weiteren Chemikalien, keine sonstigen Auffälligkeiten, nichts.

Die Befragung der erweiterten Nachbarschaft verlief ähnlich ernüchternd. Krumbad schien wie ein Phantom gelebt zu haben. Niemand wusste etwas über ihn. Weder mit wem er sich getroffen, noch womit er sich in seiner Freizeit beschäftigt hatte, und schon gar nicht, wo er zwischen Freitag nach Unterrichtsende und seinem vermutlichen Todeszeitpunkt in der Nacht von Freitag auf Samstag gewesen sein könnte. Lediglich ein älterer Mann gab an, Krumbad gesehen zu haben, wie er am Freitag gegen achtzehn Uhr dreißig das Haus verlassen hatte. Auf die Frage, wo er hingegangen sein könnte, hatte er aber nur ratlos mit den Schultern gezuckt.

Ihre Hoffnungen ruhten nun auf Krumbads Laptop, doch der Lehrer hatte offensichtlich eine größere Menge an Daten gelöscht, die erst noch wiederhergestellt werden mussten.

»Himmel, das kann doch nicht so schwer sein«, hatte Hans zu dem Kollegen am Telefon gesagt. »Ihr macht doch den ganzen Tag nichts anderes, als in Daten herumzuwühlen.«

»Und ihr macht den ganzen Tag nichts anderes, als Mordfälle zu lösen«, kam es prompt zurück. »Das müsstet ihr doch auch langsam mal ohne uns können.«

Diese Antwort hatte nicht unbedingt dazu beigetragen, Hans' Laune zu heben, und selbst als er sie kurz nach neunzehn Uhr nach Hause geschickt hatte, war er immer noch ziemlich verstimmt gewesen.

Mittlerweile war es beinahe zwanzig Uhr. Die U6 fuhr in die Haltestelle Partnachplatz ein, stoppte und spuckte einen Schwall Fahrgäste aus, unter ihnen auch Toni. Wie bereits die ganze Fahrt über, musste sie sich auch jetzt zwingen, nicht ständig auf ihr Handy zu schauen, ob sie nicht doch einen Anruf oder eine Nachricht von Tom verpasst hatte. Sie hatte so fest damit gerechnet, dass er sich nach seinem urplötzlichen Abgang in der Rechtsmedizin bei ihr melden würde, doch ihr Telefon war stumm geblieben. Kein Bild, kein Ton.

Nasskalter Wind blies ihr entgegen, als sie die Treppe

zur Oberfläche hinaufstieg. Fröstelnd zog sie die Schultern hoch. Doch es war nicht nur der Wind, der sie frösteln ließ. Es war die Feindseligkeit, die in Josefines Augen gelodert hatte.

Bitch!

Toni hatte zwar gewusst, dass das Mädchen unglücklich und nicht gut auf die Neue ihres Vaters zu sprechen war – aber die Erkenntnis, dass Toms Tochter sie regelrecht hasste, hatte sie härter getroffen, als sie sich je hätte vorstellen können. Tief in ihrem Innersten hatte Toni immer gehofft, sie und Josefine könnten im Laufe der Zeit eine Art freundschaftliches Verhältnis entwickeln, doch wie naiv diese Hoffnung gewesen war, hatte das Mädchen ihr heute unmissverständlich vor Augen geführt.

Vielleicht hatte sich Tom deshalb noch nicht gemeldet? Es hatte ihn sicher einiges an Zeit und Mühe gekostet, bis sich seine Tochter wieder beruhigt hatte, und wenn sie mitbekam, dass er Toni anrief oder ihr eine Nachricht schickte, würde die Situation garantiert wieder eskalieren. Vermutlich wartete er deshalb, bis sie schlief oder er allein war.

Sosehr sie sich das auch einredete und sosehr sie es glauben wollte – wirklich überzeugt war sie davon nicht. Es waren über acht Stunden seit Josefines Wutausbruch vergangen. Da musste er doch wenigstens für eine kurze Nachricht Zeit gehabt haben. Und warum hatte er ihr eigentlich nicht erzählt, dass seine Tochter hier war?

Das dumpfe graue Gefühl in ihrem Magen erwachte wieder. Das Gefühl, dass Tom sich schleichend von ihr zurückzog. Sie wusste, dass er zwischen zwei Stühlen saß. Zwischen ihr und seiner Noch-Frau und seiner Tochter. Das fraß an ihm, zehrte an ihm. Und dann war da noch Mike, der die ganze Zeit wie ein Schatten über ihnen geschwebt hatte. War seine Festnahme zu spät gekommen? Hatte ihr Ex nun doch erreicht, was er die ganze Zeit gewollt hatte? War Tom drauf und dran, aus ihrem Leben zu verschwinden?

Fünfundzwanzig

»Donnerstag – Schnitzeltag«, sagte Contutto und rieb sich die Hände. »Wer kommt mit in die Kantine?«

»Jetzt schon?« Sören schaute auf seine Uhr. »Um zehn nach elf?«

»Ab halb zwölf stehst du dir die Beine in den Bauch«, antwortete Contutto, »weil sämtliche Pensionisten und die Leute aus dem Rathaus die Kantine stürmen. Und wenn es so dumm läuft wie letzte Woche, dann schnappt mir wieder der Kollege vom Raub das letzte Cordon bleu vor der Nase weg. Was gehört zum kleinen Einmaleins des Polizisten?«, fragte er und hob den Zeigefinger.

Sören verdrehte die Augen, weil er genau wusste, was nun kam.

»Richtig«, fuhr Contutto fort. »Ständige Lagebeurteilung und immer lageangepasst vorgehen. Und das bedeutet in diesem Fall: Ab in die Kantine, bevor es alle anderen auch tun. Also, was ist?«

Sören gab sich geschlagen, und auch Hans und Beate schlossen sich nach kurzem Zögern an.

»Was ist mir dir?«, fragte Contutto, doch Toni schüttelte den Kopf.

»Ich habe noch keinen Hunger«, antwortete sie. »Außerdem brauche ich frische Luft. Ich gehe lieber eine Runde um den Block.«

Contutto sah sie stirnrunzelnd an, behielt das, was ihm auf der Zunge zu liegen schien, aber doch für sich. Wie vermutlich allen anderen auch, so war ihm ihre trübsinnige Stimmung aufgefallen, aber glücklicherweise hatte er nicht weiter nachgebohrt, als Toni seine vorsichtige Frage, ob alles in Ordnung sei, abgewiegelt und anhaltende Kopfschmerzen vorgeschoben hatte.

Das war nicht einmal komplett gelogen, denn sie hatte heute Nacht wieder kaum geschlafen und sich pausenlos von einer Seite auf die andere gewälzt, und nun drückte die Müdigkeit von innen gegen ihre Stirn und ihre Augen.

Im Café zur Mauth direkt neben dem Präsidium kaufte sie sich ein Baguette mit Antipasti, ging damit bis zum Karlsplatz und setzte sich dort auf einen der Steine am Stachusbrunnen. Sie öffnete die Tüte, blickte hinein und schloss sie wieder. Sie hatte tatsächlich keinen Hunger.

Die Sonne schob sich durch die Wolken und kitzelte Toni in der Nase. Wenigstens etwas, wenn der Rest schon sehr zu wünschen übrig ließ. Der gestrige Mittwoch hatte sie im Fall Krumbad keinen noch so kleinen Schritt weitergebracht, und auch der Donnerstag schien nicht besser werden zu wollen. Sie hatten immer noch keinen einzigen Hinweis auf den Tatort oder ein konkretes Motiv. Natürlich war der Verdacht nicht von der Hand zu weisen, dass der Lehrer eine Vorliebe für minderjährige Mädchen gehabt hatte und dass er deshalb hatte sterben müssen. Doch wen hatte Krumbads Neigung so stark berührt und so wütend gemacht, dass er ihm gleich eine Kugel verpasst hatte? Den Vater eines seiner Opfer? Oder die Mutter? Sie dachte an Marianne Bachmeier, die Frau, die 1981 den Mörder ihrer Tochter im Gerichtssaal erschossen hatte. So viel zum Thema, dass Frauen angeblich einen Bogen um Schusswaffen als Mordwerkzeuge machten.

Das Problem an der Sache war nur, dass sie kein Opfer hatten. Es gab kein ungeklärtes Sexualdelikt, bei dem die Täterbeschreibung auch nur halbwegs auf Krumbad passte.

Und wenn sie in die völlig falsche Richtung dachten? Auch das hatten sie wieder und wieder intensiv diskutiert und trotzdem keinen anderen Ansatz gefunden.

Toni seufzte leise. Die Ermittlungen steckten in einer Sackgasse. Genau wie sie selbst mit Tom. Auch da hatte sie das Gefühl, vor einer hohen, abweisenden Mauer zu stehen. Irgendwo auf der anderen Seite dieser Mauer war Tom, aber sie wusste nicht, wie sie ihn erreichen sollte.

Am späten Dienstagabend hatte er ihr eine kurze Nachricht geschrieben: *Tut mir leid. Ich melde mich morgen.* Als sie die Zeilen gelesen hatte, hatte Toni nicht gewusst, ob sie lachen oder weinen sollte. So wenige Worte hatte er noch nie für sie übrig gehabt. Sie hatte versucht, eine Antwort zu formulieren, hatte Satz um Satz geschrieben, und jeden einzelnen wieder gelöscht. Schließlich war es bei *Schon okay. Bis morgen.* und einem Herzchen geblieben. Vielleicht hätte sie statt des dämlichen Herzchens *Ich liebe dich* schreiben sollen. Vielleicht wäre das Telefonat am Mittwoch dann anders verlaufen. Wie zwischen zwei Menschen, die sich liebten und sich nahestanden, und nicht so distanziert wie zwischen zwei Freunden aus früheren Tagen, die jahrelang nicht mehr miteinander gesprochen hatten und nun feststellen mussten, dass sie eigentlich nichts mehr gemeinsam hatten.

Tom war so fürchterlich weit weg gewesen. Nicht nur räumlich, denn er hatte seine Tochter zurück nach Würzburg zu seiner Noch-Frau gebracht und würde dort noch ein paar Tage bleiben, sondern vor allem emotional. Bei diesem Telefonat hatte Toni sie zum ersten Mal gesehen, die Mauer zwischen ihnen.

Das Klingeln ihres Handys riss sie aus ihren Gedanken.

»Toni? Wo bleibst du denn? Es gibt Arbeit«, hörte sie Contuttos Stimme aus dem Lautsprecher. Sie schaute auf die Uhr. Mist! Sie hatte gar nicht gemerkt, dass sie fast eine Dreiviertelstunde am Brunnen gesessen und ihre Mittagspause damit ordentlich überzogen hatte.

»Alles okay bei dir?«

»Ja, alles prima«, log sie. »Ich habe beim Sonnenbaden nur komplett die Zeit vergessen. Bin schon unterwegs.«

Sie fand ihre Kollegen in Sörens Büro versammelt, wo sie im Halbkreis hinter seinem Stuhl standen und sich unterhielten. Offenbar drehte sich das Gespräch um etwas, das auf dem Computermonitor zu sehen war.

»Und? Was gibt es?«, fragte sie ein wenig außer Atem, weil der Paternoster wieder einmal unpässlich war und sie zu Fuß in den vierten Stock geeilt war. Sie umrundete Sörens Schreibtisch und stellte sich auf die Zehenspitzen, um

Hans über die Schulter zu blicken. Was sie sah, war allerdings wenig aufschlussreich, denn lediglich der Münchner Polizeistern trudelte von links nach rechts über den schwarzen Monitor.

»Ist das gemeinsame Betrachten des Bildschirmschoners eine neue Teambuilding-Maßnahme, oder seht ihr dort irgendetwas, das mir verborgen bleibt?«, fragte sie.

»Tja, Frau Kollegin.« Sören schaute von seinem Stuhl zu ihr auf. »Wer nicht kommt zur rechten Zeit ... Aber gut, dann eben noch einmal ganz speziell für dich: Die Kollegen von der IT-Forensik sind zwar immer noch dabei, die Daten wiederherzustellen, aber einiges haben sie uns schon vorab geschickt, weil sie glauben, dass es für uns von Bedeutung sein könnte.«

Sören stieß die Maus an, und der Monitor wurde hell, enthüllte zahllose Ordner. Mit einem raschen Blick erfasste Toni einige der Namen. *Unschuld* und *Sweet Sixteen* waren zwei davon. Sehr seltsam, fand sie, hatte jedoch keine Zeit, sich groß Gedanken darüber zu machen, denn der Mauszeiger bewegte sich wieder, verharrte auf *Wet and juicy*, und gleich darauf erklang das Klicken der Maustaste. Eine Sekunde lang geschah nichts, sie hörte nur das Geräusch der arbeitenden Prozessoren, dann überschwemmte eine Flut von Bildern den Monitor.

Toni brauchte eine Sekunde, um zu erfassen, was sie vor sich sah.

»Was zur Hölle ...«, entfuhr es ihr, und sie beugte sich zwischen Hans und Contutto nach vorne, um sich davon zu überzeugen, dass sie sich nicht geirrt hatte. Nein. Hatte sie nicht. Sie trat einen Schritt zurück, und ihre Kollegen wandten sich zu ihr um.

»Ist es wirklich das, wonach es aussieht?«, fragte sie. Hans, Beate, Contutto und Sören nickten synchron. »Und die anderen Ordner?«

»Dasselbe in Grün«, bestätigte Contutto. »Wobei wir natürlich bisher nur einen winzigen Teil davon angeschaut haben. Aber die, die wir gesichtet haben, hatten den gleichen Inhalt: Mädchen im mittleren Teenageralter, und alle mit verdammt wenig Kleidung am Leib.«

»Jugendpornos?«, fragte Toni. Ihr Bild von Krumbad war nun endgültig in tausend Stücke zersprungen. Sie würde die Splitter völlig neu zusammensetzen müssen, und zwar zu einem Bild, das ihr überhaupt nicht gefiel.

»Nein«, antwortete Contutto, »echte Jugendpornos haben wir bisher noch nicht gefunden. Bei vielen Bildern handelt es sich zwar um Nacktfotos, aber nicht in den für Pornodarstellungen üblichen Posen, die den Betrachter sexuell stimulieren sollen. Es sind Fotos von Mädchen unter der Dusche zum Beispiel oder beim Anziehen. Die scheinen allerdings heimlich aufgenommen worden zu sein, als wären Voyeure am Werk gewesen. Oder zumindest sollen sie den Eindruck erwecken.«

Tonis Magen war zu einem harten Knoten geworden. Sie wollte die nächste Frage nicht stellen, musste es aber.

»Sind auch Kinder darunter?« Sie hoffte inständig, es würde nicht so sein. Nicht wegen Krumbad, sondern wegen der Kinder.

»Bisher nicht«, sagte Contutto.

Toni sah, wie er schluckte. Es war schon für sie kaum erträglich, sich Kinderpornos ansehen zu müssen. Wie viel schlimmer musste es für Väter und Mütter sein?

»Aber wie gesagt«, fuhr er fort, »wir haben erst einen Bruchteil der Bilder überflogen. Darauf sind zwar augenscheinlich alle Mädchen über vierzehn, eher älter, doch es ist deshalb ja noch lange nicht gesagt, dass wir nicht noch andere Fotos finden werden.«

»Ich halte das allerdings für unwahrscheinlich«, meldete sich Beate zu Wort. »Nach allem, was wir bisher über das Opfer wissen, scheint es ihn zu etwas älteren Teenagern hingezogen zu haben und nicht zu Kindern.«

Dein Wort in Gottes Ohr, dachte Toni und konnte an den Gesichtern ihrer Kollegen ablesen, dass ihnen dasselbe durch den Kopf ging.

»Und wie machen wir jetzt weiter?«, fragte Sören. »So, wie ich befürchte?«

»Ja, leider«, brummte Hans. »Teil jedem einen Schwung der Ordner zu. Es bleibt uns nichts anderes übrig, als Bild für Bild zu sichten. Aber denkt daran: Wenn ihr eine Pause braucht, dann macht sie. Geht von mir aus auch raus und trinkt einen Kaffee. Es sind zwar hoffentlich keine Kinder darunter, dennoch braucht diesen Mist wirklich niemand.« Er rieb sich mit der Hand über den Nacken. »Ich informiere jetzt alle, die von dieser neuen Entwicklung wissen müssen. Im Anschluss versuche ich, von anderen Dienststellen Unterstützung für die Sichtung der Bilder zu bekommen. Bei den Tausenden von Fotos, die Krumbad auf seinem Laptop gehortet hat, sitzen wir sonst bis zum Sankt-Nimmerleins-Tag vor den Monitoren.«

Als Hans den Arbeitstag für beendet erklärte, brauchte Contutto nicht viele Überredungskünste, um seine Kollegen von den Vorzügen eines Besuchs im Augustiner Klosterwirt gleich um die Ecke zu überzeugen. Lediglich Beate hatte den Kopf geschüttelt und war nach Hause gegangen.

»Ganz ehrlich«, sagte Contutto, als sie sich zugeprostet und alle einen großen Schluck von ihrem Bier genommen hatten. »Mich machen diese Bilder fertig. Bei jedem Klick auf eine neue Datei habe ich Angst, plötzlich ein Kind vor mir zu sehen. Zwar war das bislang nicht der Fall, aber trotzdem war ich zwischendurch mehrmals ganz knapp davor, aufzuspringen und nach Hause zu meinem Kurzen zu laufen, um zu sehen, ob mit ihm alles in Ordnung ist.«

»Und was suchst du dann noch hier?«, fragte Sören. »Solltest du dann nicht längst bei Frau und Kind sein?«

Contutto schüttelte den Kopf.

»Besser nicht«, sagte er. »Ich muss erst runterkommen. Wenn ich jetzt gleich heimfahre, erdrücke ich meine kleine Nervensäge vermutlich und lasse ihn für den Rest seines Lebens keine Sekunde mehr aus den Augen. Das wird vermutlich spätestens dann ein Problem, wenn er seine erste Freundin hat und mit ihr alleine sein möchte. Aber angerufen habe ich«, gab Contutto zu. »Dreimal.« Er zuckte verschämt mit den Schultern und griff nach seinem Bier.

Toni nickte. Auch wenn sie keine Kinder hatte, konnte sie das mehr als gut verstehen.

»Eines weiß ich sicher«, sagte sie. »Ich werde mich nie wieder über irgendwelche dämlichen Katzenvideos beschweren. Ich verstehe nicht, wie die Kollegen bei der Sitte das aushalten. Ich habe nach diesem halben Tag schon das Gefühl, dass ich ein gestörtes Verhältnis zu Männern entwickle.«

»Sollen wir uns dann vorsichtshalber schon einmal nach einem Platz in der Paartherapie für dich und den Doc umsehen?«

Der rationale Teil von Tonis Bewusstsein war sich darüber im Klaren, dass Sörens Bemerkung als harmloser Scherz gedacht war, und unter normalen Umständen hätte Toni ihm einfach nur mit ähnlicher Münze herausgegeben. Aber die Umstände waren eben nicht normal, und so durchbrach diese Bemerkung ihren ohnehin löchrig gewordenen Panzer mit nahezu ungebremster Wucht. Die verdammten Nacktfotos hatten tatsächlich ein paar Stunden ihre Probleme mit Tom überlagert, und sie hatte nicht einmal daran gedacht, ihr Handy wegen eines verpassten Anrufs oder einer Nachricht von ihm zu kontrollieren. Nun aber war alles wieder da.

Drei Augenpaare waren auf sie gerichtet, warteten auf eine schlagfertige Antwort, doch die eisige Kälte, die sich von ihrem Magen aus in Tonis ganzem Körper ausbreitete, lähmte ihre Gedanken und ließ ihr Gesicht erstarren.

»Sorry, schlechter Scherz«, murmelte Sören, und Contutto bemühte sofort den neuesten Klatsch aus dem Präsidium, um die peinliche Stille zu vertreiben, aber alle Versuche, ein Gespräch in Gang zu bringen, scheiterten, und so machte sich einer nach dem anderen auf den Heimweg. Toni verließ als Letzte die Gaststätte. Sie wollte allein sein, wollte mit niemandem sprechen oder unbequeme Fragen beantworten müssen.

Sie trat aus der Tür und wandte sich nach rechts Richtung Marienplatz. Gerade als der Wind, den der Teufel der Sage nach an der Frauenkirche vergessen hatte und der deshalb dort auch im Hochsommer bei strahlendem Sonnenschein den Menschen eiskalt ins Gesicht blies, Tonis Jacke aufblähte, trat eine dunkle Gestalt aus den Schatten des Münchner Doms und stellte sich ihr in den Weg. Erschrocken zuckte Toni zusammen. Mit wild klopfendem Herzen starrte sie den Mann an, bis sie erkannte, wen sie vor sich hatte.

»Hans?« Sie stieß den Atem aus, den sie unwillkürlich angehalten hatte. »Himmel noch mal! Was soll das denn? Musst du mich so erschrecken?«

»Entschuldige, Toni. Das war nicht meine Absicht. Was dagegen, wenn ich dich ein Stück begleite?«

Toni presste die Lippen aufeinander. Ja, sie hatte etwas dagegen, schüttelte aber dennoch den Kopf. Schweigend gingen sie weiter am Dom entlang, bogen dann in die Albertgasse und überquerten die Weinstraße. Am U-Bahn-Abgang blieb Toni stehen.

»Danke für den Begleitschutz«, sagte Toni und lächelte. »Also dann bis morgen und gute Nacht!«

Hans nickte und schaute auf seine Schuhspitzen. »Toni«, fing er zögernd an. »Ich weiß, es geht mich eigentlich nichts an, aber ist bei Doktor Mulder und dir alles in Ordnung?«

Völlig ohne Vorwarnung stiegen Toni die Tränen in die Augen. In diesem Moment war ihr klar, dass sie die ganze Zeit auf diesen einen Satz gewartet, nein nicht nur gewartet, dass sie diesen Satz herbeigesehnt hatte. Sie musste mit jemandem reden, musste ihr Herz ausschütten, sonst würde sie platzen. Nein, wollte sie sagen. Nein, bei uns ist nichts in Ordnung, denn ich glaube, dass es aus ist zwischen Tom und mir. Ich glaube, dass er zurückgeht zu seiner Frau und seiner Tochter.

»Ja«, hörte sie sich stattdessen sagen. »Alles okay. Nur eine kleine Reiberei, sonst nichts.« Sie lächelte, als sie das sagte, und sie lächelte immer noch, als sie die Treppen zur U-Bahn hinunterging. Doch über ihre Wangen liefen Tränen.

Sechsundzwanzig

Töne drängten sich durch die Dunkelheit. Leise Töne, die immer lauter wurden, die sich zu einer Melodie verbanden, einer Melodie, die Toni schon einmal gehört hatte. Irgendwann, vor der Dunkelheit ... Sie wollte die Töne verdrängen, sie aussperren und wieder in das schwarze Nichts versinken, als ihr bewusst wurde, woher sie die Melodie kannte: ihr Handy. Sie riss die Augen auf, versuchte den Nebel in ihrem Kopf zu durchdringen und sich zu orientieren. Wo war sie? Wie spät war es? Welcher Tag war heute? Wild irrte ihr Blick umher, bis sie ihren Schrank erkannte, die Nachttischlampe, das Fenster, wo zwischen den Lamellen des Rollladens das Licht hindurchsickerte. Moment. Licht? Wieso war es schon hell? Verdammt! Sie hatte verschlafen.

Toni griff nach dem Handy und setzte sich mit einem Ruck auf. Blinzelnd entzifferte sie den Namen des Anrufers: Es war Hans.

»Tut mir leid.« Ihre Stimme war noch völlig rau und belegt. »Ich habe wohl den Wecker nicht gehört. Ich bin ...«

»Du bist da, wo man am Samstagvormittag sein sollte:

zu Hause«, antwortete Hans. »Und so, wie du dich anhörst, habe ich dich gerade geweckt. Das wiederum tut mir leid.«

»Schon ... schon okay«, murmelte Toni. Ihr Herzschlag hatte sich inzwischen wieder beruhigt, aber verwirrt war sie immer noch. Wenn heute Samstag war und sie nicht verschlafen hatte – warum rief Hans sie dann an?

»Sag nicht, wir haben noch eine Leiche.«

»Nein, das nicht«, antwortete ihr Vorgesetzter. »Aber stattdessen eine quicklebendige Plaudertasche.«

»Eine Plaudertasche? Hans, du überforderst mich gerade. Ich hatte noch keinen Kaffee, und selbst wenn, könnte ich dir beim besten Willen nicht folgen. Könntest du dich bitte ein bisschen weniger kryptisch ausdrücken?«

»Schau in eine Münchner Boulevardzeitung deiner Wahl, dann weißt du, was ich meine. Wir treffen uns um elf Uhr im Präsidium.«

Damit war die Leitung tot. Hans hatte aufgelegt. *Schau in eine Boulevardzeitung deiner Wahl.* Vielen Dank für diese aussagekräftige Antwort! Jetzt wusste sie natürlich genau, worum es ging. Sie schlug die Bettdecke zurück und stand auf. Dabei warf sie einen Blick auf die andere Seite des Bettes. Die seit Tagen unberührte Seite. Dort, wo Tom normalerweise schlief. Geschlafen hatte. Nie wieder schlafen würde?

Was tat er wohl gerade? Saß er mit seiner Noch- oder vielleicht inzwischen Wieder-Frau am Frühstückstisch? Wäre die Situation anders, wenn sie Tom angerufen hätte? Wenn schon nicht am Donnerstagabend, dann wenigstens gestern? Es war ja nicht so, dass sie nicht daran gedacht hätte, ganz im Gegenteil. Ihre Gedanken waren nur um Tom gekreist. Nur darum, was sie ihm sagen oder wenigstens schreiben sollte. Zigmal war ihr Finger über dem grünen Hörersymbol geschwebt und hatte das Display doch nicht berührt. Fünfzehn, zwanzig Nachrichten hatte sie getippt, aber keine davon abgeschickt. Weil auf einmal der Trotz mit ihr durchgegangen war. Warum zur Hölle sollte sie ihm hinterherlaufen? Er war doch abgehauen. Wenn ihm etwas an ihr lag, dann sollte gefälligst er sich melden. Was er aber nicht getan hatte.

Toni presste die Lippen aufeinander. Auf einmal fühlte sie sich so unendlich alt und müde. Sie trottete in das Wohnzimmer, setzte sich auf das Sofa und zog die Beine an. Dann klappte sie den Laptop auf. Ein Update. Natürlich. Da konnte sie genauso gut zuerst unter die Dusche springen. Während das warme Wasser auf ihren Körper prasselte, überlegte sie, was die Presse wohl geschrieben haben mochte, dass Hans sich genötigt sah, sie am Samstagvormittag anzurufen. Hatte ein Journalist eine Spur entdeckt, die ihnen verborgen geblieben war?

Sie waren auch am Freitag überwiegend damit beschäftigt gewesen, die Fotos auf Krumbads Laptop zu sichten, aber sie hatten dabei nichts zutage gefördert, was sie einen Schritt weitergebracht hätte.

Mit einem Handtuchturban über den nassen Haaren verließ Toni das Badezimmer und setzte sich wieder auf das Sofa. *Update erfolgreich abgeschlossen*, meldete ihr Laptop. Na immerhin. Sie startete den Browser und rief die Seite einer Münchner Boulevardzeitung auf. Nur einen Klick später wusste sie, warum Hans sie angerufen hatte.

Sie unterdrückte einen Fluch, riss sich den Turban vom Kopf und lief zurück ins Bad.

Punkt zehn Uhr dreißig stieg sie aus dem Aufzug und eilte mit großen Schritten den Räumen der Mordkommission entgegen. Sie war eine halbe Stunde zu früh, doch sie war keineswegs die Erste. Genau genommen war sie sogar die Letzte. Wahrscheinlich hatten ihre Kollegen schon längst am Frühstückstisch gesessen, als sie noch tief und fest geschlafen hatte. Aber vermutlich hatte von ihnen auch keiner bis nach drei Uhr wach gelegen und hatte gegrübelt, wie es mit ihr und Tom weitergehen würde.

Mit grimmigen Gesichtern hatten sich Hans, Beate, Sören und Contutto im Besprechungsraum versammelt. Vor ihnen auf dem Tisch lagen Exemplare der heutigen Tageszeitungen, und von allen schrie ihnen eine ähnliche Schlagzeile entgegen: *Monopteros-Mord – Toter besaß Tausende Fotos nackter Mädchen.*

Toni setzte sich zu ihren Kollegen, nahm eine Zeitung in die Hand und warf sie gleich wieder auf den Tisch zurück. Sex and Crime. Das versprach gute Verkaufszahlen.

»Muss ich mir das antun?«, fragte sie. »Ich habe versucht, die Artikel in der U-Bahn zu lesen, aber natürlich hatte ich dort unten keinen Empfang.«

»Sei froh«, brummte Sören. »Du erfährst nichts, was wir nicht schon wüssten. Abgesehen davon ist der Inhalt bei allen in etwa gleich. Je nach Profil der Zeitung unterscheiden sich die Artikel eigentlich nur in der Ausschmückung und der Wortwahl, von halbwegs nüchtern bis hin zu reißerisch und sensationslüstern.«

»Die da lassen sogar das Wort *Pädophilie* fallen«, ergänzte Contutto und deutete auf eine Zeitung mit besonders großen Buchstaben. »Zwar erwähnen sie in einem Halbsatz, dass man von Pädophilie nur spricht, wenn die Kinder noch nicht in der Pubertät sind oder maximal gerade am Anfang stehen, aber das überliest doch jeder. Für die Leser ist Krumbad jetzt ein perverser Kinderschänder, der seine verdiente Strafe bekommen hat, und damit hat der Täter genau das erreicht, was er von Anfang an wollte. Alle Welt hält Krumbad nun für das, was auf seiner Brust geschrieben stand: eine Drecksau.«

»Stimmt«, bestätigte Beate. »Ich habe vorhin kurz einen Blick auf die Facebook-Seite des Präsidiums geworfen. Dort überschlagen sich die Kommentare, genau wie auf Twitter.«

»Firlefanz«, brummte Hans, der aus seiner Abneigung gegen die Auftritte der Münchner Polizei in den sozialen Netzwerken keinen Hehl machte. »Auf der Straße fehlen die Leute an allen Ecken und Enden, und dort hocken sie an den Computern und geben einer Handvoll Idioten eine Plattform, wo sie gegen die Polizei stänkern können. Ich dachte immer, es wäre unsere Aufgabe, Straftaten aufzuklären und zu verhindern und nicht, irgendwelche Kommentare in die Welt zu blasen. Da werden Bilder von uniformierten Nikoläusen ins Netz gestellt, und dann wundern wir uns, dass uns keiner mehr ernst nimmt und der Respekt verloren geht? Also zu meiner Zeit, da …«

Hans verstummte, setzte seine Brille auf, nahm sie wieder ab und räusperte sich. Offenbar war ihm selbst gerade bewusst geworden, dass er wieder einmal dabei war, sich in Rage zu reden.

»Wie auch immer«, fuhr er nach einem tiefen Atemzug fort. »Was mich interessiert: Woher hat die Presse diese Informationen? Wer ist diese angeblich sichere Quelle, von der in den Artikeln die Rede ist?« Er schaute in die Runde. »Wer ist der Maulwurf?«

Siebenundzwanzig

Tobias ließ sich mit dem Rücken gegen die Wand sinken. Verstreut um ihn herum lagen sämtliche Tageszeitungen, die er hatte bekommen können. Das konnte doch nicht wahr sein! Er schüttelte den Kopf und fuhr sich mit den Fingern durch das Haar. Das konnte alles einfach nicht wahr sein.

Sein Magen knurrte, erinnerte ihn daran, dass er eigentlich aus dem Haus gegangen war, um sich in Trudis Café ein ausgiebiges Frühstück zu gönnen, aber er hatte es nur bis zu dem Zeitschriftenladen geschafft, wo ihm die Schlagzeilen ins Gesicht gesprungen waren. Da war das Frühstück vergessen gewesen, und er war mit einem Stapel Zeitungen im Arm zurück in seine Wohnung gerannt. Seit der Pressekonferenz, die er zufällig gesehen hatte, konnte er nicht mehr verleugnen, dass es der Hobbit war, den sie am Monopteros gefunden hatten. Anfangs hatte Tobias es nicht glauben wollen, hatte wieder und wieder versucht, ihn zu erreichen, aber schließlich hatte er einsehen müssen, dass dieser Matthias K., von dem die Polizei sprach, und der Hobbit ein und dieselbe Person waren.

An diesem Tag hatte er fast zwei Stunden bis nach Hause gebraucht. Völlig planlos war er mit Bus, Straßenbahn und U-Bahn durch München gefahren, hatte versucht, sich zwischen den Tausenden anderen Pendlern zu verstecken und vor allem vor seinen Gedanken davonzulaufen, die in seinem Kopf Achterbahn gefahren waren. Nein, nicht Achterbahn. Karussell. Sie hatten sich immer und immer wieder im Kreis gedreht und immer um dieselbe Sache: *Die* steckten dahinter. *Die* hatten den Hobbit beseitigt. *Und dich kriegen sie auch noch*, flüsterte die hässliche Stimme in seinem Kopf. *Du hast ihm geholfen, du bist als Nächster dran.*

Achtundzwanzig

»Du denkst jetzt aber nicht ernsthaft, dass das einer von uns war, oder?«, ereiferte sich Contutto. »Dass einer von uns zur Presse gelaufen ist und …«

Bevor Hans diese Frage beantworten konnte, begann sein Handy zu vibrieren, das vor ihm auf dem Tisch lag. Beim Blick auf das Display verfinsterte sich seine Miene.

Er nahm das Gespräch entgegen, und sofort ertönte eine laute Stimme. Der Anrufer schien ziemlich erbost zu sein, jedoch konnte Toni nicht verstehen, was er sagte. Mit einer entschuldigenden Geste stand Hans auf und machte sich daran, den Raum zu verlassen. Mit jedem Schritt zogen sich seine Augenbrauen weiter zusammen.

»So ein Schmarrn!«, hörte sie ihren Chef noch sagen, dann fiel die Tür seines Büros hinter ihm zu.

»Da scheint jemand ziemlich schlechte Laune zu haben«, bemerkte Toni. »Wenn ich raten müsste, weshalb, würde ich darauf tippen.« Sie deutete auf die Zeitungen.

Beate zuckte mit den Schultern.

»Also um ehrlich zu sein – wirklich nachvollziehen kann ich diese ganze Aufregung nicht. Natürlich ist es ärgerlich, dass diese Informationen auf diesem Weg an die Öffentlichkeit gelangt sind, aber was ändert das für uns? Nichts. Die Ermittlungen werden dadurch doch nicht beeinträchtigt.«

»Na, und ob sie das werden«, sagte Contutto. »Abgesehen von seinem Ausrutscher in der Disco hat Krumbad es augenscheinlich geschafft, seine Vorliebe für Teenager ganz gut zu verbergen. Nur vor dem Täter nicht. Der wusste offensichtlich davon und war deshalb ziemlich angepisst. Entschuldigt meine Wortwahl, aber mich regt es einfach auf, dass dieses Wissen, das nur wir und vermutlich wenige andere Personen hatten, nun verbrannt ist, weil Hunderttausende genauso schlau sind wie wir.«

»Abgesehen davon können wir jetzt nicht mehr sicher sein, dass Erkenntnisse, die aus welchen Gründen auch immer keinesfalls nach draußen sickern dürfen, auch wirklich hier in diesem Kreis bleiben«, ergänzte Toni. »Und das regt mich persönlich noch viel mehr auf.«

»Geht mir genauso«, stimmte Sören zu. »Wenn ich mich schon auf die eigenen Kollegen nicht mehr verlassen kann – auf wen denn dann?«

»Du meinst damit jetzt aber nicht uns, oder?«, fragte Contutto, hob aber sofort entschuldigend die Hände, als Sören ihn stirnrunzelnd anschaute. »Vergiss es«, brummte er. »Ich hab nichts gesagt. Trotzdem wüsste ich gern, wo das Leck ist. Hier auf jeden Fall schon einmal nicht«, sagte er mit einem Seitenblick auf Sören. »Aber wo dann?«

»Da gibt es leider viele Möglichkeiten«, begann Beate, verstummte aber, als Hans den Raum wieder betrat. Seine

Miene war noch genauso düster wie zuvor. Gespannt sahen seine Mitarbeiter ihn an.

»Raus mit der Sprache«, drängte Toni, als ihr Vorgesetzter sich gesetzt hatte, aber keine Anstalten machte, etwas zu sagen. »Wer war dran? Worum ging es?«

Er schaute Toni an.

»Die Antwort auf Frage zwei liegt vor euch auf dem Tisch«, sagte er und machte eine Kopfbewegung in Richtung der Zeitungen. »Und zu Frage eins: Ich hatte gerade das große Vergnügen, mit unserem Herrn Dezernatsleiter zu telefonieren. Der Herr Präsident wurde offenbar heute Morgen an seinem ersten Urlaubstag in Österreich von den Schlagzeilen überrascht, woraufhin er sofort den Vize angerufen hat, der wiederum Kriminaldirektor Brodt, und dieser soeben mich.«

»Also die komplette Maschinerie«, sagte Toni und konnte sich ein leises Stöhnen nicht verkneifen. »Und welchen Auftrag hat Brödtchen dir gegeben? Nein, sag es nicht. Lass mich raten: Wir sollen den Störer identifizieren, ihn eliminieren und den Mörder fassen. Und das alles bis Sonntag vor dem ›Tatort‹.«

»So in etwa«, bestätigte Hans, »wobei er den ›Tatort‹ nicht explizit genannt hat. Der Rest trifft die Sache aber ziemlich gut.«

»Sonst noch etwas?«, murrte Contutto. »Sollen wir bei der Gelegenheit auch noch das Geheimnis um den Tod von König Ludwig II. lüften? Hört Brodt sich eigentlich selbst zu, wenn er redet? Manchmal habe ich den Eindruck, er verfährt nach dem Motto: Woher soll ich wissen, was ich denke, bevor ich höre, was ich sage? Und selbst da frage ich mich, ob er immer wirklich versteht, was er von sich gibt. Meine Herren, wer hat den nur ...«

»Es reicht, Stephan.« Contutto verstummte augenblicklich. Dass Hans ihn nicht mit seinem Spitznamen anredete, war Zeichen genug. Ihr Chef teilte zwar oft die Meinung seiner Mitarbeiter, was so manchen Vorgesetzten anging, jedoch duldete er laut ausgesprochene Kritik in seinem Beisein nur bis zu einem gewissen Grad.

»Ich muss Contutto beipflichten«, sprang Toni ihrem Kollegen zur Seite. »Die Suche nach dem Maulwurf ist erstens nicht einmal annähernd unsere Aufgabe und würde zweitens völlig unsere Kapazitäten sprengen. Soll sich darum kümmern, wer will. Von mir aus irgendein Geheimdienst, aber ganz sicher nicht wir.«

Von Sören und Beate ertönte zustimmendes Gemurmel, und auch Hans nickte.

»Selbstverständlich bin ich da ganz eurer Meinung«, sagte er. »Und das habe ich Brodt auch unmissverständlich mitgeteilt. Trotzdem sollten wir uns Gedanken machen, wer oder wo die undichte Stelle sein könnte. Wenn so etwas mit sensibleren Informationen passiert, kann es die gesamten Ermittlungen gefährden.«

»Diese Gedanken werden uns allerdings nicht sehr weit bringen, geschweige denn bei der Identifikation des Maulwurfs helfen«, sagte Beate und knüpfte dort an, wo sie durch Hans' Rückkehr unterbrochen worden war. »Es sind einfach zu viele Möglichkeiten. Angefangen von den Kollegen bei der IT-Forensik, die Krumbads Laptop auswerten, über die drei Kollegen, die uns bei der Auswertung der Bilddateien helfen, uns selbst und all die Stellen im Haus, die informiert werden mussten oder wollten, bis hin zur Staatsanwaltschaft.« Sie zuckte mit den Schultern. »Ohne die Hilfe der Zeitungsredaktionen ist es nahezu unmöglich, das Leck zu finden. Aber die werden den Teufel tun und ihre Quelle preisgeben.«

Hans nickte.

»Das sehe ich genauso. Trotzdem irgendwelche Vorschläge? Nein? Gut. Oder auch nicht gut.« Er legte beide Hände flach auf den Tisch. »Gibt es etwas, das heute noch erledigt werden muss? Auch nicht? Dann ab mit euch. Spannt aus, damit ihr den Kopf frei bekommt. Wir sehen uns am Montag.«

Mit diesen Worten stemmte er sich in die Höhe. Sören und Beate taten es ihm gleich, nur Toni und Contutto rührten sich nicht.

»Was ist mit euch?«, fragte Sören.

Toni wiegte den Kopf hin und her.

»Ich denke noch ein bisschen nach«, sagte sie.

»Und ich helfe ihr dabei«, schloss Contutto sich an.

»Na wenn ihr meint. Aber lasst eure Gehirne nicht zu sehr qualmen. Denkt an die Rauchmelder.«

Toni und Contutto sahen Sören hinterher, dann begegneten sich ihre Blicke.

»Bilder?«, fragte Toni.

»Bilder«, stimmte ihr Kollege zu, und sie verzogen sich in ihre Büros, um weiter die Bilder von Krumbads Laptop zu sichten. Immerhin war der größte Teil schon geschafft. Mit vereinten Kräften sollten sie in den nächsten zwei Tagen fertig werden.

Länger stehe ich das auch nicht durch, dachte Toni, rollte mit ihrem Stuhl ein Stück zurück und drückte die Handballen auf ihre geschlossenen Lider. Auf ihrer Netzhaut klebte noch immer das letzte Nacktfoto. Rasch öffnete sie die Augen und sah Contutto im Türrahmen stehen.

»Ich brauche dringend eine Pause«, sagte er. »Lust auf einen Kaffee?«

»Ich dachte schon, du fragst nie«, antwortete Toni lächelnd. Schweigend verließen sie das Präsidium und trotteten nebeneinander Richtung Fußgängerzone. Erst als sie in einem kleinen Café in der Eisenmannstraße saßen und ihre Bestellung aufgegeben hatten, ergriff Toni das Wort.

»Warum bist du eigentlich noch hier? Warten deine Frau und dein Kleiner nicht auf dich?«

Contutto verzog das Gesicht und rieb sich über den Nacken.

»Ja, eigentlich schon«, sagte er schließlich. »Aber eine Schulfreundin meiner Frau hat sich zum Brunch eingeladen, und ich bekomme schon Ausschlag, wenn ich nur ihre Stimme höre. Deshalb war Hans' Anruf so etwas wie ein Geschenk des Himmels, und nun nutze ich eben die Gunst der Stunde. Wenn ich tatsächlich arbeite, fühle ich mich auch nicht ganz so schlecht, weil ich nicht zu Hause bin.« Er stupste Toni an. »Und was ist mit dir? Solltest du das Wochenende nicht mit dem Doc verbringen?«

Schon als Toni zuvor die Frage an Contutto über die Lippen gerutscht war, hätte sie sich im selben Moment am liebsten in den Hintern gebissen, weil sie haargenau gewusst hatte, dass er sie im Gegenzug dasselbe fragen würde.

»Kein gutes Thema?«, hakte er nach, als Toni nicht antwortete. Sie zuckte mit den Achseln, griff nach dem Zuckerstreuer, hob die kleine Metallklappe im Deckel an und ließ sie wieder fallen.

»Nein«, sagte sie schließlich und stellte den Streuer wieder zurück. Ihr Blick huschte zu Contutto und sofort weiter zu ihrer Tasse.

»Da hängt doch ein Aber in der Luft.« Ihr Kollege lehnte sich ein wenig nach vorn.

»Hört man das so deutlich?«, fragte Toni.

»Und ob! Und sehen kann man es auch, nur so nebenbei bemerkt.«

Toni hob den Kopf, und diesmal hielt sie Contuttos Blick stand. Ja, da war ein Aber. Tom und sie, das war momentan tatsächlich kein gutes Thema, doch sie wollte trotzdem darüber reden. Musste darüber reden. Wenn sie mit sich selbst diskutierte, drehten ihre Gedanken und Argumente sich immer nur im Kreis, und sie kam keinen Schritt weiter. Sie wusste, dass Contuttos eigene Scheidung auch nicht gerade ohne Störfeuer verlaufen war und ihn diese Zeit ziemlich mitgenommen hatte. Vielleicht hatte er eine andere Erklärung dafür, warum der Doc sich gerade so von ihr zurückzog? Sie sah hinab auf ihre Finger, dann holte sie tief Luft.

»Tom ist gerade in Würzburg bei seiner Frau und seiner Tochter«, fing sie an.

»Scheiße!«, zischte Contutto.

Erschrocken blickte Toni auf. Wieso Scheiße? War das so

schlimm? Da sah sie, dass Contutto sich zur Seite gedreht hatte und sein Gesicht mit der Hand abschirmte.

»Was soll das jetzt?«, fragte sie.

»Siehst du den Kerl, der gerade zur Tür hereingekommen ist? Etwa Mitte fünfzig, Geheimratsecken, Kinnbart, dunkelgraue Jacke«, flüsterte Contutto.

»Ja«, antwortete Toni. »Was ist mit dem? Hast du den mal eingesperrt, und jetzt mag er dich nicht mehr?«

»Schlimmer. Das ist ein Kollege vom Staatsschutz. Mit dem war ich vor Jahren auf irgendeinem Lehrgang, und seither hat er einen Narren an mir gefressen. Immer wenn er mich sieht, schwallt er mich zu, bis mir die Ohren bluten und mein Gehirn kurz davor ist, sich selbst abzuschalten. Wenn der mich sieht, ist der Nachmittag gelaufen. Ich sag dir, der saugt sich an dir fest wie ein Blutegel, den wirst du nur mit Gewalt wieder los.«

Toni reckte unauffällig den Hals.

»Momentan scheint er in der Bedienung an der Kasse ein Opfer gefunden zu haben. Wenn du schnell bist, schaffst du es in den Nebenraum, ohne dass er dich sieht. Da ist ebenfalls eine Tür, durch die kannst du abhauen.«

»Ich hab den Kaffee noch nicht bezahlt.«

Contutto schien am liebsten unter dem Tisch verschwinden zu wollen.

»Das lass mal meine Sorge sein. Und jetzt mach, dass du wegkommst. Wir treffen uns im Präsidium.«

Gebückt wie ein Einbrecher beim Verlassen einer soeben ausgeräumten Villa hastete Contutto nach draußen. Kopfschüttelnd und mit einem Lächeln auf den Lippen sah Toni ihm hinterher, dann winkte sie der Bedienung.

Als sie in das Präsidium zurückkehrte, saß Contutto bereits wieder vor seinem Bildschirm.

»Kein Feindkontakt«, sagte sie und grinste. »Du hattest ja mächtig die Hosen voll.«

Contutto grinste gequält zurück.

»Glaub mir, das hättest du an meiner Stelle auch. Aber warte, ich hab da was.« Er winkte Toni zu sich. »Hier.« Er hielt ihr einen Teller mit einem Stück Apfelstrudel hin. »Habe ich auf dem Rückweg mitgenommen. Nicht so gut wie bei meinem Bäcker zu Hause ums Eck, aber durchaus essbar.«

»Danke!«, sagte Toni und nahm den Teller entgegen. »Dafür spiele ich gern öfter deinen Retter in der Not. Was hast du da?« Sie deutete mit der Gabel auf seinen Monitor.

»Unser Dienststellenpostfach. Darin sind ein paar Mails, die über das Kontaktformular des Präsidiums eingegangen sind.«

»Ist was Interessantes dabei?«

»Keine Ahnung. Ich habe sie noch nicht gelesen.«

Toni schnappte sich den Besucherstuhl, setzte sich neben ihren Kollegen, und sie gingen gemeinsam den Posteingang durch.

»Gandalf?«, sagte Toni und verschluckte sich beinahe an einem Stück Apfelstrudel. »Gandalf wie …«

»… der Zauberer aus ›Herr der Ringe‹. Exakt.«

»Oh. Mein. Gott!« Sie verdrehte die Augen. »Wer gibt sich denn so einen Namen? Glaubt dieser Mensch tatsächlich, irgendjemand nimmt ihn ernst, wenn er sich hinter so einem Pseudonym versteckt?«

»Es kommt sogar noch besser«, sagte Contutto und tippte mit dem Finger auf den Bildschirm. »Gandalf behauptet, die Sache mit den Nacktfotos wäre ein Fake. Jemand habe Krumbad die Bilder untergeschoben, um den wahren Grund für den Mord zu vertuschen.« Er sah Toni an.

»Eine Verschwörung«, sagten sie gleichzeitig und grinsten sich an.

»Aber leider hat Gandalf vergessen, die Beweise mitzuschicken, die er aus seinem Hut gezaubert hat.« Er verzog in gespieltem Bedauern das Gesicht. »So hilft uns das dummerweise überhaupt nicht weiter, und wir werden nie erfahren, ob die Amis, die Russen oder die Außerirdischen dahinterstecken.«

»Dann fragen wir ihn doch danach«, sagte Toni.

»Fragen? Den? Das ist ein Scherz, oder?«

»Nein, überhaupt nicht.« Tonis Grinsen war noch breiter geworden. »Wenn wir schon am Samstag im Präsidium hocken, weil ein Trottel seinen Mund nicht halten konnte, dann können wir uns doch diesen kleinen Spaß erlauben.«

Contutto legte die Stirn in Falten.

»Ich weiß nicht«, sagte er. »Ich halte das für keine gute Idee. Wenn du diesen Typen auch nur ansatzweise das Gefühl vermittelst, dass du ihnen zuhörst, dann wirst du sie nicht mehr los. Glaub mir, der spammt uns das komplette Postfach zu.«

»Aber von uns wird doch verlangt, jedem Mitteiler eine Antwort zukommen zu lassen«, sagte Toni und zog die Tastatur zu sich. »Und da ich eine brave Beamtin bin, tue ich jetzt genau das und bitte den Unbekannten, seine Angaben zu konkretisieren und uns – sofern vorhanden – Beweise für seine Behauptungen zukommen zu lassen. So. Fertig.« Sie klickte auf Senden.

»Dir war hoffentlich klar, dass ich auf diesem Rechner angemeldet bin und ...«

»Keine Angst, ich habe natürlich über die Postfachadresse geantwortet. Außerdem halte ich es für unwahrscheinlich, dass wir noch einmal von ihm hören werden. Das ist garantiert irgendein Teenie, der sich einen Scherz ... Hoppla.« Sie zog die Brauen hoch. »Da habe ich mich wohl geirrt. Gandalf hat schon geantwortet. Das ist wohl einer von der ganz schnellen Sorte.«

»Genau, wie ich dir gesagt habe«, brummte ihr Kollege. »Aber da er jetzt deinen Namen kennt, hast du ihn ganz allein an der Backe und darfst jede einzelne der fünf Milliarden Mails, mit denen er dich von nun an bombardieren wird, auch höchstselbst beantworten. Am besten beantragst du gleich am Montag eine Speichererweiterung für dein Postfach. Du wirst sie brauchen.«

»Lass uns doch erst einmal nachschauen, was er schreibt«, sagte Toni und öffnete die Mail. »*Sehr geehrte* bla bla«, las sie, »*Übersenden der Beweise leider nicht möglich* ... bla bla ... *Mailverkehr unsicher* ... bla bla ... *keine ausreichende Verschlüsselung* ... bla bla ... *Beweise in falsche Hände* ... bla bla ... *deshalb nicht in der Lage, meine Identität auf diesem Weg preiszugeben* ... bla bla ... *Mit freundlichen Grüßen, Gandalf.*«

Ach, dachte Toni, jetzt willst du dich auf einmal rausreden? Na warte, nicht mit mir. Einen Augenblick lang verharrten ihre Finger über den Tasten, dann warf sie die letzten Bedenken über Bord.

Welchen Kommunikationsweg erachten Sie als sicher?, tippte sie. Die Antwort kam prompt.

Nur den persönlichen.

Also gut. Wenn er es so haben wollte.

Wann und wo?

»Stopp!«, schaltete sich Contutto ein, der die letzten Minuten nur stumm neben ihr gesessen und mitgelesen hatte. »Das ist jetzt nicht dein Ernst, oder? Sag mir bitte, dass du ihn nur aus der Reserve locken und dich nicht wirklich mit diesem Spinner treffen willst!«

Toni schaute ihren Kollegen an.

»Doch«, sagte sie. »Genau das habe ich vor.«

Contutto riss die Augen auf.

»Sag mal, geht's noch? Ein verkorkster Samstag in allen Ehren, aber jetzt übertreibst du es in deinem Trotz, und zwar gewaltig. Gib mir sofort die Tastatur!«

Er streckte die Hände aus, doch sie schob das Keyboard so weit von ihm weg, wie das Kabel es erlaubte.

»Hör mir erst einmal zu«, versuchte Toni ihren Kollegen zu beschwichtigen. »Es hat überhaupt nichts mit Trotz zu tun, dass ich Gandalf live und in Farbe sehen möchte, sondern tatsächlich mit den Ermittlungen. Mir ist da nämlich gerade eine Idee gekommen.«

Contutto verschränkte die Arme vor dem Körper und musterte sie unter zusammengezogenen Brauen.

»Und die wäre?«

Blitzschnell rekapitulierte Toni noch einmal die Gedanken, die ihr durch den Kopf geschossen waren. Ergaben sie wirklich einen Sinn? Ja, dachte sie. Das taten sie.

»Was wäre«, begann sie, »wenn unser Zauberer gar kein Spinner ist, sondern jemand, der dieselben Neigungen hat wie Krumbad? Für jeden Mist gibt es im Internet doch Tauschbörsen und Foren. Was, wenn sie in denselben Kreisen unterwegs waren und eifrig illegale Bilder und perverse Fantasien getauscht haben und Gandalf nun der Arsch auf Grundeis geht, weil er glaubt, dass wir auf Krumbads Laptop Spuren finden könnten, die uns zu ihm führen und wir ihn dann an den Kronjuwelen packen? Mitgefangen, mitgehangen, wie der Volksmund so schön sagt.«

Die Skepsis auf Contuttos Gesicht war nicht zu übersehen, aber ebenso wenig die Tatsache, dass er über Tonis Überlegungen nachdachte.

»Du meinst, Gandalf will die Jugendpornosache gezielt unglaubwürdig machen, um von sich abzulenken und seinen eigenen Kopf aus der Schlinge zu ziehen?« Er rieb sich über das Kinn. »Aber dann wäre es ja absolut kontraproduktiv, wenn er sich freiwillig mit der Polizei treffen würde. Einerseits macht er einen auf unsicheren Mailverkehr und fehlende Verschlüsselung, weswegen er uns seine angeblichen Beweise nicht schicken kann, und andererseits wirft er sich uns freiwillig persönlich in die Arme? Nein.« Er schüttelte den Kopf. »Das ist ein Wichtigtuer, sonst nichts. Das beweist doch schon allein die Tatsache, dass er schweigt, seit du auf seinen Vorschlag mit dem Treffen eingegangen … Oh!«

In fünfundvierzig Minuten am Apollotempel im Nymphenburger Schlosspark. Aber kommen Sie allein. Wenn ich nur einen einzigen Polizisten außer Ihnen sehe, bin ich weg.

»Der hat eindeutig zu viele amerikanische Spielfilme gesehen«, sagte Toni.

»Und er verarscht dich, merkst du das nicht? Der sitzt jetzt in diesem Moment vor seinem PC und pinkelt sich vor Lachen in die Hose, weil er glaubt, dass sich gleich die halbe Münchner Polizei in den Büschen im Schlosspark verstecken und auf jemanden warten wird, der niemals kommt.«

»Und wenn doch?«

»Und wenn doch was?«

»Wenn er doch kommt?«

»Dann hockt er selbst in irgendeinem Strauch und pinkelt sich in seinem Versteck gleich noch mal in die Hose. Mensch, Toni.« Contutto nahm sie an der Schulter und schüttelte sie sanft. »Du bist doch nicht erst seit gestern bei der Polizei. Das ist eine Schnapsidee, und das weißt du.«

Ja, es war eine Schnapsidee, dessen war sie sich bewusst. Normalerweise würde sie haargenau so argumentieren wie Contutto, denn er hatte mit all seinen Argumenten recht – und doch war sie wider jegliche Vernunft überzeugt, dass Gandalf tatsächlich kommen würde. Sie schaute ihren Kollegen an, dann tippte sie erneut:

Wie erkenne ich Sie?

Sie hörte, wie Contutto neben ihr schnaubte und etwas wenig Schmeichelhaftes murmelte.

Gar nicht. Ich werde Sie erkennen.

Neunundzwanzig

Tobias' Finger zitterten, als er die Verbindung unterbrach und den Laptop zuklappte. Das war so verdammt einfach gegangen. Zu einfach für seinen Geschmack.

Er steckte den Laptop zurück in seinen Messenger-Bag, zahlte und verließ das Café. Er fröstelte, als er zur Bushaltestelle ging. Es war wieder kühler geworden. Und es sah nach Regen aus. Aber das war perfekt. Bei schönem Wetter traten sich am Wochenende die Leute im Schlosspark gegenseitig auf die Füße, aber heute würde am Apollotempel nicht besonders viel los sein. Die Touristenhorden aus Japan und den USA kamen normalerweise über das Schloss selbst ohnehin nicht besonders weit hinaus, für die lag der Tempel viel zu weit vom Eingang entfernt. Wahrscheinlich trieben sich dort nur ein paar hartgesottene einheimische Spaziergänger oder unverbesserliche Entenfütterer herum. Darunter fielen Polizisten garantiert auf wie bunte Hunde.

Wenn er eines nicht wollte, dann dass sie ihn zu fassen bekamen. Wobei die Bullen immer noch besser waren als die anderen, die den Hobbit auf dem Gewissen hatten. Vor denen musste er sich hüten, nicht vor der Polizei. Die hatten ihn schon einmal mitgenommen und schneller wieder laufen lassen, als er sich einen Anwalt hätte suchen können. Nein, die Bullen waren nicht sein Problem, die mussten sich an die Gesetze halten. Die anderen hingegen machten sich ihre Gesetze selbst. Und selbst die waren ihnen manchmal egal.

Dreißig

Eine Windböe ließ Toni frösteln. Die Jacke, die sie sich am Morgen in aller Eile übergeworfen hatte, war eindeutig zu dünn. Aber sie hatte weder mit diesem Temperatursturz gerechnet noch damit, heute in konspirativer Mission unterwegs zu sein. Und dann ausgerechnet fast am anderen Ende des Nymphenburger Schlossparks.

Sie musste zugeben, dass Gandalf den Ort gut gewählt hatte. Der Apollotempel stand an drei Seiten frei auf einer kleinen Landzunge im künstlichen Badenburger See, lediglich auf der Nordseite reichte der dichte Laubwald, der den gesamten Park durchzog, bis an die Wurzel der Landzunge heran. Wenn man sich nicht gerade zwischen den Baumstämmen und durch das Dickicht heranpirschte, war der schmale gesandete Weg die einzige Möglichkeit, den Tempel zu erreichen. Gandalf konnte also sehr gut im Blick behalten, wer sich näherte. Allerdings konnte er auch nur in eine Richtung abhauen, sollte ihm der Boden unter den Füßen doch zu heiß werden. Das wiederum war ein Vorteil für sie.

Sie war immer noch überzeugt davon, dass der Mann

kommen würde – ganz im Gegensatz zu Contutto, der am Ende richtig wütend geworden war. Doch Toni hatte sich nicht von ihrem Vorhaben abbringen lassen, und so hatte er sich widerwillig gefügt.

»Alleine lasse ich dich nicht dorthin«, hatte er gesagt. »So einen Mist wie damals mit dem Doc brauchen wir nicht noch einmal.« Dieser Satz hatte die Erinnerungen an die fatale Nacht auf dem Obermenzinger Friedhof wieder wachgerufen und Toni für einen kurzen Augenblick ins Straucheln gebracht, aber sie fing sich sofort wieder. Nein, Gandalf hatte nicht die Absicht, sie in eine Falle zu locken. Dafür war der Ort gänzlich ungeeignet. Vielleicht würde er auf sie losgehen, wenn er merkte, dass die Sache nicht so lief, wie er sich es vorstellte, aber dann würde Contutto ihr zu Hilfe kommen. Er musste jeden Moment hier eintreffen und würde dann den einsamen Spaziergänger mimen, der am Tempel eine Pause einlegte.

Sie warf einen Blick auf ihre Armbanduhr. Noch zehn Minuten bis zum vereinbarten Zeitpunkt. Dabei lugte sie aus den Augenwinkeln zu der jungen Frau mit dem Kinderwagen, die mit der einen Hand den Wagen in einer schaukelnden Bewegung hielt, während sie mit der anderen auf ihrem Smartphone herumtippte. War sie Gandalf? Jedenfalls war außer ihr niemand zu sehen. Oder hatte Contutto doch recht gehabt, und sie hatte sich zum Narren halten lassen?

Toni setzte sich auf den Sockel aus hellem Sandstein und schaute über den See. Erst jetzt wurden ihr die Parallelen zu Krumbads Auffindeort bewusst. Schon wieder ein Rundtempel, und beide inmitten eines Parks. War das Zufall, oder hatte Gandalf einfach nur einen ziemlich schrägen Sinn für Humor?

Rhythmische, schnelle Schritte knirschten hinter ihr über den sandigen Weg. Ein Jogger, was sonst. Aber wo blieb Contutto? In diesem Moment hörte sie eine vertraute Stimme.

»Kein Problem, ich bin ohnehin zu früh. Was denkst du, wie lang du noch brauchst?« Contutto blieb einige Meter von ihr entfernt stehen, den Blick über den See gerichtet. »Okay. Dann bis in einer halben Stunde am Tempel.« Er hauchte einen Kuss in sein Handy, drehte sich um und schaute Toni dabei an. »Frauen«, sagte er und zuckte mit den Schultern. »Die können wohl nicht pünktlich sein. Muss in den Genen liegen.« Er wandte sich wieder ab, setzte sich ein paar Meter von Toni entfernt ebenfalls auf den Sockel und begann auf seinem Handy herumzutippen.

Der Jogger war zwischenzeitlich stehen geblieben und machte ein paar Dehnübungen. Da kam Bewegung in die junge Mutter. Sie steckte ihr Smartphone ein, warf einen Blick in den Kinderwagen und schob ihn dann in Tonis Richtung. Toni hustete, um Contutto aufmerksam zu machen. Aus den Augenwinkeln sah sie, wie ihr Kollege weiter auf sein Handy schaute und dabei nickte. In Tonis Bauch begann es zu kribbeln. War es jetzt so weit? Der Jogger machte ein paar Schritte in ihre Richtung, um der Frau mit dem Kinderwagen auszuweichen.

Verflixt, dachte Toni. Verzieh dich! Wie sollte die Frau Kontakt aufnehmen, wenn der Jogger zwischen ihnen stand? Jetzt ging er auch noch in die Hocke. Offenbar passte etwas mit seinen Schnürsenkeln nicht. Die junge Frau lief weiter, ohne ihn oder Toni auch nur eines Blickes zu würdigen.

Verdammt! War die Kontaktaufnahme nun gescheitert, oder war das doch nur eine Mutter mit Kinderwagen und keine verhinderte Geheimagentin? Sie sah der Frau hinterher, die jetzt in den Kinderwagen hineinsprach und dabei ihren Weg gemächlich fortsetzte.

»Frau Stieglitz?«

Rasch drehte Toni den Kopf. Der Jogger kniete immer noch vor ihr, doch nun sah er sie von unten herauf an. Sein Mund war eine schmale, verkniffene Linie.

»Gandalf?«

Er nickte kaum merklich. Dann bewegte sich seine Hand, die bisher an den Schnürsenkeln herumgenestelt hatte, und ein kleiner Gegenstand landete direkt vor Tonis Füßen. Im selben Moment sprang Gandalf auf und rannte los.

»Scheiße!«, fluchte Toni, griff nach dem Ding und nahm die Verfolgung auf. Der Mistkerl war verdammt schnell und hatte schon mehrere Meter zwischen sich und Toni gebracht, aber er hatte nicht mit Contutto gerechnet, der urplötzlich vor ihm aus dem Boden zu wachsen schien. Der Aufprall ließ Gandalf zurücktaumeln. Er stolperte, und seine Finger berührten das Gras, doch er fiel nicht, rappelte sich stattdessen auf und wollte an Contutto vorbei, aber nun war Toni zur Stelle, packte ihn am Kragen seiner Jacke und riss ihn zurück.

»Moment«, sagte sie. »Nicht so schnell. Wer sind Sie,

und was soll dieses Theater? Und erzählen Sie mir nicht, Ihre Eltern seien Tolkien-Fans und haben Sie tatsächlich Gandalf genannt.«

Der junge Mann sah sie aus weit aufgerissenen Augen an. Durch den Tunnel in seinem Ohrläppchen konnte Toni das Laub der Buchen hinter ihm schimmern sehen.

»Na gut.« Toni zuckte mit den Schultern. »Wir hätten Sie ohnehin mit ins Präsidium genommen. Dann unterhalten wir uns eben erst dort.« Sie hielt ihn immer noch am Kragen seiner Jacke und wollte ihn mit sich ziehen, doch Gandalf sperrte sich.

»Der Stick«, sagte er und deutete auf Tonis Faust, in der sie immer noch den kleinen Gegenstand hielt. »Da finden Sie alles.«

»Was soll das heißen: alles?«, fragte Contutto.

Gandalf leckte sich über die Lippen. Sein Blick huschte zu den Bäumen, als erwartete er, dort jeden Moment jemanden aus dem Unterholz herausspringen zu sehen.

»Wer dahintersteckt und warum. Hinter den Bildern. Und dem Mord.«

»Das würden wir lieber von Ihnen selbst hören«, sagte Toni. »Genau wie Ihren wirklichen Namen und in welcher Verbindung Sie zu Herrn Krumbad standen. Kommen Sie! Wir fahren ins Präsidium, da können Sie uns alles in Ruhe erklären.«

»Nein.« Der junge Mann öffnete den Reißverschluss seiner Jacke, und ehe Toni sichs versah, hatte er sich aus den Ärmeln gewunden und spurtete los.

»So eine Scheiße!« Sie warf Contutto die Jacke zu und

rannte ihm hinterher. »Bleiben Sie stehen!«, rief sie, aber natürlich dachte Gandalf nicht im Traum daran. Am nächsten Weg bog er scharf nach rechts ab und wäre fast in die junge Mutter hineingelaufen, die zuvor ebenfalls am Tempel gewesen war. Geistesgegenwärtig machte Gandalf einen Satz zur Seite und rannte weiter, doch das Ausweichmanöver hatte ihn seinen Vorsprung gekostet, und nun war Toni wieder an ihm dran. Sie streckte die Hand aus, krallte ihre Finger in sein Shirt. Noch einmal würde er ihr nicht entkommen. Sie gerieten beide ins Straucheln, doch Toni ließ nicht los, bekam ihn mit der anderen Hand am Arm zu fassen.

»Bleiben Sie stehen, verflixt!«, rief sie, und diesmal tat der junge Mann tatsächlich, was sie sagte. Sie schaute hinter sich. Wo zum Henker blieb nur Contutto?

»Was soll das?«, keuchte sie. »Ich dachte, Sie wollen Matthias Krumbad entlasten. Warum hauen Sie dann ab?«

»Das verstehen Sie nicht.« Er trat von einem Fuß auf den anderen. »Die sind gefährlich. Und die sind überall. Ich hätte das gar nicht tun sollen. Hätte nicht kommen dürfen.«

»Die? Wer sind die? Meinen Sie das Netzwerk? Die anderen Typen aus den Tauschbörsen?«

Gandalf lachte, doch es klang nicht belustigt.

»Sie haben überhaupt keine Ahnung, womit Sie es zu tun haben.« Er warf einen hastigen Blick über Ihre Schulter. Hinter sich konnte Toni stampfende Schritte hören. Das musste Contutto sein. Endlich!

Der junge Mann sah sie an. Angst flackerte in seinen Augen.

»Tut mir leid«, sagte er und stieß mit beiden Händen so

heftig gegen ihre Brust, dass Toni das Gleichgewicht verlor. Sie spürte, wie der Stoff des Shirts durch ihre Finger glitt und Gandalf sich aus ihrem Griff befreite. Sie taumelte, ihre Hände suchten Halt, wo keiner war, konnten nicht verhindern, dass sie stürzte. Ein stechender Schmerz schoss durch ihren Rücken, nahm ihr für einen Moment den Atem. Durch den Schmerz hindurch hörte sie, wie der junge Mann sich noch einmal entschuldigte.

»Tut mir wirklich leid!« Er ging rückwärts, den Blick immer noch auf sie gerichtet. »Das wollte ich nicht.« Er biss sich auf die Lippe, schüttelte den Kopf, blieb stehen. »GBL«, sagte er, und dazu noch einen Namen, der aber halb in Contuttos lautstarkem Schnaufen unterging. »Danach müssen Sie suchen!« Dann drehte er sich um und sprintete davon.

Einunddreißig

Fassungslos starrte Regina auf das Display des Smartphones, das ihre Tochter ihr unter die Nase hielt.

»Warum schreiben die so was?« Leonies Stimme zitterte, und in ihren Augen standen Tränen. »Das stimmt doch alles nicht. Warum dürfen die so lügen?«

Regina deaktivierte das Display. Sie wollte nicht weiterlesen, ihr Magen hatte sich schon nach den ersten Absätzen umgedreht. Sie legte den Arm um ihre Tochter und zog sie zu sich heran. Ihr blutete das Herz, Leonie schon wieder so aufgewühlt zu sehen. Gerade erst hatte sie sich einigermaßen gefangen und begonnen, den Tod ihres Lehrers zu verarbeiten, und nun das: Nacktfotos von Teenagern auf seinem Laptop. Von Teenagern, wie Leonie einer war. Sie schluckte hart, um die aufsteigende Übelkeit zu unterdrücken.

»Nun sag doch was, Mama. Das ist doch gelogen, oder?« Leonie sah ihre Mutter so flehentlich an, dass Reginas Herz für ein paar Sekunden zu schlagen aufhörte.

»Bestimmt, mein Engel«, antwortete sie und strich ihrer Tochter über das Haar. »Bestimmt ist das gelogen.« Sie legte ihre Wange an Leonies Kopf und schloss für einen Moment die Augen. Wenn sie ihren Worten nur selbst glauben könnte. Wenn sie nur glauben könnte, dass der ehemalige Lehrer ihrer Tochter kein Perversling gewesen war und nicht stundenlang Fotos von nackten Mädchen angeglotzt hatte, die noch halbe Kinder waren. Sie wollte sich gar nicht ausmalen, was ihm durch den Kopf gegangen war, wenn er Leonie angesehen hatte. Hatte er vielleicht sogar an sie gedacht, wenn er allein gewesen war, und hatte er dann …

»Entschuldige«, murmelte Regina, sprang vom Bett ihrer Tochter auf und rannte zur Toilette. Mit der einen Hand hielt sie im Nacken ihre Haare zusammen, mit der anderen öffnete sie den Klodeckel, doch bis auf ein paar Speicheltropfen fiel nichts in die Schüssel.

Sie setzte sich auf den Deckel und wartete, bis das flaue Gefühl in ihrem Magen abgeklungen war, dann verließ sie die Toilette. In diesem Moment hörte sie, wie ein Schlüssel in der Wohnungstür gedreht wurde, und wenige Augenblicke später stand Roman vor ihr. Sein Gesicht war ernst, und er sah müde aus. Wortlos schloss er Regina in seine Arme und hielt sie fest.

»Danke«, sagte sie, nachdem sie sich von ihm gelöst hatte. »Danke, dass du so schnell gekommen bist.« Sie nahm ihn bei der Hand. »Leonie ist in ihrem Zimmer. Sie freut sich sicher, dich zu sehen.«

Und ob sie das tat. Leonie musste Romans Stimme gehört haben, denn noch bevor Regina sich umgedreht hatte, kam ihre Tochter bereits aus ihrem Zimmer gestürmt und warf sich ihm an den Hals. Bei dem Anblick spürte Regina wieder den Stich in ihrer Brust. Eine feine Nadel, die sich zwischen den Rippen hindurch in ihr Herz bohrte. Ja, sie war eifersüchtig, und ja, sie schämte sich dafür. Trotzdem wünschte sie sich, Leonie würde sich so freuen, wenn ihre Mutter durch die Tür kam, und sich ihr so an den Hals werfen. Aber Mütter waren eben zu selbstverständlich. Sie waren immer da. Wie ein Möbelstück, das man kaum noch wahrnahm. Und oft nervten sie, weil sie nicht immer so funktionierten, wie die Kinder es sich vorstellten. Dann waren sie das Möbelstück, an dem man sich gerade den kleinen Zeh angestoßen hatte und das man in diesem Moment ganz, ganz weit weg wünschte.

Diese Gedanken schmeckten gallebitter, und Regina ging in die Küche, um einen Schluck Leitungswasser zu trinken. Sie wusste, sie tat Leonie und auch Roman unrecht. Im Grunde freute sie sich ja auch, dass die beiden sich so gut verstanden. Regina hatte nach dem Tod von Leonies Vater viele Jahre lang nicht gewagt, einen neuen Mann in ihr Leben und vor allem in das ihrer Tochter zu lassen. Wie mit Scheuklappen war sie durch die Gegend gelaufen, hatte alle Männer, die sich ihr genähert hatten, weggebissen, weil sie ihrer Tochter nicht das Gefühl geben wollte, ihr Vater sollte ersetzt werden.

Aber gegen Romans Charme hatte sie sich nicht wehren können, und eines Nachmittags hatte sie ihn mitgebracht. Schweißnass waren ihre Hände gewesen, als sie die Tür aufgesperrt hatte, doch zwischen Leonie und Roman war der Funke sofort übergesprungen, als hätten sie aufeinander gewartet. Es war kein Vater-Tochter-Ding. Mehr Onkel und

Nichte. Aber es war etwas Besonderes. Und das schmerzte Regina, so dumm ihr dieses Gefühl auch erschien.

Sie drückte das Glas gegen ihre Stirn, versuchte sich ganz auf das Gefühl des kühlen, glatten Materials an ihrer Haut zu konzentrieren, um ihre Gedanken zum Schweigen zu bringen. Aber es funktionierte nicht. Wie Faulgase im Sumpf stiegen sie an die Oberfläche, und immer wieder fragte sie sich, wie es nur sein konnte, dass niemand etwas bemerkt hatte. Dass sie selbst nichts bemerkt hatte. Erst vor wenigen Wochen waren sie und Roman beim Elternsprechtag gewesen. Regina hatte es im ersten Moment zwar etwas seltsam gefunden, dass Roman unbedingt hatte mitkommen wollen, aber dann hatte die Freude überwogen. Noch ein Zeichen, dass er es wirklich ernst meinte. Dass sie mehr für ihn war als eine flüchtige Liebelei. Dass er an ihrem Leben teilhaben und Verantwortung übernehmen wollte. Doch auch Roman schien nichts an Krumbad aufgefallen zu sein. »Komischer Kauz«, hatte er zwar geflüstert, als sie den Raum verließen, aber das war auch schon alles gewesen.

Leonie hatte ihren Lehrer hin und wieder »spooky« und »strange« genannt, weil er manchmal völlig abwesend schien. Regina wollte sich nicht vorstellen, woran der Lehrer in diesen Momenten gedacht haben mochte. Und was er mit Leonie hätte tun wollen, wenn er nach der letzten Stunde noch im Klassenzimmer geblieben war, um ihr etwas zu erklären. Wie kurz er vielleicht davor gewesen war, seine Gedanken in die Tat umzusetzen ...

»LeLes Freundin hat angerufen. Da war ich von einer Sekunde auf die andere abgemeldet.«

Regina zuckte beim Klang von Romans Stimme erschrocken zusammen. Sie war so in ihre Grübelei versunken gewesen, dass sie überhaupt nicht gehört hatte, wie er die Küche betreten hatte.

»Sternchen, was ist los?« Mit zwei schnellen Schritten war er bei ihr. »Geht's dir nicht gut? Willst du dich setzen?«

Sie nickte und ließ sich von ihm zu einem Stuhl dirigieren. Er ging vor ihr in die Hocke, musterte sie.

»Ist es wegen der Fotos?«, fragte er, und sie nickte. »Du machst dir Gedanken, ob er LeLe ...«

Regina schaute ihn an. Nicht!, rief ihr stummer Blick. Sprich es nicht aus! Und er verstand. Er nahm ihre Hände in seine. Sie waren groß, viel größer als ihre. Und sie waren warm, während ihre eiskalt waren. Er führte ihre Fingerspitzen an seine Lippen und küsste sie sanft.

»Hat sie denn jemals angedeutet, dass er ihr zu nahe gekommen ist?«

Solche Fragen hatte Regina sich selbst auch schon gestellt. Hatte sie etwas im Verhalten ihrer Tochter übersehen? War das, was sie für typische Teenagerallüren gehalten hatte, in Wirklichkeit etwas ganz anderes gewesen?

Zweiunddreißig

»Ich könnte mir in den Hintern beißen, weil der Kerl uns entwischt ist.« Toni pfefferte ihre Tasche in die Ecke und ließ sich auf einen Stuhl fallen. Sie verzog das Gesicht, als ein erneuter Schmerz durch ihren Rücken zuckte, was ihren Ärger nur noch mehr anfachte.

»Wie Anfänger hat er uns aussehen lassen. Schlüpft einfach aus seiner Jacke und haut ab, dann kriege ich ihn und lasse ihn wieder abhauen. Dabei hätte ich es doch besser wissen müssen, schließlich hast du ihn bei seinem ersten Fluchtversuch noch gerade so gestoppt.« Sie stieß sich vom Tisch ab und rollte mit ihrem Stuhl quer durch den Raum, bis ein Aktenschrank sie aufhielt. »Professionelle Polizeiarbeit sieht jedenfalls anders aus. Ehrlich, ich weiß nicht, wem ich lieber ans Schienbein treten würde – mir oder ihm.«

»Reg dich wieder ab«, sagte Contutto, während er Gandalfs Jacke näher zu inspizieren begann. »Ich bin nicht weniger sauer, weil er uns so überrumpelt hat. Aber wenn du jetzt einen auf Selbstzerfleischung machst, bringt uns das auch nicht weiter. Immerhin hattest du den richtigen Riecher. Wenn es nach mir gegangen wäre, wären wir erst gar nicht in den Park gefahren. Eher hätte ich mein Weihnachtsgeld verwettet, als zu glauben, dass der Typ wirklich auftaucht.«

Damit hatte Contutto zwar nicht unrecht, aber das half ihr nur bedingt weiter. Gandalf war ihnen entwischt, ohne dass sie echte Informationen aus ihm herausbekommen hatten, ganz im Gegenteil. Er hatte eher wirr und verängstigt geklungen und nicht nach jemandem, der ihnen hätte weiterhelfen können. Aber vielleicht hatte ihn seine Geheimagentenrolle auch einfach nur überfordert? Hoffentlich hielt der Stick mehr Informationen bereit als die Begegnung mit ihrem Möchtegern-Informanten.

Toni stand auf, ging zu ihrer Tasche und nahm die kleine Plastiktüte heraus, in der sie den USB-Stick verpackt hatte. Dann zog sie den Stuhl wieder zu sich heran und fuhr den Stand-alone-Rechner hoch, einen PC ohne Zugang zum polizeilichen Netzwerk. Daran konnten sie externe Datenträger anschließen und durchforsten, ohne Gefahr zu laufen, dass eventuell darauf befindliche Schadsoftware alle anderen Rechner des Präsidiums infizierte.

»Darf ich dich daran erinnern, dass zuerst die Kollegen der IT-Forensik einen Blick auf die Dinger werfen sollen, damit nichts schiefgeht?«, sagte Contutto, während er die Taschen von Gandalfs Jacke von innen nach außen drehte.

»Und darf ich dich daran erinnern, dass heute Samstag ist?«, antwortete Toni. »Die sind alle im Wochenende. Willst du allen Ernstes bis Montag warten? Was ist, wenn der Stick tatsächlich neue Hinweise enthält? Vielleicht sogar den einen entscheidenden?« Sie konnte an Contuttos Gesichtsausdruck ablesen, dass er nicht überzeugt war. Sie hatte ihm auf dem Rückweg natürlich von den wirren Äußerungen erzählt, woraufhin er sie nur stirnrunzelnd angesehen, auf einen Kommentar aber dankenswerterweise verzichtet hatte.

»Außerdem – was soll passieren?«, argumentierte sie weiter. »Dass plötzlich eine Stimme ertönt, die uns mitteilt, dass sich der Stick in fünf Sekunden selbst zerstören wird? Das halte ich dann doch für eher unwahrscheinlich.«

»Du kennst ›Kobra, übernehmen Sie‹? Bist du dafür nicht zu jung?«

»Lenk nicht ab. Du willst doch auch wissen, was auf dem Stick ist, oder nicht?«

»Natürlich will ich das, und ich lenke auch nicht ab. Das mit der Zerstörung ist nämlich gar nicht so weit hergeholt.«

Toni zog die Brauen hoch. Nahm er sie jetzt auf den Arm?

»Du meinst, der Stick explodiert, wenn ich ihn mit dem Rechner verbinde?«

»Der Stick nicht, aber möglicherweise der PC.«

»Der PC?«

Contutto sah sie so ernst an, dass ihre Absicht ins Wanken geriet. Konnte das sein? Konnte so ein kleines Ding einen Rechner wirklich in die Luft jagen? Sie musterte ihren Kollegen, doch der verzog keine Miene und blieb ernst. Zu ernst.

»Oh Mann!«, sagte Toni und lachte. »Jetzt hättest du mich fast gehabt! Aber dein Pokerface hat dich verraten.« Sie schüttelte den Kopf. »Ein Stick, der einen PC explodieren lässt – was für eine absurde Idee.« Toni bückte sich, um Gandalfs Geschenk in den Port zu stecken.

»Halt!«

So schnell, wie sie es ihrem Kollegen nie im Leben zugetraut hätte, war er neben ihr und packte ihre Hand.

»Das war kein Scherz.« Er entwand den Stick ihren Fingern, ging damit zu einem Netzwerk-Rechner und loggte sich ein. Er klickte ein paarmal mit der Maus, dann drehte er den Monitor in ihre Richtung.

»Hier. Sieh selbst.«

Toni sah Contutto an, als könnte er selbst jeden Moment explodieren. Sie trat näher und schaute auf den Monitor.

»Killer-USB-Sticks?« Ihre Augen weiteten sich. »So etwas gibt es?«

»Und ob«, bestätigte ihr Kollege. »Die sind äußerlich von normalen Sticks nicht zu unterscheiden, aber im Inneren haben sie Kondensatoren statt eines Speichermediums. Steckt man sie in einen Laptop, einen Fernseher oder ein Tablet, laden sie sich innerhalb kürzester Zeit auf und geben dann mehrere Stromstöße in den Port ab. Das schrottet so gut wie jedes Gerät.«

Toni entfuhr ein leiser Pfiff. Davon hatte sie wirklich noch nie gehört.

»Und du meinst, das könnte so ein Killer sein?«

»Keine Ahnung. Aber kannst du es ausschließen? Mich wundert nach den heutigen Ereignissen jedenfalls nichts mehr.«

Toni schürzte die Lippen und überlegte. Schließlich seufzte sie und hob kapitulierend die Hände.

»Okay, o du Stimme der Vernunft. Du hast gewonnen. Montag bringen wir das Ding zu den IT-Forensikern. Besser, sie fackeln ihr eigenes Zeug ab als wir unseres.«

Sie betrachtete den Stick, der neben der Tastatur auf dem Tisch lag. Tief in ihrem Inneren war sie fest davon überzeugt, dass es kein Killer, sondern ein ganz normaler Datenträger war, und je länger sie ihn betrachtete, desto sicherer war sie sich, und desto stärker wurde das Jucken in ihren Fingern.

»Seine Jacke bringt uns im Moment auch nicht weiter«, sagte Contutto und steckte sie in einen Beutel. »Er hat uns darin leider weder seinen Personalausweis noch sonst irgendetwas hinterlassen. Nicht einmal ein gebrauchtes Taschentuch.«

»Dann war's das für heute?«, fragte Toni.

»Ja«, bestätigte Contutto und sah auf seine Armbanduhr. »Bei mir zu Hause sollte die Luft inzwischen auch wieder rein sein. Das Wochenende kann also endlich beginnen. Ich gehe nur noch schnell für kleine Jungs, dann können wir abrücken.«

Toni stand auf, um ihre Tasche zu holen. Der Stick lag immer noch auf dem Tisch, schien ihr zuzublinzeln. Sie blieb stehen. Sei einmal vernünftig, Stieglitz, beschwor sie sich. Nur ein einziges Mal.

Sie sah durch die offene Tür hinaus auf den Gang. Keine Spur von Contutto. Wie von selbst schlossen sich ihre Finger um den Stick. Vor dem Stand-alone-Rechner ging sie in die Hocke, das kleine Stück Kunststoff zwischen den Fingern.

Wenige Millimeter vor der Buchse verharrte ihre Hand. Und wenn es doch ein Killer war?

Fast ohne Widerstand glitt der Stecker in den Port.

Zu spät.

Dreiunddreißig

»Nein, Roman, das werde ich nicht tun. Das kann ich einfach nicht!« Regina sprang von ihrem Stuhl auf und verließ die Küche. Sie hatte sich selbst verboten, zu Hause zu rauchen, doch das war ihr jetzt egal. Es fühlte sich an, als würde jede einzelne Nervenbahn in ihrem Körper freiliegen. Wenn sie nicht gleich eine Zigarette bekam, würde sie durchdrehen. Aber wo war ihre verflixte Handtasche? Auf dem Schränkchen neben der Garderobe, wo Regina sie normalerweise abstellte, war sie nicht. Hatte sie die Tasche an einen Haken gehängt? Mit fliegenden Fingern nahm sie jede einzelne Jacke von der Garderobe, aber das Mistding blieb verschwunden. Das konnte doch nicht wahr sein!

»Suchst du die hier?« Roman stand in der Küchentür und hielt ihre braune Lieblingstasche in die Höhe.

»Danke«, sagte sie knapp, riss die Tasche an sich und hastete durch das Wohnzimmer hinaus auf den Balkon. Dort steckte sie sich eine Zigarette mit einer solchen Gier zwischen die Lippen, dass Regina sich vor sich selbst ekelte, doch sie war nicht in der Lage, sich zu bremsen. Erst als der Rauch ihre Lungen erreicht und das Nikotin zusammen mit all den anderen Stoffen durch ihre Adern schoss und ihre Nervenzellen bombardierte, ließ das Vibrieren in ihrem Körper allmählich nach. Sie schloss die Augen, behielt den Rauch so lange in ihrem Körper, wie sie nur konnte, und ließ ihn dann fast widerwillig durch die leicht geöffneten Lippen entweichen.

»Besser?«

Roman lehnte mit verschränkten Armen an der Balkonbrüstung. Der Wind fuhr von hinten in sein Haar und zerzauste es, verstärkte das Jungenhafte an ihm, das ihr schon bei ihrer ersten Begegnung aufgefallen war und das in seltsamem Kontrast zu seiner Bestimmtheit und seinem souveränen, weltmännischen Auftreten stand. Gleichzeitig bemerkte sie aber auch die Schatten unter seinen Augen und die Müdigkeit in seinem Blick. Die Schatten waren eigentlich nichts Ungewöhnliches und auch nicht die Müdigkeit. Wenn er von einer seiner mehrtägigen Reisen zurückkehrte, war er oft müde und erledigt – aber diese Müdigkeit ging tiefer. Die Sache mit Leonies Lehrer trifft ihn, dachte Regina. Er macht sich Sorgen um sie. Richtige Sorgen.

Sie nahm noch einen tiefen Zug, doch auf einmal schmeckte der Rauch bitter und widerte sie an, und sie warf die Zigarette über die Brüstung. Auch etwas, was sie normalerweise nicht tat, aber momentan war eben nichts normal. Wenn Roman nicht wäre, würde sie komplett den Halt verlieren.

»Du musst mit ihr sprechen, Regina. Wenn er sich wirklich an sie heran–«

»Hör auf!«, unterbrach sie ihn und hätte sich am liebsten

wie ein Kind die Hände auf die Ohren gedrückt. »Ich will nicht darüber nachdenken, und ich will nicht mit Leonie darüber sprechen. Er ist tot, und Schluss.«

»Worüber willst du nicht mit mir sprechen?«

Leonie stand in der geöffneten Balkontür, die Arme um sich geschlungen. »Über den Krumbad?«

Regina biss sich auf die Lippe. Was für ein Timing. Das hatte Roman wirklich toll hinbekommen.

»Ja, das heißt nein. Ist schon okay, es gibt nichts zu besprechen«, antwortete sie und hoffte, ihre Tochter würde es dabei bewenden lassen, doch die rührte sich nicht vom Fleck.

»Was ist mit ihm? Sag schon, Mama. Was ist los?«

»Es ist wirklich nichts, mein Schatz. Aber was ist mit dir? Warum stehst du hier?«

»Regina!« Roman hatte sich von der Balkonbrüstung gelöst und kam einen Schritt auf sie zu. »Entweder du fragst sie, oder ich tue es.«

Regina wirbelte herum und sah ihn aus weit aufgerissenen Augen an. Nein, das meinte er nicht ernst. Das konnte er nicht machen! Leonie war ihre Tochter, und nur sie entschied, was sie ihr zumuten konnte und wollte und was nicht. Doch als sie die Entschlossenheit auf Romans Gesicht sah, wusste sie, dass das keine leere Drohung gewesen war. Wie konnte er ihr nur so in den Rücken fallen?

»Mama? Was soll das? Was ist los? Sag schon!«

Regina zwang ein Lächeln auf ihr Gesicht.

»Es ist mit Sicherheit nichts.« Sie bemühte sich, einen beruhigenden Tonfall anzuschlagen. »Nur irgendwelche Gerüchte. Wie es eben so ist, wenn etwas in der Zeitung steht. Dann springen gleich alle möglichen Leute auf den Zug auf und verbreiten dummes Zeug.«

»Welche Gerüchte könnten denn noch schlimmer sein?«, fragte Leonie mit Verbitterung und Zorn in der Stimme. »Behaupten die vielleicht, er hätte sich an jemanden von uns rangemacht?«

Regina schluckte. Sie sah ihrer Tochter an, dass sie auf ein Dementi hoffte, doch das würde sie ihr nicht geben können.

»So in etwa, ja«, sagte sie leise. Es kostete sie unendliche Mühe, dem Blick ihrer Tochter nicht auszuweichen. Leonies Gesicht wurde aschfahl.

»Das glaubst du aber nicht wirklich, oder? Sag mir, dass du diese Scheiße nicht glaubst!«

»Ganz ehrlich, Leonie – ich weiß nicht mehr, was ich glauben soll. Ich dachte immer, Herr Krumbad wäre nur etwas seltsam, aber ansonsten ein guter Lehrer. Du mochtest ihn so, und deine Noten in Englisch sind auch so viel besser geworden. Doch wenn das stimmt, was Roman von seinem Bekannten erfahren hat, dann ...« Sie hob hilflos die Hände. »Ich mache mir solche Vorwürfe.«

»Das brauchst du nicht, Mama«, sagte ihre Tochter. Ihr Zorn schien so schnell verraucht zu sein, wie er gekommen war. »Er hat mich nie angefasst, wenn es das ist, was du wissen willst.«

Regina nickte. Erleichterung durchflutete ihren Körper mit solcher Wucht, dass ihre Knie weich wurden. Sie lächelte ihrer Tochter zu und flüsterte ein tonloses »Danke«.

»Ich gehe dann zu Nathalie«, sagte Leonie. »Sie hat Netflix, und da gibt es eine neue Serie. Von der reden alle in der Schule.«

»Ist okay.« Regina nickte. »Viel Spaß! Und wenn ich dich abholen soll, dann ruf an.«

»Mama, bitte. Ich bin doch kein Baby mehr!«

Eben, dachte Regina. Eben.

»LeLe?«

Leonie, die sich bereits zum Gehen gewandt hatte, drehte sich beim Klang von Romans Stimme wieder um.

»Was ist?«

»Hat Herr Krumbad dich jemals nach deiner Telefonnummer gefragt, deiner Mailadresse, deinem Namen bei Instagram oder sonst irgendwo?«

»Nein.« Leonie runzelte die Stirn und schüttelte den Kopf. »Nein, hat er nicht. Nie. Warum sollte er?«

»Hat dich schon jemals irgendwer gefragt, ob du ihm Nacktfotos schicken kannst?«

Regina glaubte, nicht richtig zu hören, und auch Leonie schien es ähnlich zu gehen.

»Nacktfotos? Was für Nacktfotos? Woher sollte ich denn so etwas haben?« Sie schaute Roman mit einer Mischung aus Ratlosigkeit und Empörung an, bis sie verstand, was er eigentlich gefragt hatte. Augenblicklich schoss eine tiefe Röte in ihre Wangen.

»Du spinnst doch!«, rief sie und machte einen stolpernden Schritt rückwärts. »Ihr spinnt doch alle!«

Damit drehte sie sich um, rannte durch das Wohnzimmer in den Flur, und nur einen Moment später fiel die Wohnungstür mit einem lauten Krachen ins Schloss.

Reginas Mund war staubtrocken.

»Ich glaube, du gehst jetzt besser«, sagte sie, ohne Roman anzuschauen.

»Es tut mir leid«, antwortete er. Aus den Augenwinkeln bemerkte sie, dass er einen Schritt auf sie zumachte. Regina hob abwehrend die Hände, und er blieb stehen.

»Versteh doch. Ich musste das fragen.« Er fuhr sich mit den Händen durch das Haar. »Du hast es ja nicht gekonnt, da blieb mir nichts anderes übrig. Wir brauchen doch Klarheit, oder nicht?«

Regina wandte sich langsam zu Roman um.

»Und du glaubst, dass wir die jetzt haben?«, fragte sie. Der Spott in ihrer Stimme sollte ihn mindestens genauso verletzen wie sie selbst. Sie beide hatten Leonie wehgetan, nur hätte sie es verhindern müssen. Das war doch die Aufgabe einer Mutter: ihr Kind vor Schaden zu bewahren. Und genau das hatte sie nicht geschafft. Sie spürte, wie die eisige Kälte in ihrem Körper sich in unendliche Müdigkeit verwandelte.

»Ja, allerdings«, antwortete er ruhig. »Wir haben Klarheit. Du hast ihr Zögern doch auch bemerkt, oder nicht?«

Regina wollte nur noch schlafen, bäumte sich aber ein letztes Mal gegen die Müdigkeit auf.

»Geh jetzt«, sagte sie. »Geh einfach.«

Wenn Roman sich weigerte und blieb, würde sie nichts haben, das sie ihm entgegensetzen konnte, und er würde sie wieder davon überzeugen, dass es richtig war, was er getan hatte. Dass es nur zu ihrem Besten und dem von Leonie gewesen war.

Langsam trat er auf sie zu, verharrte, streckte seine Hand nach ihr aus. Zentimeter von ihrer Schulter entfernt hielt er inne, schaute sie an, dann ließ er seinen Arm sinken und ging.

Als sie hörte, wie er die Wohnungstür ins Schloss zog, sank sie zu Boden und lehnte sich mit geschlossenen Augen gegen die Balkonbrüstung.

Ja, sie hatte das Zögern auch bemerkt. Und sie wusste, was das bedeutete.

Vierunddreißig

Langsam öffnete Toni die Augen. Es war nichts passiert. Der Rechner war nicht in Rauch aufgegangen und der Stick kein Killer, sondern ein ganz normaler Datenspeicher. Dafür stand das Unheil in Form von Contutto in der Tür. Er sah erst sie an, dann den Rechner und dann wieder sie.

»Ich wusste es«, murmelte er. »Das war so logisch wie das Amen in der Kirche.« Er zog sich einen Stuhl vor den Monitor und setzte sich. »Und? Willst du nicht sehen, was drauf ist?«

»Natürlich«, sagte Toni, nahm neben ihm Platz und griff nach der Maus. Während sie sich durch die Verzeichnisse klickte, warf sie ihrem Kollegen einen raschen Seitenblick zu, doch er saß zu weit nach hinten gelehnt, als dass sie seine Miene erkennen konnte. Warum war er so ruhig? Toni wusste, sie sollte den Mund halten, aber sie konnte nicht.

»Wo bleibt eigentlich das Donnerwetter?«, fragte sie beiläufig. »Als du in der Tür standst, hätte ich schwören können, dass deine Kondensatoren geknistert haben und sich jeden Moment mit mörderischer Wucht entladen würden.«

Contutto schnaubte.

»So eine Entladung hättest du mehr als verdient«, murrte er. »Aber erstens bist du nicht halb so unberechenbar, wie du vielleicht glaubst, und zweitens …« Er machte eine Pause, und Toni bemerkte, dass er den Kopf in ihre Richtung drehte, doch diesmal schaute sie ihn nicht an. »Und zweitens habe ich gehofft, dass du genau das tust, was du getan hast. Verdammt, nach der ganzen Aktion will ich doch auch nicht bis Montag warten, um zu erfahren, was auf dem blöden Ding drauf ist.«

So viel zum Thema Vernunft. Toni verkniff sich eine Bemerkung und grinste stattdessen in sich hinein.

»Et voilà«, sagte sie und öffnete den ersten Ordner. Was hatte Gandalf ihnen zugespielt? Kamen sie dem Mörder jetzt einen Schritt näher? Sie klickte auf das erste Dokument und begann zu lesen.

»Was zum Teufel«, murmelte sie nach den ersten Absätzen. Sie schloss das Dokument und öffnete das nächste, dann das darauf folgende und noch zwei weitere. Schließlich lehnte sie sich zurück und schaute ihren Kollegen fassungslos an. Das konnte doch nicht wahr sein!

»Da haben wir es schwarz auf weiß«, sagte Contutto. »Gandalf ist ein Spinner.« Damit sprach er exakt das laut aus, was Toni durch den Kopf ging.

»Der Kerl hat nicht alle Latten am Zaun. Chemtrails, Echsenmenschen – echt jetzt?« Er stand auf, fuhr sich mit beiden Händen durch das Haar und stützte sich dann auf die Tischplatte. »Und für diesen Verschwörungsmist jagt uns dieser James Bond für Arme durch die halbe Stadt?« Er schlug mit Wucht auf den Tisch. »Wenn ich den in die Finger kriege, dann kann er was erleben, das schwöre ich dir. Fahr den Computer runter und lass uns gehen. Ich hab genug für heute.«

Doch Toni rührte sich nicht. Sprachlos vor Enttäuschung saß sie vor dem Monitor und starrte auf das Sammelsurium aus Verschwörungstheorien, das sich darauf ausbreitete.

Das war doch nicht möglich! Sie war einem Spinner auf den Leim gegangen. Jemandem, der tatsächlich daran glaubte, dass die Erde hohl war und sie von Außerirdischen in Menschengestalt regiert wurden. Dabei hatte sie immer gedacht, sie würde diese Knallköpfe sofort erkennen, aber da hatte sie sich offenbar überschätzt. Sicher, seine seltsamen Bemerkungen über *die*, die angeblich überall und fürchterlich gefährlich waren, hatten bei ihr auch erste Zweifel geweckt. Doch das hätte genauso gut auf die Typen zutreffen können, die die Fäden im Hintergrund des Pornorings zogen. Wenn die ihr Geschäftsmodell bedroht sahen, waren sie vermutlich alles andere als zimperlich, um die Störenfriede entweder wieder in die richtige Spur zu bringen oder gleich zu beseitigen. Hinter illegalen Pornos steckte eine riesige, weltumspannende Industrie, und wer dort an den Hebeln der Macht saß, besaß gleichzeitig so etwas wie die Lizenz zum Gelddrucken. Die gab natürlich niemand freiwillig aus der Hand.

Sie stützte den Kopf in die Hand und starrte auf den Bildschirm. Irgendetwas in ihr weigerte sich zu glauben, dass der Kerl tatsächlich ein Spinner war. Vielleicht war es nur verletzte Eitelkeit, weil zu der schmachvollen Tatsache, dass Gandalf ihnen entkommen war, sich nun auch noch die Erkenntnis gesellte, dass es mit ihrer Menschenkenntnis doch nicht so weit her war, wie sie immer geglaubt hatte.

Vielleicht war es aber auch ihr Instinkt, der wider alle Fakten etwas witterte, das hinter dem äußeren Anschein verborgen und auf den ersten und sogar den zweiten Blick nicht zu sehen war.

»Was ist?«, ertönte Contuttos Stimme in ihrem Rücken. »Kommst du?«

Toni löste ihren Blick vom Bildschirm und richtete sich langsam auf. Da war noch etwas, das sie bisher nicht einbezogen hatten.

»Wenn ich nur wüsste …«, murmelte sie.

»Was?« Ihr Kollege klang genervt. »Sprich lauter, ich verstehe dich nicht.«

»Gandalf.« Sie drehte sich um. »Er hat noch etwas gesagt. Kurz bevor er endgültig abgehauen ist. Es klang wie GBL und dann wie ein Name, aber ich konnte ihn nicht richtig verstehen. Und du?«

Contutto sah sie an, als hätte sie den Verstand verloren.

»Du denkst jetzt nicht wirklich darüber nach, was dieser Spinner noch für Blödheiten von sich gegeben haben könnte? Hallo! Der ist weich in der Birne! Es ist schade um jede Sekunde, die wir weiter mit ihm vergeuden.«

Doch Toni war anderer Meinung.

»GBL«, sagte sie langsam. »Gamma-Butyrolacton. Das Zeug, das Krumbad in seinem Keller gebunkert hatte. Es kann unmöglich Zufall sein, dass er genau diese Chemikalie erwähnt hat. So verbreitet ist das Zeug außerhalb des regulären Bezieherkreises und einer gewissen Szene nicht.« Sie schaute ihren Kollegen eindringlich an. »Verstehst du, was das bedeutet? Gandalf mag ein Spinner sein, der an Verschwörungstheorien glaubt, aber er weiß etwas.«

Contutto ließ den Kopf hängen und holte tief Luft, dann sah er auf, im Blick irgendetwas zwischen Verärgerung und Resignation.

»Du willst es nicht wahrhaben, oder? Willst nicht akzeptieren, dass die Sache mit diesem Gandalf eine Luftnummer war. Himmelherrgott noch mal! GBL kann in seiner Welt alles bedeuten. Wenn du ihn überhaupt richtig verstanden hast. Du hast doch selbst zugegeben, dass du ihn nicht richtig hören konntest. Wie sicher bist du, dass er wirklich GBL gesagt hat und nicht irgendetwas anderes?«

Toni spürte, wie der Trotz in ihr aufstieg. Sie wusste genau, was sie gehört hatte, und das ließ sie sich von niemandem ausreden, auch nicht von Contutto.

»Den Namen«, sagte sie. »Den Namen habe ich nicht verstanden. Es klang wie Leonhard Türmer oder Stürmer. Sagt dir das etwas?«

Contutto presste für einen Augenblick die Lippen aufeinander, dann machte er eine wegwerfende Handbewegung.

»Tu doch, was du willst, und such deinen Leonhard. Aber ganz bestimmt ohne mich.«

Fünfunddreißig

Natürlich hatte Toni nach Leonhard Stürmer gesucht. Auch nach einem Leopold Stürmer, einem Leonhard Türmer und nach allen sonstigen Varianten, die ihr eingefallen waren. Die polizeilichen Datenbanken hatten auch zwei Kleinkriminelle ausgespuckt, die allerdings nur wegen Eigentumsdelikten aufgefallen waren. Toni glaubte zwar nicht, dass einer davon der Mann war, auf den Gandalf sie aufmerksam machen wollte, aber zur Sicherheit würde sie am Montag weitere Erkundigungen über die beiden einholen.

Als sie die Einwohnerdaten der Stadt München überprüft hatte, hatte ihr Herz kurzzeitig schneller geschlagen, weil sie tatsächlich fündig geworden war – allerdings war dieser Leopold Stürmer erst sieben Jahre alt und kam somit definitiv nicht infrage.

Im restlichen Bayern sowie im übrigen Bundesgebiet gab es erstaunlicherweise nur einen einzigen männlichen Einwohner mit einer der möglichen Namensvarianten – und der lebte ausgerechnet in Niedersachsen, sodass sie nicht einfach selbst zu ihm hinfahren und mit ihm sprechen konnte, sondern die dortigen Kollegen mit ins Boot holen musste.

Egal, was sie versuchte – sie landete in einer Sackgasse nach der anderen.

Zwei Stunden nachdem Contutto gegangen war, hatte auch sie schließlich die Zelte abgebrochen und war mit einer ordentlichen Portion Frust im Gepäck nach Hause gefahren. Und mit nagenden Zweifeln. Hatte sie sich wirklich verrannt? War ihr eifriger Informant tatsächlich nichts weiter als ein Spinner und Wichtigtuer? Ihre Intuition ließ zwar immer noch nicht locker und beharrte darauf, dass Gandalf etwas Entscheidendes wusste – aber konnte sie sich auf ihre Intuition noch verlassen? Früher hätte sie diese Frage bedenkenlos bejaht – aber seit Tom sich nicht mehr meldete, war sie sich überhaupt nicht mehr sicher. Warum war ihr nicht aufgefallen, dass etwas nicht stimmte? Wobei das nicht ganz richtig war. Sie hatte durchaus bemerkt, dass er sich verändert hatte, hatte davor aber die Augen verschlossen und sich eingeredet, es würde sich schon alles wieder einrenken, wenn sie ihm nur genug Freiraum ließ.

Tja, dachte sie bitter, das hatte offensichtlich großartig geklappt. Tom war in seinem Freiraum untergetaucht – oder hatte er sich sogar komplett von ihr befreit? Sie hatte sich geschworen, sich nicht mehr bei ihm zu melden, hatte hart bleiben und ihn dadurch zwingen wollen, den ersten Schritt zu tun. Aber natürlich hatte sie das nicht durchgehalten und ihm am Samstagabend über WhatsApp Nachrichten geschickt, auf die er allerdings nicht reagiert hatte. Schlimmer noch: Am Sonntagmorgen, nach einer Nacht, in der sie kaum geschlafen, aber ständig auf ihr Handy geschaut hatte, zeigte das einsame Häkchen, dass ihre Nachrichten ihn überhaupt nicht erreicht hatten.

Am Sonntagnachmittag war sie dann endgültig über ihren Schatten gesprungen und hatte ihn angerufen, aber der Anruf war sofort auf die Mailbox umgeleitet worden. Beim ersten Mal hatte sie aufgelegt. Beim zweiten Mal auch, erst im dritten Anlauf hatte sie ihm eine Nachricht hinterlassen, doch auch das war inzwischen über fünf Stunden her, und er hatte immer noch nicht reagiert. Was war nur los? Sie konnte sich beim besten Willen nicht vorstellen, dass er sein Handy die ganze Zeit ausgeschaltet hatte, nicht er. Er war von diesem blöden Ding genauso abhängig wie sie selbst. Ob er ihre Nachrichten und Anrufe gezielt blockierte? Oder war ihm etwas zugestoßen?

Toni wollte weder über die eine noch über die andere Möglichkeit nachdenken, stand auf und ging in die Küche, öffnete den Kühlschrank, ohne auf irgendetwas Appetit zu haben, streunte durch ihre Wohnung wie ein gefangenes Tier, das nach einer Fluchtmöglichkeit suchte. Sie warf einen Blick auf die Uhr. Kurz nach neun. Eigentlich noch viel zu früh, um ins Bett zu gehen. Aber nachdem sie letzte Nacht mehr wach gelegen als geschlafen hatte, war es vielleicht doch keine schlechte Idee. Sie griff nach der Fernbedienung, legte sie nach kurzem Zögern aber wieder zurück auf den Tisch. Wenn sie den Fernseher ausschaltete, würde die Stille sie erdrücken, und ihre Gedanken würden so laut durch ihren Kopf hallen, dass sie erst recht keinen Schlaf finden würde.

Mit einem leisen Seufzen kroch sie unter die Decke,

drehte sich so, dass sie auf die leere Seite des Bettes schaute. Behutsam strich sie mit der Hand über Toms Kissen. Ob er jemals wieder neben ihr liegen und ihr in die Augen schauen würde?

Sie nahm sein Kissen und drückte ihr Gesicht hinein. Sie hatte es nicht mehr neu bezogen, wollte wenigstens seinen Geruch so lange wie möglich bewahren, wenn sie ihn selbst schon nicht halten konnte.

Sechsunddreißig

Blinzelnd öffnete Toni die Augen. Flackerndes Licht drang in ihr Schlafzimmer, dazu das Quietschen von Reifen und das Rattern einer Schnellfeuerwaffe. Es dauerte einen Moment, bis sie sich daran erinnerte, dass sie den Fernseher angelassen hatte, und der hatte sie nun offensichtlich geweckt.

Mit einem Auge schielte sie auf den Wecker. Halb zwölf. Erst. Zum Glück. Sie drehte sich auf die andere Seite und schloss die Augen. Dann runzelte sie die Stirn. Da war ein Geräusch, das nicht zu der Schießerei passte. Da. Schon wieder. Und jetzt wusste sie auch, was es war: ihre Türglocke. Jemand läutete, wollte zu ihr. Um diese Zeit? Sie setzte sich auf und überlegte, wer das sein mochte. Eigentlich kam nur einer infrage: Tom.

Mit einem Schlag war Toni hellwach. Sie sprang aus dem Bett und lief in den Flur und stieß dabei mit dem kleinen Zeh an den Türrahmen. Davon ließ sie sich jedoch nicht aufhalten, sondern hüpfte laut fluchend weiter zur Tür. Während sie den Schlüssel drehte, warf sie einen Blick durch den Spion. Das Treppenhaus war dunkel. Er stand also noch unten vor der Haustür. Sie drückte auf den Summer, und im selben Moment wurde ihr bewusst, dass Tom es überhaupt nicht nötig hatte zu klingeln, da sie ihm noch am Tag ihres Einzugs einen Schlüssel zu ihrer Wohnung in die Hand gedrückt hatte.

Aber wenn Tom es nicht war – wer dann? In früheren Tagen wäre nur noch Mike infrage gekommen, doch der saß immer noch hinter Gittern. Aber was, wenn er es am Ende geschafft hatte, einen seiner Schergen auf sie zu hetzen? Inzwischen gab es nichts mehr, was sie ihm nicht zutrauen würde. Den Mann, den sie einst zu kennen geglaubt hatte, hatte es nie gegeben, das wurde ihr in diesem Moment überdeutlich bewusst. Sie hatte keine Ahnung, in welche Kreise er Verbindungen hatte, nur eines wusste sie sicher: Wer auch immer diese Typen waren – sie waren zu allem fähig. Auch dazu, mitten in der Nacht ihre Wohnungstür einzutreten.

Tonis Magen zog sich zusammen. Die Gedanken in ihrem Kopf explodierten, wurden zu weißem Rauschen, und sie spürte, dass sie kurz davor war, den Halt zu verlieren, doch der pulsierende Schmerz in ihrem Zeh holte sie zurück. Nein. Sie würde jetzt nicht in Panik verfallen. Die Zeiten waren vorbei. Denk nach, Stieglitz!, ermahnte sie sich und atmete tief ein. Bleib ruhig und denk nach!

Schnelle, schwere Schritte hallten durch das Treppenhaus. Ganz sicher die Schritte eines Mannes. Sie versperrte die Tür und humpelte in das Schlafzimmer, um ihr Handy zu holen.

Sie war noch nicht wieder an der Wohnungstür, als es erneut klingelte. Toni verharrte, tippte die 110, rief jedoch nicht an, sondern behielt den Finger nur über dem grünen Telefon. Dann klopfte es.

»Toni?«, erklang es auf der anderen Seite. »Toni! Mach auf! Ich weiß, dass du da bist!«

Sie hielt die Luft an. War das wirklich …?

»Toni? Bitte, mach auf!«

Zur Sicherheit warf sie noch einmal einen Blick durch den Spion. Nein, sie hatte sich nicht geirrt. Er war es tatsächlich. Erleichtert stieß sie die Luft aus und drehte mit zitternden Fingern den Schlüssel wieder in die entgegengesetzte Richtung.

»Raff! Was in aller Welt machst du denn hier?«

Vor ihr stand Raphael »Raff« Kellerer, ein Kollege von der Spurensicherung, mit dem sie vor ihrer Zeit mit Mike einige Wochen lang eine ziemlich stürmische Affäre gehabt hatte. Als sich die Leidenschaft abgekühlt hatte, waren sie erstaunlicherweise jedoch nicht getrennter Wege gegangen, sondern waren zu echten Freunden geworden, und vor einigen Monaten hatte Raff sie sogar gefragt, ob sie nicht Taufpatin seiner Tochter werden wollte, seines ersten Kindes überhaupt, das in wenigen Wochen das Licht der Welt erblicken würde.

Obwohl er durch Iris, seine Lebensgefährtin, merklich ruhiger geworden war und der Sport nicht mehr den größten Teil seiner Freizeit in Anspruch nahm, sah er immer noch aus wie der Prototyp eines Zehnkämpfers und zog zweifellos nach wie vor begehrliche Blicke auf sich; in diesem Moment allerdings war er mit seinen knapp zwei Metern das größte Häufchen Elend, das Toni je gesehen hatte.

»Ich weiß, dass es spät ist. Aber darf ich trotzdem reinkommen? Bitte.«

Er sah Toni so flehentlich an, dass sie gar nicht anders konnte, als beiseitezutreten und ihn einzulassen. Mitten im Flur blieb Raff stehen.

»Ich habe euch geweckt, stimmt's?« Er schob die Hände in die Hosentaschen und sah Toni schuldbewusst an.

Sie schüttelte den Kopf.

»Nur mich«, sagte sie. »Also halb so schlimm. Aber sag mal – bist du betrunken?«

»Wenn alles nach Plan gelaufen wäre, wäre ich es jetzt mit Sicherheit, aber« – er zupfte an seinem T-Shirt – »das Bier ist nur auf mir, nicht in mir. Irgendein Idiot hat mich angerempelt, als ich gerade trinken wollte, dabei habe ich mir das Bier über das Shirt gegossen. Ich hab mich zu ihm umgedreht, ein Wort gab das andere – und schließlich bin ich aus der Kneipe geflogen.«

»Du? Aus der Kneipe geflogen? Was war das für ein Typ, der dich rausgeschmissen hat? Der große Bruder von Hulk?«

Raff verzog müde die Mundwinkel.

»Nein, der war einen Kopf kleiner als ich und nicht einmal grün, aber ich wollte nicht noch mehr Ärger.«

Nicht noch mehr Ärger?, dachte Toni. Das klang nicht gut, und vor allem klang es nicht nach Raff.

»Setz dich schon mal«, sagte sie und deutete auf das Wohnzimmer, wo der Fernseher noch immer sein flackerndes Licht verbreitete. »Kaffee?«

Raff nickte, und wenige Minuten später betrat Toni mit zwei Bechern das Zimmer. Raff stand am Fenster und sah hinaus auf den dunklen Westpark. Sie trat neben ihn und hielt ihm eine Tasse hin.

»Immer noch nur mit Milch?«, fragte sie. Mit einem weiteren stummen Nicken nahm er ihr den Becher ab und tat weiterhin so, als betrachtete er die Welt außerhalb des Zimmers. Dabei gab es außer der Schwärze auf der anderen Seite nichts zu sehen bis auf das verzerrte Spiegelbild zweier Menschen und das unruhige Licht des Fernsehers im Hintergrund. Geduldig harrte Toni neben ihm aus, blies über ihren heißen Kaffee und trank vorsichtig ein paar Schlucke. Schließlich hörte sie, wie er Luft holte.

»Ist der Doc gar nicht da?«, fragte er, ohne sie anzuschauen. Tonis Finger krampften sich um die Tasse. Schlechtes Thema, dachte sie. Ganz schlechtes Thema.

»Ich muss zugeben, ich habe noch nicht unter das Sofa geschaut, ob er sich eventuell dort versteckt hat. In der Küche bei der Kaffeemaschine war er jedenfalls nicht.« Sie sah Raff an. »Du hast mich aber nicht wirklich Sonntagnacht um halb zwölf aus dem Bett geklingelt, um zu fragen, wo Tom ist?«

Er reagierte nicht, blickte immer noch stur geradeaus. Der Füllstand seiner Tasse hatte sich um keinen Millimeter verringert.

»Keks gefällig?«, fragte Toni, und als Raff auch darauf nicht antwortete, drehte sie sich mit einem Seufzen um. Das würde eine lange Nacht werden, und dafür brauchte sie eine große Menge ungesunder Kohlehydrate.

»Iris«, hörte sie Raff auf einmal hinter sich sagen. Augenblicklich blieb sie stehen, reglos, als wäre ihr Kollege ein seltenes, schreckhaftes Tier, das sie durch das kleinste unbedachte Geräusch verscheuchen könnte.

»Wir haben gestritten«, sagte er leise, fast flüsternd. »Ich weiß nicht einmal mehr, worüber, aber es war übel. Richtig übel. Sie hat geweint und getobt und mit den Türen geknallt. Und dann hat sie mich rausgeworfen. Ich soll machen, dass ich verschwinde, hat sie geschrien. Und nie mehr wiederkommen. Nie mehr!«

Hastig wischte er sich mit einer Hand über die Augen. Toni rührte sich immer noch nicht. Sie spürte, dass er es nur ihrem Abbild in der Fensterscheibe erzählen konnte, was passiert war, nicht ihr selbst.

»Sie hat die Wohnungstür aufgemacht, meine Jacke und meine Schuhe genommen und ins Treppenhaus geworfen. Ich bin raus, um die Sachen wiederzuholen, doch kaum war ich aus der Wohnung, knallte sie die Tür hinter mir zu. Erst saß ich im Treppenhaus, habe gewartet, dachte, sie beruhigt sich wieder und holt mich zurück. Aber sie kam nicht. Da habe ich geklingelt, geklopft und gebettelt, und nach einer Ewigkeit ging die Tür tatsächlich wieder auf, doch nur so weit, dass sie mir den Autoschlüssel vor die Füße werfen konnte. Da habe ich kapiert, dass sie es ernst meint, und bin gegangen, um mich zu betrinken. Aber nicht einmal das habe ich fertiggekriegt.«

Er gab ein Geräusch von sich, das vermutlich ein Lachen hätte werden sollen, doch es erinnerte mehr an ein unterdrücktes Schluchzen. Toni stellte ihre Tasse auf den Tisch und trat neben ihn, fasste ihn sanft am Arm und drehte ihn zu sich herum. Toni spürte Raffs Atem über ihr Gesicht streichen. Er wollte sich wieder abwenden, doch sie ließ es nicht zu, zwang ihn, sie anzusehen. Tränen schwammen in seinen Augen. Sie legte ihre Hände an seine Wangen, zog seinen Kopf herunter, bis ihre Stirn die seine berührte.

»Das wird wieder, hörst du?«, flüsterte sie. »Ganz bestimmt. Iris und du – das passt einfach. Das geht nicht kaputt.« Dann umarmte sie ihn, und keine Sekunde später fingen Raffs Schultern an zu beben. Toni musste die Lippen aufeinanderpressen, um nicht selbst zu heulen. Ich weiß, wie du dich fühlst, dachte sie. Ich weiß es so verdammt gut, und ich wünschte, ich hätte den Mut, mich bei dir auszuweinen.

»Hast du vielleicht ein Taschentuch?«, fragte er, als er sich wieder von ihr gelöst hatte. Sie warf ihm ein Päckchen zu.

»Darfs sonst noch etwas sein?«, fragte sie. »Ein Übernachtungsplatz vielleicht?«

»Meinst du das ernst?«

»Nein. Ich biete immer etwas an und hoffe dabei, dass der andere ablehnt.«

»Wenn das so ist, nehme ich das Angebot natürlich an.« Er grinste schief, und Toni machte sich daran, das Sofa für ihn herzurichten.

Schon seltsam, dachte sie, als sie kurze Zeit später vor der zum Bett umfunktionierten Couch standen. Vor ein paar Jahren wären wir übereinander hergefallen, kaum dass er meine Wohnung betreten hätte, und jetzt ... Wobei sie zugeben musste, dass vorhin am Fenster das alte Begehren wieder in ihr aufgeflackert war und seine Nähe ihr weiche Knie beschert hatte. Doch wie ein Komet, der für einen winzigen Augenblick am Himmel aufleuchtet und dann verglüht, war das Gefühl sofort wieder zu dem geworden, was es war: eine schöne Erinnerung, der sie aber auf keinen Fall neues Leben einhauchen wollte.

»Und du bist sicher, dass der Doc nicht plötzlich im Zimmer steht und mich spontan obduziert?«

»Ganz sicher«, sagte Toni und konnte gerade noch verhindern, dass ihr das Wort *leider* über die Lippen schlüpfte. »Er ist unterwegs und kommt frühestens in ein paar Tagen wieder.« Oder überhaupt nicht mehr.

Siebenunddreißig

Tom legte die Papiertüte auf den Beifahrersitz und startete den Motor. Der Geruch von frischen Brezen und Semmeln breitete sich im Wagen aus. Er lächelte, freute sich, war aber gleichzeitig auch nervös, und je näher er der Straße kam, in der Toni wohnte, desto langsamer fuhr er. Er warf einen Blick auf die braune Papiertüte. Brezen, Semmeln, Croissants. Ein ziemlich armseliges Friedensangebot. Kurz hatte er daran gedacht, ihr Blumen mitzubringen, aber den Gedanken hatte er gleich wieder verworfen. Zum einen gab es um die Uhrzeit nur an der Tankstelle Blumensträuße, was an und für sich schon ein Ausschlusskriterium war; zum anderen waren Blumen das einfallsloseste Verlegenheitsentschuldigungsmitbringsel der Welt. Nein, damit brauchte er Toni nicht zu kommen, die würde sie ihm sofort um die Ohren hauen.

Das konnte ihm mit der Tüte von der Bäckerei natürlich auch passieren, aber er hoffte auf den Überraschungseffekt. Und wenn er erst einmal bei einer Tasse Kaffee bei ihr am Küchentisch saß, würde sie ihm vielleicht auch die Chance geben zu erklären, was ihn dazu getrieben hatte, vollkommen abzutauchen, sein Telefon abzuschalten und weder auf ihre Nachrichten noch auf ihre Anrufe zu reagieren.

Inzwischen hatte er das natürlich nachgeholt, hatte sich gezwungen, jede einzelne Botschaft zu lesen oder anzuhören, auch wenn er dabei vor Scham am liebsten im Boden versunken wäre, weil er anhand ihrer Worte geahnt oder an ihrer Stimme erkannt hatte, wie ihr dabei zumute gewesen war. Von Unsicherheit über Angst bis hin zu Wut und Verletztheit war alles dabei gewesen.

Welche Toni würde ihm die Tür öffnen? Die verletzte? Die wütende? Oder alle zusammen? Würde sie überhaupt wissen wollen, was nach Josefines Ausraster in der Rechtsmedizin passiert war? Würde sie ihm glauben, dass ihn seine Tochter mit ihrer Reaktion völlig überfahren hatte? Dass er genauso sprach- und hilflos gewesen war wie Toni? Dass seine Tochter seitdem nichts mehr von ihm wissen wollte? Dass er sie fast mit Gewalt davon hatte abhalten müssen, auf eigene Faust nach Würzburg zurückzufahren, und er sich gefühlt hatte wie ein Kidnapper, als er sie in sein Auto geschoben und die Tür hinter ihr zugeschlagen hatte? Dass seine Frau ihm allein die Schuld an allem gab und ihm – nachdem Josi in Würzburg regelrecht aus seinem Wagen geflohen war und sich weinend in die Arme ihrer Mutter geworfen hatte – verboten hatte, das ehemals gemeinsame Haus jemals wieder zu betreten?

Als er mit hängenden Schultern vor dem Gartentor gestanden und gespürt hatte, wie die Scherben dessen, was einmal seine Familie gewesen war, durch seine Finger glitten, war er bereit gewesen, dem Toben in seinem Kopf und dem Zerren in seinen Eingeweiden nachzugeben. Er konnte sich noch daran erinnern, dass er in sein Auto gestiegen war und den Blinker gesetzt hatte – alles danach war nicht mehr auffindbar. Das Licht um ihn herum ging erst wieder an, als er vor der geöffneten Schublade seines Schreibtischs in der Rechtsmedizin stand, den Blister mit Diazepam in der Hand, dem Medikament, das der Teufel selbst angerührt hatte und dem er nie gänzlich würde entkommen können. Es war die letzte Packung, die er vor seiner Entwöhnung noch besessen hatte. Er hätte sie wegwerfen sollen, wegwerfen müssen, doch er hatte es nicht geschafft. Zunächst aus Angst, ohne die weiche, dunkle Gleichgültigkeit, die das Medikament ihm schenkte, nicht überleben zu können; später, um sich immer daran zu erinnern, was ihn fast zerstört hatte und ihn immer noch jederzeit zerstören konnte.

Mit dem Blister in der Hand war er durch die mittlerweile dunklen Gänge zur Toilette gerannt, hatte jede einzelne Tablette herausgedrückt und hinuntergespült, bevor er es sich hatte anders überlegen können. Dann hatte er einen befreundeten Kollegen angerufen, in dessen Wohnung er vorübergehend gewohnt hatte, und ihn gefragt, ob er sich ein paar Tage in dessen Hütte in den Berchtesgadener Alpen zurückziehen durfte. Sein Freund hatte keine Fragen gestellt, sondern ihm zu dem Schlüssel für die Hütte auch den für seinen Lada Niva in die Hand gedrückt. »Mit deinem Alfa kommst du da nie hoch«, war alles, was er dazu gesagt hatte.

Dort, in 1641 Metern Höhe, hatte Tom in den letzten Tagen sein Leben neu geordnet, und heute Morgen um kurz nach drei Uhr war er aufgebrochen, um zu Toni zurückzukehren, der Frau, mit der er den Rest seines Lebens verbringen wollte.

Wider Erwarten war gegenüber von Tonis Hauseingang eine Lücke frei. Er parkte ein, stellte den Motor ab und schaute hinüber auf die andere Straßenseite. In ihrem Schlafzimmer brannte Licht, sie war also schon wach.

Mit klopfendem Herzen griff er nach der raschelnden Semmeltüte, doch mit einem Mal waren die Zweifel wieder da, lähmten ihn, hielten ihn davon ab, die Wagentür zu öffnen, hinüberzugehen und zu klingeln. Natürlich hatte er den Schlüssel zu ihrer Wohnung in der Tasche, aber einfach so hineinzuspazieren, als wäre er nie weg gewesen, das konnte er nicht bringen.

Das Licht im Treppenhaus sprang an, und ein paar Sekunden später trat ein großer, breitschultriger Mann aus dem Haus. Tom erkannte ihn sofort. Es war Raff, Tonis Kollege. Warum kam er in aller Herrgottsfrühe aus Tonis Haus? Ein ungutes Gefühl regte sich in Toms Magen. Ein Zufall, versuchte er sich zu beruhigen, doch fast im selben Moment öffnete sich Tonis Schlafzimmerfenster.

»Raff?«, hörte Tom sie rufen.

Ihr Kollege blieb stehen, schaute nach oben.

»Du Held hast deinen Autoschlüssel vergessen.« Sie ließ einen kleinen Gegenstand fallen, Raff hob ihn auf und warf ihr im Gegenzug eine Kusshand zu.

»Das nächste Mal bleibe ich auch zum Frühstück«, rief er. »Versprochen!«

Toni lachte, winkte ihm noch einmal zu und schloss

dann das Fenster, wurde erst zur schwarzen Silhouette und verschwand einen Augenblick später vollständig.

Tom warf die Tüte zurück auf den Beifahrersitz. Die brauchte er jetzt nicht mehr.

Achtunddreißig

»Warum habt ihr uns nicht verständigt?«, fragte Hans. »Zu fünft wäre er uns sicher nicht ausgebüxt.«

»Oder es wäre erst gar nicht zur Kontaktaufnahme gekommen, weil er bei fünf auffällig unauffälligen Leuten rund um den Tempel Lunte gerochen hätte«, rechtfertigte sich Contutto. »Der Typ ist Verschwörungstheoretiker, der hört die Flöhe sogar dort husten, wo es gar keine Flöhe gibt.«

»Du sagst es«, hakte Beate ein. »Ein Verschwörungstheoretiker. Einer, der daran glaubt, dass die Erde hohl ist und die Regierung aus Flugzeugen Chemikalien versprühen lässt, um uns dadurch zu willenlosen Marionetten zu machen. Wenn wir seine Aussagen und Unterlagen als Beweismittel anführen, zerlegt sie auch der dümmste Verteidiger in null Komma nichts und macht uns zur Lachnummer.«

»Sehe ich auch so«, sagte Hans. »Irgendwelche Einwände? Nein? Also abgehakt und zu den Akten.«

»Leonhard Stürmer«, sagte Toni, die bisher geschwiegen und es Contutto überlassen hatte, über ihre wenig glanzvolle Aktion zu berichten. »Klingelt es bei dem Namen?«

»Toni, bitte!« Contutto verdrehte die Augen. »Fang nicht schon wieder an.«

Doch Toni ließ sich nicht beirren und schaute von einem zum anderen.

»Leonhard oder Leopold Stürmer«, wiederholte sie. »Diesen Namen hat er mir genannt. Sagt er jemandem etwas?«

Kollektives Kopfschütteln und Schulterzucken war die Antwort. Beate runzelte kurz die Stirn, und es sah aus, als läge ihr etwas auf der Zunge, doch sie blieb stumm.

»Du hast den Namen schon überprüft, richtig?«, fragte Hans, und sie nickte. »Und? Hast du ein verwertbares Ergebnis bekommen?«

»Nein«, gestand sie. »Weder in unseren Datenbanken noch bei Google und Co., aber …«

»Lass es einfach gut sein, Toni«, schaltete sich nun auch Sören ein. »Den Namen hat er vermutlich irgendwo aufgeschnappt und sich seine eigene Wahrheit daraus gebastelt. Sieh es ein, das ist nur einer von den üblichen Kristallkugelpolierern, die immer dann bei uns auf der Matte stehen, sobald in den Medien von irgendeinem Verbrechen die Rede ist. Die Altmodischen holen ihre Pendel und Tarotkarten heraus, und diejenigen, die mit der Zeit gehen, lassen uns eben USB-Sticks zukommen. Einen Kurzschluss im Schaltkreis haben sie aber alle.«

Doch so schnell wollte Toni sich nicht geschlagen geben.

»Und wie erklärt ihr euch, dass er wusste, dass Krumbad mit GBL zu tun hatte? Hat ihm das auch seine Kristallkugel verraten?«

»Hat er wirklich GBL gesagt?«, fragte Hans. »Oder möchtest du das nur glauben, weil es so gut passt? Nimm es mir nicht übel, Toni, aber bei dem Namen bist du dir auch nicht sicher, und drei Buchstaben richtig zu verstehen ist nicht unbedingt einfacher. Was ist mit BWL? Das klingt doch ganz ähnlich. Könnte er nicht genauso gut das gesagt haben?«

Toni lachte auf.

»BWL? Ernsthaft? Das ist ...«, setzte sie an, klappte aber dann den Mund zu. Es hatte keinen Zweck. Ihre Kollegen hatten Gandalf abgehakt, und egal, welches Argument sie anführte, die vier würden es zerpflücken, bis sie selbst an sich zu zweifeln begann. Aber sie wusste, was sie gehört hatte, und das wollte sie sich auch nicht ausreden lassen.

Als die Besprechung beendet war, passte Toni Beate an der Tür ab.

»Vorhin, als ich den Namen erwähnt habe, da hatte ich den Eindruck, du hättest eine Idee, wer das sein könnte.«

»Du gibst wirklich nie auf, oder?«, fragte Beate.

»Hast du etwas anderes erwartet?«, antwortete Toni. »Du würdest vom Glauben abfallen, wenn es nicht so wäre, stimmt's?«

Ein hauchdünnes Lächeln erschien auf Beates Gesicht, hielt es darauf aber kaum eine Sekunde aus. »Ja, du hast recht«, sagte sie. »Der Name kam mir tatsächlich bekannt vor, doch ich habe mich geirrt.«

»An wen hast du denn gedacht?« Toni blieb hartnäckig.

»Wie gesagt – es war ein Irrtum. Es war nur der Klang, der mich für einen Augenblick irritiert und eine falsche Assoziation geweckt hat, nichts weiter.«

»Und wessen Name klingt wie Leonhard Stürmer?«

»Toni, bitte. Ich sagte doch, ich habe mich geirrt. Belassen wir es dabei.« Sie machte einen Schritt zur Seite, wollte an Toni vorbeigehen, doch die stellte sich ihr wieder in den Weg.

»Tut mir leid, so einfach entkommst du mir nicht, das sollte dir inzwischen klar sein. Was ist so schlimm an dem Namen, dass du ihn mir nicht verraten willst? Es wird wohl kaum ein männlicher Pornostar sein.« Sie zog die Augenbrauen zu einem wortlosen *Oder etwa doch?* in die Höhe.

»Ich bin mir sicher, wenn es so wäre, wärst du von selbst draufgekommen«, schoss Beate zurück. »Aber damit du endlich Ruhe gibst: Leonid Schirmer. An ihn hat mich der Name erinnert. Und jetzt entschuldige mich. Hier gibt es Leute, die ernsthaft ermitteln.«

Neununddreißig

»Leonid Schirmer?« Raff spießte eine Garnele auf und zog sie durch die Currysoße. Iris hatte ihm am Morgen unheimlich zerknirscht und in gleichem Maße erleichtert die Tür geöffnet, sodass Raff es sich in seiner mindestens ebenso großen Erleichterung nicht hatte nehmen lassen, Toni zum Mittagessen in ein kleines Thai-Restaurant in der Nähe des Präsidiums einzuladen. »Sagt mir gar nichts. Seine Eltern waren nicht zufällig glühende Kommunisten und hatten ein Bild von Breschnew über dem Sofa? Ein anderer Grund würde mir nämlich nicht einfallen, um mein Kind Leonid zu nennen.«

»Geht mir ähnlich«, sagte Toni. »Tatsächlich muss es wohl ungefähr so gewesen sein. Laut Wikipedia und Co. waren seine Eltern Mitglieder der DKP im Kreis Landshut und waren in den Siebzigern und Achtzigern auch sehr aktiv in der Friedensbewegung, aber das war es auch schon, was ich auf die Schnelle herausfinden konnte.« Sie schob eine weitere Scheibe einer Wasserkastanie an den Rand ihres Tellers.

»Magst du die nicht?«, fragte Raff.

Toni schüttelte sich.

»Nein, die Dinger finde ich furchtbar. Bedien dich ruhig.«

»Wenn ich dich richtig verstanden habe«, sagte Raff und angelte mit seiner Gabel nach den blassen Scheiben, »dann hat das politische Engagement zwar auf Klein Leonid abgefärbt, aber nicht unbedingt im Sinne seiner Eltern.«

»Nein, eher nicht«, bestätigte Toni. »Er begann Mitte der Achtziger in München zu studieren. Zunächst irgendetwas mit Wirtschaft, sattelte dann aber um auf Jura. Anfangs war er tatsächlich in einer linksorientierten Studentenverbindung aktiv und sogar für kurze Zeit deren Sprecher, kehrte ihr aber bald den Rücken, machte einen Schwenk ins konservative Lager und trat wenige Monate vor seiner Promotion in die CSU ein.«

»In die CSU?« Raff grinste. »Das dürfte seine Eltern tief getroffen haben. Wetten, die zermartern sich immer noch das Hirn darüber, was sie bei seiner Erziehung falsch gemacht haben?«

»Sein Vater nicht mehr«, sagte Toni kauend. »Der starb Ende der Neunziger, aber sowohl den kometenhaften Aufstieg seines Sohnes innerhalb der CSU als auch dessen Anstellung in einer der größten und angesehensten Anwaltskanzleien in München hat er noch miterlebt. Vielleicht hat ihn das vorübergehend ein wenig versöhnt.«

»Wieso vorübergehend?«, fragte Raff.

Toni ließ die Gabel sinken und schaute ihren Kollegen an.

»Mann, bin ich froh, dass du das fragst.«

»Weshalb?«

»Du konntest mit dem Namen Leonid Schirmer auch nichts anfangen, oder?«

Raff schüttelte den Kopf.

»Nein, gar nichts. Zugegeben, Politik ist auch nicht unbedingt mein Ding. Ich habe momentan sogar komplett den Überblick verloren, wer welches Ministeramt innehat. Der gute Leonid ist aber nicht zufällig unser neuer Innenminister?«

»Nein.« Toni lachte. »Das dann doch nicht. Aber er war bei der vorletzten Bundestagswahl auf dem besten Weg, ein Ministeramt zu bekommen. Hinter vorgehaltener Hand war er wohl bereits für das Verkehrsministerium im Gespräch.«

»Aber …?«

»Aber er hat das mit dem Verkehr ein wenig anders interpretiert, als es sein Beinahe-Amt vorsah. Jedenfalls wurden Vorwürfe laut, dass er sich zwei Prostituierten gegenüber nicht unbedingt wie ein anständiger Kunde verhalten haben soll. Angeblich hat er Praktiken verlangt, die nicht vereinbart waren, und als die Frauen sich geweigert haben, soll er zumindest eine gewürgt und geohrfeigt haben. Bezahlt hat er am Ende wohl auch nicht. Von wegen schlechter Service.«

»Netter Zeitgenosse«, nuschelte Raff an einem Mundvoll Reis vorbei. »Was ist bei der Sache rausgekommen?«

»Gar nichts«, antwortete Toni. »Wundersamerweise verschwanden beide Frauen unmittelbar nach Bekanntwerden der Vorwürfe erst einmal von der Bildfläche, und als sie wieder auftauchten, dementierten sie alles. Die Medien hätten alles völlig falsch wiedergegeben, hieß es. Es habe sich alles im zuvor vereinbarten Rahmen abgespielt, und niemand sei zu Schaden gekommen.«

»Ja klar«, sagte Raff mit finsterer Miene. »Und die Erde ist eine Scheibe. Gehe ich recht in der Annahme, dass keine Ermittlungen eingeleitet wurden?«

»So ist es«, bestätigte Toni. »Keine Straftat – keine Ermittlungen.«

»Und das ist niemandem seltsam vorgekommen?«

»Ich denke schon, aber genau an der Stelle hast du wegen des Essens angerufen, und ich musste meine Recherchen unterbrechen.«

Raff nahm sein Tablett und stand auf.

»Was sagen eigentlich Hans und der Rest der Truppe dazu?«

Toni erhob sich ebenfalls.

»Es hat zwar niemand laut ausgesprochen, aber insgeheim zeigen sie mir alle den Vogel, weil ich mich ihrer Meinung nach in etwas völlig Abwegiges verrannt habe.«

Raff hielt Toni die Tür auf und folgte ihr dann nach draußen.

»Zugegeben«, sagte er und schaute blinzelnd in die Sonne. »Objektiv betrachtet, ist dieser Gandalf so ziemlich das genaue Gegenteil eines glaubwürdigen Zeugen, und Schirmers Beteiligung basiert möglicherweise auf einem Hörfehler. – Von solider Ermittlungsarbeit ist das ganz schön weit entfernt, findest du nicht auch?«

Tiefe Enttäuschung machte sich in Toni breit. Nach ihrem Gespräch gerade eben hatte sie die Hoffnung gehegt, in Raff einen Unterstützer gefunden zu haben, doch sie hatte sich offenbar geirrt. Recht gab sie ihm aber dennoch, wenn auch zähneknirschend. Es war ja nicht so, dass sie nicht wusste, wie verrückt sich das anhörte.

»An deiner Stelle würde ich dem trotzdem weiter nachgehen«, fuhr Raff fort, und Toni drehte überrascht den Kopf. »Schau mich nicht an, als wäre ich ein Kalb mit zwei Köpfen«, sagte er. »Ich kann es genauso wenig logisch begründen wie du. Reines Bauchgefühl.«

Toni wäre ihm am liebsten um den Hals gefallen.

»Da ist nur ein Problem an der Sache«, sagte sie. »Hans hat mir ein Ultimatum gestellt. Wenn ich bis heute Mittag keine tatsächliche Verbindung zwischen Schirmer und Krumbad finde, muss ich mit den Ermittlungen in dieser Richtung aufhören.« In diesem Moment stimmten die Glocken der nahen Frauenkirche wie jeden Tag um zwölf Uhr Mittag das Angelusläuten an.

»Tja«, Toni zuckte mit den Schultern, »somit wäre das Ultimatum abgelaufen.«

»Gut, dass Hans zwar dein, aber nicht mein Chef ist«, sagte Raff und zwinkerte ihr zu. »Ich habe heute Nachmittag ein bisschen Luft, die werde ich nutzen, um etwas mehr über diesen Herrn Schirmer in Erfahrung zu bringen. Wer weiß, was da noch alles zum Vorschein kommt. Ach übrigens.« Sie standen mittlerweile im Kreuzgang, der Eingangshalle des Präsidiums. »Was für ein Auto hat der Doc eigentlich?«

»Einen Alfa«, antwortete Toni. »Eine rote Giulia, um genau zu sein. Weshalb fragst du?«

»Ach, ich hätte schwören können, er wäre heute früh

in deiner Straße an mir vorbeigefahren. Na ja, eher vorbeigerast. Ich habe mir noch gedacht, dass er es wohl ziemlich eilig hat, zu dir zu kommen. Allerdings habe ich mich auch gleichzeitig gewundert, warum er in die falsche Richtung fährt, also von deiner Wohnung weg statt hin zu dir. Aber der Raser hockte in einem Lada Niva, keinem Alfa. Dann war es wohl doch nicht der Doc, sondern nur sein Doppelgänger.«

Ein Lada Niva? Eine eiskalte Faust schloss sich um Tonis Herz, und plötzlich saß sie wieder auf dem Beifahrersitz, rumpelte mit ausgeschalteten Scheinwerfern durch die Dunkelheit, sah die Silhouette eines Mannes, hörte einen Schuss, sah den Mann zusammenbrechen ...

»Toni?«

Eine sanfte Berührung an ihrem Arm brachte sie wieder in die Gegenwart zurück.

»Alles in Ordnung?«

Sie versuchte ein Lächeln. Es fühlte sich spröde an, als würde Putz von einer Mauer bröckeln.

»Ja«, sagte sie. »Mit mir ist alles in Ordnung.«

Aber Raff ließ ihren Arm nicht los.

»Das meinte ich nicht. Ich meinte dich und den Doc. Ist alles in Ordnung mit euch?«

Vierzig

Ihre Rettung nahte in Form von Contutto und Sören, die offenbar gerade aus der Kantine kamen und genau im richtigen Moment die Treppe am Rapportsaal herunterliefen.

»Das nenne ich Timing«, murmelte sie, erleichtert darüber, dass sie Raffs Frage auf diesem Weg elegant ausweichen konnte.

»Wir bleiben wegen dieser Sache in Verbindung«, rief Raff ihr hinterher, nachdem Sören und Contutto sie erreicht hatten und Toni sich mit ihnen in Richtung Paternoster aufmachte. Er hob die linke Hand ans Ohr, Daumen und kleinen Finger abgespreizt, als hielte er einen Telefonhörer, dann deutete er mit dem Zeigefinger auf sie. Toni nickte und hoffte, er meinte mit *dieser Sache* ausschließlich Leonid Schirmer.

»Schön, dass ihr es einrichten konntet, eure Mittagspause zu beenden«, sagte Hans, als Toni, Contutto und Sören in den Besprechungsraum traten.

»Nun mach mal halblang«, protestierte Contutto. »Das waren gerade mal siebenunddreißig Mi–«

»Geschenkt«, winkte sein Vorgesetzter ab. »Aber Beate

ist auf etwas sehr Interessantes gestoßen, während ihr euch kulinarischen Hochgenüssen hingegeben habt. Bitte, Beate.«

Sie wartete, bis Sören, Contutto und Toni näher herangetreten waren, dann verteilte sie einen Stapel farbiger Ausdrucke auf dem Tisch.

»Diese Bilder habe ich im Ordner *Sweet sixteen* entdeckt«, begann sie. »Es sind insgesamt knapp siebzig Stück, und sie unterscheiden sich von den anderen Fotos in mehreren Punkten. Zum einen zeigen sie alle dasselbe Mädchen, was das auffälligste Merkmal ist. Bisher waren in einem Ordner nie mehr als drei oder vier Bilder mit demselben Teenager darauf. Punkt Nummer zwei«, fuhr sie fort und deutete auf vier Bilder. »Es sind zum ersten Mal Selfies darunter, aufgenommen augenscheinlich im Zimmer des Mädchens. Offenbar hat sie versucht, erotische Fotos von sich zu machen. Auf den anderen Bildern, die ich nicht ausgedruckt habe, ist sie komplett oben ohne zu sehen. Und schließlich Punkt Nummer drei.« Sie schob die Bilder wieder auf einen Stapel und legte die restlichen Ausdrucke auf, die sie bisher in der Hand gehalten hatte. Auch sie zeigten das Mädchen, diesmal aber in verschiedenen Situationen auf der Straße, aufgenommen aus größerer Entfernung, offensichtlich mit einem Teleobjektiv.

»Ich glaube, ich weiß, worauf du hinauswillst«, sagte Toni langsam und beugte sich nach vorn, musterte die Fotos, die Augen zu schmalen Schlitzen verengt. Dann richtete sie sich wieder auf und tippte mit dem Finger auf einen der Ausdrucke.

»Das ist in München. Ich kenne das Graffito.«

»Ja«, schloss sich Contutto an. »Die wurden definitiv in München aufgenommen. Aber die hier finde ich noch viel interessanter.« Er zog die drei untersten Bilder ein Stück von den anderen weg. Toni runzelte die Stirn. Auch bei ihr klingelte es, aber sie konnte beim besten Willen nicht sagen, warum.

»Na?« Contutto schaute triumphierend in die Runde. »Keiner eine Idee? Gut, dann löse ich das Rätsel auf: Diese Bilder wurden alle vor Krumbads Schule aufgenommen, und ich fresse einen Besen, wenn er das nicht höchstpersönlich gewesen ist.«

Verflixt, natürlich! Dass sie da nicht selbst darauf gekommen war! Das war das Haus schräg gegenüber dem Gymnasium. Dabei hatte sie sich bei ihrem Besuch in der Schule noch gefragt, wie um alles in der Welt man eine Fassade nur in einem so fürchterlichen Laubfroschgrün streichen konnte.

»Dann sollten wir schleunigst dorthin fahren und abklären, ob das Mädchen in eine seiner Klassen oder zumindest auf diese Schule ging«, sagte Hans und schaute Toni und Contutto an. »Auf, ihr beiden! Worauf wartet ihr noch?«

»Ja«, antwortete die Direktorin und zog die Brauen zusammen. »Das Mädchen auf dem Foto ist eine unserer Schülerinnen. Weshalb fragen Sie?«

»Wie heißt das Mädchen, Frau Rösler?«, fuhr Toni fort, ohne auf die Frage einzugehen. »Und in welcher Klasse ist sie?«

»Leonie. Ihr Name ist Leonie Lerchl. Sie ist in der 10b. Aber was …?«

»War sie eine Schülerin von Herrn Krumbad?«

»Ja«, antwortete die Direktorin. »Soweit ich mich erinnere, hatte sie Englisch bei ihm. Warum wollen Sie das alles wissen? Was ist mit Leonie? Ist ihr irgendetwas passiert?«

In diesem Moment schien sie eins und eins zusammenzuzählen und zu verstehen, warum die Polizei die Namen von Matthias Krumbad und einer ihrer Schülerinnen in einem Satz nannte. Die leise Ungeduld, die gerade noch aus ihrem Blick gesprochen hatte, verschwand schlagartig.

»Oh mein Gott«, flüsterte sie. »Dann stimmt das also, was in der Zeitung steht? Matthias hatte wirklich diese Bilder …« Sie stockte, blickte zu Boden. »Hat er … hat er Leonie …?« Sie sah wieder auf, presste die Lippen aufeinander, brachte es nicht über sich, den Satz zu vollenden.

Contutto schüttelte den Kopf.

»Sie verstehen sicher, dass wir dazu keine näheren Angaben machen können«, sagte er ruhig. »Aber wir müssten dringend mit Leonie sprechen. Ist sie noch hier?«

Die Direktorin schaute von einem zum anderen. Sie war noch immer blass um die Nase, schien sich aber wieder gefangen zu haben.

»Einen Moment bitte.« Sie trat hinter ihren Schreibtisch und wählte eine Telefonnummer. »Frau Stiller, ist die 10b noch im Haus?« Sie lauschte einen Moment, bedankte sich und legte auf. »Leonies Klasse hat heute bereits Schluss, tut mir leid.«

Natürlich, dachte Toni, alles andere wäre auch zu einfach gewesen.

»Sie haben doch sicher die Anschriften Ihrer Schülerinnen und Schüler gespeichert, nicht wahr?«, fragte sie, und die Direktorin nickte.

»Frau Stiller im Sekretariat wird Ihnen die Adresse geben. Gleich links das übernächste Zimmer.« Sie hatte die Hände auf die Tischplatte gestützt und blickte ins Leere. »Ich verstehe das nicht«, sagte die Rösler leise, und Toni wusste nicht, ob die Frau zu sich selbst oder zu ihnen sprach. »Ich verstehe nicht, wie wir uns so in Matthias täuschen konnten. Er war sonderbar, ja. Ein Eigenbrötler mit einer nicht gerade makellosen Vergangenheit, auch das. Aber seit ich ihn kenne, war sein Verhalten den Schülern gegenüber tadellos. Ich bin aus allen Wolken gefallen, als ich diese widerwärtigen Schlagzeilen gesehen habe. Ich wollte es einfach nicht glauben. So etwas hätte nicht nur ich ihm niemals zugetraut. Und dann auch noch Leonie ...«

»Wie meinen Sie das?«, fragte Toni. »Was ist an dem Mädchen so besonders?«

Die Direktorin richtete sich wieder auf und verschränkte die Arme vor dem Körper.

»Leonie hatte hier einen ziemlich schlechten Start. Einige ihrer Mitschüler ...«, sie zögerte, schien nach den richtigen Worten zu suchen, »... waren nicht unbedingt freundlich zu ihr.«

»Wollen Sie damit sagen, dass Leonie gemobbt wurde?«, fragte Toni, und die Rösler verzog gequält das Gesicht.

»So weit würde ich nicht gehen«, sagte sie. »Aber sie haben es Leonie nicht gerade einfach gemacht, sich hier einzuleben. Matthias hat davon auf irgendeinem Weg erfahren und ihr geholfen. Er hatte so etwas wie eine Antenne dafür, wenn es einem Schüler schlecht ging, und so verschlossen und seltsam er auch war«, sie zuckte entschuldigend die Achseln, »bei den Schülern kam er genau mit dieser Art an. Vielleicht, weil er so anders war als der Rest des Kollegiums. Gerade diejenigen, die Schwierigkeiten im Klassenverband hatten, fanden in ihm wohl so etwas wie eine verwandte Seele. Jemanden, der auch ein Außenseiter war und deshalb wusste, wie sie sich fühlten. Natürlich haben die Kinder hinter seinem Rücken auch Witze über ihn gemacht, doch das schien Matthias nie gestört zu haben. Er war immer da, wenn er gebraucht wurde. Zwar konnten wir ihn aufgrund seiner Vergangenheit nicht offiziell zum Vertrauenslehrer machen, und ich muss gestehen, dass ich diese Entwicklung anfangs auch mit Skepsis beobachtet habe, doch es kam zu keinen negativen Vorkommnissen, und so haben wir es weiterlaufen lassen. Aber wenn Sie mich jetzt entschuldigen.« Sie warf einen Blick auf ihre Armbanduhr. »Wir haben in fünfzehn Minuten eine Lehrerkonferenz, darauf muss ich mich noch vorbereiten. Wie gesagt: Frau Stiller wird Ihnen die Informationen geben, die Sie benötigen.«

Toni und Contutto verabschiedeten sich und verließen den Raum. Vor der Tür blieben sie stehen.

»Klingt eigentlich nach dem perfekten Lehrer, findest du nicht?«, sinnierte Contutto. »Einer, der nicht nur stur seinen Stoff durchpaukt, sondern sich für die Schüler interessiert und sich um sie kümmert.«

»Vor allem um die, die Probleme haben. Die schwach sind und Hilfe brauchen«, ergänzte Toni. Sie sah ihren Kollegen an und wusste, dass Contutto dasselbe dachte wie sie: Diese Gabe, die Schwachpunkte anderer Menschen zu erkennen, hatten viele Täter. Egal, ob es Pädophile waren, die sich an vernachlässigte Kinder heranmachten, um sie zu missbrauchen, oder sogenannte Love-Scammer, die unter gefälschten Identitäten in Online-Partnerbörsen nach einsamen Frauen und Männern suchten, ihnen die große Liebe vorgaukelten und sie dann um ihre Ersparnisse brachten. Sie alle wussten, welche Knöpfe sie drücken mussten, um von ihren Opfern das zu bekommen, was sie wollten.

Einundvierzig

Sie hatten Leonies Mutter auf ihrem Handy erreicht und sie und ihre Tochter für 17 Uhr zur Vernehmung vorgeladen. Tonis Computermonitor zeigte 16.30 Uhr an. Noch eine halbe Stunde. Toni stand auf, um sich einen Kaffee zu holen. Seit der Rückfahrt von der Schule huschte etwas durch ihren Kopf. Ein unvollständiger Gedanke. Etwas, das sie wahrgenommen, das jedoch den Weg in ihr Bewusstsein noch nicht gefunden hatte. Es blitzte immer wieder auf, entzog sich aber jedes Mal gerade so ihrem Zugriff. Wie eine Mücke, die einem nachts immer wieder über das Ohr flog, die man aber nie erwischte.

Auch jetzt, als sie an die Arbeitsplatte gelehnt dastand und zusah, wie der Kaffee in die Tasse rann, kam sie nicht darauf, was es war. Hatte es mit Gandalf zu tun? Inzwischen war sie auch beinahe so weit, ihn als Spinner abzutun. Aber eben nur beinahe. Da war immer noch die Möglichkeit, dass er mit in diesem Jugendporno-Sumpf steckte und Krumbad entlasten wollte, um nicht selbst früher oder später die Schlinge um den Hals zu spüren.

Doch genau das war so widersinnig. Wäre Gandalf wirklich Teil dieser Szene, und würde er befürchten, dass man ihm auf die Schliche kam, würde er doch alles tun, um unentdeckt zu bleiben. Sie an seiner Stelle würde jedenfalls sämtliche Daten löschen, die Luft anhalten und sich unter dem Tisch verstecken, bis der Staub sich wieder gelegt hatte. Nie im Leben würde sie Kontakt zur Polizei aufnehmen.

Wieder sah sie den jungen Mann vor sich, seinen gehetzten und gleichzeitig eindringlichen Blick. *GBL. Danach müssen Sie suchen.* Wie konnte er von der Chemikalie wissen? Oder hatte sie sich wirklich verhört?

Nein. Sie war sich absolut sicher, genau diese drei Buchstaben verstanden zu haben. Dann musste Gandalf im Umkehrschluss aber doch über Insiderwissen verfügen, und folglich musste ihm auch klar sein, dass das, was die Zeitungen hinausposaunt hatten, der Wahrheit entsprach. Wieso dann dieser ärmliche und völlig ungeeignete Versuch, Krumbad reinzuwaschen?

Toni schwirrte der Kopf. Das ergab alles überhaupt keinen Sinn. Ein Widerspruch jagte den nächsten, und je mehr sie darüber nachdachte, desto unlogischer wurde die ganze Sache. Mit einem unwilligen Laut, irgendwo zwischen einem Seufzen und einem Schnauben, goss sie Milch in den Kaffee, gönnte sich eine Extraportion Zucker und ging zurück an ihren Arbeitsplatz, wo das Klingeln des Telefons Tonis Gedankenkarussell stoppte und sie zumindest für den Moment von ihren Grübeleien erlöste. Sie streckte sich nach dem Hörer und hob ab. Es war Contutto.

»Leonie und ihre Mutter sind im Anmarsch«, sagte er. »Wir treffen uns im Vernehmungsraum.«

Toni packte die Fotos, die Beate ausgedruckt hatte, in eine Mappe und hatte schon die Türklinke in der Hand, als ein leises *Pling!* verriet, dass sie eine WhatsApp-Nachricht erhalten hatte. Reflexartig schlug ihr dummes Herz einen schnelleren Takt an, und sie dachte an Tom. Ob das endlich ein Lebenszeichen von ihm war? Einen Augenblick lang war sie versucht, sofort nachzusehen, doch dann fasste sie die Klinke fester, verärgert über sich selbst. Himmel noch mal! Sie war schlimmer als ein pawlowscher Hund. Nein, sie würde jetzt nicht nachsehen. Selbst wenn Tom ihr tatsächlich geschrieben hatte – so wie er sie hatte zappeln lassen, hatte er es gar nicht verdient, dass sie ihm sofort antwortete. Er musste warten, der Dienst ging jetzt vor.

Toni traf im selben Moment vor dem Vernehmungsraum ein wie Contutto. Zu ihrer Überraschung hatte er nicht nur Leonie und ihre Mutter, sondern auch einen Mann im Schlepptau. Toni stellte sich vor und bat die beiden Frauen, ihrem Kollegen in den Vernehmungsraum zu folgen.

»Und wer sind Sie, wenn ich fragen darf?« Beiläufig machte Toni einen Schritt zur Seite und stellte sich damit dem Mann in den Weg.

»Salicki«, sagte er mit einem Lächeln und hielt ihr die Hand hin. »Roman Salicki. Ich bin der Lebensgefährte von Frau Lerchl.«

Er hatte eine angenehme Stimme und wusste sie offenbar genauso gut einzusetzen wie sein Lächeln. Er hatte überhaupt ein sehr gewinnendes Auftreten, und das lag nicht nur an seinem guten Aussehen und seiner Selbstsicherheit, die beinahe greifbar war. Ihn umwehte auch etwas, das Toni an den inzwischen in Rente geschickten Marlboro-Man erinnerte: etwas Unbeirrbares, Raues und Undurchschaubares. Allerdings in der gebügelten, städtischen Version ohne Pferdewiehern und Lagerfeuerromantik. Oder – kürzer ausgedrückt – ein Mann, der wusste, was er wollte und wie er es bekam.

Doch Cowboy hin oder her – Toni wich keinen Zentimeter zurück, sondern blieb stehen, wo sie war.

»Sind Sie der Vater von Leonie?«

»Nein, das bin ich nicht«, gestand er. »Ihre Mutter und ich kennen uns erst seit einigen Monaten, aber Leonie hat mich von der ersten Sekunde an zu so etwas wie einer Mischung aus Onkel und großem Bruder erkoren. Deshalb hat sie mich auch gebeten, mit hierherzukommen. Als moralische Stütze, wenn Sie so wollen.«

»Wenn Sie nicht Leonies Vater sind«, antwortete Toni, »dann tut es mir leid, dann müssen Sie hier draußen warten.«

Salicki zog kurz die Augenbrauen hoch, dann neigte er den Kopf ein wenig zur Seite und beugte sich zu Toni vor.

»Haben Sie nicht verstanden? Leonie möchte, dass ich dabei bin.«

»Ich habe Sie sehr wohl verstanden«, sagte Toni, »aber Sie scheinen mich nicht zu verstehen. Dies ist eine polizeiliche Vernehmung, und bei so einer Vernehmung gelten weder Ihre Wünsche noch die von Leonie, und deshalb bleiben Sie hier draußen.«

Sie wich seinem Blick nicht aus, sondern schaute Salicki unverwandt in die Augen, bereit für die üblichen Argumente, die sie alle schon Hunderte Male gehört hatte. Toni war fast ein wenig enttäuscht, als Salicki nach einem Moment des Schweigens lediglich nickte und einen Schritt zurücktrat.

»Ihr Haus, Ihre Regeln«, sagte er knapp, drehte sich um und ging zu einem der Fenster, wo er vorgab, in den Innenhof hinabzuschauen. Toni musterte ihn noch einen Augenblick, dann wandte sie sich ebenfalls um.

Als sie die Tür des Vernehmungszimmers hinter sich schloss, hatten Contutto, Leonie und ihre Mutter bereits Platz genommen.

»Wo ist Roman?«, fragte Regina Lerchl, noch bevor Toni sich gesetzt hatte.

»Er wartet draußen auf Sie«, antwortete Toni, der nicht entging, dass Leonie die Augen aufriss und den Kopf erst Richtung Tür und dann hin zu ihrer Mutter drehte.

»Nein«, sagte sie. »Das geht nicht! Roman soll dabei sein. Mama, mach doch was!«

Regina Lerchls Blick streifte Toni lediglich für einen Sekundenbruchteil und richtete sich dann auf Contutto. Der verschränkte die Hände vor sich auf dem Tisch und lehnte sich ein wenig nach vorn.

»Von mir bekommen Sie auch keine andere Antwort, Frau Lerchl. Herr Salicki ist weder Leonies Erziehungsberechtigter noch Ihr Anwalt, weshalb Sie auf seine Anwesenheit bei der Vernehmung leider verzichten müssen.«

»Brauchen wir denn einen Anwalt?«, fragte Regina Lerchl. Ihre Finger krallten sich um die Henkel ihrer Handtasche. »Davon hat uns niemand etwas gesagt!«

»Nein.« Contutto hob beschwichtigend die Hände. »Sie brauchen keinen Anwalt. Leonie ist nur als Zeugin hier, das ist alles nur halb so wild.«

Da war Toni anderer Meinung, und auch Leonie schien ihm nicht so recht zu glauben. Sie rutschte auf ihrem Stuhl so weit nach hinten, wie es ging, als erwartete sie, dass Contutto sie jeden Moment packen und in eine Zelle werfen würde.

»Eure Direktorin, Frau Rösler«, sagte Toni und lenkte damit Leonies Aufmerksamkeit auf sich, »hat uns erzählt, dass deine Mitschüler dir am Anfang ziemliche Schwierigkeiten bereitet haben. Stimmt das?«

Das Mädchen nickte kaum merklich.

»Und Herr Krumbad hat dir geholfen?«

Wieder ein Nicken. Diesmal etwas kräftiger.

»Wie hat er das gemacht?«

Leonie zuckte mit den Schultern.

»Meistens hat er einfach nur zugehört. Das war erst ziemlich komisch, weil er nur stumm dasaß und ich auch kaum etwas gesagt habe. Ich wollte erst gar nicht mit ihm reden, weil ich die anderen nicht hinhängen wollte. Ich dachte, dadurch würde ich alles nur noch schlimmer machen.« Sie schaute Toni an. »Kennen Sie das, wenn einem übel ist und man versucht, sich nicht zu übergeben? Man kneift die Augen zu, drückt sich die Hand auf den Mund, aber irgendwann geht es einfach nicht mehr.«

Nun war es Toni, die nickte.

»So war es auch bei Herrn Krumbad«, fuhr Leonie fort. »Nur habe ich nicht das ausgekotzt, was in meinem Magen war, sondern das in meinem Kopf. Ich glaube, am Anfang habe ich total wirres Zeug geredet, weil auf einmal so viele Dinge zur gleichen Zeit aus mir herauswollten und mir die richtigen Worte gefehlt haben. Ich kam mir so dumm vor, aber Herr Krumbad hat mich nie unterbrochen oder mich ausgelacht. Er hat auch nie gesagt, ich soll mich nicht so anstellen und dass das alles nicht so schlimm ist. Es hat sich angefühlt, als würde er genau wissen, wie es in mir aussieht und wie es mir geht.«

Sie senkte den Blick auf ihren Schoß, und Toni konnte sehen, dass Leonie Mühe hatte, die Tränen zurückzuhalten. Nachdem sie zwei-, dreimal geschluckt hatte, sah sie wieder auf.

»Warum wird so ein Mensch umgebracht?«, fragte sie. »Warum er? Er hat doch niemandem etwas getan!«

Wenn das so wäre, säßen wir nicht hier, dachte Toni, ließ sich ihre Gedanken aber auch diesmal nicht anmerken.

»Wo fanden diese Gespräche statt?«, klinkte sich Contutto in die Befragung ein.

»Unterschiedlich«, antwortete das Mädchen. »Meistens im Klassenzimmer nach der letzten Stunde. Einmal auch im Lehrerzimmer, als niemand sonst drin war. Oder einfach draußen auf dem Schulgelände.«

»Aber ihr wart immer allein?«

»Natürlich. Das war ja alles vertraulich.«

Contutto suchte den Blick des Mädchens, und Toni wusste, was nun kommen würde.

»Hat Herr Krumbad sich dir dabei irgendwann genähert? Hat er dich berührt, dich angefasst?«

Leonie erstarrte. Aus immer größer werdenden Augen schaute sie Contutto an, dann drehte sie sich so unvermittelt zu ihrer Mutter um, dass Regina zusammenzuckte.

»Ihr wart das!«, zischte sie. »Ihr habt hier angerufen und diesen Scheiß erzählt. Nur deshalb bin ich hier. Weil ihr den Krumbad schlechtmachen wollt. Aber so war er nicht. Er war für mich da, und du nicht. Deshalb hast du ihn nie leiden können. Und jetzt ist er tot. Hoffentlich bist du endlich zufrieden!« Mit dem letzten, verzweifelt geschrienen Wort sprang Leonie auf. Regina Lerchl streckte die Hand nach ihrer Tochter aus, griff aber ins Leere, denn das Mädchen stolperte bereits Richtung Tür.

»Scheiße!«, fluchte Toni und sprang ebenfalls auf. Draußen auf dem Gang lehnte Roman Salicki immer noch am Fenster und schaute erst Leonie, dann sie völlig perplex an, schaltete aber binnen Sekundenbruchteilen, stieß sich mit einer Schnelligkeit, die Toni ihm niemals zugetraut hätte, von der Wand ab und rannte Leonie hinterher. Nach wenigen Schritten hatte er das Mädchen eingeholt und packte es am Arm.

»Lass mich!« Schrill hallte Leonies Stimme von den hohen Wänden wider. Sie riss sich los, doch nun war auch Toni zur Stelle und stellte sich ihr in den Weg. Sanft fasste sie das Mädchen bei den Schultern. Sofort spannte Leonie sich an, machte aber keine Anstalten, Toni wegzustoßen.

»Leonie«, sagte sie ruhig. »Du irrst dich. Deine Mutter hat uns nichts gesagt. Sie kann nichts dafür, dass du heute hier bist.«

»Leonie?« Roman Salicki trat neben Toni. »Was ist los? Sag schon? Was ist passiert?«

Toni drehte den Kopf.

»Lassen Sie uns bitte allein, Herr Salicki.«

»Erst wenn ich weiß, was hier los ist. Was haben Sie mit Leonie gemacht?«

»Das war keine Bitte, Herr Salicki.« Tonis Stimme und ihr Tonfall ließen keinen Zweifel daran, dass sie es ernst meinte. Trotzdem rührte sich Salicki nicht. Seine Kiefermuskeln arbeiteten, und sein Blick bohrte sich in Tonis Augen. Wäre sie keine Polizistin, würde er jetzt möglicherweise zu einem Haken ausholen.

»Leonie!«

Regina Lerchls Stimme zerschnitt die Spannung, die zwischen Roman Salicki und Toni in der Luft gehangen hatte. Der Mann senkte den Blick, hob die Hände und trat zwei Schritte zurück. Über Leonies Schulter hinweg sah Toni Regina Lerchl an, schüttelte kaum merklich den Kopf. Leonies Mutter blieb stehen. Tonis Hände lagen noch immer auf den Schultern des Mädchens, übten aber keinen Druck mehr aus.

»Deine Mutter hat wirklich nicht bei uns angerufen und deinen Lehrer auch nicht schlechtgemacht«, sagte sie. »Aber da sie offenbar denselben Verdacht hatte wie wir, sollten wir uns dringend über Herrn Krumbad unterhalten, meinst du nicht auch?«

Leonie schaute demonstrativ an Toni vorbei, folgte ihr nach kurzem Zögern aber doch zurück in den Vernehmungsraum, während Roman Salicki wieder seinen Platz am Fenster einnahm.

Contutto entschuldigte sich und kam kurze Zeit später mit einigen Flaschen Wasser zurück und schenkte ihnen ein. Als Toni an der Reihe war, verneinte sie. Nach dieser Show hätte sie lieber ein Guinness gehabt. Vor allem, weil das nur der erste Akt gewesen war.

»Also noch einmal«, sagte Contutto zu Leonie gewandt, »weder deine Mutter noch Herr Salicki haben uns über irgendetwas informiert. Und genau deshalb« – er schaute nun Regina Lerchl an – »würde uns interessieren, warum Sie scheinbar auf denselben Gedanken wie wir gekommen sind, nämlich dass Herr Krumbad sich Ihrer Tochter unangemessen genähert haben könnte.«

Leonie schnaubte laut, woraufhin ihre Mutter ihr einen raschen, unsicheren Seitenblick zuwarf. In Tonis Augen sah sie aus wie das personifizierte schlechte Gewissen. Eine Mutter, die versuchte, immer nur das Richtige zu tun, und doch das Gefühl hatte, alles falsch zu machen und nie gut genug zu sein.

»Na ja, das ...«, druckste Regina Lerchl herum. »Das lag doch auf der Hand, oder nicht? Nach diesen Artikeln in der Zeitung. Die Bilder, die der Krumbad angeblich auf seinem Rechner hatte. Dann noch die Sache mit dem Mädchen in der Disco. Was wäre ich denn für eine Mutter, wenn da nicht sofort alle Alarmglocken geläutet hätten?« Sie schaute Toni an, als würde sie in ihr eine Verbündete suchen. Jemanden, der dachte wie sie und ihr Verhalten verstand und billigte.

In Tonis Gesicht regte sich kein Muskel. Sie hatte keine

Ahnung, wie Mütter dachten oder fühlten. Oder Väter. Was sie bereit waren, für ihre Kinder zu tun oder aufzugeben. War Tom bereit, sein Leben mit ihr für seine Tochter zu opfern? Ihr Magen krampfte sich bei diesem Gedanken zusammen, und sie jagte ihn rasch in die dunklen Regionen ihres Verstandes, wo all die anderen bösen Geister kauerten.

Sie öffnete die Mappe, die vor ihr auf dem Tisch lag, nahm ein Bild heraus und zeigte es Leonie und ihrer Mutter.

»Das bist du auf dem Foto, nicht wahr?«, fragte sie.

Leonie schaute Toni aus großen Augen an. »Wo haben Sie das her? Wer hat das gemacht?«

»Genau das versuchen wir herauszufinden«, sagte Contutto. »Es sieht ganz danach aus, als hätte dich jemand beobachtet. Ist dir in den letzten Wochen und Monaten jemand aufgefallen, der dich verfolgt hat?«

Leonie sank in sich zusammen. Die Verwirrung war zur Bestürzung geworden.

»Beobachtet? Mich? Aber warum denn? Ich verstehe das nicht.« Ihre Stimme war zu einem Flüstern geworden. Wie schon zuvor suchte ihre Hand die ihrer Mutter.

»Hat er das gemacht?«, fragte Regina Lerchl, die jetzt genauso blass war wie ihre Tochter. »Krumbad?«

»Hast du einen Freund, Leonie?«, fragte Toni.

»Was?« Leonie richtete sich auf, offenbar überrumpelt von dem plötzlichen Themawechsel. »Nein. Nein, habe ich nicht«, sagte sie rasch. Ein wenig zu rasch, wie Toni fand.

»Aber es gibt jemanden, in den du verliebt bist, richtig?«, bohrte Toni weiter, verließ sich ganz auf ihre Intuition.

»Das geht Sie überhaupt nichts an!« Leonie verschränkte

die Arme vor der Brust. Teenager-Trotz, der auf tönernen Füßen stand.

»Ich fürchte, in diesem Fall schon«, sagte Toni. »Wie heißt er, Leonie?«

Toni sah die Angst und die Verwirrung in den Augen des Mädchens. Sie hatte Mitleid mit ihm, und wenn sie gekonnt hätte, hätte sie mit der Vernehmung aufgehört. Vor allem, weil das erst das Vorgeplänkel war.

Leonie schluckte, kämpfte noch einen Moment mit sich, dann hob sie angriffslustig das Kinn.

»Yannick«, sagte sie. »Er heißt Yannick.«

Regina Lerchl schaute ihre Tochter überrascht an. Offenbar hatte sie nichts von der Verliebtheit ihrer Tochter gewusst.

»Yannick.« Toni nickte. »Okay. Und wie weiter?«

»Das weiß ich nicht. Genauso wenig wie seine Schuhgröße, wenn Sie die auch noch wissen wollen.«

»Nein, die interessiert uns nicht. Aber ich wüsste gern, wie ihr euch kennengelernt habt.«

»Wozu wollen Sie das wissen?«, begehrte Leonies Mutter auf. »Das hat doch nichts mit … mit dem allen zu tun.«

»Glauben Sie mir, Frau Lerchl«, sagte Contutto. »Wir fragen das nicht zum Spaß, sondern weil es wichtig ist. Und jetzt beantworte bitte die Frage meiner Kollegin, Leonie. Wie habt ihr euch kennengelernt?«

Das Mädchen biss sich auf die Lippe, zögerte.

»Über Snapchat«, sagte sie schließlich.

»Habt ihr euch schon getroffen?«

Wieder zögerte Leonie. Dann schüttelte sie den Kopf.

Toni und Contutto tauschten einen kurzen Blick. Genau das hatten sie erwartet.

»Und warum nicht?«, fragte Contutto.

Leonie zuckte wieder mit den Schultern.

»Es hat eben einfach nicht geklappt.«

»Dafür muss es doch einen Grund geben«, sagte Toni. »Wollte er sich nicht mit dir treffen?«

»Natürlich wollte er das!«, protestierte Leonie. »Zweimal hätten wir uns ja auch fast getroffen.«

»Warum nur fast?«

»Wegen der blöden S-Bahn. Es gab irgendeine Störung. Wie immer. Yannick hat fast zwei Stunden am Bahnhof gewartet, aber die haben das einfach nicht auf die Reihe bekommen.«

»Beide Male?«

»Nein.«

»Und was war beim zweiten Mal?«

Leonie wich Tonis Blick aus, rutschte auf ihrem Stuhl hin und her.

»Da war er hier. An unserem Treffpunkt.«

»Aber?«

»Er ...« Leonie senkte ihren Blick auf die Tischplatte. »Er hatte sich versteckt. Auf der anderen Straßenseite. Hat dort gewartet, bis ich kam, und mich dann nur angeschaut. Er hatte Angst, dass ich enttäuscht sein könnte. Deshalb hat er sich nicht getraut, mich anzusprechen, und ist wieder nach Hause gefahren.«

»Und wie willst du dann wissen, dass er wirklich dort war und das alles nicht nur erfunden hat?«, fragte Toni.

»Weil er Fotos von mir gemacht hat«, sagte Leonie. »Und die hat er mir dann geschickt. Als Beweis, damit ich ihm glaube. Warten Sie.« Sie holte ihr iPhone heraus. »Hier.«

Sie schob das Telefon über den Tisch. Auf dem Bildschirm war ein Foto von Leonie zu sehen, aufgenommen offenbar aus einigen Metern Entfernung. Toni schaute sich das Bild an, schlug die Mappe auf, nahm einen Ausdruck heraus und legte ihn neben das Handy. Es war haargenau dieselbe Aufnahme. Ungläubig starrte Leonie auf das Foto.

»Wo ... woher haben Sie das?«, stammelte sie. »Was ist mit Yannick? Haben Sie ihn verhaftet?«

Toni schüttelte den Kopf.

»Es gibt keinen Yannick«, sagte sie und nahm noch weitere Ausdrucke aus ihrer Mappe. »Alle diese Bilder haben wir auf dem Rechner von Matthias Krumbad gefunden. Er war Yannick, Leonie.«

»Nein!«, rief das Mädchen. »Das kann nicht sein! Wir haben uns doch Nachrichten geschrieben. Und er hat mir Fotos von sich geschickt. Schauen Sie!«

Die Finger des Mädchens zitterten, als es Toni und Contutto das Handy entgegenreckte. Ein Junge von etwa siebzehn Jahren saß in lässiger Pose auf einer Mauer und lächelte in die Kamera, Typ stylisher Herzensbrecher. In den hätte ich mich mit sechzehn auch verknallt und mich garantiert genauso an der Nase herumführen lassen, dachte Toni. Das änderte allerdings nichts an der Tatsache, dass Yannick eine bloße Erfindung war.

»Ich habe noch mehr Fotos von ihm. Hier!« Sie klammerte sich an das Telefon, hielt es ihnen wie eine Reliquie entgegen. Toni warf nur einen flüchtigen Blick auf das Display, sah denselben Jungen mit nacktem Oberkörper und Jeans an irgendeinem Strand.

»Tut mir leid, Leonie. Die Fotos hat sich Matthias Krumbad mit Sicherheit irgendwo im Internet besorgt. Vielleicht hat er sie von der Homepage dieses Jungen geklaut. Von seinem Instagram-Account. Von Facebook. Ganz bestimmt ahnt der Junge auf den Fotos überhaupt nichts davon.«

»Nein, das kann nicht sein«, mischte sich Regina Lerchl ein. »Sie müssen sich irren. Warum hätte Herr Krumbad so etwas tun sollen? Das ergibt doch überhaupt keinen Sinn.«

»Doch, Frau Lerchl. Das ergibt leider schon Sinn. Das hier sind nämlich nicht die einzigen Fotos von Ihrer Tochter, die wir auf dem Rechner gefunden haben. Du hast demjenigen, den du für Yannick gehalten hast, auch selbst Fotos geschickt, stimmt's?«, wandte sich Toni wieder an Leonie. »Fotos von dir.«

Das Mädchen erbleichte.

»Nein«, sagte sie und schüttelte heftig den Kopf. »Nein. Habe ich nicht.«

Toni klappte die Mappe auf, holte auch die letzten Bilder heraus. Es waren die Selfies aus ihrem Zimmer. Toni hatte nur die ausgedruckt, auf denen Leonie noch ihren BH trug. Sie musste die Sache nicht peinlicher für das Mädchen machen, als sie ohnehin schon war.

»Oh mein Gott!« Regina Lerchl schlug die Hände vor den Mund. »Leonie!«

Zweiundvierzig

»Das, was Matthias Krumbad getan hat, nennt man Grooming«, erklärte Toni. Die Befragung war inzwischen beendet, und sie standen zusammen mit Roman Salicki auf dem Gang vor dem Vernehmungszimmer. Auf Regina Lerchls Bitte hin hatte Toni ihm einen kurzen Abriss dessen gegeben, was hinter der verschlossenen Tür passiert war. Die Nacktfotos hatte sie allerdings außen vor gelassen; Leonie sollte selbst darüber entscheiden, ob sie Salicki davon erzählen wollte.

»Und was ist das genau, dieses Grooming?«, fragte er mit einem Stirnrunzeln.

»Kurz gesagt«, antwortete Contutto, »das ist, wenn sich Erwachsene an Kinder oder Jugendliche heranmachen. Beim Cyber-Grooming suchen sie sich ihre Opfer im Internet, treiben sich auf Kinder- und Teenagerplattformen oder auch in Chatrooms von beliebten Online-Spielen herum. Oft geben sie dabei vor, ungefähr im gleichen Alter wie ihre Opfer zu sein, so wie es Krumbad offensichtlich gemacht hat. Sie bauen erst ein Vertrauensverhältnis auf und verlangen dann zum Beispiel, dass die Kinder und Jugendlichen ihnen getragene Unterwäsche oder freizügige Fotos schicken. Tun die Opfer das, verwenden die Täter diese Dinge häufig gegen die Mädchen und Jungen, setzen sie zum Beispiel unter Druck, indem sie drohen, die Bilder im Freundeskreis der Opfer zu verbreiten, und haben sie dadurch in der Hand. Die Kinder und Jugendlichen wissen oder spüren zumindest, dass sie einen Fehler gemacht haben, schämen sich, fühlen sich schuldig und tun alles, um ihren Fehler zu verheimlichen. Manche Täter erzwingen auf diesem Weg ein persönliches Treffen, und nicht selten kommt es dabei zu sexuellen Handlungen oder Übergriffen.«

Roman Salicki schnaubte.

»Ganz ehrlich – gut, dass der Typ bereits tot ist. Wenn ich ihn in diesem Moment in die Finger bekommen würde, könnte ich für nichts garantieren.«

»Das haben wir jetzt nicht gehört«, sagte Contutto und warf ihm einen ernsten Blick zu. »Haben Sie sonst noch irgendwelche Fragen?«

»Nein«, sagte Salicki. »Ich denke, wir müssen das alles erst einmal verarbeiten und fahren jetzt am besten sofort nach Hause.«

Sie verabschiedeten sich, und während Contutto das Grüppchen hinunter zum Ausgang begleitete, ging Toni zurück in ihr Büro, ließ sich auf den Stuhl fallen und betrachtete ihren verschwommenen Umriss auf dem dunklen Computermonitor. Wie viele Stunden hatte Krumbad wohl vor seinem Laptop verbracht? Wenige waren es ganz sicher nicht gewesen, so viel stand fest. Allein schon die Zeit und Mühe, die es ihn gekostet haben musste, um seinen Alias

Yannick zu erfinden, unter dieser Legende den Kontakt zu Leonie herzustellen, ihr Vertrauen zu erschleichen und sie in sich verliebt zu machen – und das Mädchen offensichtlich dazu zu bringen, nichts seiner Mutter zu verraten ... Aber wie hätte es weitergehen sollen?

Toni dachte an den Kanister mit Gamma-Butyrolacton, den sie in seinem Keller gefunden hatten. Was hatte er damit vorgehabt? Ob er schon einen Plan gehabt hatte?

Auf dem Schreibtisch lag noch immer ihr Handy. Mit seinem blinkenden grünen Licht machte es Toni darauf aufmerksam, dass ungelesene Nachrichten auf sie warteten. Natürlich könnte sie das Lämpchen ignorieren und das Telefon jetzt einfach in ihre Tasche werfen, aber sie wusste genau, dass sie es vermutlich spätestens unten auf der Straße herausholen würde, weil Hoffnung und Neugier viel zu groß waren, um sich einfach so unterdrücken zu lassen.

Sie griff nach dem Handy und aktivierte das Display. Aus den zwei Nachrichten waren inzwischen vier geworden – und alle stammten von Raff. Bitteres Triumphgefühl, weil sie recht behalten und Tom sich nicht gemeldet hatte, mischte sich mit ebenso bitterer Enttäuschung. Was war nur los mit ihm?

Das Telefon vibrierte, als eine weitere Nachricht eintraf. Natürlich wieder von Raff. Er schien es ziemlich eilig zu haben.

16.56 Uhr
Gibt's was Neues?

17.14 Uhr

Ruf mich an.

17.39 Uhr

Nein, komm heute zum Essen.

17.40 Uhr

19 Uhr.

18.18 Uhr

Toni?

Lächelnd schüttelte sie den Kopf, während sie seine Nummer wählte. Typisch Raff. Schrieb nur das Nötigste.

»Na endlich«, sagte er statt einer Begrüßung. »Ich wollte schon die Kollegen von K 14 anrufen und dich als vermisst melden.«

»Entschuldige, ich hatte heute ausnahmsweise zu tun. Kommt nicht mehr vor, versprochen.«

»Seid ihr vorangekommen? Hat sich etwas Neues ergeben?«

»Ja und nein.« Toni seufzte. »Ja, es hat sich etwas Neues ergeben, und nein, weitergebracht, was den Mörder angeht, hat es uns leider nicht. Aber Krumbad hatte es dicker hinter den Ohren, als wir bisher gedacht haben. Er hat ...«

»Erzähl mir das doch nach dem Essen«, unterbrach er sie. »Du hast noch vierunddreißig Minuten, dann steht es auf dem Tisch. Beeil dich, damit es nicht kalt wird.«

Damit beendete Raff die Verbindung. Verdutzt schaute

Toni ihr Handy an. Auch eine Möglichkeit, sich keinen Korb einzuhandeln. Toni seufzte erneut. Eigentlich hatte sie sich ein Bad einlassen und gleich danach ins Bett kriechen wollen. Tja, diese Pläne hatte Raff gründlich über den Haufen geworfen.

Genau zweiunddreißig Minuten später drückte Toni auf den Klingelknopf. Der Gong war noch nicht richtig verklungen, als Iris die Tür öffnete.

»Komm rein!«, sagte sie und drückte Toni schon auf dem Fußabstreifer an sich, was wegen ihres Bauches inzwischen gar nicht mehr so einfach war. »Beim nächsten Baby lasse ich mir Armverlängerungen machen. Keine Ahnung, wie das in den restlichen neunundfünfzig Tagen weitergehen soll, bis dieses kleine Monster endlich schlüpft. Leg einfach ab, ich muss zurück in die Küche. Raff ist auch gleich wieder da. Er hat den Wein im Auto vergessen und ist noch schnell runter in die Tiefgarage.«

Toni hängte ihre Jacke an die Garderobe und lächelte dabei in sich hinein. Iris' Redeschwall glich manchmal einem Erdrutsch. Beim gestrigen Streit war Raff sicher nicht sehr oft zu Wort gekommen.

»Ich hoffe, du magst Paella und hast seit drei Tagen nichts gegessen«, sagte Iris, während sie in einer riesengroßen Pfanne rührte. »Seit ich schwanger bin, habe ich den Drang, immer für mindestens sechs Personen zu kochen. Schade, dass du den Doc nicht mitgebracht hast. Einen weiteren Esser könnten wir mehr als gut brauchen. Ist er im Dienst?«

Sie drehte sich um, einen großen Holzlöffel in der Hand, an dem ein paar safrangelbe Reiskörnchen klebten. Toni spürte, wie das Blut aus ihren Wangen wich. Sie wusste, sie sollte sich abwenden und sich mit irgendeiner Ausrede aus der Affäre ziehen, doch sie konnte nicht. Worte drängten aus ihrem Bauch nach oben. Worte, die sich nicht länger einsperren lassen wollten und sich mit aller Macht gegen ihre zusammengebissenen Zähne warfen: »Ich habe keine Ahnung, was Tom gerade tut. Ich weiß weder, wo er gerade ist, noch, wo er die letzten Tage war. Ich weiß überhaupt nichts mehr. Nicht einmal, ob wir überhaupt noch ein Paar sind.«

Sie schaute Iris an, schluckte. Das war der Moment ...

Geräusche aus dem Flur kündeten von Raffs Rückkehr, und der Moment war vorbei.

Dreiundvierzig

»Dann lasse ich euch zwei Hübschen mal allein.«

Iris stand in der Tür zum Esszimmer, die Finger unter ihrem Bauch verschränkt. Sie sah müde aus, und die Fältchen um ihre Augen schienen während des Essens tiefer geworden zu sein. Das hatte sie allerdings nicht davon abgehalten, Toni hin und wieder einen prüfenden Blick von der Seite zuzuwerfen. Toni hatte so getan, als hätte sie es nicht bemerkt und im Gegenzug vielleicht eine Spur zu viel Fröhlichkeit und Ausgelassenheit an den Tag gelegt, um ihre Beklommenheit zu verbergen; gefühlt hatte sie sich nämlich wie unter den strengen Augen eines Inquisitors, dem kein einziges, noch so beiläufig geäußertes Wort entging und der es nach seinen ganz eigenen Maßstäben auslegte und beurteilte. Deshalb war sie – wenn auch begleitet von einem Hauch von Schuldgefühl – erleichtert gewesen, als Iris verkündet hatte, das kleine Monster in ihrem Bauch sei der Meinung, sie solle heute früh zu Bett gehen.

Raff, der das restliche Geschirr in die Küche getragen hatte und nun mit zwei Flaschen Bier zurückkam, gab seiner

Partnerin einen Kuss auf die Stirn und scheuchte sie dann endgültig aus dem Zimmer.

»So«, sagte er, reichte Toni eine Flasche und setzte sich ihr gegenüber an den Tisch. »Und nun lass hören. Was gibt es Neues?«

Toni zögerte einen Augenblick. Eigentlich spürte sie die zwei Gläser Wein schon, die sie zum Essen getrunken hatte. Aber warum eigentlich nicht? Dann hatte sie eben einen sitzen. Schließlich musste sie heute nicht mehr fahren. Sie nahm einen großzügigen Schluck und berichtete dann von den Ergebnissen des Tages: von Leonies Fotos auf Krumbads Laptop, von Yannick, den der Lehrer erfunden hatte, um an das Mädchen heranzukommen, und von ihrer persönlichen Vermutung, wozu er GBL in seinem Keller gebunkert hatte.

»Weißt du, was ich glaube?«, sagte sie. »Leonie sollte wegen Yannick richtig schönen Liebeskummer bekommen. Dann hätte er sich ihr wieder einmal als Seelentröster angeboten, sich mit ihr allein getroffen, ihr dabei ein paar Tropfen GBL verpasst – und den Rest will ich mir nicht mehr vorstellen.« Toni lehnte sich zurück und zog ein Bein zum Körper. »Aber Krumbads Mörder sind wir trotzdem noch keinen Schritt näher gekommen. Es ist zum Verrücktwerden.« Sie nahm noch einen Schluck und deutete dann mit der Bierflasche auf Raff. »Hast du was über Schirmer entdeckt? Vielleicht einen neuen Skandal?«

Raff, der während Tonis Bericht damit begonnen hatte, das Etikett von seiner Bierflasche zu zupfen, schnippte einen Papierrest von seinen Fingern und schaute sie an.

»Leider nein«, sagte er. »Weder einen Skandal noch sonst irgendetwas. Er scheint sich seither eher bedeckt zu halten. Vielleicht lässt er immer noch Gras über die Sache wachsen, um dann wie Phönix aus der Asche zurückzukehren. Er wäre ja nicht der erste Politiker, der diese Taktik anwendet.«

»Stimmt«, sagte Toni. »Hilft uns nur leider nicht weiter. Eine Verbindung zu Krumbad hast du auch nicht entdeckt?«

»Nope.« Er griff nach seiner Bierflasche, stellte fest, dass sie leer war, und stand auf. »Willst du auch noch eins?«

»Nein danke. Ich mache mich lieber auf den Heimweg. So langsam drehen sich bei mir nicht nur die Gedanken.«

Je mehr sie grübelte, desto unsicherer wurde sie, ob sie sich nicht doch verrannten. Schließlich konnte Gandalf mit seinem angeblichen Tipp einfach nur ins Blaue geschossen und einen Zufallstreffer gelandet haben. Aber warum ausgerechnet Schirmer und GBL? Die Wichtigtuer oder geistig Verwirrten, die die Polizei regelmäßig mit ihren Mitteilungen beglückten, nahmen so gut wie immer Bezug auf Ereignisse oder Personen, die aktuell oder vor kurzer Zeit in den Medien präsent gewesen waren. Das traf weder auf Schirmer noch auf Gamma-Butyrolacton zu. Die meisten Menschen wussten ja nicht einmal, dass es GBL gab, geschweige denn, was hinter diesen drei Buchstaben steckte. Für Schirmer galt dasselbe. Er war trotz der Schlagzeilen vor einigen Jahren im Grunde ein unbekannter Hinterbänkler im Bundestag, und wenn Beate und ihr phänomenales Gedächtnis nicht gewesen wären, wären sie nie im Leben auf diesen Mann gestoßen.

»Hast du den USB-Stick eigentlich schon komplett durchsucht?«, fragte Raff.

»Nein«, antwortete Toni und griff nach ihrer Jacke. »Nach der dritten Seite voller idiotischer Theorien habe ich aufgehört. Aber du hast recht. Morgen werde ich ...« Sie brach ab, als ihr Handy in der Jackentasche zu läuten begann. Sie zog es heraus und warf einen Blick auf das Display.

»Hans? Was gibt es?«

»Wo bist du? Kannst du einen Zeugen vernehmen?«

»Zu Frage Nummer eins: Ich bin bei einem Kollegen in Moosach und so gut wie auf dem Heimweg. Zu Frage Nummer zwei: Ja, ich kann Zeugen vernehmen. Ich habe das schon ein- oder zweimal gemacht.«

Toni wusste genau, dass Hans' Frage nicht so gemeint war, aber sie konnte sich diese kleinen Spitzfindigkeiten einfach nicht verkneifen, weil sich Hans darüber immer so schön aufregte. Es klappte auch dieses Mal, wie ihr sein Schnaufen verriet. Toni grinste.

»Schön«, sagte er, »dann verrate mir, wo du genau bist. Eine Streife soll dich abholen und zu einem Zeugen fahren. Ich verständige zusätzlich noch Sören oder Contutto.«

»Moment.« Toni hob die Hand, als würde Hans vor ihr stehen. »Erstens: Worum geht es? Und zweitens: Hat das nicht Zeit bis morgen?«

Hans schnaufte ein weiteres Mal.

»Beim Notruf hat sich ein Zeuge gemeldet, der Krumbad am späten Freitagabend noch gesehen hat. Möglicherweise unmittelbar vor dessen Verschwinden. Dummerweise fliegt der Zeuge morgen Vormittag nach Dubai, Hongkong oder weiß der Henker wohin. Der Kollege des KDD meinte, sie würden die Vernehmung natürlich für uns durchführen, doch es wäre sinnvoller, wenn jemand von uns mit ihm spricht, da wir alle Fakten kennen und gezieltere Fragen stellen können. Und da muss ich ihm unumwunden beipflichten.«

Das tat Toni auch.

»Na gut, überzeugt«, antwortete sie. »Die Sache hat nur einen Haken.«

Vierundvierzig

Der Haken war die Fahne gewesen, die dem Zeugen gestern zweifellos aus Tonis Mund entgegengeweht wäre. Zwei Gläser Wein und ein Bier gingen eben an niemandem spurlos vorüber, von der Verlangsamung der Denkprozesse ganz abgesehen. Deshalb hatte sie Hans schweren Herzens darum gebeten, jemand anders die Vernehmung durchführen zu lassen, und war nach Hause gefahren.

Nun saß Toni im Besprechungsraum und scharrte mit den Füßen. Welche Erkenntnisse mochten Sören und Beate bei der Vernehmung wohl gewonnen haben? Hatten sie nun die lang ersehnte heiße Spur?

»Der Zeuge ist ein ehemaliger Schüler von Krumbad«, begann Beate. »Er hat letztes Jahr Abitur gemacht und überbrückt nun die Wartezeit bis zu seinem Studium mit Reisen durch so viele Länder wie möglich, die er mit diversen Gelegenheitsjobs finanziert. An besagtem Freitag, an dem sich Krumbads Spur bisher am späten Nachmittag verloren hat, war er zu einem kurzen Zwischenstopp in München und hat sich mit Freunden im Wirtshaus im Schlachthof getroffen.

Als er draußen beim Rauchen stand, sah er, wie sein Ex-Lehrer in Begleitung eines Mannes das Lokal verließ.«

»Ist er sich wirklich sicher, dass es Krumbad war?«, fragte Contutto.

»Einen Augenblick«, sagte Sören und blätterte in der Vernehmung, die er vor sich liegen hatte. »Ich zitiere: *Wenn ich ihn nicht am Gesicht erkannt hätte, dann spätestens an seiner Cordhose. Ich glaube, außer ihm und ein paar Hipstern trägt niemand mehr solche Dinger. Ich habe ihn jedenfalls nie in etwas anderem gesehen.*« Sören schaute auf. »Also ja, er hat ihn eindeutig erkannt.«

»Und was passierte, nachdem Krumbad und sein Begleiter das Lokal verlassen hatten?«, wollte Toni wissen.

»Im Prinzip nichts mehr«, antwortete Beate. »Die beiden bogen gleich nach dem Wirtshaus links um die Ecke, gingen vermutlich tiefer in das Schlachthofgelände hinein, und das war es.«

»Mehr nicht?« Toni konnte ihre Enttäuschung nur schlecht verbergen. »Kein Streit? Keine Handgreiflichkeiten?«

»Nein. Nichts dergleichen«, bestätigte Beate. »Beide blickten nach Aussage des Zeugen zwar ernst und hatten es wohl etwas eilig, aber er hatte nicht den Eindruck, dass es Unstimmigkeiten zwischen den Männern gegeben hat.«

»Und warum kommt der Herr Zeuge mit seiner Beobachtung erst jetzt daher?«, knurrte Contutto. »Keine Zeit, oder wie?«

»So ähnlich«, sagte Sören. »Er ist am nächsten Tag mit seinen Kumpels für einige Tage nach Malle geflogen und hat von Krumbads Tod erst nach seiner Rückkehr erfahren.

Weil die Ermittlungen da schon eine knappe Woche liefen, dachte er, es hätten sich schon andere Zeugen gemeldet und wir wüssten bereits von Krumbads Besuch im Schlachthof. Erst gestern Abend drängte ihn sein Gewissen in Form seiner Mutter dazu, sich bei uns zu melden.«

Toni atmete tief durch. Typisch. Diejenigen, die sich wichtigmachen wollten, aber nichts zu sagen hatten, schrien als Allererste und vor allem am lautesten, und diejenigen, auf die es ankam, hielten die Klappe.

»Konnte er den anderen Mann wenigstens beschreiben?«, fragte sie.

»Ja«, antwortete Beate. »Groß, sehr sportlich bis durchtrainiert, glatt rasiert, keine Brille. Er hat ihn mit irgendeiner Filmfigur verglichen, die mir allerdings nichts sagt. Sören, weißt du auswendig, wie die heißt?«

»Ja. Es ist eine Serienfigur, um genau zu sein. Du solltest ernsthaft über ein Netflix-Abo nachdenken, Beate. Dir entgeht so einiges.« Er wandte sich wieder seinen restlichen Kollegen zu. »Unser Zeuge meinte, Krumbads Begleiter habe ausgesehen – und hier zitiere ich wieder wörtlich – *wie die Light-Version von Ray Donovan.*«

Bei dem Namen rastete etwas in Tonis Kopf ein. Sie runzelte die Stirn, versuchte dahinterzukommen, welche Zusammenhänge ihr Unterbewusstsein hergestellt hatte, konnte den Gedanken jedoch nicht fassen.

»Noch jemand, der mit dem Namen Ray Donovan nichts anfangen kann?« Sören blickte fragend in die Runde.

»Schau mich nicht so an«, brummte Hans. »Ich bin zwar älter als ihr, aber dafür habe ich einen Teenager im Haus.

Der kannte Netflix schon vor jedem Einzelnen von euch. Und ich somit auch. Einschließlich Ray Donovan.« Er sah Beate und Sören fragend an. »Hat sich aus der Vernehmung sonst noch etwas ergeben?«

Beide verneinten.

»Gut, dann an die Arbeit. Stöbern wir den ominösen Begleiter auf. Irgendetwas sagt mir, dass nach ihm nicht mehr viele Menschen das Opfer lebend gesehen haben. Wenn er nicht sogar der Letzte und damit derjenige war, der ihn am Monopteros abgesetzt hat.«

Einer nach dem anderen stand auf, um sich wieder an die Ermittlungen zu machen. Toni jedoch saß da wie angewachsen.

»Toni?« Contutto schaute sie an, die Brauen fragend hochgezogen. »Wie sieht's aus? Hast du andere Pläne, oder spielst du bei uns mit?«

Sie erwiderte den Blick ihres Kollegen, während ihr Unterbewusstsein den Schleier immer weiter lüftete.

»Hast du den Salicki gestern überprüft?«, fragte sie.

»Den Salicki?« Contutto runzelte die Stirn. »Nein, ich dachte, das hättest du getan, während ich das Trio zum Ausgang begleitet habe.«

»Nein, verdammt! Ich hab's total vergessen.« Sie sprang auf, lief auf die Tür zu.

»He!«, rief Contutto ihr hinterher. »So schlimm ist das doch auch wieder nicht. Dann holen wir das eben jetzt nach. Wieso hast du es denn auf einmal so eilig? Der läuft uns doch nicht weg.«

Toni wandte sich um.

»Der nicht, aber der Zeuge hebt gleich ab«, sagte sie, während sie rückwärts weiterging.

»Der Zeuge? Aber was willst du denn von dem? Ich dachte, es geht um den Salicki.«

»Ja, eben«, sagte sie, drehte sich wieder um und lief weiter. Hinter sich hörte sie erst Contuttos Schnauben, dann seine Schritte, die ihr folgten. Kaum hatte sie sich an den Schreibtisch gesetzt, packte Contutto ihren Stuhl bei der Lehne und drehte sie zu sich herum.

»So. Und nun in aller Ruhe und vor allem vollständig: Was haben der Zeuge und Salicki miteinander zu tun?«

Sah er das denn wirklich nicht?

»Ray Donovan light«, sagte Toni, um Geduld bemüht. »Findest du nicht auch, dass das auf den Salicki passt wie die Faust aufs Auge?«

Contutto ließ die Lehne los.

»Du denkst, das war der Salicki vor dem Schlachthof? Ist das nicht ein bisschen weit hergeholt?«

»Nicht weiter als bei jedem anderen Mann, auf den die Beschreibung passen könnte. Und irgendwo müssen wir mit der Suche ja beginnen, oder? Du erlaubst?« Sie schob sich mit ihrem Stuhl an Contutto vorbei.

»Und was willst du jetzt tun?«, fragte er. Aus seiner Stimme hörte sie nur noch etwa siebzig Prozent Skepsis statt einhundert.

»Ich sehe nach, ob unser Roman Ray Salicki Donovan sich schon einmal eine Anzeige eingehandelt hat und erkennungsdienstlich behandelt wurde. Währenddessen besorgst du dir von Sören und Beate die Flugdaten von Krumbads Ex-

Schüler und teilst Hans mit, dass wir beide zum Flughafen fahren und dem Zeugen noch ein paar Fragen stellen.« Sie wandte sich dem Computermonitor zu und rechnete fest damit, dass Contutto Einwände erhob, doch er nickte nur und verließ im Laufschritt das Zimmer.

Toni rief INPOL auf, das Informationssystem der Polizei, und fragte die bayernweiten Einwohnerdaten ab, falls Salicki nicht in München, sondern in einem der umliegenden Landkreise wohnte. In Gauting im Landkreis Starnberg wurde sie fündig. Sie druckte den Eintrag aus und machte mit dem Fahndungsbestand weiter. Sekunden später tauchte das Bild eines etwas verstört blickenden Roman Nikolaus Salicki auf dem Bildschirm auf.

»Soso«, murmelte Toni. »Illegales Glücksspiel und ein Vergehen gegen das Arzneimittelgesetz. Das hast du deiner Regina ganz sicher nicht verraten, oder?« Sie druckte das Foto ebenfalls aus und wählte gleichzeitig die Nummer der Lichtbildstelle. Der Kollege am Telefon stöhnte und lamentierte lautstark, als sie ihr Anliegen vorbrachte, aber wenig später hatte sie die gewünschten Vergleichsfotos in ihrem Postfach und jagte auch die durch den Drucker. Dann schob sie alles in eine Mappe, packte ihre Jacke und stieß in der Tür beinahe mit Contutto zusammen, der bereits die Autoschlüssel in der Hand hielt.

»Terminal 2 in einer Stunde acht Minuten«, sagte er. »Du fährst.«

Es war immer wieder aufs Neue erstaunlich, wie viele Verkehrsteilnehmer überfordert waren, wenn ein Wagen mit Blaulicht im Straßenverkehr auftauchte. Von Vollbremsungen über völlig unvorhersehbare Spurwechsel bis hin zu völliger Ignoranz war auch heute alles dabei, und Toni stellte nicht nur bei einem Autofahrer lautstark dessen Eignung zum Führen eines Kraftfahrzeuges ernsthaft infrage.

»Wenn du mal keinen Bock mehr auf Polizei hast«, sagte Contutto, während sie die Zentralallee des Flughafens entlangrasten, »dann solltest du Flüche erfinden. Du würdest dich dumm und dämlich verdienen.«

Fünfundzwanzig Minuten später standen sie vor der Anzeigetafel im Terminal 2. Flug Nummer 995 mit Thai Airways International nach Bangkok war noch nicht bereit für das Boarding, der Zeuge musste sich also immer noch im Flughafengebäude aufhalten, aller Wahrscheinlichkeit nach im Wartebereich hinter dem Sicherheitscheck. Toni entdeckte eine Streife der Bundespolizei, die gerade gestenreich versuchte, sich mit einem asiatisch aussehenden älteren Paar zu verständigen. Sie lief auf die Kollegen zu, zückte ihren Ausweis, schnappte sich einen der beiden, erklärte ihm in knappen Worten ihr Anliegen, und genau in dem Moment, als Flug Nummer 995 mit Thai Airways International mit Ziel Bangkok zum Boarding bereit war, stand der Fast-Student vor ihnen und deutete unter den sechs Bildern, die Toni vor ihm auf dem Boden ausgelegt hatte, ohne zu zögern, auf das Bild, dem sie mit Kugelschreiber die Nummer 4 verpasst hatte: auf das von Roman Salicki.

Fünfundvierzig

»Niemand zu Hause«, stellte Contutto fest. Er ging die beiden flachen Stufen vor der Haustür wieder hinunter und stellte sich neben Toni, ließ wie sie seinen Blick noch einmal über die Front des Doppelhauses wandern. Hinter keinem der Fenster war eine Bewegung wahrzunehmen.

»Nicht weiter verwunderlich«, sagte Toni. »Bei mir würde jetzt auch niemand die Tür öffnen. Tagsüber sind nun mal die meisten Leute in der Arbeit.« Eine Tatsache, die lediglich ihrem Telefon- und Internetanbieter verborgen geblieben war, denn dessen Mitarbeiter riefen grundsätzlich ausschließlich werktags vor 17 Uhr auf ihrem Festnetzanschluss an. Was Toni allerdings nur recht war, so blieb ihr das Abwimmeln diverser Verkaufsversuche erspart.

In einem derartigen Callcenter schien Salicki nicht zu arbeiten; jedenfalls dann nicht, wenn er mit seinem Gehalt diese schicke Doppelhaushälfte finanzieren musste.

»Ich rufe Sören an«, sagte Contutto und hielt sich bereits das Handy ans Ohr. »Er soll die Lerchl nach Salickis Handynummer fragen. Vielleicht erwischen wir ihn ja in der Arbeit.«

Zwei weitere Telefonate später wedelte er mit einem Zettel durch die Luft, auf dem er einige Zahlen notiert hatte.

»Ich hab Salickis Nummer. Allerdings hat mir die Lerchl keine großen Hoffnungen gemacht, dass wir ihn an die Strippe bekommen. Im Dienst hat er sein Handy wohl so gut wie immer ausgeschaltet, da sein Chef keine Privatgespräche während der Arbeit duldet.«

»Hat die Lerchl gesagt, für wen er arbeitet?«

»Das war der merkwürdige Teil des Telefonats«, antwortete Contutto. »Angeblich hat die Lerchl selbst keine Ahnung, wer sein Boss ist. Sie weiß nur, dass er seine Brötchen als persönlicher Referent von jemandem verdient, der nicht nur Freunde hat, wie sie sich ausdrückte. Deshalb wolle oder dürfe Salicki ihr weder verraten, für wen er arbeitet, noch, wohin er fährt.« Er zuckte mit den Schultern. »Das kann man jetzt glauben oder nicht, wobei ich nach dem Eindruck, den ich von ihr gewonnen habe, durchaus geneigt bin, ihr die Story abzukaufen.«

Toni erging es ähnlich. Auch sie hatte nicht das Gefühl, dass Regina Lerchl eine Lüge besonders leicht über die Lippen ging, schon gar nicht der Polizei gegenüber. Sie sah Contutto zu, wie er die Zahlen von seinem Zettel in sein Handy tippte, lauschte und dann die Verbindung unterbrach.

»Mailbox«, sagte er und steckte das Telefon weg. »Lass uns zurück ins Präsidium fahren. Hier richten wir nichts mehr aus.«

Sechsundvierzig

Der Rest des Tages brachte keine neuen Erkenntnisse. Die beiden Bitten um Rückruf, die Contutto auf Salickis Mailbox hinterlassen hatte, waren unbeantwortet geblieben, und auch Regina Lerchl gab an, ihren Lebensgefährten bisher nicht ans Telefon bekommen zu haben.

»Sollten Sie Herrn Salicki erreichen«, sagte Toni, »richten Sie ihm bitte aus, er soll sich unbedingt mit mir oder meinen Kollegen in Verbindung setzen. Es ist wirklich dringend.« Sie legte auf und wippte mit ihrem Stuhl vor und zurück. Sollte sie Hans erzählen, was Raff über Schirmer herausgefunden hatte? Wobei – was hatte er eigentlich herausgefunden? Jedenfalls nichts, was auch nur im Entferntesten mit Krumbad zu tun hatte. Nein, damit brauchte sie ihrem Chef nicht zu kommen. Hans ließ sich nur durch stichhaltige Argumente überzeugen, und davon hatte sie definitiv keine zu bieten.

Aber vielleicht der USB-Stick? Waren unter dem wirren Zeug eventuell doch echte Informationen versteckt? Sie schaute auf ihren Schreibtisch. Wo war der Stick? Die Stelle, wo die kleine Plastiktüte heute Morgen noch gelegen hatte, war leer. War sie hinuntergefallen? Auf den ersten Blick war nichts zu sehen, sodass Toni sich auf alle viere niederließ und unter den Tisch krabbelte, doch der Stick blieb verschwunden.

Merkwürdig.

Sie wählte Sörens Nummer.

»Weißt du, wo der USB-Stick geblieben ist, den uns dieser Gandalf gegeben hat? Heute Morgen lag er noch auf meinem Schreibtisch, aber dort ist er nicht mehr.«

»Habe ich was verpasst?«, antwortete er. »Ist heute Tag der Verschwörungstheorien?«

»Wie kommst du auf die Idee?«

»Weil sich dieses Ding heute großer Beliebtheit erfreut. Erst hat sich unser verehrter Herr Dezernatsleiter danach erkundigt, kurz darauf die Staatsanwaltschaft und jetzt du.«

»Brodt? Was wollte der denn?«

»Er hat den Zwischenbericht gelesen und wollte wissen, ob der Stick noch bei uns ist.«

»Und die StA? Was wollte die?«

»Die Staatsanwaltschaft wiederum hat sich nicht mit einer einfachen Auskunft zufriedengegeben. Die haben das Ding gleich angefordert.«

»Und wozu?«

»Toni, diese Frage stellst vielleicht du der Staatsanwaltschaft. Ich jedoch sicher nicht.«

»Du meinst, weil ich bei unserem Verein ohnehin nichts mehr werde, du aber noch eine glänzende Karriere vor dir haben könntest, sofern du nicht unangenehm auffällst?«

»Das hast du gesagt«, zog Sören sich aus der Affäre,

doch an seinen roten Ohren konnte Toni zweifelsfrei erkennen, dass sie ins Schwarze getroffen hatte. Diesen Gedankengang nahm sie ihm aber keineswegs übel, schließlich hatte er damit voll und ganz recht. Es lag ihr nun einmal nicht, den Mund rein um der Karriere willen zu halten.

Toni ließ ihren Kollegen mitsamt seinen roten Ohren in seinem Zimmer zurück, ging wieder in ihr Büro und wählte die Nummer der Staatsanwältin, die für ihren Fall zuständig war. Sie erfuhr jedoch nur, dass die Dame noch längere Zeit durch eine Besprechung gebunden war und niemand sonst Bescheid wisse. Gut, dann musste sie eben versuchen, noch einmal Kontakt mit Gandalf aufzunehmen. Aber diesmal bitte ohne Verfolgungsjagd.

Zwanzig Minuten und zahllose gelöschte Sätze später schloss sie das Mailprogramm. Ihr wollte einfach keine Formulierung einfallen, die nicht so klang, als wüssten sie ohne Gandalfs Hilfe nicht weiter. Ein derartiges Eingeständnis ging eindeutig gegen ihre Polizistenehre. Andererseits musste sie ihn aber auch irgendwie aus der Reserve locken, damit er sich noch einmal mit ihr traf. Bei ihrer letzten Begegnung hatte der junge Mann schließlich nicht unbedingt den Eindruck erweckt, als fühlte er sich in Gegenwart der Polizei besonders wohl.

Genervt stand sie auf und ging zum Fenster. Der Himmel sah so aus, wie sie sich fühlte: grau, müde und unruhig. Am besten, sie machte Schluss für heute.

Als sie mit knurrendem Magen an der Supermarktkasse stand, um ihr Lachs-Ei-Spinat-Sandwich zu bezahlen, dachte sie sehnsüchtig an die wunderbare Paella, die Iris gestern aufgetischt hatte, und sah sich im selben Moment wieder mit Raffs Lebensgefährtin in der Küche stehen, spürte ihren Blick, fühlte die unausgesprochenen Worte, die sich in ihrer Kehle drängten.

Erst mit dem letzten Bissen ihres Sandwiches gelang es ihr, die Beklemmung, die ihr den Hals zuschnürte, hinunterzuschlucken; die Rastlosigkeit jedoch wollte sich nicht so einfach vertreiben lassen. Sie ging in die Küche, öffnete den Kühlschrank und schloss ihn wieder, ohne zu wissen, warum sie eigentlich hineingesehen hatte. Die Ungereimtheiten und losen Enden dieses Falls machten sie ganz kirre. Ob Raff noch mehr über Schirmer herausgefunden hatte? Eigentlich hatte sie ihn heute Nachmittag danach fragen wollen, es am Ende aber doch vergessen. Am besten rief sie ihn jetzt noch an, vielleicht würde ihr das ein wenig dabei helfen, ihre Gedanken zu sortieren.

In diesem Moment ertönte unter dem *Wochenanzeiger*, den sie aus dem Briefkasten gefischt und auf die Arbeitsplatte gelegt hatte, das erstickte Klingeln ihres Handys.

»Raff!«, sagte sie, kaum dass sie abgehoben hatte. »Kannst du Gedanken lesen? Ich wollte dich genau in dieser Sekunde anrufen. Was gibt es? Geht es um Schirmer?«

Stille am anderen Ende der Leitung.

»Raff? Bist du noch dran? Raff? Soll das witzig sein?«

»Ja«, erklang es schließlich. »Ich meine nein. Nein, das soll nicht witzig sein.« Raff stotterte wie ein Schüler, der aufgerufen wurde und keine Ahnung hatte, wovon der Lehrer sprach. »Aber ja, es geht um Schirmer.«

»Raff? Alles okay bei dir? Du klingst, als würdest du in die Mündung mindestens einer Kalaschnikow blicken. Ist alles okay bei dir und Iris?«

»Wie? Bei Iris und mir? Ja, da ist alles prima. Bis auf die Tatsache, dass sie mich genötigt hat, dich anzurufen.«

Toni verstand nur Bahnhof.

»Iris hat dich genötigt, mich anzurufen? Warum das denn in aller Welt?«

»Wegen Schirmer.«

»Raff, hättest du bitte die Güte, etwas weniger in Rätseln, dafür mehr in ganzen Sätzen zu sprechen? Ich kapiere gar nichts. Was ist mit Schirmer, und was hat das mit Iris zu tun?«

»Ich weiß, wo der Schirmer wohnt.« Endlich hörte Raff sich wieder an wie Raff. »Und damit meine ich nicht nur den Ort, denn dass er am Starnberger See residiert, weiß jede drittklassige Suchmaschine. Ich habe die genaue Adresse, und Iris meinte, ich soll dich endlich anrufen und fragen, ob du ihm heute noch einen Besuch abstatten willst, bevor ich sie mit meinem Herumgezappel noch völlig irre mache, verdammte Axt.«

»Verdammte Axt? Das hat sie gesagt?«

»Hat sie.«

»Gib mir dreißig Minuten.«

Siebenundvierzig

Vor vierzehn Tagen, als er den Tisch reserviert hatte, war noch alles in Ordnung gewesen. Na ja, zumindest so in Ordnung, wie es eben sein konnte, wenn einem der gewalttätige, skrupellose Ex-Freund der neuen Partnerin und die eigene Fast-Ex-Frau ständig im Nacken saßen und sich alle Mühe gaben, einem das Leben zur Hölle zu machen.

Zugegeben, in den letzten Wochen hatte er selbst gespürt, dass sein Fell dünner geworden war und er manchmal ohne Grund gereizt und schroff reagiert hatte. Dennoch war er glücklich mit Toni gewesen, hatte sogar schon vorsichtig seine Fühler nach der Wohnung schräg über der seinen ausgestreckt. Die hatte anderthalb Zimmer mehr und wurde voraussichtlich in fünf Monaten frei. Natürlich hätte er Toni nie vor vollendete Tatsachen gestellt. Genau genommen hatte er ihr hier und heute, in einhunderteinundachtzig Metern Höhe den Vorschlag einer gemeinsamen Wohnung unterbreiten wollen. Auch wenn er eigentlich keine Zweifel gehegt hatte, dass Toni mit ihm zusammenziehen wollte, so hatte er sich dennoch erhofft, dass der unglaubliche Ausblick, den man hier oben im Drehrestaurant im Olympiaturm hatte, seinen Teil dazu beitragen und Toni ein Nein erst gar nicht in den Sinn kommen würde.

Wahrscheinlich würde er auch heute mit ihr hier sitzen – wenn nicht sie und Josi gleichzeitig die verheerende Idee gehabt hätten, ihn unangekündigt in der Rechtsmedizin zu besuchen. Seitdem war alles anders, und er fragte sich zum hundertsten Mal, warum er die Reservierung nicht einfach storniert hatte, statt alleine an diesem Tisch zu sitzen und so lange auf zwei Servietten, zwei Teller, zwei Gabeln und zwei Messer zu starren, bis der Kellner Mitleid bekommen und diskret das überflüssige Gedeck abgeräumt hatte.

Er betrachtete seinen Schlüsselbund, der halb versteckt hinter der Blumenvase auf dem Tisch lag. Der Schlüssel mit dem blauen Ring gehörte zu Tonis Wohnung. Er streckte die Hand aus, schloss die Finger um das kleine Stück Metall. Eine ganze Weile saß er so da, schaute aus dem Fenster, spürte, wie sich der Stahl in seiner Hand erwärmte. Als die Terrassenbauten des Olympischen Dorfs sich langsam in sein Sichtfeld schoben, öffnete er seine Finger und streifte Tonis Schlüssel vom Ring.

Achtundvierzig

»Du bist so still geworden. Haben wir uns verfahren?« Toni warf ihrem Beifahrer einen skeptischen Blick zu.

»Nein.« Raff zeigte ihr kurz die Karte auf seinem Handy. »Siehst du? Alles im grünen Bereich. Halt dort hinter der schwarzen G-Klasse mal an.«

Toni folgte der Anweisung und stellte den Motor ab, wartete. Sie spürte, dass etwas nicht stimmte. War zwischen Raff und Iris doch etwas vorgefallen? War Schirmer nur ein Vorwand? Aus den Augenwinkeln sah sie, wie Raffs Brustkorb sich hob, dann stieß er die Luft aus.

»Ich hab dich angelogen.«

Der Satz fiel wie ein Stein zu Boden. Also doch, dachte Toni, ließ sich aber nichts anmerken.

»Iris hat mich gar nicht dazu gedrängt, dich wegen Schirmer anzurufen.« Bisher hatte Raff in den Fußraum hineingesprochen, doch nun drehte er den Kopf und schaute Toni an. Sie erwiderte seinen Blick. »Sag schon«, begann er. »Was stimmt nicht zwischen dir und dem Doc?«

Toni war vollkommen überrumpelt. Was? Hatte Raff das tatsächlich gesagt? Hatte er sie wirklich nach Tom gefragt?

Die Abendsonne tastete sich mit rotgoldenen Fingern die Straße entlang und ließ die Wolkenreste über den Dächern aufleuchten. Tonis Unterlippe begann zu zittern. Sie grub ihre Zähne hinein, fester und fester, doch es half nichts. Die Worte waren stärker als sie, und sie kapitulierte, fing an zu erzählen, redete sich alles von der Seele, ihre Wut, ihre Enttäuschung, ihre Angst, ihren Trotz, ihren Schmerz. Gegen ihre Befürchtung bekam sie keinen Heulkrampf. Lediglich eine einzige Träne lief ihr über die Wange, als Raff am Schluss den Arm um sie legte und sie wortlos drückte.

»Dann weißt du also gar nicht, wo der Schirmer wohnt?«, fragte sie, um das Thema zu wechseln.

»Und ob ich das weiß. Ich habe meinen Kontakt bei der Starnberger Inspektion angezapft. Er hat sich anfangs zwar arg geziert und sich sehr bitten lassen, aber schlussendlich hat er mir die Adresse doch verraten.« Er warf einen Blick auf sein Handy. »Die nächste links und dann gleich wieder rechts.«

Toni nickte und drehte den Zündschlüssel.

Die Gärten wurden größer, die Mauern höher und die Autos teurer. Der Kontrast zu ihrem fünfunddreißig Jahre alten Mercedes-T-Modell könnte kaum größer sein. Bestimmt fuhren hier sogar die Putzfrauen bessere Autos. Aber davon hatte garantiert keines so viel Charakter wie ihr Benz, dachte sie trotzig und tätschelte sein Lenkrad.

»Da vorne auf der linken Seite«, sagte Raff. »Das mit dem schmiedeeisernen Tor, das ist es.«

Toni ließ den Wagen langsam vorwärtsrollen, hielt schließlich auf Höhe des imposanten, sicherlich drei Meter hohen Tores am rechten Fahrbahnrand an. Zu beiden Seiten des eisernen Monsters schloss sich eine genauso hohe Mauer an, umgab vermutlich das komplette Grundstück. Zusätzlich zu dem schwarzen Kameraauge neben der Klingel, das höchstwahrscheinlich automatisch aktiviert wurde, sobald jemand läutete, glotzten von der Mauerkrone und der Hauswand noch zwei weitere Kameras herab. Und das waren nur diejenigen, die man von ihrem Standpunkt aus sehen konnte. Garantiert gab es rund um das Gebäude noch weitere. Ob auf der Mauerkrone auch Glasscherben einbetoniert waren?

Tonis Blick glitt über die Fassade der Villa. Die Fensterscheiben im oberen Stockwerk hatten einen grünlichen Schimmer. Sicherheitsglas. Dafür hatte sich Schirmer vermutlich nicht ohne Grund entschieden. Ungewöhnlich für einen Politiker, den kaum jemand kannte, fand Toni. Ebenso, dass er sich ein solches Anwesen leisten konnte. Wie hoch waren noch einmal die Diäten der Abgeordneten? Knapp zehntausend Euro im Monat, wenn sie sich nicht irrte. Dazu kam noch das Gehalt als Rechtsanwalt. Das war insgesamt natürlich jede Menge Geld, aber war es auch genug, um seinen augenscheinlich nicht gerade bescheidenen Lebensstil und eine Immobilie in dieser Lage finanzieren zu können? Toni hatte keine Ahnung von den genauen Preisen in Starnberg, aber für weniger als zwei bis zweieinhalb Millionen hatte dieses Häuschen seinen Besitzer garantiert nicht gewechselt, und für die günstigste Variante eines A8 waren ihres Wissens nach mindestens neunzigtausend Euro fällig.

Trotzdem wollte sie um nichts in der Welt mit Schirmer tauschen. Was war das für ein Leben, wenn man sich hinter Kameras und schusssicherem Glas verstecken musste? Sie hatte durch Mike eine Ahnung davon, wie es war, permanent den Drang zu haben, über seine Schulter zu schauen und vor jeder Fahrt die Reifen seines Wagens zu kontrollieren. Aber Mike war nur eine Einzelperson; um wie viel höher musste der Druck sein, wenn man die Zahl derjenigen, die einem ans Leder wollten, gar nicht einschätzen konnte?

Fragte sich nur, warum Schirmer sich für so gefährdet hielt. Das war etwas, das Toni wirklich brennend interessierte.

»Wollen wir?«, fragte Raff, und Toni nickte. Im selben Moment, als sie die Türen von Tonis Mercedes öffneten, öffneten sich auch die Türen des schwarzen Audi, der unmittelbar vor der Grundstückszufahrt geparkt war, und entließen zwei Männer in schwarzen Anzügen und mit dunklen Sonnenbrillen auf den Nasen in die Starnberger Abendluft.

»Achtung, Men in Black«, flüsterte Raff. »Gleich werden wir geblitzdingst.«

»Idiot«, flüsterte Toni zurück und konnte nur mit Mühe ein Grinsen unterdrücken.

Sie überquerten die Straße und erreichten das Tor gleichzeitig mit den Männern in Schwarz.

»Darf ich fragen, was Sie hier wollen?«, sagte der linke der beiden. Toni schaute ihn an. Durch ihr verzerrtes Spiegelbild auf den Gläsern seiner Sonnenbrille konnte sie die Umrisse seiner Augen erkennen. Es sah aus, als würden sie aus ihrer Stirn herausschauen, was Toni ziemlich befremdlich fand.

»Natürlich dürfen Sie fragen«, sagte Toni und wandte sich wieder dem Haus zu. Drei Millionen, korrigierte sie sich, während sie das Anwesen betrachtete. Oder dreieinhalb.

»Bekomme ich auch eine Antwort auf meine Frage?«

Toni lächelte den Schwarzen Mann freundlich an.

»Nein«, sagte sie. »Bekommen Sie nicht.«

Sie hatte schon zuvor einen Blick auf das Revers ihrer Anzüge geworfen und festgestellt, dass die Männer keine Anstecknadeln mit dem bayerischen Rautenmuster oder dem Bundesadler trugen. Somit waren sie keine Personenschützer von LKA oder BKA, sondern mit an Sicherheit grenzender Wahrscheinlichkeit Angehörige eines privaten Sicherheitsdienstes.

»Dann muss ich Sie bitten weiterzugehen.«

»Ist in Ordnung. Tun Sie das«, sagte Toni und streckte den Arm Richtung Klingelknopf, woraufhin der Mann einen halben Schritt nach rechts machte, sodass sie die Klingel nicht mehr erreichen konnte. Sie ließ ihren Arm wieder sinken.

»Was wird das?« fragte sie, immer noch lächelnd, auch wenn ihre Mundwinkel allmählich ermüdeten.

»Sie haben mich genau verstanden. Gehen Sie bitte weiter.«

»Das werde ich ganz sicher nicht. Das Gegenteil ist der Fall. Sie gehen mir aus dem Weg.«

»Sonst?«, sagte der zweite Schwarze Mann, der nun neben seinen Kollegen getreten war.

»Sonst kommt die Polizei«, meldete sich Raff von hinten. »Ach nein, halt. Die ist ja schon da.« Er hielt den Männern seinen Dienstausweis entgegen. »Ihre Sheriff-Nummer mag vielleicht bei normalen Spaziergängern funktionieren, aber nicht bei uns. Und nun«, er deutete in Richtung des schwarzen Audis, »gehen Sie.«

Der Rechte machte einen Schritt auf Raff zu, musterte mit sichtlichem Missfallen abwechselnd ihn und seinen Dienstausweis.

»Polizei?«, brummte er schließlich. »Warum haben Sie das nicht gleich gesagt?«

»Gibt es Probleme?«

Auf der anderen Seite des schmiedeeisernen Tores stand eine Frau in Jeans und dunkelgrünem Baumwollhemd und zog sich die Gartenhandschuhe von den Fingern. Die Knie ihrer Hose hatten dunkle Flecken, als hätte sie in einem Beet gekniet, und auch an ihren Burberry-Gummistiefeln klebten Erdklumpen.

Toni hatte sie vermutlich hauptsächlich wegen ihres blonden Pferdeschwanzes zunächst für Anfang dreißig gehalten, doch als sie näher kam, änderte sie ihre Schätzung auf Ende vierzig bis Anfang fünfzig. Einige Schritte entfernt vom Tor blieb die Frau stehen und schaute erst zu Toni und Raff, dann zu den beiden Männern in Schwarz.

»Nun?«

»Frau Schirmer?«, fragte Toni, und die Frau nickte. Inzwischen hatte auch Toni ihren Dienstausweis herausgeholt und hielt ihn in die Höhe.

»Mein Name ist Stieglitz, und das ist mein Kollege Herr Kellerer. Wir sind von der Münchner Polizei und müssten kurz mit Ihrem Mann sprechen. Wäre das möglich?«

»Polizei?« Die zu perfekten Bögen gezupften Augenbrauen der Frau hoben sich. Sie schien zwar verwundert, aber nicht besorgt, ganz im Gegensatz zu den meisten Menschen, bei denen aus heiterem Himmel die Polizei vor der Tür stand. Die erschraken in aller Regel, weil sie entweder eine schlimme Nachricht befürchteten oder mit Haftbefehl gesucht wurden. Vielleicht hatte Frau Schirmer an der Seite eines Politikers im Laufe der Jahre aber auch einfach nur gelernt, sich in der Öffentlichkeit nichts anmerken zu lassen und ihre Gefühle zu verbergen.

»Sagen Sie nicht, mein Mann hat sich unvernünftigerweise selbst ans Steuer gesetzt und ist jetzt schon wieder seinen Führerschein los? Leo ist ein fürchterlich ungeduldiger Autofahrer, müssen Sie wissen. Ständig sind ihm alle anderen Verkehrsteilnehmer im Weg. Vor Jahren habe ich ihm ein Ultimatum gestellt: Entweder er engagiert einen Fahrer, oder ich setze mich nie mehr mit ihm in ein und dasselbe Auto.«

Doch. Die Frau war nervös. Sie plapperte wie ein Wasserfall und zupfte pausenlos an ihren Handschuhen herum.

»Keine Sorge, Frau Schirmer. Wenn es nach uns geht, dann kann Ihr Mann seinen Führerschein behalten«, sagte Raff und lächelte.

»Dann ist es ja gut.« Sie erwiderte Raffs Lächeln. »Sie

hätten den Führerschein ohnehin nicht mitnehmen können. Mein Mann ist nicht zu Hause. Er kommt voraussichtlich erst nach Mitternacht aus Berlin zurück. Kann ich ihm vielleicht etwas ausrichten?«

»Nein, vielen Dank, das ist nicht nötig. Ist er morgen zu sprechen?«, fragte Toni.

»Das kann ich leider nicht mit Sicherheit sagen«, antwortete Schirmers Frau. »Meines Wissens hat er keine Termine, aber so etwas kann sich bei ihm minütlich ändern. Wenn Sie mich jetzt entschuldigen.« Sie machte eine unbestimmte Handbewegung in Richtung des Hauses. »Ich habe noch zu tun.«

Die Rückfahrt verbrachten sie in einvernehmlichem Schweigen. Erst als Toni den Blinker rechts setzte und vor Raffs Wohnhaus stehen blieb, ergriff ihr Kollege das Wort.

»Zweiter Versuch morgen?«

»Ja. Ich rufe dich an.«

Raff schlug zum Abschied zweimal auf das Autodach, und Toni machte sich auf den Weg von Moosach zum Westpark, was um diese Uhrzeit eine Sache von knapp zwanzig Minuten war. Langsam ließ sie den Benz die Tiefgaragenabfahrt hinabrollen, zirkelte um die Kurve und weiter in die nächsttiefere Ebene, wo ihr Stellplatz lag. Sie hatte lange gezögert, ob sie ihn wirklich mieten sollte, denn Tiefgaragen waren ihr im Grunde unheimlich.

Nicht wegen der Dunkelheit oder weil sie Angst hatte, dass zwischen den geparkten Autos der große Unbekannte hervorspringen und sie überfallen könnte. Nein, es war die

Statik, die ihr Unbehagen einflößte. Die Vorstellung, dass auf derart großen Hohlräumen die Last ganzer Einkaufszentren und riesiger Hochhäuser lastete, trieb ihr hin und wieder den Schweiß auf die Stirn. Natürlich wusste sie, dass kluge Köpfe lang herumgerechnet hatten, bevor so ein Gebäude samt Garage schließlich gebaut wurde, und hätte sie in Physik etwas mehr Engagement an den Tag gelegt, wären ihr diese Gedanken möglicherweise nie in den Sinn gekommen. Aber erstens war sie jedes Jahr froh gewesen, wenn es im Zeugnis für eine Vier gereicht hatte, und zweitens wurde immer irgendwo gepfuscht. Bekanntlich gerne beim Beton, weil bei derart großen Mengen bei den Pfuschern dann richtig etwas hängen blieb. Erst in Form von satten Gewinnen, wenn billiger Schund für teures Geld verkauft wurde, und später, wenn der Pfusch aufflog, in Form von langjährigen Haftstrafen.

Die Reifen ihres Wagens quietschten, als Toni um die Ecke bog und das Scheinwerferlicht auf ihren Stellplatz fiel.

Verdammt! Hatte dort jemand gesessen? Einen Augenblick lang hatte es ausgesehen, als hätte eine schwarze Gestalt vorne an der Mauer gekauert und wäre dann hinter dem Mazda nebenan verschwunden, flink wie eine Kakerlake, die hinter den Zucker krabbelte, sobald man den Küchenschrank öffnete. In ihrem Viertel hatte es vor einigen Jahren Serienaufbrüche in Tiefgaragen gegeben. Hatten die Täter die Gegend eventuell wiederentdeckt?

Sie stellte den Motor ab und nahm die Taschenlampe aus dem Handschuhfach. Am besten schaute sie sich die Autos hier unten kurz an. Sollte sie wirklich Aufbruchspuren finden, müsste sie wieder an die Oberfläche, um den Notruf zu wählen. Hier unten gab es dummerweise kein Netz.

Sie stieg aus und warf die Autotür zu, wartete, bis das Echo des dumpfen Geräuschs verklungen war. Waren das Schritte?

Sie knipste die Taschenlampe an, drehte sich um und zuckte erschrocken zusammen.

Neunundvierzig

Im Außenspiegel sah er, wie sein Chef das Lokal verließ und auf den Wagen zuschritt. Roman schaltete das Handy aus und legte es in die Ablage. Fünf Nachrichten, zwei davon von dem Kripobeamten, der zusammen mit seiner schwarzhaarigen Kollegin Reginas Tochter vernommen hatte. Er sollte sich bei der Polizei melden. So schnell wie möglich. Es sei wirklich dringend.

Roman drückte den Startknopf. Mit leisem Brummen erwachte der Motor zum Leben. Als sein Chef die Tür geschlossen hatte, fuhr er los. Nur Sekunden später surrte es leise in seinem Nacken, und die Trennscheibe, die genauso schwarz wie schalldicht war, glitt hinunter.

Roman schaute in den Rückspiegel. Die Scheiben im Fond waren stark getönt, sodass sein Chef wie in einer dunklen Höhle zu sitzen schien, und er ahnte dessen Gesicht mehr, als er es sah.

»Nach Hause?«, fragte er.

»Noch nicht gleich«, kam die Antwort. »Nach den ganzen Männerrunden brauche ich jetzt etwas weibliche Gesellschaft. Dass sich Ihr Feierabend dadurch etwas verschiebt, ist hoffentlich kein Problem für Sie.«

Das war eine Feststellung, keine Frage. Das wussten sie beide.

»Natürlich nicht«, antwortete Roman dennoch pflichtschuldig.

»Die Falten auf Ihrer Stirn sagen aber etwas anderes, Salicki. Haben Sie ein Problem?«

Roman schaute wieder in den Rückspiegel. Die Scheinwerfer eines entgegenkommenden Autos beleuchteten das Gesicht seines Chefs, ließen seine Augen aufblitzen.

Ja, dachte Roman. Ich glaube, ich habe ein Problem.

Fünfzig

Hastig machte Toni einen Schritt rückwärts, stieß dabei mit dem Fuß gegen den Reifen ihres Wagens und musste sich mit der Hand auf der Motorhaube abstützen, um nicht das Gleichgewicht zu verlieren. Die dunkle Gestalt, die wie aus dem Nichts vor ihr aufgetaucht war, sah sie aus den Schatten ihrer Kapuze stumm an. Toni riss die Taschenlampe hoch und leuchtete ihr mitten in das Gesicht.

Der Mann – der Größe und dem Körperbau nach musste es ein Mann sein – hob die Hände vor die Augen und drehte den Kopf zur Seite, lief jedoch nicht davon. Tonis Gedanken rasten. Was machte der Typ hier, und was wollte er von ihr? Ein Autoaufbrecher war er nicht, der wäre sofort abgehauen, und ein Räuber oder Vergewaltiger hätte sie von hinten angegriffen und nicht erst gewartet, bis sie sich umgedreht hatte. Was also hatte er vor?

»Machen Sie die Lampe aus, Frau Stieglitz. Bitte!«

Er kannte ihren Namen? Das wurde ja immer schöner. Toni knipste die Surefire aus. In diesem Moment wünschte sie sich ihre alte Maglite aus dem Streifendienst zurück. Die spendete nicht nur helles Licht, sondern war mit ihren knapp vierzig Zentimetern Länge und den vier großen Monozellen auch ein äußerst schlagkräftiges Argument, zum Beispiel gegen Typen, die in Tiefgaragen urplötzlich aus dem Boden wuchsen.

»Danke.«

Er schob die Kapuze seines Hoodies zurück, und Toni traute ihren Augen nicht.

»Gandalf?«

Sie hatte mit vielen Menschen gerechnet – aber mit ihm ganz sicher nicht. Sein unerwarteter Auftritt verblüffte sie so sehr, dass ihr die Worte fehlten und sie ihn nur völlig perplex anstarren konnte. Gandalf sah sie ebenfalls schweigend an, verlagerte sein Gewicht aber ständig von einem Bein auf das andere, sprungbereit, als wartete er darauf, dass sie sich auf ihn stürzen und zu Boden ringen würde.

»Sie stehen wohl auf theatralische Auftritte«, sagte Toni, als sie die Sprache wiedergefunden hatte. »Hätten Sie mir nicht einfach eine Mail schreiben können wie beim ersten Mal? Dann wäre ich etwas weniger erschrocken.«

»'tschuldigung.« Gandalf zog die Schultern hoch und wirkte tatsächlich ernsthaft zerknirscht. »Das wollte ich nicht.«

»Was wollten Sie dann?«, fragte Toni nicht halb so ruppig, wie er es ihrer Meinung nach verdient hatte.

»Der Mann, den ich Ihnen genannt habe. Sie wissen schon. Beim Tempel. Haben Sie ihn gefunden?«

»Sie meinen Leonid Schirmer?«

Als sie den Namen nannte, zuckte Gandalf zusammen und schaute sich hektisch um.

»Nicht«, flüsterte er. »Nicht so laut!«

Toni musste sich beherrschen, um nicht die Augen zu verdrehen. Was glaubte er, wer sich hier unten noch alles herumtrieb? CIA? Mossad? Orks?

»Wir haben im Netz kaum etwas über ihn gefunden«, sagte sie stattessen wahrheitsgemäß. »Deshalb waren wir heute bei ihm, doch wir haben ihn nicht angetroffen.«

»Sie waren bei ihm?« Gandalfs Augen wurden groß. »Aber warum das denn?«

»Weil Sie mir selbst gesagt haben, dass wir nach ihm suchen sollen. Sie wissen schon. Beim Tempel«, wiederholte sie seine eigenen Worte.

»Ja, klar weiß ich das. Aber damit habe ich doch den Stick gemeint. Die Dokumente. Darin sollten Sie suchen. Haben Sie die denn nicht angeschaut?«

»Doch«, antwortete Toni. »Aber Chemtrails gehören leider nicht zum Aufgabenbereich der Münchner Polizei, und bei Mordermittlungen sind die Dinger auch nicht unbedingt hilfreich. So was ist beim Umweltbundesamt besser aufgehoben.« Oder in der Sprechstunde beim Psychiater.

»Aber das Zeug sollte doch nur diejenigen ablenken, für die der Stick nicht bestimmt war«, sagte Gandalf mit gedämpfter Stimme. »Die sollten glauben, es geht nur um Verschwörungstheorien.«

»Das hat auf jeden Fall funktioniert«, antwortete Toni. »Dummerweise auch bei uns.«

»Aber Sie haben trotzdem alles angeschaut?«

Toni verneinte.

»Verdammt!« Er fuhr sich mit den Händen durch die Haare. »Dann tun Sie es jetzt. Bitte! Es ist wirklich wichtig.«

»In Ordnung.« Toni nickte. »Das werde ich. Allerdings nicht sofort. Inzwischen ist der Stick bei der Staatsanwaltschaft, und bis ich den von dort wiederbekomme, dauert es seine Zeit.«

Das Neonlicht konnte täuschen, doch Toni hatte den Eindruck, dass dem jungen Mann schlagartig jegliche Farbe aus dem Gesicht wich.

»Sie haben den Stick nicht mehr?« Er machte einen Schritt rückwärts, schaute sie aus weit aufgerissenen Augen an. »Die Daten sind weg?«

»Nein«, sagte Toni. »Die Daten sind nicht weg. Sie sind lediglich bei der Staatsanwaltschaft.«

»Das hätten Sie nicht tun dürfen«, flüsterte Gandalf. »Das ...«

In einigen Metern Entfernung öffnete sich eine der Türen, die in die Treppenhäuser führten. Gandalf duckte sich und zog sich sofort seine Kapuze über den Kopf. Wie zuvor lag jetzt ein Schatten über seinem Gesicht.

»Der Stick«, flüsterte er. »Holen Sie ihn zurück!« Dann rannte er los.

Verdammt! Nicht schon wieder! Ein paar Schritte lief Toni hinter ihm her, gab jedoch bald auf. Er war ohnehin zu schnell, und auf zwei Etagen voller Autos konnte er wunderbar Hase und Igel mit ihr spielen, bis er entweder ins Freie oder in eines der Treppenhäuser entwischte.

»Guten Abend, Frau Stieglitz.«

Der Mann, der Gandalf in die Flucht geschlagen hatte,

ging an ihr vorbei. Er war blond, etwa Ende zwanzig und wohnte einen Eingang weiter. Oder doch im übernächsten? Keine Ahnung, aber sie konnte schließlich auch nicht alles wissen. Der Gedanke, der ihr im selben Moment durch den Kopf schoss, ließ sie wie angewurzelt stehen bleiben: Wie konnte es sein, dass Gandalf hier auf sie gewartet hatte? Woher wusste er, wo sie wohnte?

Einundfünfzig

Die Morgensonne zog ihren Schatten überproportional in die Länge, als Toni von der U-Bahn Richtung Präsidium hastete. Sie hatte gestern nach ihrer Begegnung mit Gandalf noch bei Raff angerufen und mit ihm zusammen fast zwei Stunden lang alle möglichen Theorien gewälzt, doch sie waren zu keinem schlüssigen Ergebnis gelangt. Als sie kurz vor Mitternacht schließlich ins Bett gefallen war, hatte ihr Kopf aber längst noch nicht daran gedacht, zur Ruhe zu kommen, sondern das Gedankenkarussell auf höchster Stufe weiterlaufen lassen, sodass Toni erst weit nach drei Uhr in einen unruhigen Schlaf gefallen war und heute Morgen prompt den Wecker überhört hatte.

Sie hatte den Präsidiumseingang in der Löwengrube fast erreicht, als hinter ihr eine Stimme ihren Namen rief. Toni blieb stehen und drehte sich um. Ein Mann hob seinen Arm und verfiel sogleich in Laufschritt. Es war Roman Salicki.

»Guten Morgen, Frau Stieglitz. Kann ich gleich mitkommen?«

Er konnte.

»Sie sehen müde aus«, sagte er, als sie nebeneinander

im Aufzug standen. »Die Ermittlungen halten Sie wohl vom Schlafen ab.«

»Könnte man so sagen«, antwortete Toni und fragte sich, ob er Regina Lerchl gegenüber genauso charmant gewesen war. »Einen wirklich erholten Eindruck machen Sie allerdings auch nicht gerade.«

»Tja, bei mir ist es mein Chef, der mich vom Schlafen abhält. Er hatte gestern noch lange zu tun, und ich somit auch.«

»Und warum sind Sie dann um kurz nach halb acht schon hier? Müssen Sie gleich weiter in die Arbeit?«

Wie in Fahrstühlen allgemein üblich, schauten beide während ihrer Unterhaltung auf die Stockwerkanzeige oder den Türspalt. Nun streifte Salicki sie jedoch ganz kurz mit seinem Blick.

»Nein, ich habe frei bis heute Mittag. Um ehrlich zu sein, haben mich die Anrufe Ihres Kollegen nicht schlafen lassen.« Er lächelte gequält. »Deshalb wollte ich das hier so schnell wie möglich hinter mich bringen.«

Vor den Räumen der Mordkommission angekommen, bat sie Salicki, noch einen Moment auf dem Gang zu warten.

»Sie kennen das ja schon«, sagte Toni, verschwand im Besprechungsraum und kam kurz darauf in Contuttos Begleitung wieder heraus. Zu dritt gingen sie in den Vernehmungsraum, wo Toni und ihr Kollege gegenüber von Roman Salicki Platz nahmen.

»Ich will nicht lange um den heißen Brei herumreden, Herr Salicki«, begann Contutto. »Ein Zeuge hat sich bei uns gemeldet, der Sie zusammen mit Herrn Krumbad vor dem

Wirtshaus im Schlachthof gesehen hat, und zwar wenige Stunden bevor Herr Krumbad getötet wurde. Wie Sie sich denken können, würde uns nun brennend interessieren, warum Sie das für sich behalten haben.«

Im Gegensatz zu ihrer Begegnung vor dem Präsidium, als Regina Lerchls Lebensgefährte zwar ein wenig erschöpft ausgesehen, aber immer noch souveräne Lässigkeit ausgestrahlt hatte, stand ihm die Anspannung nun deutlich ins Gesicht geschrieben.

»Ich«, er räusperte sich, »ich weiß es selbst nicht so genau. Als Regina mich angerufen und von der Sache erzählt hat, dachte ich sofort an unsere Begegnung im Schlachthof und dass ich das bei Ihnen melden sollte. Dann aber ...« Er fuhr sich mit der Hand über das Kinn, schwieg einen Augenblick, sah Contutto an. »Dann kam ich ins Grübeln. Was, wenn ich damit zum Verdächtigen werde? Wenn es stimmt, was in der Zeitung steht, wurde der Mann ja nur kurze Zeit danach umgebracht. Ich habe hin und her überlegt, und je mehr Zeit verstrich, desto überzeugter war ich, dass ich mich umso verdächtiger mache, je später ich mich melde.« Er senkte seinen Blick. »Am Ende habe ich mich einfach darauf verlassen, dass sich schon jemand anders rühren wird, der Krumbad nach mir gesehen hat.«

»Auf die Idee, dass sich jemand rühren könnte, der Sie und das Opfer gemeinsam gesehen hat, sind Sie nicht gekommen?«, fragte Toni, woraufhin Salicki bloß mit den Schultern zuckte. »Was hat Sie an diesem Abend eigentlich in den Schlachthof geführt? Waren Sie dort mit Krumbad verabredet?«

»Nein«, antwortete er. »Wir haben uns rein zufällig getroffen. Genauer gesagt habe ich ihn entdeckt. Wir hatten beide Karten für die Kabarettvorstellung, und er saß einige Tische vor mir. In der Pause habe ich ihn angesprochen. Wegen Leonie. Sie hatte seit einigen Wochen solche Stimmungsschwankungen. Von himmelhoch jauchzend zu am Boden zerstört in fünf Sekunden. Ich habe das für typische Teenagerallüren gehalten, aber Regina glaubte das nicht. Sie befürchtete, LeLe könnte wieder zur Zielscheibe ihrer Mitschüler geworden sein, doch LeLe stritt das vehement ab, wollte aber auch nicht verraten, wer oder was sonst dahintersteckte.« Er verzog das Gesicht, als hätte er einen üblen Geschmack im Mund. »Seit gestern weiß ich, dass Krumbad daran schuld war, aber an besagtem Freitag hatte ich davon natürlich nicht die leiseste Ahnung und habe ihn um Unterstützung gebeten. Wegen seines guten Drahts zu Leonie.« Er lachte bitter. »Ausgerechnet ihn!«

Toni sah ihm an, dass er am liebsten ausgespuckt hätte.

»Und was hat er geantwortet?«, fragte Contutto.

Salicki schnaubte.

»Natürlich, dass er sich um Leonie kümmern werde, was sonst? Das war doch genau, was er gewollt hatte. Eine Art Freibrief, um sich allein mit ihr zu treffen und dann weiß Gott was mit ihr anzustellen.«

»Und nach Ihrer Unterredung?«, fragte Toni. »Wie ging es weiter?«

»Ich bin nach Hause gefahren«, antwortete Salicki. »Die Vorstellung war ziemlich mau, deshalb habe ich mir das Ende der Show gar nicht mehr angeschaut.«

»Und Krumbad?«

Salicki zog die Mundwinkel nach unten.

»Keine Ahnung. Wir haben uns draußen verabschiedet, ich habe mich umgedreht und bin gegangen. Das war alles.« Er schaute von einem zum anderen. »Muss ich meinem Chef jetzt sagen, dass er einen Ersatz für mich organisieren muss, oder kann ich gehen?«

Zweiundfünfzig

Toni stand mit einer Tasse Kaffee am Fenster und schaute Salicki hinterher, wie er durch die Ettstraße ging, bei Sankt Michael um die Ecke bog und hinter den Kirchenmauern aus ihrem Blickfeld verschwand. In Gedanken rekapitulierte sie noch einmal seine Aussage. Natürlich konnte es so gewesen sein, wie Salicki gesagt hatte, und er war Krumbad zufällig im Schlachthof begegnet, hatte die Gelegenheit beim Schopf gepackt und ihn wegen Leonie um Rat gebeten, doch für Tonis Geschmack waren das zu viele Zufälle auf einmal.

Viel wahrscheinlicher war ihrer Meinung nach, dass Salicki das Verhältnis zwischen Leonie und ihrem Lehrer nicht geheuer gewesen war oder er sogar konkrete Hinweise darauf gehabt hatte, dass Krumbad hinter Leonie her war, weshalb er ihn zur Rede hatte stellen wollen. Dazu würde auch viel besser passen, dass sie zusammen nach draußen und hinter das Gebäude gegangen waren, statt sich im Wirtshaus ein halbwegs ruhiges Eck zu suchen.

Andererseits – wie und vor allem warum hätte Salicki ein augenscheinlich zufälliges Treffen mit Krumbad arrangieren sollen? Woher hatte er gewusst, dass Krumbad an diesem Abend das Konzert besuchen würde? Warum überhaupt so kompliziert? Warum hatte Salicki den Lehrer nicht in der Nähe der Schule abgepasst oder ihn gleich in einen Hinterhalt gelockt, wo sie beide allein waren und es keine Zeugen für das gab, was auch immer Salicki vorgehabt haben mochte? Warum dieser Umweg über das Konzert? Nein, irgendetwas passte hier ganz und gar nicht zusammen.

Doch nicht nur Salicki ging Toni den ganzen Tag nicht aus dem Kopf; sie musste auch immer wieder daran denken, wie erschrocken Gandalf gewesen war, als er erfahren hatte, dass der Stick nicht mehr bei ihnen, sondern auf dem Weg zur Staatsanwaltschaft war. Als hätte sie die Daten genau demjenigen in die Hände gespielt, der sie auf keinen Fall bekommen durfte. Was natürlich Blödsinn war, schließlich war die Staatsanwaltschaft genauso daran interessiert, den Täter zur Verantwortung zu ziehen, wie die Polizei. Sie musste sich den Stick zurückholen, um ihn bezüglich Schirmer zu durchsuchen. Beziehungsweise durchsuchen zu lassen. Da waren die Fachleute der IT-Forensik gefragt, die brachten auch verborgene Dateien zum Vorschein, die sie selbst niemals finden würde.

Sie öffnete ein Programm, in dem die Wege sämtlicher Asservate protokolliert wurden und anhand dessen man genau nachverfolgen konnte, wer wann was an wen übergeben und wer etwas in Empfang genommen hatte. Bei den meisten Kollegen hielt sich die Begeisterung über dieses Verfahren allerdings in Grenzen, weil es einen nicht unerheblichen Arbeitsaufwand mit sich brachte und dem ohnehin schon immens gestiegenen Verwaltungsaufwand noch ein Sahnehäubchen hinzufügte.

Toni stutzte und griff zum Telefon.

»Hallo, Sören«, sagte sie. »Sag mal, wann hast du den Stick an die Staatsanwaltschaft geschickt?«

»Gestern. Wieso?«

»Hast du ihn auch entsprechend erfasst?«

»Natürlich, sonst hätte der Kurierfahrer das Ding doch gar nicht mitgenommen.«

»Und warum taucht er dann im Programm nicht auf?«

Diese Frage konnte weder Sören, der keine zehn Sekunden später neben Toni stand und die Liste hinauf- und hinunterscrollte, noch der Rest des Teams beantworten. Den Eintrag selbst gab es noch, nur war aus dem USB-Stick ein nicht näher bezeichnetes Schriftstück geworden.

»Und du hast ganz bestimmt den Begriff *USB-Stick* verwendet?«, fragte Beate.

»Ja, verflixt. Ich bin doch nicht blöd«, murrte Sören.

»Das hat mit Blödheit nichts zu tun«, versuchte ihn Hans zu beschwichtigen. »Manchmal ist man abgelenkt, nicht ganz bei der Sache, und schon passieren die kuriosesten Fehler.«

»Ich war aber weder abgelenkt, noch ist mir ein Fehler passiert.« Die Verärgerung war Sören jetzt deutlich anzuhören und auch anzusehen. »Ich habe alles korrekt ausgefüllt. Das da stammt nicht von mir.«

»Du willst also sagen, jemand hat den Eintrag manipuliert?«, fragte Hans.

Stirnrunzelnd verschränkte Sören die Arme vor der Brust, zögerte. Das schien so ungeheuerlich, und doch …

»Ja«, antwortete er schließlich und blickte in die Runde. »Oder habt ihr eine bessere Erklärung?«

Die hatte niemand, auch Raff nicht, als Toni ihm davon erzählte, während er auf die A 95 Richtung Starnberg auffuhr.

»Sören hat natürlich bei der Staatsanwaltschaft nachgefragt, aber dort ist der Stick angeblich nie angekommen. Übrigens auch kein Schriftstück.«

»Aber irgendjemand muss die Asservate doch in Empfang genommen haben«, sagte Raff.

»Zusammen mit einem Berg anderer Gegenstände von anderen Kommissariaten zusätzlich zu den Asservaten der übrigen Präsidien«, entgegnete Toni. »Da kann schon mal was untergehen.« Ihre Stimme troff vor Sarkasmus.

»Sollten die Erfassung der Gegenstände und die lückenlose Dokumentation des Transportwegs nicht genau so etwas verhindern?«, fragte Raff und gab sich gleich selbst die Antwort: »Aber da sieht man mal wieder, dass man so gut wie jedes System aushebeln kann, wenn es jemand darauf anlegt. Zumindest vorübergehend. Auffliegen wird alles früher oder später, fragt sich nur, ob man den Täter finden wird.«

»Ich hoffe es für Sören«, sagte Toni. »Es macht ihm ziemlich zu schaffen, dass es so aussieht, als ginge das auf seine Kappe und als hätte er wissentlich oder versehentlich eine falsche Eintragung gemacht.«

»Aber das glaubst du nicht?«

»Wäre der Stick bei der Staatsanwaltschaft aufgetaucht, dann hätte ich an ein Versehen glauben können. Aber so? Nein. Niemals. Sören ist die ehrlichste Haut, die ich kenne. Der lässt nichts verschwinden.«

Sie sah Raff an, und er drehte den Kopf.

»Du kannst mich für bescheuert halten«, sagte sie, »aber langsam glaube ich, dass Gandalfs merkwürdiges Verhalten nicht ganz unbegründet ist.«

Raff erwiderte nichts. Mit ausdrucksloser Miene hielt er ihren Blick noch einen Moment fest und konzentrierte sich dann wieder auf die Straße. Sie schwiegen, bis Raff seinen Volvo an derselben Stelle zum Stehen brachte wie Toni gestern ihren Mercedes. Heute stand kein schwarzer Audi auf der Straße, dafür parkte einer innerhalb des Grundstücks vor der Garage. Es war allerdings nicht der des Sicherheitsdienstes. Die beiden Men in Black hatten einen A4 gefahren. Das hier war ein A8, Audis Luxuslimousinen-Schlachtschiff und garantiert Schirmers Wagen.

»Er scheint zu Hause zu sein«, sagte Raff auch prompt. »Wollen wir unser Glück noch einmal versuchen?«

»Aber gerne doch.«

Als hätte man ihre Worte im Haus gehört, öffnete sich die Eingangstür, und ein Mann trat heraus, den Toni sofort als Leonid Schirmer identifizierte. Seine Frau folgte ihm, heute allerdings nicht in Jeans und Gartenhandschuhen, sondern in einem eleganten Kostüm. Beide blieben vor der Tür stehen und wechselten noch ein paar Worte. Ihre Gesichter waren angespannt, und Frau Schirmer hielt die Arme um sich geschlungen.

Fast im selben Moment, als der Abgeordnete das Haus verlassen hatte, war der Fahrer des A8 ausgestiegen und öffnete nun die Tür zum Fond des Wagens. Wenn sie den Mann noch erwischen wollten, bevor er im Auto saß, mussten sie sich beeilen. Sie verfielen in Laufschritt.

»Herr Schirmer!«, rief Toni, und drei Köpfe wandten sich ihnen zu. Bei ihrem Anblick verdunkelte sich Frau Schirmers Gesichtsausdruck noch weiter, der ihres Mannes veränderte sich kaum, und der Chauffeur riss die Augen genauso erstaunt auf wie Toni.

»Das gibt es doch nicht!«, murmelte sie.

»Was gibt es nicht?«, murmelte Raff zurück, doch für Erklärungen war keine Zeit mehr, da sie inzwischen das schmiedeeiserne Tor erreicht hatten.

»Grüß Gott, Herr Schirmer. Mein Name ist Stieglitz, und das ist mein Kollege Herr Kellerer. Wir sind von der Kripo München. Hätten Sie einen Augenblick Zeit für uns?«

»Kripo München?«, fragte Schirmer, während er die zwei Stufen vor der Haustür hinunterging. »Sind Sie da nicht ein wenig außerhalb Ihres Zuständigkeitsbereiches?«

»Da wir Angehörige der Bayerischen Polizei sind und sich Starnberg meines Wissens nach nicht über Nacht von Bayern losgesagt hat, hat das schon seine Richtigkeit«, antwortete Toni und hatte Schirmer in diesem Moment bereits gefressen. Wieder einer, der von sich ablenken wollte, indem er erst einmal ihre Zuständigkeit anzweifelte. Dass er nachtreten und sich vermutlich direkt beim Ministerpräsidenten über sie beschweren würde, war so sicher wie das Amen in der Kirche.

»Wie auch immer«, antwortete Schirmer und ging zielstrebig auf den Wagen zu. »Wie Sie sehen, bin ich auf dem Sprung und habe leider keine Zeit. Am besten besprechen Sie alles direkt mit meinem Anwalt. Meine Frau wird Ihnen die Nummer geben.«

»Interessant, dass Sie der Meinung sind, Sie bräuchten einen Anwalt, obwohl Sie gar nicht wissen, weshalb wir hier sind«, sagte Toni. »Aber gut, dann werden wir eben Ihren Anwalt fragen, wann Sie, Herr Schirmer, zuletzt mit Matthias Krumbad Kontakt hatten.«

Schirmer, der sich anschickte, in den Fond zu steigen, fror für einen winzigen Augenblick mitten in der Bewegung ein, hatte sich aber sofort wieder im Griff und verschwand im Inneren des Audi, ohne sie auch nur noch eines einzigen Blickes zu würdigen. Der Fahrer schlug die Tür zu und ging um den Wagen herum. Toni winkte ihm zu.

»Gute Fahrt, Herr Salicki!«

Dreiundfünfzig

Der nächste Tag begann mit einer guten Nachricht.

»Der Mantrailer ist startklar«, verkündete Beate. »In einer Stunde können Frau und Hund am Wirtshaus im Schlachthof sein. Wenn nichts dagegenspricht, übernehme ich das.« Eigentlich hatten sie schon am Montag bei den Kollegen der Hundestaffel den Personensuchhund angefordert, um Krumbads Weg ab seinem letzten bekannten Aufenthaltsort auf dem Schlachthofgelände nachverfolgen zu lassen, doch der momentan einzige dazu ausgebildete Hund der Münchner Polizei war durch die Suche nach einer vermissten Seniorin gebunden gewesen, die von einem Waldspaziergang nicht nach Hause gekommen war. In der vergangenen Nacht war die alte Dame schließlich unterkühlt und völlig verwirrt viele Kilometer von München entfernt aufgegriffen worden, sodass ihnen der Mantrailer nun nach einer ausgiebigen Ruhepause zur Verfügung stand.

Toni hätte einiges darum gegeben, an Beates Stelle sein zu können. Zum einen fand sie es absolut faszinierend, wie diese Hunde es fertigbrachten, nur anhand von Hautschuppen und verschiedensten Duftpartikeln auch noch nach Tagen die individuelle Geruchsspur eines Menschen zielsicher nachzuverfolgen. Zum anderen rechnete sie jeden Moment damit, dass wegen ihres gestrigen Besuchs bei Leonid Schirmer eine kleine Ausgabe des Jüngsten Gerichts über sie hereinbrechen würde. Am besten wartete sie gar nicht so lange, sondern ging von sich aus zum Angriff über und beichtete ihre Sünden, bevor irgendjemand sie darauf ansprechen konnte.

Erstaunlicherweise blieb ihr Chef vollkommen ruhig, nahm am Schluss nur seine Brille ab und drückte mit Daumen und Zeigefinger gegen seine Nasenwurzel.

»Ich weiß bereits davon«, sagte er. »Brodt hat mich gleich heute Morgen zu sich zitiert, weil dieser Schirmer sich noch gestern an unseren Herrn Landespolizeipräsidenten gewandt und sich darüber beklagt hat, dass zwei Münchner Polizisten ihn unangekündigt aufgesucht und in aller Öffentlichkeit befragt haben. Von dort ging die Beschwerde in rasendem Tempo die Leiter nach unten und hat bei unserem Präsidenten nicht gerade für Erheiterung gesorgt.« Er schaute Toni an. »Hast du noch immer nicht genug von deinen Alleingängen? Hast du aus all dem, was passiert ist, nichts gelernt? Ist dir immer noch völlig egal, wen du in deine heimlichen Aktionen mit hineinziehst und dadurch in Schwierigkeiten oder Schlimmeres bringst?«

Das saß.

»Das war unfair«, sagte Toni und schluckte. Ihr war vollkommen klar, worauf Hans anspielte, und damit hatte er sie mit voller Wucht an ihrer empfindlichsten Stelle getroffen. »Unfair und unnötig. Du weißt genau, dass ich mir das mit

Tom vermutlich bis an mein Lebensende vorwerfen werde, dazu brauche ich weder dich noch irgendjemand anders. Außerdem habe ich Raff in nichts hineingezogen. Die Sache mit Schirmer war seine Idee genauso wie meine. Aber jetzt weiß ich wenigstens, was du wirklich über mich denkst.«

Mit diesen Worten drehte sie sich um und verließ den Raum. Hans schien selbst gemerkt zu haben, dass er zu weit gegangen war, und rief ihr hinterher, doch sie wollte nichts mehr hören.

Gegen elf Uhr kehrte Beate zurück und erstattete Bericht: »Die Hündin ist, ohne zu zögern, am Wirtshaus vorbei auf das Viehhofgelände gelaufen, dorthin, wo derzeit die Bagger die alten Gebäude abreißen. Erst machte sie ein paar Schritte in eines der noch intakten Häuser hinein, drehte aber sofort wieder um und steuerte auf direktem Weg die Fischhandlung Moby Dick auf dem Schlachthofgelände an, wo sie dann jedoch nicht mehr weiterwusste. Die Hundeführerin meint, dass die Spur hier abgerissen sein muss. Das passiert zum Beispiel, wenn die gesuchte Person in ein Fahrzeug steigt.«

»Dann sind wir also genauso weit wie heute Morgen«, sagte Toni. »Krumbad ist wieder einmal im wahrsten Sinne des Wortes spurlos verschwunden.«

Vierundfünfzig

Barfuß und im Nachthemd stand Regina im Flur und schaute irritiert auf den Schlüssel und den Briefumschlag, den Roman ihr in die Hand gedrückt hatte. Aus dem Treppenhaus strich kühle Luft über ihre nackten Beine.

»Was ist das für ein Schlüssel?« Sie schaute ihn aus großen Augen an. »Gehört der zu meiner Wohnung?«

Er nickte.

»Aber warum gibst du ihn mir wieder? Und warum mitten in der Nacht? Was ist los?«

»Das kann ich dir jetzt nicht erklären. Das steht alles in dem Brief.« Er machte einen Schritt rückwärts. »Leb wohl, Regina.«

»Was? Nein. Das kannst du nicht machen!« Sie streckte den Arm nach ihm aus. »Warte! Du kannst jetzt nicht einfach so gehen. Was ist los? Habe ich etwas falsch gemacht? Bitte erkläre es mir!«

»Ich kann nicht. Ich muss gehen. Ich sollte gar nicht hier sein.«

»Was? Was redest du da? Warum solltest du nicht hier

sein? Roman! Was soll das? Machst du Schluss? Verlässt du mich? Hast du eine andere?«

Er schaute sie an, wirkte so unendlich müde. Nein, mehr als müde. Vollkommen erschöpft. Als hätte er etwas erlebt, das ihm alle Kraft geraubt hatte. Trotzdem stahl sich bei ihren Worten ein Lächeln auf sein Gesicht. Ein Lächeln, das wehtat. Ihr und ihm.

»Ich wünschte, es wäre so und ich hätte einfach nur eine andere«, sagte er, und das Lächeln erlosch. »Es tut mir unendlich leid, Regina. Ich wollte das nicht. Ich habe nicht gewusst, dass es so kommen würde, das musst du mir glauben. Ich habe nicht gewusst, welchen Preis ihr zahlen müsst, du und Leonie.« Er legte seine Hand an ihre Wange. »Lies den Brief, Regina. Lies den Brief, und dann verbrenne ihn. Ich weiß, du wirst mich hassen, aber ich hoffe auch, dass du mir trotzdem irgendwann verzeihen kannst.«

Das Licht im Treppenhaus war längst erloschen, doch Regina stand noch immer in der geöffneten Tür, spürte noch immer die Berührung von Romans Hand an ihrer Wange, hörte noch immer seine Stimme.

Du wirst mich hassen.

Fünfundfünfzig

Am nächsten Tag erwähnte Hans ihre Auseinandersetzung mit keinem Wort, und Toni wusste nicht, ob sie darüber erleichtert oder enttäuscht sein sollte. Ein Teil in ihr wollte einfach nicht glauben, dass er wirklich so über sie dachte, wollte deshalb unbedingt mit ihm reden, wollte die Wahrheit zur Not aus ihm herausschütteln; der andere Teil wiederum hatte Angst vor der Wahrheit, und so schwieg auch sie.

Ein Klopfen ließ Toni von den Unterlagen aufblicken. Contutto stand in der Tür.

»Hast du den Salicki noch einmal vorgeladen?«, fragte er. Sie schüttelte den Kopf. »Er steht unten an der Pforte.«

»Schon wieder? Das wird bei ihm ja langsam zur Gewohnheit.«

»Heute ist er allerdings nicht allein.«

»Hat er Regina Lerchl mitgebracht?«

»Nein, die nicht, sondern einen Anwalt.«

»Einen Anwalt?« Toni zog die Brauen hoch. »Jetzt bin ich neugierig.«

Sechsundfünfzig

Regina trug noch immer ihr Nachthemd, kauerte mit angezogenen Beinen auf dem Küchenstuhl. Alles an ihr war eiskalt, und sie fror, doch sie spürte es nicht. Um sie herum war eine Wand aus Nebel, die alles Äußere von ihr fernhielt. Sie konnte nicht einmal mit Sicherheit sagen, ob Leonie wirklich in die Küche gekommen war und mit ihr gesprochen hatte oder ob sie kurz eingenickt und das nur geträumt hatte.

Bedächtig stellte sie einen Fuß nach dem anderen auf den Boden und stemmte sich mühsam in die Höhe. Ihre Beine waren steif und ihre Schritte ungelenk, als sie in den Flur ging, um das Feuerzeug zu holen.

Siebenundfünfzig

»Können Sie das noch einmal wiederholen?«, bat Toni. Salicki schaute sie an.

»Ich war es«, sagte er mit spröder Stimme. »Ich habe Matthias Krumbad umgebracht.« Er sah erschöpft aus, war grau im Gesicht und hatte tiefe Schatten unter den rot geäderten Augen, als hätte er seit ihrer letzten Begegnung keine einzige Minute geschlafen.

»Ich habe ihn erschossen. Mit einer Pistole. Einer Walther TPH Kaliber .22. Sie haben mich inzwischen sicherlich durchgecheckt und wissen, dass auf mich keine Waffe registriert ist und dass ich eine verhängnisvolle Neigung zum Glücksspiel habe. Ich habe mich vor Jahren selbst bei den Spielbanken sperren lassen, dachte, ich bekomme mich so in den Griff, aber ich habe mich unterschätzt. Ich konnte nicht aufhören, bin in illegalen Spielrunden gelandet, habe dort Schulden gemacht, und irgendwann fingen die Drohungen an. Da habe ich mir die Walther besorgt. Ich habe sie aber nie benutzt und wollte es auch bei Krumbad nicht. Ich weiß selbst nicht, warum ich sie eingesteckt habe. Ich wollte ja nur mit ihm reden, ihm klarmachen, dass er die

Finger von Leonie lassen soll, doch er hat mich nur ausgelacht und gesagt, ich könne ihn gern anzeigen. Dann würde Leonies kleines nacktes Geheimnis aber nicht länger geheim bleiben. Da habe ich ihm die Waffe direkt ins Gesicht gehalten, doch er hat nur noch lauter gelacht, hat sich umgedreht und wollte gehen, und da habe ich abgedrückt.«

Seit Beginn der Vernehmung wartete Toni darauf, dass der Anwalt Salicki einbremsen und ihm dringend raten würde, zum Tathergang nichts zu sagen. Doch der Verteidiger saß nur stumm neben seinem Mandanten und hielt seinen Blick auf den Tisch gesenkt.

»Wir waren im Viehhof, in einem dieser Abbruchgebäude. Ich habe auf die Mauer neben seinem Kopf gezielt«, fuhr Salicki fort. »Ich habe gesehen, wie Putz und Ziegelstücke durch die Luft spritzten, und dann sackte Krumbad plötzlich zusammen. Als ich kapiert habe, dass er tot war, habe ich Angst bekommen und bin zu meinem Auto gerannt. Ich wollte abhauen, aber dann wurde mir klar, dass ich die Leiche dort nicht liegen lassen konnte. Ganz sicher würde sich jemand daran erinnern, dass wir das Wirtshaus gemeinsam verlassen hatten, und wenn man die Leiche dort fand, würde der Verdacht automatisch auf mich fallen. Ich habe ihn in den Kofferraum gepackt und bin losgefahren, wollte seine Leiche irgendwo in die Isar werfen, aber ...«, er zog einen Mundwinkel hoch und stieß ein kurzes, ungläubiges Lachen aus, die erste emotionale Regung, seit er auf seinem Stuhl Platz genommen hatte, »... ich bin nirgends nah genug an das Ufer herangekommen. Als es hell wurde, bin ich nach Hause gefahren und habe den Wagen in die Garage gestellt. Ich dachte, mir würde schon etwas einfallen, aber das tat es nicht, und je länger er dort im Kofferraum lag, desto größer wurde meine Panik, weil ich einfach nicht wusste, was ich tun sollte. Gleichzeitig wuchs aber auch meine Wut auf Krumbad. Wenn dieses Schwein seine Finger von Leonie gelassen hätte, wäre das alles nie passiert.«

Salickis Blick war die ganze Zeit über auf die Tischplatte gerichtet gewesen, doch nun sah er auf, schaute Toni direkt in die Augen.

»Er war schuld, verstehen Sie? Er ganz allein.«

Toni schwieg, hielt seinen Blick fest.

»Warum der Monopteros?«, fragte sie dann. »Warum dieses Wort auf seiner Brust?«

Auch Salicki schwieg einen Moment, bevor er antwortete.

»Rache«, sagte er. »Ich wollte Rache. Dieses Schwein hat mein Leben zerstört, und deshalb wollte ich das zerstören, was noch von ihm geblieben war: sein Andenken. Niemand sollte ihn bedauern und um ihn weinen. Alle Welt sollte sehen, dass er eine Drecksau gewesen ist, und nur so sollte er allen in Erinnerung bleiben.«

Achtundfünfzig

»Was war das gerade?« Toni stand neben Contutto im Gang und deutete mit dem Daumen Richtung Vernehmungsraum.

Ihr Kollege zuckte mit den Schultern. »Das war ein Geständnis. Zugegebenermaßen ein überraschendes, aber ein Geständnis, Täterwissen eingeschlossen und somit durchaus glaubhaft.«

So sahen es auch Hans, Beate und Sören.

»Vom Kaliber der Waffe drang nie etwas an die Öffentlichkeit«, sagte Sören. »Außer uns kann also nur der Täter wissen, dass es eine Zweiundzwanziger war.«

»Auch das mit dem Keller des Abbruchhauses stimmt«, ergänzte Beate. »Der Hund hat ja eindeutig angezeigt, dass Krumbads Spur in das Gebäude hineinführt, aber eben auch wieder hinaus und noch ein gutes Stück weiter. Das muss die Strecke bis zu Salickis Auto sein.«

Diesen Argumenten hatte Toni nichts entgegenzusetzen. »Ihr habt ja recht«, lenkte sie ein. »Aber ...«

»Aber was?«, hakte Contutto nach, doch Toni konnte nur mit den Schultern zucken. Ja, es war plausibel, was Salicki von sich gegeben hatte – zumindest inhaltlich. Aber der Rest passte für sie einfach nicht. Woher kam der plötzliche Sinneswandel? Warum gestand er aus heiterem Himmel? War es tatsächlich sein schlechtes Gewissen, das ihn dazu getrieben hatte, oder doch eher das Gefühl der Schlinge um seinen Hals, die sich immer enger zog? Hoffte er durch sein Geständnis auf einen besseren Verfahrensausgang?

Während Beate und Sören mit einem Team der Spurensicherung zu den Abbruchhäusern im ehemaligen Viehhof ausrückten, setzten Toni und Contutto die Vernehmung fort. In der Zwischenzeit schien der Verteidiger sich jedoch seiner Aufgabe bewusst geworden zu sein und teilte mit, dass sein Mandant keine weiteren Angaben zur Sache machen werde.

Toni fluchte innerlich, denn eins hatte Salicki bisher verschwiegen, nämlich woher er von Krumbads Neigung zu Teenagern wusste und vor allem davon, dass er sich bereits an Leonie herangemacht hatte. Aber auf diese Frage würden sie von ihm wohl so schnell keine Antwort bekommen.

Was sie problemlos bekamen, war der Haftbefehl für Salicki. Sowohl der Staatsanwalt als auch der Haftrichter zögerten keinen Moment, und so verließ Salicki, wenige Stunden nachdem er durch das Eingangstor des Präsidiums geschritten war, das Gebäude im Gefangenenwagen Richtung JVA Stadelheim.

Toni saß vor dem Computermonitor und sah sich im Internet den Livestream der Pressekonferenz an. Gerade gab seine Herrlichkeit Kriminaldirektor Brodt bekannt, dass ein deutscher Staatsangehöriger aus dem Landkreis Starnberg gestanden hatte, den Lehrer Matthias Krumbad getötet zu haben, als erst Schritte auf dem Gang erklangen und wenige Sekunden später Raff seinen Kopf zur Tür hereinstreckte.

»Dachte ich mir doch, dass du noch hier bist«, sagte er und machte mit dem Kinn eine Bewegung in Richtung des Bildschirms. »Schreibkram?«

»Nein.« Sie schloss den Browser. »Ich vertreibe mir nur die Zeit, bis Beate und Sören mit den Ergebnissen deiner Kollegen von der Spurensicherung vom Viehhof zurück sind.«

»Das könnte dauern. Die beiden sind im Medienzentrum und halten sich im Hintergrund bereit, falls die brandneuen Erkenntnisse noch in die Pressekonferenz einfließen sollen. Aber wenn du auch mit mir vorliebnimmst, dann habe ich hier etwas für dich.« Er hielt mehrere Tütchen hoch, in denen sich kleine Gegenstände befanden.

»Ist das aus dem Abbruchhaus?«

»Ja. Eine Hülse und zwei Projektile.«

»Dann stimmt es also, was Salicki gesagt hat? Er hat wirklich auf Krumbad geschossen?«

»Endgültig muss natürlich das Gutachten klären, ob das Projektil aus dem Kopf des Opfers zu diesen hier und den Hülsen passt, aber ja, es sieht ganz danach aus.« Er deutete auf den Stuhl vor Tonis Schreibtisch. »Darf ich?«

»Blöde Frage.«

Er hängte seine Jacke über die Lehne und setzte sich. »Sag mal«, Raff dämpfte seine Stimme und schaute sich noch einmal zur geöffneten Tür um, »was ist denn mit Beate los? Sie ist so anders als sonst. Irgendwie … unperfekt, wenn du verstehst, was ich meine.«

Toni verstand sehr gut, hatte jedoch auch keine Antwort parat. »Keine Ahnung«, antwortete sie. »Das geht schon seit einigen Monaten so. Aber frag mich nicht, was der Grund dafür ist. Ich bin ja auch so ziemlich der letzte Mensch auf diesem Planeten, der sie darauf ansprechen dürfte.«

»Knirscht es immer noch zwischen euch?«

»Laut und deutlich.«

»Das ist es aber nicht, weshalb du so unzufrieden in die Landschaft schaust, oder?«

Toni verneinte.

»Und was ist es dann? Eigentlich hatte ich erwartet, dich mit einem breiten Grinsen vorzufinden, weil der Täter schon auf dem Weg nach Stadelheim ist, aber du siehst nicht gerade glücklich aus.«

»Bin ich auch nicht.«

»Und weshalb?«

Ja, weshalb eigentlich? Toni blies die Backen auf und ließ die Luft geräuschvoll entweichen. »So genau kann ich das gar nicht sagen. Das ging irgendwie zu einfach.«

»Fühlst du dich um den Lohn deiner Arbeit betrogen, weil Salicki aus heiterem Himmel hereinspaziert ist und alles zugegeben hat, anstatt von euch überführt worden zu sein?«

»Quatsch, nein. Ich habe nur das Gefühl, dass da irgendetwas nicht passt.«

»Und was genau soll daran nicht passen? Bisher hat doch alles gestimmt, was er gesagt hat, oder nicht? Tatort, Tatzeit, Tatmittel. Sogar die Anzahl der abgegebenen Schüsse.« Raff deutete auf die Tütchen, die er auf den Tisch gelegt hatte.

»Dasselbe haben die anderen auch gesagt, und auf den ersten Blick ist dagegen ja auch nichts einzuwenden. Aber auf den zweiten Blick …« Toni runzelte die Stirn. »Als Salicki das erste Mal hier war, da war er ein Alphamännchen in Reinkultur. Einer, der sagt, wo's langgeht. Der kämpft, statt davonzulaufen. Er war zweimal hier im Präsidium, und dabei hat man ihm nicht im Mindesten angesehen, dass er auf einen Menschen geschossen hat, mit dessen Leiche im Kofferraum durch München gefahren ist, den Toten bei sich in der Garage geparkt, ihm eine Botschaft in die Brust geritzt und anschließend auf den Monopteros getragen hat. Und diesen Typen übermannt von heute auf morgen sein schlechtes Gewissen, sodass er sich freiwillig stellt und hier ein Geständnis abliefert, das klingt, als hätte er es vorher auswendig gelernt? Von dem stummen Anwalt ganz abgesehen. Nein.« Sie schüttelte den Kopf. »Das passt für mich einfach nicht.«

Raff sah sie nachdenklich an. »Und warum nicht? Nur weil er ein Anführertyp ist? Das heißt ja noch lange nicht, dass er kein Gewissen hat. Außerdem: Was wäre die Alternative? Dass er eine Tat gestanden hat, die er gar nicht begangen hat? Aber woher hatte er dann die ganzen Informationen, und warum sollte er das überhaupt tun? Jemanden zu töten ist ja nicht unbedingt ein Kavaliersdelikt. Das nimmt man nicht einfach so nebenbei auf sich, um einer anderen Person einen Gefallen zu tun.«

»Das ist es ja«, sagte Toni. »Für eine derartige Opferbereitschaft muss schon ein extremes Motiv vorliegen – aber auch dafür, jemanden mit einer Waffe zu bedrohen und in dessen Richtung zu feuern. Und da hakt es meiner Meinung nach eben auch.«

»Weshalb?«

»Weil Salicki das angeblich nur getan hat, um Leonie zu schützen. Ein Mädchen, das er erst seit wenigen Monaten kennt. Für wie viele Menschen würdest du privat deine Pistole ziehen und eine andere Person damit bedrohen und auch noch abdrücken? Mir fallen nur sehr, sehr wenige ein, und mit allen verbindet mich um einiges mehr, als dass sie die Kinder meines Partners sind. Und selbst da wäre ich mir nicht sicher, dass ich wirklich so weit gehen würde.«

Tonis Handy piepte. Sie warf automatisch einen kurzen Blick darauf, öffnete die Nachricht jedoch nicht.

»Schau ruhig nach«, sagte Raff, doch Toni schüttelte den Kopf.

»Unbekannte Rufnummer. Das kann warten.«

Raff stützte sich auf seine Unterarme und sah sie mit hochgezogenen Brauen an. »Hat der Doc sich schon gemeldet?«, fragte er leise.

Toni schüttelte den Kopf. »Kein Bild, kein Ton. Ich kann seine Zahnbürste nun wohl entsorgen.« Sie verzog den Mund zu einem müden Lächeln. »Wenigstens muss ich mir ab sofort keine französischen Chansons mehr anhören.« Wobei sie genau das gestern getan und eine von Toms Lieblings-CDs eingelegt hatte. Angerufen hatte er trotzdem nicht.

Ihr Handy piepte erneut. Mit einer kurzen Entschuldigung griff sie nun doch nach ihrem Telefon, dankbar für die Ablenkung. Sie las die Nachrichten einmal, zweimal, ein drittes Mal. Dann reichte sie ihr Handy kommentarlos an Raff. Der nahm es mit einem fragenden Blick entgegen, schaute auf das Display.

Es ist noch nicht vorbei.

Wir müssen reden. G.

»G.?« Raff gab Toni das Handy zurück.

»G wie Gandalf.«

»Meinst du wirklich?«

»Ganz bestimmt.«

»Der Typ hat deine Handynummer?«

»Sieht ganz danach aus.«

»Du hast deine Privatnummer herausgegeben?«

»Ganz sicher nicht«, antwortete Toni und warf ihrem Kollegen einen strafenden Blick zu. »Ich bin doch nicht bescheuert.«

»Und woher hat er sie dann?«

»Keine Ahnung.«

»Und was meint er damit, dass es noch nicht vorbei ist und er mit dir reden muss?«

»Ebenfalls keine Ahnung.«

»Und jetzt?«

»Jetzt«, sagte Toni und fing an zu tippen, »tue ich das, was er von mir will: Ich rede mit ihm. Und dabei werde ich ihn ausquetschen wie eine Zitrone. Bis zum letzten Tropfen.«

»Wie willst du das anstellen? Telepathisch?«

Sie antwortete nicht, sondern fixierte ihr Telefon, bis es wieder einen Signalton von sich gab. Mit einem grimmigen Lächeln sah sie auf. »Nein, persönlich.« Sie stand auf und griff nach ihrer Jacke. »Na, was ist? Kommst du mit?«

Neunundfünfzig

Kurz blieb Tonis Blick an dem Pulk asiatischer Touristen hängen, die ihre Selfie-Sticks in die Höhe reckten und sich mit Schloss Nymphenburg im Rücken fotografierten. Wahrscheinlich ging es von hier schnurstracks nach Neuschwanstein und Linderhof, nach Salzburg, Wien und Prag, und alles in maximal drei Tagen.

Raff hatte sich nicht lange bitten lassen, und nun saß er auf der benachbarten Bank und tat, als beschäftigte er sich mit seinem Handy, während Toni sich wieder auf die beiden Durchgänge konzentrierte. Durch einen der beiden sollte Gandalf demnächst den Park betreten und sich dann zu ihr setzen. Zweite Bank auf der rechten Seite, so hatte sie es vorgeschlagen, und er hatte zugestimmt.

In diesem Moment schlurfte ein junger Mann durch den linken Durchgang. Er war ganz in Schwarz gekleidet, hatte die Hände in den Hosentaschen versenkt und seine Basecap tief in die Stirn gezogen. Es gab nur zwei Möglichkeiten: Entweder war das Gandalf, oder im hinteren Teil des Parks traf sich die Antifa zum Picknick.

»Heute keine Jogging-Runde?«, fragte sie, als er neben

ihr Platz nahm. Aus den Augenwinkeln sah sie, wie Raff aufstand und sich in Bewegung setzte.

»Ich hätte nicht gedacht, dass Sie antworten«, sagte er.

»Berufskrankheit«, erwiderte Toni. »Ich bin chronisch neugierig, deshalb interessiert es mich brennend, warum Sie der Meinung sind, dass es noch nicht vorbei ist.«

Raff ging an ihnen vorüber, augenscheinlich auf den Bildschirm seines Handys konzentriert. Gandalf betrachtete ihn stirnrunzelnd, schien ihn aber als ungefährlich einzustufen und wandte sich wieder Toni zu, was ein Fehler gewesen wäre, hätte Raff Böses im Schilde geführt, denn noch bevor der junge Mann begriff, wie ihm geschah, saß Tonis Kollege bereits neben ihm und hatte die Hand auf seine Schulter gelegt. Gandalf schrak zusammen und wollte aufspringen, doch Raffs eiserner Griff nagelte ihn an Ort und Stelle fest.

»Darf ich vorstellen«, sagte Toni mit einem Lächeln. »Das ist mein Kollege Herr Kellerer. Wie Sie spüren, sorgt er dafür, dass Sie nicht wieder auf und davon laufen und uns erneut ratlos zurücklassen. Das scheint zwar Ihre Spezialität zu sein, aber darauf stehen wir bei der Polizei nicht so besonders. Fangen wir zum Warmwerden mit einer ganz einfachen Frage an: Wie ist Ihr richtiger Name? Und sagen Sie nicht J. R. R. Tolkien. Auch mein Sinn für Humor stößt irgendwann an seine Grenzen.«

Der junge Mann schluckte. Jegliche Farbe war aus seinem Gesicht gewichen, und Toni konnte ihm ansehen, dass er sich wünschte, sich nie auf diese Bank gesetzt zu haben.

»Greiner«, sagte er. »Tobias Greiner. So heiße ich wirklich.« Er drehte den Kopf in Raffs Richtung. »Und es wäre echt toll, wenn Sie damit aufhören würden, meine Schulter zu zerquetschen. Ich laufe auch garantiert nicht davon. Ehrenwort.«

Raff zog die Brauen zusammen, brummte etwas Unverständliches und ließ los, legte seine Hand aber so auf die Lehne, dass er jederzeit wieder zupacken konnte.

Tobias Greiner schien zu verstehen und nickte Raff zu.

»Gut«, sagte Toni. »Die Vorstellungsrunde hätten wir somit hinter uns, dann können wir ja ans Eingemachte gehen. Also: Warum haben Sie mir die Nachricht geschickt, und was soll sie bedeuten?«

»Das, was ich geschrieben habe: Es ist noch nicht vorbei. Sie müssen mit den Ermittlungen weitermachen.«

»Wie kommen Sie auf diese Idee?«

»Wegen der Pressekonferenz von vorhin. Auf der Ihre Kollegen verkündet haben, dass sie den Täter gefasst haben. Ich habe den Stream verfolgt.«

»Ja und?«

Tobias Greiner schaute kurz zu Toni, wich ihrem Blick aber sofort wieder aus und scharrte mit den Füßen.

»Weil …«, fing er an, zögerte und setzte erneut an. »Weil das eine viel größere Sache ist. Viel größer, als Sie sich vorstellen können.«

In Tonis Kopf leuchtete grell das Wort *Verschwörung* auf. Also doch. Gleich würde er irgendeine hanebüchene Story zum Besten geben, und sie würde einsehen müssen, dass sie doch nur ihre Zeit verschwendet hatten. Dabei hatte sie insgeheim gehofft, Greiner könnte etwas dazu beitragen, ihrem Gefühl, dass etwas an Salickis Geständnis nicht passte, Substanz zu verleihen.

Wieder sah er sie an. Sein Blick flackerte. Angst, dachte Toni. Er hat Angst. Fragte sich nur, vor wem. Den Illuminaten?

»Wenn das eine so große Sache ist, wie Sie sagen«, griff Toni das Gespräch wieder auf, »dann wird die Erklärung bestimmt einige Zeit in Anspruch nehmen. Fangen wir deshalb mit einer einfacheren Frage an, die sich sicher schneller beantworten lässt: Wie sind Sie an meine Adresse und meine Handynummer gekommen? Von mir haben Sie weder das eine noch das andere, so viel steht fest.«

Tobias Greiner schluckte erneut, und Toni mutmaßte, dass er sich ein weiteres Mal dafür verfluchte, sich auf dieses Treffen eingelassen zu haben.

»Wenn es Sie beruhigt«, ergänzte sie, »ich habe nicht vor, Ihnen daraus einen Strick zu drehen, sofern Sie nicht in meine Wohnung eingebrochen sind.«

»Das bin ich nicht!«, sagte Tobias Greiner rasch und schaute Toni an. »So was mache ich nicht!«

Das glaubte sie ihm sogar. »Wo sind Sie dann eingebrochen? In irgendwelche Datenbanken?«

Der junge Mann wich ihrem Blick aus und presste die Lippen aufeinander. Raff räusperte sich und bewegte seine Finger. Es war nicht zu übersehen, dass Tobias Greiner am liebsten von ihm abgerückt wäre, aber das hätte ihn näher an Toni gebracht, was er vermutlich auch nicht wollte.

»Normalerweise mache ich so etwas nicht. Nicht mehr. Ich hab da meine Prinzipien«, murmelte er und schaute zu

Boden. »Aber das war ein Notfall. Ich musste unbedingt mit Ihnen sprechen. Wie hätte ich das denn sonst tun sollen, ohne dass es jemand mitkriegt?«

»Prinzipien?«, fragte Raff. »Und welche wären das? Die der Anti-Chemtrail-Bewegung?«

»Was?« Tobias Greiner sah Raff an und verzog das Gesicht. »Nein. An den Blödsinn glaube ich nicht.«

»Woran dann? An die hohle Erde mit ihren geheimen Eingängen unter den Polkappen oder Wetter- und Gedankenbeeinflussung durch Hochfrequenzwellen?«

»Respekt, Sie haben Ihre Hausaufgaben gemacht. Aber nein, auch das ist Bullshit.«

»Und warum haben Sie mir dann diesen Stick mit all dem Bullshit, wie Sie selbst sagen, vor die Füße geworfen?«, klinkte sich Toni ein.

»Das habe ich Ihnen doch schon gesagt: Weil die mich für einen Spinner halten sollten, falls denen der Stick in die Hände fällt.«

»Richtig, das sagten Sie bereits. Aber ist Ihnen dabei nie der Gedanke gekommen, dass auch wir Sie für einen Spinner halten könnten und es darüber hinaus Ihre Glaubwürdigkeit nicht unbedingt erhöht, wenn Sie sich unter dem Namen einer Fantasyfigur an die Polizei wenden und dann auch noch Verschwörungstheorien als angebliche Beweismittel präsentieren?«

»Sie haben ja recht.« Tobias Greiner hob die Schultern und ließ sie wieder fallen. »Mittlerweile finde ich die Idee auch nicht mehr so prickelnd. Aber je tiefer ich in die Sache eingestiegen bin, desto mehr Schiss habe ich bekommen, und seit der Hobbit tot ist, ist mir endgültig klar, dass die vor nichts zurückschrecken.«

»Der Hobbit. Tot. Aha.« Raff lehnte sich etwas nach vorn und schaute Tobias Greiner mit leicht schief gelegtem Kopf an. »Und wer hat's getan? Saruman?« Er schnaubte und stand auf. »Komm, Toni. Wir verschwenden unsere Zeit.«

Er wandte sich zum Gehen, doch Toni rührte sich nicht. »Wer ist der Hobbit?«, fragte sie stattdessen. »Matthias Krumbad?«

Ein Lächeln blitzte auf Tobias Greiners Gesicht auf. »Ja, genau! Ich weiß, das klingt albern, aber damals hielten wir es für eine gute Idee, uns hinter Namen zu verstecken, die auch von Millionen anderen Usern benutzt werden.«

»Verraten Sie mir auch, vor wem Sie sich versteckt haben?«

Ein Paar mittleren Alters ließ sich auf der Bank nieder, auf der Raff zuvor gesessen hatte. Die Frau blickte kurz zu ihnen herüber, woraufhin Tobias Greiner sich sofort versteifte.

»Können wir bitte gehen?«, fragte er.

»Wegen der beiden?« Toni deutete kaum merklich mit dem Kopf in die Richtung des Paares. Er nickte.

»Okay.«

Raff verdrehte die Augen, folgte ihnen aber doch.

»Und jetzt Klartext«, sagte Toni, als sie außer Hörweite waren. »Wer sind *die*?«

Obwohl sie allein waren, schaute Tobias Greiner sich um, bevor er antwortete. Raff brummte wieder in sich hinein, und Toni merkte, wie ihr das Verhalten des jungen Mannes allmählich ebenfalls auf die Nerven zu gehen begann. Dann jedoch erinnerte sie sich an sich selbst, wie misstrauisch sie nach ihrer Flucht vor Mike gewesen war. Wie jedes unerwartete, nicht sofort identifizierbare Geräusch sie an den Rand der Panik gebracht hatte. Dass sie in manchen Situationen auch heute noch über die Schulter schaute und nach wie vor den Drang hatte, vor jeder Fahrt die Reifen ihres Mercedes zu kontrollieren. Auch wenn Tom nie ein Wort darüber verloren hatte, so hatte sie manchmal seinen Blick auf sich gespürt, und vielleicht hatte er in diesen Momenten genauso über sie gedacht, wie sie gerade über Tobias Greiner, nämlich dass ihr Verhalten und ihre Ängste völlig übertrieben waren und sie die Grenze zum krankhaften Verfolgungswahn bereits überschritten hatte.

»Politiker und Industrielle«, antwortete er und unterbrach damit Tonis Gedanken.

Raff schnaubte, sagte aber nichts, weil sein Handy klingelte. Er entfernte sich ein paar Schritte und nahm das Gespräch an.

»Tut mir leid.« Toni schüttelte den Kopf. »Sie müssen schon konkreter werden, wenn wir Sie nicht für einen Spinner halten, sondern Ihnen glauben sollen.«

»Aber ich habe Ihnen den Namen doch schon gegeben: Leonid Schirmer. Der Politiker.«

»Ja, das haben Sie. Nur dummerweise nicht, was er mit der Sache zu tun haben soll. Und wer ist der andere Part aus der Wirtschaft?«

Raff war wieder zu ihnen getreten und wandte sich an

Toni. »Entschuldige, aber ich muss zurück ins Präsidium. Soll ich dich mitnehmen?«

»Nein danke«, antwortete Toni. »Herr Greiner und ich haben noch einiges zu besprechen, und ich denke, es wäre ihm lieber, wenn wir das hier tun würden, nicht wahr?«

Tobias Greiner nickte, und Raff warf ihm einen finsteren Blick zu. »Kommen Sie bloß auf keine krummen Gedanken, was meine Kollegin angeht. Sonst unterhalten wir beide uns auch einmal ganz alleine.« Er deutete mit Zeige- und Mittelfinger auf seine Augen und dann mit dem Zeigefinger auf Tobias Greiner. *Ich sehe dich.* Dann drehte er sich um und ging.

»Das meint Ihr Kollege aber nicht ernst, oder?«

»Na ja«, antwortete Toni. »Sein Beschützerinstinkt ist schon sehr ausgeprägt. Aber zurück zu Schirmer. Was ist mit ihm?«

»Er und Matthias standen in Kontakt«, antwortete Tobias Greiner.

»Wie das?«

Sie hatten inzwischen eine Brücke über einen der Kanäle erreicht, die den Schlosspark durchzogen. Tobias Greiner blieb stehen und lehnte sich gegen das Geländer.

»Ich glaube, da muss ich ein wenig ausholen. Das mit Angela, der Schwester von Matthias, wissen Sie?«

»Ja«, antwortete Toni. »Sie wurde vergewaltigt, hat das offenbar nicht verkraftet und beging Suizid.«

Tobias Greiner nickte. »Aber das ist noch nicht alles. Matthias war felsenfest davon überzeugt, dass der Kerl ihr K.-o.-Tropfen verabreicht hat, bevor er sie vergewaltigt hat.«

»K.-o.-Tropfen?« Toni runzelte die Stirn, dachte an den Behälter in Krumbads Keller. »Wie kam er darauf?«

»Seine Schwester muss so etwas zu ihm gesagt haben. Dass sie einen kompletten Filmriss hatte. Sie wusste nur noch, dass ihr in der Disco schlecht wurde, und dann war Ende. Sie ist irgendwann in einer S-Bahn aufgewacht, komplett ohne Erinnerung, wie sie dort gelandet ist. Ihre Freundin, mit der sie in der Disco war, hat das mit der Übelkeit bestätigt. Sie hat Angela auch noch zur Toilette begleitet, und als sie später nach ihr schauen wollte, war sie nicht mehr da.«

»Und das ist der Freundin nicht komisch vorgekommen?«

»Doch, schon, aber als sie gehört hat, dass eine Bedienung Angela ein Taxi gerufen hat, war sie beruhigt, weil sie dachte, sie wäre auf dem Heimweg. War sie aber nicht. Matthias vermutete, dass der spätere Vergewaltiger das Taxi hat rufen lassen, sich dabei vielleicht sogar als ihr Freund ausgegeben hat und mit ihr irgendwohin gefahren ist. Eventuell zu sich nach Hause oder in ein Hotel. Als er mit ihr fertig war, hat er sie dann in eine S-Bahn verfrachtet und ist abgehauen.«

»Diese Freundin war nicht zufällig das Mädchen, auf das Krumbad so fixiert gewesen ist? Das er in der Disco mit sich zerren wollte?«

»Doch, genau. Aber es war nicht so, wie es in der Zeitung stand.«

»Sondern?«

»Er war auf sie fixiert, ja. Aber nicht, weil er hinter ihr

her war. Matthias hat nie verwunden, dass er seine Schwester nicht hatte beschützen können, und hat sich allein die Schuld an ihrem Tod gegeben.«

»Ist das nicht arg weit hergeholt?«, warf Toni ein. »Was hätte er denn seiner Meinung nach tun sollen? Seine Schwester vierundzwanzig Stunden am Tag überwachen und sie keine Sekunde aus den Augen lassen?«

»So etwas in der Art habe ich auch zu ihm gesagt«, antwortete Tobias Greiner, »aber was diese Sache anging, prallten sämtliche logischen Argumente an ihm ab. Er hatte seiner Schwester gegenüber ein extrem großes, fast schon übersteigertes Verantwortungsgefühl, und dann wollte sie ausgerechnet in diesen Club gehen, der damals wohl nicht den besten Ruf genoss. Matthias hatte das von Anfang an nicht gefallen, und er hat versucht, ihr den Besuch auszureden. Als sie stur blieb, wollte Matthias sie begleiten, was seiner Schwester natürlich überhaupt nicht in den Kram passte. Sie versprach ihm hoch und heilig, sich keine Sekunde von ihrer Freundin zu trennen und schon gar nicht zu neuen Bekanntschaften ins Auto zu steigen. Sie redete mit Engelszungen auf ihn ein, bis er schließlich nachgab. Matthias war an diesem Tag gesundheitlich nicht ganz auf der Höhe, sodass er insgeheim froh darüber war, zu Hause bleiben zu können und sich nicht die Nacht um die Ohren schlagen zu müssen. Und genau das machte er sich hinterher zum Vorwurf: Wenn er nicht an sich selbst gedacht und stattdessen seine Schwester begleitet hätte, wäre Angela niemals vergewaltigt worden und hätte sich auch niemals das Leben genommen. Seine Mutter hackte wohl in dieselbe Kerbe, was seine Schuldgefühle natürlich noch verstärkte. Um trotzdem irgendwie weiterleben zu können, wurde Angelas Freundin zu ihrer Stellvertreterin. Er wollte bei ihr richtig machen, was er bei seiner eigenen Schwester nicht geschafft hatte: sie zu beschützen. Das ist dann aber immer mehr aus dem Ruder gelaufen, bis er schließlich in der Disco ausgetickt ist.«

Toni schwieg. Das klang nachvollziehbar und passte zu dem Bild, das die Hausmeisterin von Krumbad gezeichnet hatte. Nicht dazu passten allerdings die Pornofotos auf seinem Laptop und sein Alter Ego Yannick.

»Ich verstehe aber immer noch nicht, was das mit Schirmer zu tun hat«, sagte sie. »Hatte Krumbad ihn im Verdacht, seine Schwester vergewaltigt zu haben?«

»Nein, ganz im Gegenteil. Er hatte sich Hilfe von ihm erhofft.«

»Wobei? Bei der Suche nach dem Täter?«

Tobias Greiner schüttelte den Kopf. »Bei seinem Kreuzzug gegen GBL. Nach dem Eklat um Angelas Freundin war er lange in Therapie, und danach hat er mit seinen Recherchen über K.-o.-Tropfen begonnen. Dabei ist er ziemlich bald auf GBL gestoßen und wollte sich nicht damit abfinden, dass dieses Zeug, das dieselbe Wirkung entfaltet wie GHB, also wie die eigentlichen K.-o.-Tropfen, immer noch frei verkäuflich ist, während GHB unter das Betäubungsmittelgesetz fällt. Und das alles nur aufgrund wirtschaftlicher Erwägungen.«

Toni nickte. »Davon habe ich gelesen«, sagte sie. »Wenn GBL unter das Betäubungsmittelgesetz gestellt werden würde, wären für die chemische Industrie die Beschaffung und der Umgang mit diesem Stoff um ein Vielfaches erschwert, wenn nicht gänzlich unmöglich. Dadurch würde den Firmen ein erheblicher finanzieller Schaden entstehen, weil GBL die Grundlage für eine große Anzahl von Produkten bildet.«

»So ist es«, bestätigte Tobias Greiner. »Das Bundesgesundheitsministerium verkauft es zwar als Erfolg, dass GBL inzwischen dem freiwilligen europäischen Monitoringsystem unterliegt, sprich, die Händler melden auf freiwilliger Basis den Verkauf dieses Zeugs, aber das ändert nichts daran, dass man es sich immer noch locker beschaffen kann, ohne sich strafbar zu machen. Haben Sie gewusst, dass das Ministerium es sogar abgelehnt hat, GBL zu vergällen?«

»Aber das wäre doch die einfachste Lösung«, sagte Toni. »Wenn man ein Mittel zusetzt, das GBL bitter schmecken lässt, wird es ungenießbar und könnte niemandem mehr unbemerkt verabreicht werden.«

»Natürlich wäre das die einfachste Lösung. Vor allem, weil man diesen zugesetzten Stoff auch wieder entziehen kann. Die Industrie behauptete allerdings, dass sie nur mit absolut reinem, unbehandeltem GBL arbeiten könne, und kaum hatten sie dieses Argument angeführt, war die Idee auch schon vom Tisch. Wenn Sie mich fragen, ist die Industrie nur aus einem einzigen Grund dagegen: Weil sowohl das Vergällen als auch das anschließende Reinigen Geld kostet und dadurch die Gewinne geschmälert werden.«

Profit vor Gesundheit. Wie so oft. Wäre auch in diesem

Fall durchaus im Bereich des Möglichen, dachte Toni. »Trotzdem haben wir immer noch nicht den Bogen zu Schirmer gespannt«, sagte sie.

»Der kommt jetzt«, antwortete Tobias Greiner. »Der deutschlandweit größte Hersteller von GBL ist die HaSe Chemie AG, und wie es der Teufel will, wird diese Firma seit vielen Jahren von genau derjenigen Kanzlei vertreten, in der Schirmer seinen kometenhaften Aufstieg hingelegt hat und für die er immer noch arbeitet.«

Toni schaute ihn skeptisch an. »Sie wollen jetzt aber nicht andeuten, dass da etwas nicht mit rechten Dingen zugeht?«

»Andeuten nicht«, sagte Tobias Greiner, »Matthias hatte sogar Beweise dafür.«

Sechzig

Es hatte zu nieseln begonnen, und sie hatten sich in das Café im Palmenhaus geflüchtet, wo Toni und Tobias Greiner nun weit genug entfernt von den anderen Gästen an einem Tisch saßen und die Köpfe zusammensteckten.

»Also noch einmal in aller Kürze«, sagte Toni. »Schirmer lässt sich von diesem Harald Senff junior, dem Sohn des Gründers von HaSe Chemie, dafür bezahlen, dass er alles tut, um den Status quo von GBL beizubehalten.«

»Exakt.« Tobias Greiner nippte an seinem Tee. »Schirmer hat laut Matthias nicht nur dafür gesorgt, dass die Sache mit der Vergällung innerhalb kürzester Zeit im Schredder landete, sondern auch dafür, dass das Verbotsverfahren für GBL scheiterte, weil GBL durch das Gesundheitsministerium in letzter Sekunde aus der Verbotsliste genommen wurde.«

»Und die Beweise dafür sind auf dem Stick.«

»Nicht nur die. Auch sämtliche Mails, die Matthias an Schirmer geschrieben und von ihm bekommen hat.«

»Wissen Sie, ob Krumbad schon bei seiner ersten Mail

an Schirmer etwas von den angeblichen Bestechungsgeldern geahnt hat?«

»Nein, hat er nicht. Er hat sich damals wirklich Hilfe von ihm versprochen.«

»Warum gerade von ihm?«

»Ich habe keine Ahnung.«

»Er kannte Schirmer also nicht persönlich?«

»Nicht, soviel ich weiß.«

»Woher kennen Sie beide sich eigentlich?«

»Von einer CryptoParty.«

»Einer was?«

»CryptoParty. Das sind Treffen für jeden, der etwas darüber lernen will, wie man möglichst wenig Datenspuren im Internet hinterlässt, wie man anonym surft, Mails verschlüsselt und so weiter.«

»Und Sie beide waren als Teilnehmer dort?«

»Nur Matthias. Ich war einer von denen, die den Leuten bei der praktischen Umsetzung auf ihren Geräten geholfen und Fragen beantwortet haben. Wobei ich eigentlich nur Matthias geholfen habe. Er war so ziemlich das Gegenteil eines Digital Native, wenn Sie verstehen.«

»Sie meinen, er fühlte sich in der digitalen Welt nicht unbedingt zu Hause.«

»So kann man es auch formulieren. Genau genommen war er völlig unbedarft, was Datensicherheit angeht. Noch mehr als die meisten. Er hatte zum Beispiel keine Ahnung, dass manche Kaufhäuser die WLAN-Funktion der Smartphones nutzen, um genau nachzuverfolgen, wie die Kunden sich durch das Geschäft bewegen und wie lange sie sich in den jeweiligen Abteilungen oder sogar vor den einzelnen Regalen aufhalten. Das funktioniert über spezielle WLAN-Scanner, die jedes Smartphone in ihrer Reichweite registrieren, bei dem die WLAN-Funktion aktiviert ist. Wenn diese Scanner zum Beispiel auch in Fußgängerzonen installiert sind, kann man natürlich auch dort den Weg nachverfolgen. Als Kunde ahnt man überhaupt nichts davon, geschweige denn, dass man sein Einverständnis für so ein Bewegungsprofil gegeben hätte. Die Dienstleister, die diese Daten sammeln und auswerten, weisen selbstverständlich immer darauf hin, dass alles anonymisiert wird und keine Rückschlüsse auf Personen möglich sind, aber irgendeinen Weg gibt es immer.« Er trank einen Schluck von seinem Tee und schaute Toni dabei an. »Sie haben das auch nicht gewusst?«

Toni schüttelte den Kopf. Nein, hatte sie nicht. Aber sie fand es ziemlich erschreckend. Komisch, dass das so wenig bekannt war und keine Proteststürme in der Öffentlichkeit auslöste. Offenbar stand nur der Staat unter Generalverdacht, seine Bürger lückenlos überwachen und gläsern machen zu wollen. Dabei saß ihnen der Datenschützer quasi auf dem Schoß und beobachtete sie mit Argusaugen, damit auch alles im gesetzlichen Rahmen blieb. Aber wer kontrollierte zum Beispiel, was die Ladenbetreiber mit den Aufzeichnungen der Überwachungskameras anstellten, die in und vor vielen Geschäften montiert waren? Das schien seltsamerweise niemanden zu interessieren.

»Nach dieser CryptoParty sind Sie weiter in Verbindung geblieben?«, fragte sie.

»Ja«, antwortete Tobias Greiner. »Matthias hat mich

darum gebeten. Er tat sich schwer, und manchmal war es anstrengend, weil ich ihm vieles doppelt und dreifach erklären musste, aber mir haben seine Hartnäckigkeit und sein unbedingter Wille imponiert. Außerdem war es so etwas wie ausgleichende Gerechtigkeit, mal einem Lehrer etwas beizubringen und ihn auf seine Fehler hinzuweisen und nicht umgekehrt. Dann bat er mich eines Tages, ihm zu zeigen, wie man an GBL herankommt, ohne aufzufallen. Ich wusste, was das für ein Zeug ist, deshalb gingen bei mir alle Warnlampen an, und ich habe ihn natürlich gefragt, wozu er es braucht. Erst wollte er nicht mit der Sprache herausrücken und druckste herum, doch als er merkte, dass er ohne plausible Antwort von mir keine Hilfe erwarten konnte, fing er an, von seiner Schwester zu erzählen. Von ihrem Verhältnis zueinander, der verhängnisvollen Nacht in der Disco, ihrem Selbstmord, seinem Verdacht, dass K.-o.-Tropfen im Spiel gewesen waren, und seinen Recherchen zu GHB und GBL. Er schwor mir, dass er sich GBL nur besorgen wolle, um zu demonstrieren, wie leicht es ist, an den Stoff heranzukommen, und um es Schirmer als eine Art Beweismittel zu präsentieren. Damals wusste Matthias noch nichts von den ganzen Seilschaften und Verstrickungen und erwartete sich immer noch Hilfe von dem Politiker. Ich war ganz und gar nicht davon überzeugt. Weder von der Idee an sich noch davon, dass Schirmer sich würde umstimmen lassen. Ich habe ihm aber schließlich dennoch geholfen, weil ich gemerkt habe, wie unheimlich wichtig das für Matthias war. Hätte ich es nicht getan, hätte er es auf eigene Faust versucht, und das wäre vermutlich schiefgegangen.«

Er warf einen Blick in seine inzwischen leere Teetasse. »Wahrscheinlich bilde ich es mir nur ein, aber ich hatte damals das Gefühl, dass ich der erste Mensch war, mit dem er darüber gesprochen hat. Auf jeden Fall waren wir von diesem Abend an ein Team. Da entstanden übrigens auch unsere Alias-Namen, weil er sagte, ich sei in der digitalen Welt ein Magier, während er sich darin mit so großen, plumpen Füßen bewege wie ein Hobbit.«

Er lächelte abwesend, und Toni war nun endgültig davon überzeugt, dass Tobias Greiner vieles sein mochte, aber kein weltfremder Spinner.

»Dass er das GBL aufbewahrte, um es vielleicht doch für«, Toni zögerte einen Moment, »andere Zwecke zu nutzen, ist Ihnen nie in den Sinn gekommen?«

»Sie meinen, dass Matthias selbst jemanden damit betäuben wollte?« Er schüttelte heftig den Kopf. »Nein, garantiert nicht. Dafür würde ich meine Hand ins Feuer legen. Ihm ging es nur darum, einen Beweis zu haben.«

»Okay«, sagte Toni und nickte. »Wann fing es an, dass Ihnen bei der Sache mulmig wurde?«

»Als Matthias Unterlagen in die Finger bekam, die ganz klar darauf hindeuteten, dass Schirmer heimlich die Hand aufhielt. Geld, Reisen, Uhren, Autos – da war alles darunter. Das war für Matthias wie Weihnachten, Ostern und Geburtstag auf einmal. Er war total von der Rolle. Ich sehe ihn noch genau vor mir: Sein Gesicht war rot vor Aufregung, seine Augen haben geleuchtet, und er konnte einfach nicht still sitzen, ist wie unter Strom von einem Zimmer in das andere gelaufen. Er war überzeugt, dass Schirmer ihn jetzt nicht mehr abweisen konnte, sondern ihm endlich zuhören und sich für das Verbot von GBL starkmachen würde.«

»Wollen Sie damit sagen, er hatte vor, Schirmer zu erpressen?«

»Er hatte es nicht nur vor«, sagte Tobias Greiner. »Er hat es getan. Wobei Matthias das nicht so sah. Er bezeichnete das immer als Überzeugungsarbeit. Er hat mir nie verraten, wie er vorging. Am Anfang wohl noch moderat und subtil, doch als das nicht fruchtete, wurde er deutlicher. Ich habe ihn immer gewarnt, habe gesagt, er soll das bleiben lassen, weil er sich ja selbst strafbar macht. Aber er wollte nicht auf mich hören. Er meinte, Schirmer würde ihn nicht anzeigen, denn dann käme automatisch alles an die Öffentlichkeit und er könne seine politische Karriere endgültig an den Nagel hängen.«

Toni trank den letzten Schluck Kaffee. Die Tasse klirrte leise, als sie sie zurückstellte. Der verschlossene, eigenbrötlerische Herr Lehrer war also ein Erpresser. Wenn auch aus uneigennützigen Motiven, aber das änderte nichts am Tatbestand. Was die Hausmeisterin wohl dazu sagen würde?

»Hat Schirmer denn nie darauf reagiert?«, fragte sie.

»Zumindest nicht so, wie Matthias es sich vorgestellt und erhofft hatte.«

»Sondern?«

»Irgendwann sagte er, dass er sich beobachtet fühlt. Er war überzeugt davon, dass ihm jemand folgen und ihn ausspionieren würde.«

»Hat er deshalb die Panzerriegel an seiner Wohnungstür anbringen lassen?«

»Nein, das war erst, nachdem er angeblich Hinweise darauf gefunden hat, dass jemand in seine Wohnung eingedrungen ist.«

Toni zog die Brauen hoch. »Und das hat ihm nicht zu denken gegeben?«

»Doch, aber nicht so, wie vermutlich Ihnen und mir. Für ihn war es der Beweis, dass er richtiglag, und das hat ihn nur noch mehr angestachelt.« Er schüttelte den Kopf. »Ich hätte ihn aufhalten müssen«, sagte er leise, »aber er war wie besessen, und manchmal konnte ich es einfach nicht mehr hören. Dieser Kampf gegen GBL war zu seinem kompletten Lebensinhalt geworden, als könnte er seine Schwester dadurch wieder lebendig machen.« Er schaute Toni an. »Und jetzt sind beide tot.«

Einundsechzig

Nachdem Toni und Tobias Greiner das Café im Palmenhaus verlassen und sich getrennt hatten, hatte sie sofort Hans angerufen und ihm von ihren neuesten Erkenntnissen berichtet. Ihr Chef wiederum hatte daraufhin das gesamte Team unverzüglich in das Präsidium beordert, wo Toni nun versuchte, ihr Gespräch mit dem jungen Mann so genau wie möglich wiederzugeben.

»Okay«, sagte Contutto. »Krumbad hatte also eine Mission und war davon komplett besessen. Aber wie kommt dieser Zauberfuzzi zu der Behauptung, unsere Ermittlungen wären noch nicht vorbei?«

»Genau das wäre mein nächster Punkt gewesen«, sagte Toni. »Greiner ist der Meinung, dass Schirmer mit dem Mord zu tun hat. Entweder als Auftraggeber oder als direkt Beteiligter.«

»Wie bitte?« Contutto schnaubte. »Das ist aber ziemlich starker Tobak. Und selbst wenn es so wäre: Woher will er wissen, dass es nicht Schirmer ist, der die Tat gestanden hat? Kann er hellsehen?«

»Nein«, antwortete Toni. »Hellsehen nicht. Aber zuhören und eins und eins zusammenzählen. Greiner hat die Pressekonferenz mitverfolgt, und in der wurde das Alter von Salicki genannt. Da Salicki ein gutes Stück jünger ist als Schirmer, kommt letzterer nicht infrage. Außerdem – so Greiner – hätte es in den sozialen Medien innerhalb kürzester Zeit wie ein Lauffeuer die Runde gemacht, wenn ein Politiker einen Mord gestanden hätte und deshalb in Stadelheim säße.«

»Hm«, brummte Contutto. »Da hat das Bürschchen zugegebenermaßen nicht ganz unrecht. Aber Schirmer gleich eine wie auch immer geartete Beteiligung an der Tat zu unterstellen, finde ich doch etwas gewagt. Außerdem: Wenn ich es richtig verstanden habe, hat Schirmer den Lehrer doch immer abblitzen lassen. Als direkter Täter oder Mittäter kommt er mangels Kontakt somit ohnehin nicht infrage. Mehr als Anstiftung dürfte bei ihm nicht hängen bleiben.«

»Das würde ich so nicht sagen«, entgegnete Toni. »Laut Tobias Greiner hatte sich Schirmer nämlich schlussendlich doch zu einem persönlichen Treffen bereit erklärt. Allerdings nicht offiziell in seinem Büro, sondern privat. Dazu hat er Krumbad eine Eintrittskarte für die Veranstaltung im Schlachthof zukommen lassen. Greiner hatte ein schlechtes Gefühl bei der Sache und wollte dem Lehrer das Treffen ausreden, hielt es für zu gefährlich, doch Krumbad meinte nur, dass er nirgends sicherer sei als in einem Raum voller Menschen.«

»Vom Grundsatz her richtig gedacht«, sagte Beate. »Dumm nur, dass Schirmer gar nicht gekommen ist und Krumbad den Schutz der Öffentlichkeit verlassen hat.«

»Tobias Greiner glaubt sehr wohl, dass Schirmer sich mit Krumbad getroffen hat«, entgegnete Toni. »Seiner Überzeugung nach sollte *höchstwahrscheinlich der Typ, der jetzt bei euch sitzt,* wie er sich ausgedrückt hat, ihn nur abholen und dorthin bringen, wo Schirmer tatsächlich auf ihn wartete. Was in meinen Augen durchaus Sinn ergibt, denn auch wenn Schirmer nicht den Bekanntheitsgrad eines Spitzenpolitikers hat, so besteht dennoch immer die Möglichkeit, dass er erkannt wird, und diese Gefahr wollte er vermutlich durch den sehr intimen Treffpunkt im Keller eines Abbruchhauses umgehen.«

»Hm, ja, denkbar«, sagte Beate, und auch Sören nickte bedächtig.

Contutto hingegen schnalzte mit der Zunge. »Ich wiederhole mich ja nur ungern«, sagte er. »Selbst wenn es so gewesen sein sollte, erklärt das immer noch nicht, warum Schirmer der Täter gewesen sein soll und nicht Salicki.«

»Greiner hat Krumbad den Kontakt zu einigen sogenannten Hacktivisten vermittelt«, sagte Toni. »Hacktivist ist eine Wortzusammensetzung aus Hack oder Hacker und Aktivist, und das sagt ja schon einiges aus. Hacktivisten setzen sich zum Beispiel für die Freiheit des Internets und gegen Zensur ein und attackieren zu diesem Zweck Organisationen, Firmen, Parteien oder Individuen. Ich habe darauf verzichtet, Greiner zu fragen, was genau sie tun, denn erstens hätte er mir das ohnehin nicht verraten, zweitens wollte ich es gar nicht wissen, und drittens hätte ich das vermutlich sowieso nicht kapiert.«

»Und ich habe noch nicht kapiert, was das mit Schirmer zu tun hat«, warf Contutto ein.

»Du bist wieder zu voreilig. Genau das hätte ich jetzt erklärt. Diese Hacktivisten haben in den Tiefen des Internets nicht nur die verfänglichen Unterlagen über Schirmers angebliche Bestechlichkeit ausgegraben, sondern sind dabei auch noch über jede Menge Informationen gestolpert hinsichtlich exzessiver Partys mit Prostituierten in Nobelbordellen im In- und Ausland, intensive Kontakte in die Rotlichtszene und eifrige Teilnahme an illegalen Glücksspielrunden. Und durch alles zieht sich sein angeblich sehr aufbrausendes und zu Gewalt neigendes Temperament, das wohl nicht nur die beiden Prostituierten zu spüren bekommen haben.«

Beate war in der Zwischenzeit aufgestanden und lehnte nun mit verschränkten Armen neben einem Fenster. »Also soll eurer Meinung nach nicht das Gespräch zwischen Salicki und Krumbad, sondern zwischen Schirmer und Krumbad aus dem Ruder gelaufen sein, und der Politiker soll ihn dann auch erschossen haben?«

Toni nickte.

»Gut. Nehmen wir einmal an, dass es tatsächlich so war«, fuhr Beate fort. »Das würde aber voraussetzen, dass Schirmer ein mächtiges Druckmittel gegen Salicki in der Hand hat, um ihn dazu zu zwingen, sich als Täter zu stellen, statt einfach seinen Boss ans Messer zu liefern.«

Toni nickte erneut und wartete darauf, dass Beate diese Spekulation in der Luft zerriss, doch sie tat es nicht.

»Und wie erklärst du dir die Fotos und das Fake-Profil von Yannick?«, fragte sie stattdessen.

»Das war eine Art Versicherungsschutz«, antwortete Toni, die sich darüber während des gesamten Rückwegs in das Präsidium den Kopf zerbrochen hatte. »Meine Theorie ist, dass Schirmer das in Auftrag gegeben hat, als Krumbad mit seinen Erpressungsversuchen anfing. Sollte der Lehrer wirklich an die Öffentlichkeit gehen, würde Schirmer dessen angebliches Doppelleben als Liebhaber freizügiger Teenagerfotos enthüllen, und Krumbad wäre als perverser Widerling diskreditiert, der es auf seine Schülerinnen abgesehen hat und lügt, wenn er den Mund aufmacht.«

»Dazu gehört aber jede Menge Weitblick«, merkte Sören an.

»Ohne den er es niemals zum Fast-Minister oder Top-Juristen gebracht hätte«, antwortete Toni.

»Und wer hat Krumbad dann so dekorativ platziert?«, fragte Contutto. »Schirmer oder Salicki?«

»Salicki«, antwortete Toni, ohne zu zögern. »Menschen wie Schirmer machen sich die Finger nicht schmutzig. Die Drecksarbeit erledigen immer die anderen. Zum einen wäre so etwas unter ihrer Würde, zum anderen hinterlassen sie auf diesem Weg keine Spuren und sind fein raus, falls die Sache auffliegen sollte, weil es keine direkte Verbindung zu ihnen gibt.«

Eine halbe Minute lang sagte niemand ein Wort. Dann meldete sich Sören noch einmal. »Und die Fotos? Die können aber nicht im Voraus auf den Laptop aufgespielt worden sein, sonst hätte Krumbad sie entdeckt. Außer sie stammen doch von ihm selbst.«

»Ich vermute, dass das der Grund dafür war, dass Salicki den Leichnam so lange in der Garage versteckt hatte«, sagte Toni. »Er brauchte Zeit, um den Laptop zu präparieren.«

»Die Bilder von Leonie wurden allerdings schon viel früher aufgenommen«, wandte Sören ein.

»Stimmt«, bestätigte Toni. »Aber nicht von Krumbad.«

»Wie kannst du dir da so sicher sein?«, fragte Contutto. »Vielleicht ist er bei ihr ja wieder in sein altes Beschützermuster zurückgefallen.«

»Könnte zwar durchaus sein«, räumte Toni ein, »glaube ich aber nicht. Die Fotos wurden mit einem Teleobjektiv gemacht, vermutlich mit langer Brennweite. Richtig?«

Contutto nickte. »Richtig.«

»So eine Kamera mit entsprechendem Objektiv ist nicht unbedingt klein, die kann man kaum übersehen. Ist dir in seiner Wohnung irgendwo eine solche Kamera aufgefallen?«

Contutto runzelte die Stirn, dachte nach. Schließlich verneinte er.

»Hast du überhaupt eine Kamera gesehen?«, legte Toni nach.

»Bewusst nicht«, antwortete er, »aber ich möchte es auch nicht beschwören, schließlich haben wir nicht gezielt nach einer Kamera gesucht.«

»Dann machen wir das eben jetzt«, sagte Hans. »Beate, Toni, Contutto – wir vier fahren in die Wohnung und suchen nach einer Kamera. Sören, du nimmst dir noch einmal die Bilder von Leonie Lerchl vor. Wir sehen uns später.«

Zweiundsechzig

Kurz vor 22 Uhr waren sie am Freitag schließlich nach Hause gefahren. Niemand von ihnen hatte ein Erfolgserlebnis verbuchen können. Nicht nur, dass sie in Krumbads Wohnung keine Kamera gefunden hatten. Wer auch immer die Fotos gemacht und auf den Laptop aufgespielt hatte, war so sorgfältig gewesen, sämtliche Metadaten der Bilder zu löschen und damit sämtliche Hinweise auf den Kameratyp und auf Aufnahmedatum, -zeit und -ort. Krumbad hatte das nicht getan, dessen war sich Toni sicher, denn so, wie Tobias Greiner ihn beschrieben hatte, wusste der Lehrer vermutlich nicht einmal, was Metadaten waren, geschweige denn, wie man sie löschen konnte.

Dieses Ergebnis war zwar weder ein Indiz für die Unschuld von Salicki noch für Schirmers Täterschaft, untermauerte aber, dass Krumbad die Fotos höchstwahrscheinlich nicht selbst aufgenommen hatte. Und das wiederum stützte Tonis Theorie, dass man sie dem Lehrer untergeschoben und gegen ihn intrigiert hatte.

Den ganzen Samstag über hatte Toni sich das Gehirn zermartert, wie sie ihre Theorie weiter festigen konnte –

und war immer wieder bei dem verschwundenen USB-Stick gelandet. Zu dumm, dass Tobias Greiner in letzter Sekunde kalte Füße bekommen und keine Kopie davon gemacht hatte. Die Angst, dass auch seine Wohnung durchsucht werden und man den Stick bei ihm finden könnte, war am Ende doch zu groß gewesen.

Da Toni den Sonntag nicht auch noch grübelnd in ihrer Wohnung verbringen wollte, hatte sie sich spontan zu einer ziellosen Fahrt Richtung Berge entschlossen. Wenn sie unruhig oder gestresst war, wirkte zielloses Autofahren bei ihr normalerweise Wunder, und so war es auch heute. Sie ließ sich einfach treiben, bog hier links ab und dort rechts, ohne sich wirklich um die Aufschriften der Schilder zu kümmern.

Sie konnte später nicht sagen, ob ihr Unterbewusstsein das Steuer übernommen hatte oder ob es tatsächlich reiner Zufall gewesen war, jedenfalls tauchte zu ihrer Überraschung das Ortsschild von Starnberg vor ihr auf. Geplant hatte sie das eigentlich nicht, aber wenn sie schon einmal hier war ...

Kurz vor der Einmündung zu Schirmers Straße hielt sie an und stieg aus, blieb aber neben ihrem Wagen auf dem Gehsteig stehen. Hans' Standpauke über ihre Alleingänge kam ihr wieder in den Sinn. Wenn Schirmer zu Hause war und sie erkannte, war die nächste Beschwerde vorprogrammiert. Diesmal würde sie allerdings nicht mit einer Wutrede von Hans davonkommen, sondern sich vor ihrem Dezernatsleiter höchstpersönlich verantworten müssen.

»Ah, die junge Dame mit ihrem wunderbaren 230 TE.«

Toni drehte sich zu der Stimme in ihrem Rücken um. Ein

älterer Herr mit schütterem weißem Haar und einem Rauhaardackel an der Leine stand vor ihr und bedachte ihren Mercedes mit beinahe zärtlichen Blicken.

»Der war immer mein Favorit«, sagte er, und seine Augen glänzten. »Obwohl ein Kombi ja nie sexy war. So würde man heute doch sagen, oder? Sexy?« Er schüttelte den Kopf. »Meiner nicht maßgeblichen Meinung nach ein sehr unpassender Ausdruck für einen toten Gegenstand, selbst wenn es ein Mercedes ist. Aber entschuldigen Sie, wo habe ich nur meine Manieren gelassen.« Er deutete eine Verbeugung an. »Maximilian Überreuter. Ich wohne dort um die Ecke und habe vor ein paar Tagen zufällig gesehen, wie Sie aus diesem Wagen gestiegen sind. Sehr ungewöhnlich, dachte ich mir, dass eine so junge Frau wie Sie einen solchen Wagen fährt. Ich hätte Ihnen eher etwas Sportliches zugetraut. Einen A 200 vielleicht. Nein, besser einen A 250. Sie machen den Eindruck, als würden Sie ganz gerne mal etwas mehr auf das Gaspedal treten, wenn ich mir die Bemerkung erlauben darf.«

Toni lachte. »Sie haben offensichtlich Ahnung von Autos und von Menschen«, sagte sie. Der Mann war ihr vom Fleck weg sympathisch. Und er war offenbar ein Nachbar der Schirmers, was ihr obendrein noch von Nutzen sein konnte.

»Mir gehörten zwei große Autohäuser hier im Landkreis. Mercedes, wie Sie sich vielleicht denken können. Da bleibt ein bisschen Fachwissen nicht aus, und wenn man die Autos nicht nur abstauben, sondern auch verkaufen will, ist ein wenig Menschenkenntnis nicht das Schlechteste. Der Volvo passt übrigens zu Ihrem Mann.«

»Das war nicht mein Mann«, antwortete Toni. »Wir sind Kollegen. Stieglitz, Kripo München«, stellte sie sich nun ebenfalls vor.

»Kripo, soso.« Der Mann schaute sie nachdenklich an. »Hier in der Gegend sind doch nicht etwa die Einbrecherbanden unterwegs, von denen man immer in der Zeitung liest? Ist bei Herrn Schirmer etwas gestohlen worden?«

»Nein, keine Sorge, von Einbrecherbanden ist mir nichts bekannt. Ich wollte aus einem anderen Grund zu ihm. Sagen Sie« – verschwörerisch senkte Toni die Stimme –, »stimmt es, dass Herr Schirmer nie selbst fährt? Seine Frau hat so etwas angedeutet. Also für mich wäre das undenkbar.« Sie verfiel nun in einen unverfänglichen Plauderton. »Ich finde es furchtbar, auf dem Beifahrersitz Platz nehmen zu müssen. Deshalb streiten meine Kollegen und ich regelmäßig um den Schlüssel für den Dienstwagen.«

»Dann ist es ja gut, dass wir uns nicht früher kennengelernt haben, Frau Stieglitz.« Er zwinkerte ihr zu. »Ein Paar wäre aus uns nämlich nicht geworden. Ich bin ebenfalls ein furchtbarer Beifahrer. Aber was Herrn Schirmer angeht – das stimmt. Seit einigen Jahren lässt er sich nur in einem A8 chauffieren, und immer im neuesten Modell. Wobei ...« Er runzelte die Stirn. »Vor etwa zwei Wochen, da muss sein Wagen eine Panne gehabt haben. Da brachte ihn nämlich ein Taxi nach Hause.«

»Wissen Sie noch, an welchem Tag das war?«

»Lassen Sie mich überlegen.« Er schaute hinab auf seinen Dackel. »Oskar?« Der Hund reagierte nicht. »Wann wolltest du nachts unbedingt nach deinen Stammbäumen sehen? Freitag oder Samstag? Ach ja, richtig.« Er wandte sich wieder Toni zu. »Es war am Freitag. Ich habe dadurch den Anfang des schwedischen Krimis verpasst, auf den ich mich die ganze Woche gefreut hatte.«

»Können Sie sich an die Uhrzeit erinnern?«

»Der Krimi ging um halb elf los, und bei unserer Rückkehr stieg Herr Schirmer gerade aus. Das muss dann gegen 22.40 Uhr gewesen sein.«

Toni überschlug im Kopf die ungefähre Fahrtdauer vom Schlachthof hierher. Das passte zu den Angaben des Zeugen, der Salicki und Krumbad gesehen hatte.

»Weil wir gerade darüber reden: Mir ist eingefallen, dass Herr Schirmer seit einigen Tagen selbst hinter dem Steuer sitzt«, sagte der Mann. »Schade, eigentlich.«

»Weshalb ist das schade?«

»Na, wegen des jungen Mannes. Wir haben uns einige Male unterhalten. Er war sehr höflich und freundlich und dazu ausgesprochen eloquent. Gäbe mit Sicherheit einen guten Verkäufer ab. Vielleicht eine Spur zu selbstsicher. Allerdings nur, wenn sein Chef nicht in der Nähe war. Schirmer gegenüber war er extrem zurückhaltend. Fast schon an der Grenze zur Unterwürfigkeit.«

Als sie sich verabschiedeten, fuhr ein schwarzer A4 an ihnen vorbei, an Bord die beiden Security-Mitarbeiter.

»Ich dachte, der Sicherheitsdienst ist nur während Herrn Schirmers Anwesenheit hier?«, sagte Toni und schaute dem Wagen hinterher.

»So war es auch immer«, antwortete der ältere Mann. »Seit Ihrem zweiten Besuch hat sich das allerdings geändert.

Jetzt patrouillieren sie rund um die Uhr.« Er sah sie ernst an. »Sie scheinen ihn nervös gemacht zu haben.«

Sieht ganz so aus, dachte Toni. Sieht ganz so aus.

Dreiundsechzig

»Der USB-Stick ist bei der Staatsanwaltschaft übrigens immer noch nicht aufgetaucht«, sagte Toni, während sie neben Contutto die Treppe zum Haupteingang der JVA Stadelheim hinunterging, »und niemand hat eine Ahnung, wo er abgeblieben ist.«

»Du schon?«, fragte Contutto und hielt ihr die Tür auf.

»Du nicht?« Sie ging an ihrem Kollegen vorbei und wartete, bis er aufgeschlossen hatte. »Ich sage nur so viel: Wer es schafft, ein Verbotsverfahren zu verhindern, schafft es auch, einen USB-Stick verschwinden zu lassen. Vor allem, wenn seine Karriere und sein Ruf daran gekoppelt sind.«

»Es ist erst Montag und noch nicht einmal elf Uhr. Du weißt doch selbst, wie lang die Dienstpost bei uns manchmal braucht, und wenn es nur von der Ettstraße bis in den Adenauerring ist. Hab einfach noch ein wenig Geduld.«

Roman Salickis Anwalt erwartete sie schon.

»Grüß Gott«, sagte Toni. »Können wir?«

»Es tut mir leid.« Der Anwalt hob die Hände und setzte einen bedauernden Gesichtsausdruck auf. »Aber mein Mandant ist nicht abkömmlich. Ich habe es selbst gerade erst erfahren, sonst hätte ich Sie natürlich rechtzeitig informiert, damit Sie sich nicht umsonst auf den Weg machen.«

»Nicht abkömmlich?«, fragte Contutto. »Was heißt das genau?«

»Herr Salicki wird heute eingehend medizinisch untersucht«, sagte er mit gedämpfter Stimme. »Sein psychischer Zustand scheint sich über das Wochenende rapide verschlechtert zu haben.«

»Sein psychischer Zustand hat sich verschlechtert? Wollen Sie damit andeuten, dass Herr Salicki suizidgefährdet ist?«, fragte Toni.

»So direkt hat das niemand gesagt«, antwortete der Verteidiger, »aber es klang sehr ernst. Jedenfalls ist eine Vernehmung heute nicht mehr möglich. Höchstwahrscheinlich auch in den nächsten Tagen nicht. Aber ich habe etwas für Sie.« Er öffnete seine Aktentasche und entnahm einen Briefumschlag. Als Adressat war handschriftlich *Polizeipräsidium München – Mordkommission* vermerkt. »Den hat mein Mandant offenbar gestern verfasst. Er wurde mir gerade ausgehändigt. Da war er allerdings schon geöffnet.«

Toni nahm den Umschlag entgegen und zog ein zusammengefaltetes Blatt Papier heraus. Die wenigen Zeilen waren ebenfalls handschriftlich verfasst. Sie lauteten:

Geständnis

Ich wiederhole hiermit mein mündliches Geständnis. Ich habe Matthias Krumbad getötet. Es tut mir sehr leid, und ich würde alles dafür geben, wenn ich es ungeschehen machen könnte.

Der Rechtsanwalt wartete, bis Toni das Schreiben wieder in den Umschlag gesteckt hatte, und verabschiedete sich.

Toni und Contutto sahen ihm nach.

»Glaubst du das?«, fragte Toni

»Was? Die Suizidgefährdung?« Contutto sog die Unterlippe ein, überlegte.

»Nein«, sagte er dann. »Tue ich nicht.«

»Danke, dass Sie Zeit für uns haben, Frau Lerchl«, sagte Toni und folgte ihr in die Küche. Aus einem Zimmer drang laute Musik durch die geschlossene Tür. Erster Ferientag, erinnerte sich Toni. Heute hätte Toms Tochter für eine Woche bei ihm wohnen wollen. Ob es etwas geändert hätte, wenn sie wirklich erst heute gekommen wäre und sie beide sich nicht in der Rechtsmedizin über den Weg gelaufen wären?

»Kann ich Ihnen etwas anbieten? Tee? Kaffee? Wasser?« Regina Lerchls Lippen waren trocken und rissig, ihre Haare stumpf, die Augen müde. Trotzdem rang sie sich ein Lächeln ab.

»Nein danke«, antwortete Toni. »Wir bleiben auch nicht lang.« Aber die kurze Zeit würde ausreichen, um das mühsam aufrechterhaltene Lächeln auf Regina Lerchls Gesicht zerbrechen zu lassen. »Kannten Sie Herrn Salicki gut?«

»Offensichtlich nicht gut genug«, antwortete Leonies Mutter. Das Lächeln wackelte und schrumpfte.

»Hat Herr Salicki jemals von Selbstmord gesprochen?«

»Von Selbstmord?« Regina Lerchl drückte beide Hände auf ihren Mund. »Oh Gott! Hat er …? Ist Roman …?«

»Nein, Frau Lerchl«, sagte Contutto schnell. »Er hat sich nicht umgebracht. Es geht uns nur darum, ob er in der Vergangenheit schon einmal etwas in dieser Richtung geäußert hat. Dass ihm alles zu viel wird. Dass er nicht mehr kann, nicht mehr weiterweiß. Litt er vielleicht an Depressionen?«

Bei jeder Aussage hatte Regina den Kopf geschüttelt.

»Nein, er hat niemals so etwas gesagt. Er war auch nicht depressiv. Müde ja, manchmal auch erschöpft, aber das war eine normale Müdigkeit. Vom Schlafmangel. Keine, die einen morgens nicht aufstehen lässt und jeden Handgriff zu einer unendlichen Anstrengung macht.« Sie strich sich eine Haarsträhne hinter das Ohr. »Wissen Sie, ich kenne diese Kraftlosigkeit, und ich weiß, wie sich jemand benimmt, der diese Dunkelheit in sich hat. Roman hatte sie nicht in sich, dessen bin ich mir absolut sicher.«

Toni nickte. »Danke, Frau Lerchl«, sagte sie. »Das war es auch schon.«

Sie gingen zur Tür und verabschiedeten sich.

»Warten Sie«, sagte Regina Lerchl. »Sie sprechen doch noch einmal mit Roman, nicht wahr?«

Toni und Contutto nickten.

»Könnten Sie ihm etwas von mir ausrichten? Könnten Sie ihm bitte sagen, dass ich ihn nicht hasse?«

Vierundsechzig

»Äh, du weißt, dass es links Richtung Präsidium geht?«, fragte Contutto und deutete mit dem Daumen zum Fenster hinaus.

»Weiß ich«, sagte Toni.

»Und warum fährst du dann rechts?«

»Weil es dort zur Autobahn geht.«

»Du willst auf die Autobahn? Das ist aber ein ordentlicher Umweg. Über die Landsberger Straße würde es schneller gehen.«

»Nicht nach Starnberg.«

»Nach Starnberg? Sag bitte nicht, dass du vorhast, Schirmer über seinen Ex-Mitarbeiter auszufragen.«

»Nein, keine Panik. Erstens habe ich heute keine Lust, mir eine Beschwerde einzuhandeln, und zweitens würde er ohnehin nicht mit uns sprechen.«

»Und was machen wir dann dort?«

»Wir reden mit dem netten Nachbarn, dem Autohausbesitzer im Ruhestand. Der kann uns bestimmt noch einiges über Schirmer erzählen. Du musst nur aufpassen, dass er dir kein Auto aufschwatzt. Ich glaube, darin war er richtig gut.«

Contutto schwieg, bis Toni den Wagen abgestellt hatte und sie ausgestiegen waren.

»Was versprichst du dir eigentlich davon?«, fragte er, während sie von Grundstück zu Grundstück gingen und nach dem Namen Überreuter suchten. Toni zuckte mit den Schultern. Sie musste ihrem Kollegen eine Antwort schuldig bleiben. So genau wusste sie das selbst nicht. Sie war einfach nur einem Gefühl gefolgt.

»Wir sind da«, sagte Toni, als hinter einer Hecke ein Hund zu kläffen begann. »Das da unten ist Oskar, und hier kommt auch schon sein Herrchen.«

Mit flotten Schritten bewegte sich der ältere Herr auf sie zu. Als er Toni erkannte, wurde er langsamer, und sein Gesicht nahm einen verschlossenen Ausdruck an.

»Sagtest du nicht, er wäre so nett und gesprächig?«, raunte Contutto, als der Mann etwa drei Meter vor ihnen stehen blieb. »Der sieht uns an, als wollten wir ihm sein Haus unter dem Hintern wegpfänden.«

Toni verstand dieses Verhalten ebenfalls nicht. Der Mann war wie ausgewechselt.

»Hallo, Herr Überreuter«, sagte sie und versuchte, sich ihre Irritation nicht anmerken zu lassen. »Könnten Sie einen Schritt näher kommen? Dann muss ich nicht so schreien.«

Sein Blick sprang von Toni zu Contutto und ganz hastig auch zu einem Punkt hinter ihnen. Was war dort?, überlegte Toni. Eigentlich nur das Haus der Schirmers, wo auch heute wieder der obligatorische schwarze A4 am Straßenrand stand.

Zögerlich ging der Mann auf sie zu. »Was wollen Sie von

mir?«, fragte er, als er bis an das Gartentor herangekommen war.

»Eigentlich nichts anderes als gestern. Ein bisschen plaudern.«

»Wenn Sie wegen Herrn und Frau Schirmer hier sind«, wieder schaute er rasch an ihnen vorbei, »dann muss ich Sie enttäuschen. Ich sagte ja gestern schon, dass ich keinen Kontakt zu den beiden habe. Wenn Sie mich jetzt bitte entschuldigen, ich habe keine Zeit. Es tut mir leid. Auf Wiedersehen.« Damit drehte er sich um und ging. Dackel Oskar trottete schwanzwedelnd hinter ihm her. Nach einigen Schritten blieb der Mann stehen und sah über seine Schulter. »Passen Sie gut auf Ihren Wagen auf, Frau Stieglitz. Und auf sich.«

Fünfundsechzig

»Ihr habt also tatsächlich Zweifel daran, dass Salicki Krumbad erschossen hat?« Es war später Dienstagvormittag. Raff hatte Hans die Ergebnisse der Untersuchung der am Tatort gefundenen Patronenhülsen gebracht und saß nun mit einer Tasse Kaffee in der Hand bei Toni im Zimmer.

»Na ja, ein wenig Überzeugungsarbeit muss ich noch leisten«, antwortete sie. »Aber die anderen schließen es zumindest nicht völlig aus. Das Problem ist, dass wir nichts außer Vermutungen, seltsamen Zufällen und unstimmigen Aussagen haben. Keine Fakten oder Sachbeweise, mit denen wir glänzen könnten. Deshalb hatte ich eigentlich auf euch gehofft, aber die Spurensicherung ist eben auch nicht mehr das, was sie einmal war.« Sie stieß einen theatralischen Seufzer aus.

»Moment«, wandte Raff ein. »Immerhin habe ich an den Hülsen Fingerspuren gefunden. Dafür, dass die dazugehörige Person niemals erkennungsdienstlich behandelt wurde und nicht in unseren Datenbanken auftaucht, kann ich nix.«

»Genau das ist wieder so eine Merkwürdigkeit«, sagte Toni. »Salicki wurde erkennungsdienstlich behandelt. Wenn es seine Waffe war und er sie geladen hat, dann müssten doch auch seine Abdrücke auf den Hülsen sein.«

»Nicht, wenn er sie bereits geladen gekauft hat. Ich gehe davon aus, dass die Sicherheitsbestimmungen auf dem Schwarzmarkt eher lax gehandhabt werden und die Waffen schon mal voll aufmunitioniert über den Ladentisch wandern.«

»Danke, dass du diesen Strohhalm auch noch abgeknickt hast.« Toni sah ihren Kollegen finster an. »Jetzt sind wir wieder bei einhundert Prozent Vermutungen.«

»Besprechung. Jetzt!«, schallte Sörens Stimme durch den Flur.

»Tut mir leid«, sagte Toni und stand auf. »Das war's dann wohl mit unserem Kaffeekränzchen. Die Pflicht ruft.«

Wenig später hatte sich das gesamte Team im Besprechungsraum versammelt. Die Neugier, mit der alle auf Hans blickten, war beinahe greifbar. Wenn er sie so auf die Schnelle zusammenrief, hatte das etwas zu bedeuten. Gab es doch noch einen weiteren Zeugen? Oder hatte Salicki sein Geständnis am Ende widerrufen?

Hans verschränkte die Hände vor sich auf dem Tisch, schaute in die Runde. »Stadelheim hat gerade angerufen«, sagte er. »Salicki ist tot. Er hat sich heute Nacht in seiner Zelle erhängt.«

Einen Augenblick lang herrschte fassungslose Stille, dann redeten alle wie auf Kommando durcheinander.

»Das stinkt doch zum Himmel!«, sagte Toni. »Das rieche ich bis hierher! Jede Wette: Das hat Schirmer eingefädelt. Aber damit kommt er nicht durch. Nicht auch noch damit!«

»Du klingst jetzt ein bisschen wie der Greiner«, sagte Contutto. »Glaubst du wirklich, der Schirmer hat so viel Einfluss, dass er in der JVA jemanden umbringen und es auch noch wie einen Selbstmord aussehen lassen kann? Von der Skrupellosigkeit zu so einem Auftrag ganz zu schweigen.«

»Wenn er seine Haut, seinen Ruf und seine Karriere retten will, bleibt ihm doch gar nichts anderes übrig«, antwortete Toni. »Salicki war der einzige Mensch außer Schirmer selbst, der die Wahrheit kannte und der ihn somit ans Messer liefern konnte. Außerdem – hast du nicht selbst gesagt, dass du die Behauptung, Salicki sei suizidgefährdet, nicht glaubst?«

»Ja, stimmt«, räumte er ein. »Und nach dem Gespräch mit der Lerchl noch viel weniger. Sie war sich so sicher, und ich habe hinter dieser Behauptung deshalb auch eine Finte seines Anwalts vermutet, um uns von Salicki fernzuhalten. Aber vielleicht war diese Einschätzung einfach nur falsch, und er hat sich tatsächlich umgebracht? Man kann schließlich in keinen Menschen hineinschauen, und ein Selbstmord ist allemal wahrscheinlicher als ein Auftragsmord.«

Hans nickte und schaute Beate an.

»Was denkst du?«

»Ein Selbstmord ist grundsätzlich wahrscheinlicher, das sehe ich genauso, aber dennoch finde ich die ganze Sache mehr als merkwürdig«, sagte Beate. »Doch abgesehen davon, dass das nicht der erste Mord wäre, der durch einen vorgetäuschten Selbstmord vertuscht werden soll, sind Tonis Argumente meiner Meinung nach nicht von der Hand zu weisen. Wir dürfen die Gier nach Macht als Triebfeder keinesfalls unterschätzen. Gerade in Wirtschaft und Politik gab es immer Menschen, die für den Erhalt ihrer Position nicht nur sprichwörtlich über Leichen gegangen sind. Da wird gelogen, betrogen, bestochen, intrigiert bis zum Schluss, nur um das Gesicht nicht zu verlieren. Selbst wenn objektiv schon längst keine Rettung mehr möglich ist.«

»Ich schließe mich an«, sagte Sören und nickte langsam. »Ich würde mich am liebsten weigern, an den fingierten Selbstmord zu glauben und ihn kategorisch ausschließen – aber ich kann es nicht. Nicht mehr. Ich habe mich in den letzten Tagen intensiv mit Lobbyismus beschäftigt, und ich kann euch sagen, was da hinter den Kulissen abgeht, das kann sich ein halbwegs anständiger Mensch nicht vorstellen. Natürlich darf man Lobbyismus nicht mit Bestechung und Bestechlichkeit gleichsetzen, das sind zwei völlig verschiedene Paar Stiefel, aber der Grat hinüber auf die dunkle Seite ist manchmal verdammt schmal, und Schirmer scheint ihn auch schon vor langer Zeit überschritten zu haben. Kurzum: Ich halte nichts für unmöglich.«

»Schön, dass ihr euch so einig seid«, sagte Contutto. »Nur wird euch das nichts nützen. Darf ich euch daran erinnern, dass wir nicht das Fitzelchen eines Beweises haben? Ihr werft nichts als Mutmaßungen und Spekulationen in den Ring, garniert mit einer Prise Verschwörungstheorie.« Er lehnte sich zurück. »Nun schaut mich nicht so an, als hätte ich eure Sandburg kaputt gemacht. So ist es nun mal.«

»Da wiederum muss ich Contutto recht geben«, schaltete sich Hans ein. »Salicki hat gestanden. Sogar zweifach. Einmal mündlich persönlich hier bei uns und einmal eigenhändig schriftlich. Um das auszuhebeln, braucht es mehr als einen verschwundenen USB-Stick, auf dem sich angeblich Beweise befinden – oder auch nicht.«

»Dann laden wir Greiner als Zeugen vor«, schlug Sören vor.

»Kannst du vergessen«, sagte Toni. »Der hat so viel Schiss, der beißt sich lieber die Zunge ab, als hinsichtlich Schirmer auch nur eine belastende Aussage offiziell zu Protokoll zu geben. Und selbst wenn – auch er hat keine handfesten Beweise, und der glaubwürdigste Zeuge ist er leider auch nicht. Den würde Schirmers Heer von Anwälten vermutlich innerhalb weniger Minuten einfach nur pulverisieren.«

»Wir haben noch die Fingerspuren auf den Hülsen«, sagte Beate, »aber um die Schirmer zuordnen und ihn in Verbindung mit der Tat bringen zu können, brauchen wir Vergleichsabdrücke.«

»Doch die haben wir leider nicht, und es gibt keinen legalen Weg, sie zu beschaffen«, führte Toni Beates Gedanken zu Ende.

»Außerdem wäre da noch eine Sache, an die bisher keiner von euch gedacht hat.« Hans schaute in die Runde. »Als Mitglied des Bundestags genießt Schirmer parlamentarische Immunität und ist für uns unantastbar. Damit wir gegen ihn ermitteln können, müsste der Bundestag seine Immunität aufheben, und das wird er auf Basis unserer Vermutungen ganz sicher nicht tun. Abgesehen davon, dass sich bereits die Staatsanwaltschaft unter Garantie weigern würde, überhaupt einen Antrag auf Aufhebung der Immunität zu stellen.«

Schweigen senkte sich über die Runde. Fast eine Minute lang gab niemand auch nur einen einzigen Ton von sich.

»Sieht so aus, als steckten wir in einer Sackgasse«, murmelte Sören in die Stille. »Gegen diplomatische oder parlamentarische Immunität kommen wir nicht an. Dazu hätten wir Schirmer mehr oder weniger mit der Waffe in der Hand neben der Leiche von Krumbad ertappen müssen.«

»Oder wenigstens handfeste Beweise gegen ihn haben«, ergänzte Hans. Er lockerte seinen Krawattenknoten. »Geht nach Hause«, sagte er. »Für heute ist Schluss.« Doch niemand rührte sich. Erst als Hans seinen Stuhl zurückschob, kam widerwillig Bewegung in das Team, und einer nach dem anderen erhob sich. Bis auf Toni.

»Das ist nicht euer Ernst, oder?«, sagte sie. »Ihr wollt so einfach aufgeben und Schirmer davonkommen lassen?«

»Wenn er es überhaupt war«, warf Contutto ein.

»Und wenn er es war? Ihr habt doch alle Zweifel an Salickis Täterschaft. Ist es denn nicht unsere Aufgabe, so lange weiterzumachen, bis sich die Zweifel entweder bestätigt haben oder endgültig ausgeräumt wurden? Solange wir zweifeln, besteht immer noch die Möglichkeit, dass ein Unschuldiger zum Sündenbock gemacht werden soll. Wollt ihr wirklich hinnehmen, dass Salicki eventuell ein Bauernopfer ist, das nur dazu dient, den König zu schützen?«

»Lass gut sein, Toni«, sagte Hans. »Keiner von uns ist glücklich mit dieser Situation. Geh jetzt erst einmal nach Hause und schlaf dich aus. Morgen sehen wir weiter.«

Schlafen? Das war das Letzte, woran sie gerade dachte.

»Weiß die Lerchl eigentlich schon von Salickis Tod?«, fragte sie.

Hans zuckte mit den Schultern. »Keine Ahnung, aber ich denke nicht. Sie ist ja keine Angehörige und wird deshalb nicht verständigt.«

»Dann soll sie es also aus der Zeitung erfahren? Findest du das okay?« Sie starrte ihren Chef an und schüttelte schließlich den Kopf. »Ach, macht doch, was ihr wollt«, sagte sie, stand auf und bahnte sich ihren Weg nach draußen.

Sechsundsechzig

Regina Lerchl war aschfahl geworden und in sich zusammengeschrumpft, sodass Toni schon befürchtet hatte, sie würde in Ohnmacht fallen. Minutenlang hatte sie reglos am Küchentisch gesessen und aus dem Fenster geblickt. Toni hatte ebenfalls geschwiegen, hatte ihr die Zeit gegeben, die sie brauchte.

»Ich verstehe das nicht.« Regina Lerchls Gesicht war starr wie eine Maske. Nur die Lippen bewegten sich und ließen sie aussehen wie eine Puppe. »Warum hat er das getan?« Langsam drehte sie den Kopf, schaute Toni direkt in die Augen. »Gibt es einen Abschiedsbrief?«

»Nicht dass wir wüssten«, antwortete Toni. »Hat er Ihnen gegenüber wirklich nie irgendwelche Andeutungen gemacht?«

Regina Lerchl schüttelte den Kopf, presste die Lippen zusammen. Einen Moment lang hielt sie Tonis Blick noch stand, dann wandte sie sich ab.

»Frau Lerchl?«, sagte Toni sanft. »Wenn Sie etwas wissen, bitte sagen Sie es mir. Hat es etwas damit zu tun, dass wir Herrn Salicki ausrichten sollten, Sie würden ihm verzeihen?«

Eine Träne lief über Regina Lerchls Wange. Sie wischte sie mit dem Handrücken weg, stand auf, schloss die Küchentür, setzte sich wieder.

»Er war hier.« Sie hielt den Kopf gesenkt. Ihre Stimme war kaum mehr als ein Flüstern. »Mitten in der Nacht. Bevor er zur Polizei gefahren ist und gestanden hat, dass er ...« Eine weitere Träne fiel auf ihren Handrücken, zerplatzte lautlos.

»Was wollte er von Ihnen?«

»Er hat mir meinen Wohnungsschlüssel und einen Brief in die Hand gedrückt. Er sagte, wenn ich das gelesen habe, würde ich ihn hassen.«

»Warum? Was stand in diesem Brief?«

»Dass ihm nicht klar gewesen ist, mit welchen Leuten er sich eingelassen hat. Er schrieb, dass er Schulden gehabt hat. Hohe Schulden. Bis er diesen Mann traf, der ihm nicht nur einen Job anbot, sondern auch, seine Schulden aus der Welt zu schaffen. Als Gegenleistung sollte Roman ihm nur den einen oder anderen Gefallen tun. Roman war in diesem Moment so erleichtert, dass er nicht darüber nachdachte, was das für Gefälligkeiten sein könnten, und den Job als persönlicher Referent annahm.« Sie schüttelte den Kopf. »Es war genau wie bei mir.«

»Bei Ihnen?«

»Ja. Ich hatte ebenfalls Schulden. Sie waren kurz davor, mich aufzufressen, und wenn Roman nicht gewesen wäre, stünden Leonie und ich jetzt auf der Straße. Er meinte, er kenne jemanden, der mir Geld leihen würde. Ohne Zinsen. Ich könnte das Darlehen ganz langsam abstottern. Immer nur so viel, dass für Leonie und mich genug zum Leben übrig bliebe. Derjenige würde nur irgendwann einen Gefallen von mir fordern, das wäre alles. Ich hatte von Anfang an ein schlechtes Gefühl dabei, aber Roman war so überzeugend, dass ich eingewilligt habe, ohne nachzufragen, von wem dieses Geld eigentlich stammte. Ich weiß, das war dumm.« Sie sah Toni um Verständnis heischend an. »Aber es war meine einzige Chance. Ohne dieses Geld wären Leonie und ich im Obdachlosenheim gelandet, und das hätte ich mir niemals verziehen.«

»Welchen Gefallen hat er von Ihnen gefordert?«

»Keinen, das ist ja das Merkwürdige. Ich fand eines Morgens einen Zettel an meinem Auto mit der Aufschrift *Zahltag*. Das war alles.«

»Keine konkreten Forderungen?«

Sie verneinte.

»Wann war das?«

»Am selben Tag, als man die Leiche von Leonies Lehrer gefunden hat.«

»Sicher?«

»Ganz sicher.«

Toni nickte. Was für ein Zufall, dachte sie.

»Und was sollten Sie Herrn Salicki verzeihen? Weswegen glaubte er, Sie würden ihn hassen? Weil er Leonies Lehrer getötet hat?«

Regina Lerchl schüttelte erneut den Kopf. »Nein. Nicht

deshalb. Davon stand nichts in seinem Brief. Es war wegen seiner Feigheit.«

»Seiner Feigheit?«

»Ja. So hat er es formuliert.«

»Und wofür war er zu feige?«

Regina Lerchl runzelte die Stirn. »Das habe ich auch nicht verstanden. Es hat damit zu tun, wie wir uns kennengelernt haben. Es war in der Reinigung, in der ich damals gearbeitet habe. Roman kam als Kunde in den Laden. Er schrieb, dass er schon vorher gewusst hat, dass es für Leonie und mich nicht gut ausgehen wird. Bevor er die Reinigung zum ersten Mal betreten hat. Und dass alles anders gekommen wäre, wenn er vor der Tür umgedreht hätte. Aber dazu sei er zu feige gewesen.« Sie schüttelte den Kopf. »Und das verstehe ich nicht. Er wusste zu diesem Zeitpunkt doch gar nicht, dass Leonie und ich überhaupt existieren. Wie hätte er da wissen können, was in der Zukunft auf uns zukommen wird?«

Weil jemand die Zukunft genau geplant hat, dachte Toni. Jemand mit dem Namen Leonid Schirmer. Jemand, der Salicki auf euch angesetzt hat, weil er in euch nichts anderes gesehen hat als eine Art Versicherungspolice für sich selbst, ein Mittel zum Zweck, um im Fall des Falles Matthias Krumbad diskreditieren und als Perversen abstempeln zu können.

»Hat Herr Salicki früher bereits Dinge gesagt, die Ihnen seltsam vorgekommen sind?«

Regina Lerchl überlegte. »Na ja«, sagte sie zögernd. »Da war etwas. Aber das war nur ein seltsamer Scherz. Wir hatten beide etwas zu viel getrunken, waren albern, und obwohl ich wusste, dass er nicht darüber sprechen will, habe ich ihn gefragt, was er als persönlicher Referent eigentlich so macht. *Eigentlich bin ich kein persönlicher Referent*, hat er geantwortet, *sondern ein Laundryman, ein Wäschemann. Ich mache im Prinzip dasselbe wie du, als wir uns kennengelernt haben. Ich wasche schmutzige Wäsche und sorge dafür, dass die schwarzen Flecken auf der weißen Weste meines Chefs wieder verschwinden. Davon gibt es jede Menge, das ist ein Fulltimejob, und manche Flecken sind verdammt schwer loszuwerden.* Als er das gesagt hatte, schaute er mich erschrocken an, als wäre ihm gerade ein fürchterliches Geheimnis über die Lippen gerutscht. Doch schon im nächsten Moment lachte er und meinte, ich solle vergessen, was er gerade gesagt habe. Er sei nichts weiter als ein Fahrer mit kleinen Extraaufgaben. Er hole Kaffee, besorge Geschenke für die Frau seines Chefs und trüge dessen Anzüge in die Reinigung. Persönlicher Referent klinge lediglich besser und wichtiger als Chauffeur. Er hätte mich damit einfach beeindrucken wollen und sich dann geschämt, mit der Wahrheit rauszurücken. Aber sein Lachen klang nicht echt, und er konnte mich dabei auch nicht ansehen.« Sie schlang die Arme um sich. »Ich weiß noch, dass mir damals eine Gänsehaut über den Rücken gelaufen ist, und ich habe ihn nie wieder nach seiner Arbeit gefragt.«

»Haben Sie den Brief noch?«, fragte Toni.

»Nein. Ich habe ihn verbrannt. Genau wie Roman es wollte.«

Siebenundsechzig

Der Monitor war schon wieder dunkel geworden. Tom gab der Maus einen Schubs. Diesmal hatte er allerdings zu lange gewartet, und die Bildschirmsperre hatte sich aktiviert. Um weiterzuarbeiten, müsste er jetzt sein Passwort eingeben, doch er blieb reglos sitzen. Sein Gehirn war ohnehin wie vernagelt. Seit heute Mittag dokterte er nun schon an diesem Artikel herum, löschte genauso viel, wie er schrieb.

Der BlackBerry vibrierte. Ein Anruf von einem Festnetzanschluss in München. Die Nummer sagte ihm nichts. Er nahm das Gespräch an.

»Hallo, Tom«, sagte eine männliche Stimme. Sie kam ihm vage bekannt vor. »Hier ist Raff. Raphael Kellerer. Tonis Kollege.«

Tom glaubte, nicht richtig zu hören. Raff Kellerer. Der Mann vor Tonis Haus. Der Mann, der nicht zum Frühstück geblieben war. Der hatte tatsächlich die Stirn, ihn anzurufen?

»Tom? Bist du noch dran?« Er klang nervös. Verdammt noch mal, dazu hatte der Typ auch allen Grund. Die Wut, die Tom seit jenem Morgen nur mühsam unter Kontrolle gehalten hatte, loderte Funken sprühend auf. Ohne dass er es bemerkte, ballte sich seine Hand zur Faust.

»Und? Was gibt es? Rufst du an, um mir zu sagen, wie oft du inzwischen zum Frühstück geblieben bist? Weißt du was? Spar es dir. Das interessiert mich nicht. Sag es lieber deiner schwangeren Frau.«

Mit einem mächtigen Knall explodierte in ihm das Verlangen, etwas kaputt zu machen, an die Wand zu schleudern oder wenigstens den Hörer auf die Gabel zu knallen, doch ihm blieb nur ein wütendes Tippen auf das kleine rote Symbol eines Hörers. Er warf den BlackBerry auf den Tisch, stand auf, ging zum Fenster, fuhr sich mit den Händen über den kahl rasierten Schädel, ging zurück, setzte sich, stand wieder auf.

Sein Telefon vibrierte erneut. War er das schon wieder? Tatsächlich. Dieselbe Rufnummer. Er drückte das Gespräch weg. Was glaubte dieser Arsch eigentlich, wer er war? Wenn er Toni schon vögelte, dann sollte er das verdammt noch mal wenigstens in aller Heimlichkeit tun. Aber der Kerl besaß nicht einmal so viel Anstand, ihm aus dem Weg zu gehen.

»Du Arschloch!«, brüllte er und schlug auf den Tisch, wusste nicht, wen er damit meinte und wessen Gesicht er zu Brei schlagen wollte, sein eigenes oder das von Raff. Durch die Erschütterung sprang der BlackBerry in die Höhe, kam wieder auf, vibrierte.

Heftig atmend starrte Tom das Gerät an. Wenn das noch einmal Raff war, dann ... Aber es war eine Handynummer. Eine, die er ebenfalls nicht kannte. Egal. Er wollte jetzt mit niemandem sprechen. Die Wut steckte in seinem Hals wie ein klebriger Klumpen Teer. Er ging zum Fenster. Das Vibrieren verstummte, nur um gleich wieder von Neuem zu beginnen.

Tom stützte sich auf das Fensterbrett, ließ den Kopf hängen. Der Anrufer war hartnäckig, doch dann legte er auf, oder die Mailbox schaltete sich ein. Stille. Vibrieren.

Mit einem unterdrückten Fluchen ging Tom zurück zum Schreibtisch, nahm den BlackBerry in die Hand.

»Mulder«, bellte er.

»Hallo, Tom, hier ist Iris. Wehe, du legst wieder auf!«

Achtundsechzig

Ungeduldig trommelte Toni mit den Fingern auf das Lenkrad. Stoßstange an Stoßstange schoben sich die Fahrzeuge am Autobahnende nach Starnberg hinein, kamen nur zentimeterweise vorwärts. Am liebsten wäre sie ausgestiegen und hätte sich über Dächer und Motorhauben bis in die Stadt vorgearbeitet, von dort weiter Richtung See zu Schirmers Hochsicherheitsvilla, und dann ... Ja, was dann? Schirmer ins Gesicht sagen, dass sie wusste, dass er hinter allem steckte? Dass sie wusste, dass er von langer Hand geplant hatte, Krumbad als Perversen hinzustellen und ihn damit zu diskreditieren, sollte der Lehrer noch unbequemer werden und am Ende tatsächlich mit seinen Erkenntnissen an die Öffentlichkeit gehen?

Selbst hatte Schirmer sich seine Finger natürlich nicht schmutzig gemacht. Für die Drecksarbeit hatte er Salicki, den Spieler, den er freigekauft und sofort selbst in den Würgegriff genommen hatte. Vermutlich war es die Spielsucht, die Salicki an Schirmer gekettet hatte. Ob der Politiker seinem Laundryman für jeden Gefallen einen Bonus gezahlt hatte, den dieser an den Spieltisch tragen konnte? Oder hatte er ihn regelmäßig ausgelöst, wenn Salicki wieder einmal bei jemandem in der Kreide stand, zu dessen üblichem Geschäftsgebaren es gehörte, dem zahlungsunfähigen Schuldner die Kniescheiben zu zertrümmern?

Toni ging jede Wette ein, dass sich auf Schirmers Gehaltsliste auch jemand befand, der darauf spezialisiert war, Informationen zu beschaffen und die Schwachstellen anderer Menschen aufzudecken. So war er vermutlich auch auf Leonie und ihre Mutter gestoßen und hatte sofort seine Chance gewittert. Schirmer hatte Salicki auf Regina Lerchl angesetzt, um über die Mutter an die Tochter heranzukommen. Einer der ältesten und vermutlich miesesten Tricks der Welt: Mache jemanden in dich verliebt, gewinne sein Vertrauen, bis er dir aus der Hand frisst und alles für dich tut, und wenn du ihn nicht mehr brauchst, wirf ihn weg.

Beinahe wäre dieser Plan ja auch aufgegangen – wenn Schirmer sich nicht selbst ein Bein gestellt hätte. Toni konnte sich ungefähr ausmalen, was in dieser Nacht passiert war: Schirmer hatte Krumbad von Salicki in den Keller des Abbruchhauses bringen lassen, wo der Politiker bereits wartete. Dort unten waren sie ungestört, niemand würde sie miteinander sehen und einen Zusammenhang zwischen ihnen herstellen können. Während Salicki oben Wache hielt, machte Schirmer dem Lehrer ein Angebot. Geld gegen Schweigen. Möglicherweise war es sogar ein gutes, vielleicht sogar ein sehr gutes Angebot, doch die Verletzungen, die Krumbad erlitten hatte, und die Schmerzen, die er immer noch fühlte, konnte kein Geld der Welt lindern. Er wollte ein Verbot von GBL, nicht mehr und nicht weniger, und das würde er zur Not erzwingen.

Aber der Lehrer hatte seinen Gegner unterschätzt. Schirmer rastete aus, schoss. Vielleicht war es wirklich ein Unfall, so wie Salicki es in seinem falschen Geständnis geschildert hatte. Vielleicht hatte Schirmer aber auch nur so schlecht geschossen, dass zwei von drei Kugeln ihr Ziel verfehlten.

Nun kam wieder Salicki ins Spiel. Toni war überzeugt, dass die nächsten Stunden so abliefen, wie Salicki es erzählt hatte: Er wollte die Leiche in der Isar entsorgen, fand keine Möglichkeit, fuhr nach Hause, stellte den Wagen mit dem Toten im Kofferraum in seine Garage und begann damit, einen Plan auszuarbeiten und ihn schließlich in die Tat umzusetzen.

Mit Krumbads Schlüsselbund war es kein Problem, sich Zugang zu dessen Wohnung zu verschaffen, die kompromittierenden Bilder auf den Laptop zu laden, vorhandene Daten zu manipulieren, verräterische gleich zu löschen und spurlos wieder zu verschwinden.

Das Ganze war sicherlich nicht in ein oder zwei Stunden über die Bühne gegangen. Sie mussten die Nachbarn noch einmal genau dahingehend befragen, ob sie nach Krumbads Todeszeitpunkt Geräusche aus der Wohnung gehört oder eine Person im Haus gesehen hatten, die dort nicht hingehörte.

Bei der Taxizentrale mussten sie ebenfalls andocken. Aufgrund der Beobachtung des ehemaligen Autohausbesitzers war Toni davon überzeugt, dass Salicki ein Taxi für Schirmer geordert hatte, um seinen Boss möglichst schnell vom Tatort weg und nach Hause bringen zu lassen. Vielleicht erinnerte sich der Fahrer noch an seinen nächtlichen Passagier und konnte möglicherweise sogar sagen, wo Schirmer eingestiegen war.

Nachdenklich zupfte sie an ihrer Unterlippe. Auch wenn alle im Team der Meinung waren, dass sie in einer Sackgasse steckten und nichts gegen Schirmer ausrichten konnten, war Aufgeben in Tonis Augen keine Option. Sie hatte nicht vor, klein beizugeben, egal, wie aussichtslos die Situation schien. Schirmers Vernichtungsfeldzug hatte zwei Menschen das Leben gekostet und zwei in tiefste Verzweiflung gestürzt. Salicki war in den Augen der Bevölkerung als Mörder, Krumbad als Drecksau gestorben. Beides konnte und wollte Toni nicht so stehen lassen. Und vor allem wollte sie nicht, dass Schirmer damit davonkam.

Der Stau hatte sich mittlerweile in zäh fließenden Verkehr verwandelt, doch nun bremste eine rote Ampel sie aus. Toni wusste immer noch nicht, was sie mit dieser Fahrt eigentlich bezwecken wollte. In ihr rumorte das Gefühl, dass sie Schirmers Opfern etwas schuldig war – aber wie sollte sie diese Schuld hier in Starnberg begleichen? Was konnte sie schon tun, außer vor Schirmers Festung zu stehen und zu den schusssicheren Fenstern hinaufzustarren? Nein, das war völlig sinnlos und vermutlich auch noch kontraproduktiv, wenn sich Schirmer oder seine Frau erneut über sie beschwerte. Damit tat sie weder sich noch den Ermittlungen und am allerwenigsten Krumbad und Salicki einen Gefallen.

Die Ampel schaltete auf Grün, und der Verkehr rollte

wieder an. In Tonis Bauch grummelte es immer noch, doch die Vernunft hatte die Oberhand gewonnen, und als sich im Gegenverkehr eine Lücke auftat, gab sie Gas und bog nach links auf das Gelände einer Tankstelle ab. Ihr Mercedes lief schon fast auf Reserve, da konnte es nicht schaden, vor der Rückfahrt nach München zu tanken.

Sie arretierte die Zapfpistole, lehnte sich mit verschränkten Armen gegen das Heck ihres Wagens und warf einen skeptischen Blick in den Himmel. Heute war es den ganzen Tag über sehr warm, fast schon zu warm gewesen, doch in der letzten Stunde hatte der Wind aufgefrischt, und in Richtung des Sees türmten sich nun dicke dunkelgraue Wolken. Es sah nicht nur nach Regen, sondern sogar nach Gewitter aus, und wie aufs Stichwort grollte jetzt auch der erste Donner.

Eine große schwarze Limousine hielt an der Zapfsäule hinter ihr. Es war ein Audi. Ein A8, um genau zu sein. Toni traute ihren Augen nicht, als sie sah, wer aus dem Wagen stieg, und als Schirmer seinerseits Toni erkannte, schien es ihm ähnlich zu ergehen, doch nach einem Augenblick der Irritation hatte er sich sofort wieder im Griff.

»Sieh an«, sagte er, »die Frau Hauptkommissarin aus München. Vor Ihnen ist man wohl nirgends sicher.«

»Ihnen auch einen wunderschönen guten Abend, Herr Schirmer«, antwortete Toni und schenkte ihrem Gegenüber ein zuckersüßes Lächeln, obwohl ihr viel mehr danach war, ihn in eine Zelle zu werfen und ihn dort zu vergessen. »Tja, wie heißt es so schön: Das Böse ist immer und überall. Und die Polizei eben auch.« Sie deutete auf den Audi. »Wie dumm, dass Sie sich Ihre Finger nun selbst schmutzig machen müssen. Haben Sie noch keinen Nachfolger für Herrn Salicki gefunden?«

»Leider nein.« Schirmer schüttelte den Kopf und legte die Stirn in Falten. Sein Bedauern wirkte beinahe echt. »Gutes und vor allem verlässliches Personal zu finden, wird immer schwieriger. Wie schnell man eine böse Überraschung erleben kann, sieht man ja an Herrn Salicki. Wer hätte gedacht, dass er zu so etwas Schrecklichem fähig sein könnte und dass es mit ihm jemals ein solches Ende nehmen würde. Ich bin immer noch tief erschüttert. Wer weiß – am Ende hätte er sich vielleicht auch noch gegen mich gewandt ...«

Er sah Toni direkt in die Augen, und wie ein elektrischer Schlag durchzuckte sie die Erkenntnis, dass Schirmer genau wusste, dass sie nicht an Salickis Schuld glaubte und stattdessen immer noch den wahren Mörder jagte: ihn. Gut, dann konnte sie ihre Karten auch auf den Tisch legen. Sie hängte die Zapfpistole zurück an die Säule, schob ihre Hände in die Hosentaschen und schlenderte auf Schirmer zu. Eine knappe Armlänge von ihm entfernt blieb sie stehen.

»Man soll sich eben nie zu sicher fühlen oder andere Menschen unterschätzen«, sagte sie. »Herrn Salicki hätte wohl niemand auf den ersten Blick zugetraut, dass er ein Spezialist für die Entfernung von Flecken oder Makeln jeglicher Art war. Es muss schwer für Sie sein, einen adäquaten Nachfolger zu finden, der sich mit schmutziger Wäsche ebenso gut auskennt.« Toni lehnte sich ein wenig nach vorn. Jetzt konnte sie den Zigarettenrauch in Schirmers Atem riechen. »Aber eines kann ich aus eigener Erfahrung sagen.«

Toni hatte ihre Stimme gedämpft, sodass niemand außer Schirmer ihre Worte hören konnte. »Manche Flecken verschwinden nie ganz, egal, wie sehr man sich bemüht. Wenn man nur lang genug und genau genug hinsieht und sich nicht mit dem schönen Schein zufriedengibt, findet man immer eine Spur, so blass sie auch sein mag. Und wenn man dann hartnäckig genug bleibt, weiß man am Ende auch, was sie verursacht hat.« Sie schaute Schirmer direkt in die Augen. »Blut zum Beispiel. Blut hinterlässt immer Spuren. Diese Flecken wird man niemals wirklich los, hat meine Mutter immer gesagt. Und bisher hatte sie recht.«

Sie standen sich stumm und reglos gegenüber, keiner bereit nachzugeben. Zwei Duellanten, die nur darauf warteten, dass der andere eine falsche Bewegung machte. Wieder grollte der Donner und brach den Bann. Toni nahm die Hände aus den Taschen und trat zwei Schritte zurück.

»In diesem Sinne: Gute Fahrt, Herr Schirmer. Und einen Gruß an die Frau Gemahlin.«

Damit wandte sie sich um und ging Richtung Kasse.

»Frau Stieglitz?«

Toni blieb stehen und drehte sich um. Schirmer lächelte sie zuvorkommend an, und wenn seine Augen nicht so kalt und hart geglänzt hätten, hätte sie es ihm sogar abgekauft.

»Einen sehr schönen Wagen haben Sie da.« Er deutete auf ihren Mercedes. »Passen Sie gut darauf auf. In diesem Alter tritt schon mal der eine oder andere technische Defekt auf, habe ich mir sagen lassen. Besonders die Bremsen sollen anfällig sein. Wäre wirklich schade, wenn dem Benz etwas passiert. Oder Ihnen.«

Neunundsechzig

Am nächsten Morgen verzichtete Toni darauf, Hans ihren kleinen Ausflug nach Starnberg zu beichten. Sie wusste, dass Schirmer kein Wort darüber verlieren würde. Das war einerseits gut, weil sie dadurch weder den Zorn von Brodt noch den von Hans auf sich zog; andererseits war es jedoch alles andere als gut, weil ihr ebenso klar war, dass Schirmer nun zu anderen Mitteln als einem Anruf bei der Obersten Heeresleitung greifen würde. Und welche Mittel das waren, hatte er ihr nur allzu deutlich zu verstehen gegeben.

Seine Worte waren noch lange durch ihren Kopf gegeistert, hatten sie selbst im Bett noch nicht in Ruhe gelassen, sodass sie ihren Radiowecker angeschaltet hatte in der Hoffnung, die Musik würde Schirmers unverhohlene Warnung übertönen. Schließlich war sie zur Stimme von Ric Ocasek von den Cars eingeschlafen, nahm den Song »Drive« mit in ihre Träume, wo sie in ihrem Mercedes durch eine düstere, nachtschwarze Berglandschaft fuhr. Ein fetter, fahl leuchtender Mond hing tief am sternenlosen Himmel und spendete gerade so viel Licht, dass sie die Straße vor sich und die Felsen und Bäume rechts und links erkennen konnte. Toni wusste, dass jemand die Scheinwerfer zertrümmert hatte und in der Front des Wagens nur zwei Löcher gähnten, dunkel wie die leeren Augenhöhlen eines Totenschädels, und doch raste sie mit halsbrecherischem Tempo durch die Nacht. In jeder Kurve kreischten die Reifen auf, hatten Mühe, den Wagen auf der Straße und in der Spur zu halten. Wenn sie nicht in die Tiefe stürzen oder mitsamt ihrem Wagen an einer Felswand zerschellen wollte, musste sie unbedingt langsamer werden.

Sie trat auf die Bremse, einmal, zweimal, dreimal, doch nichts passierte. Dann sah sie die Kurve. Sie war viel zu spitz, um sie mit diesem Tempo zu schaffen. Hinter ihr ertönte ein Lachen. Sie schaute in den Rückspiegel und sah einen Mann und eine Frau auf der Rückbank sitzen: Krumbads Eltern. Es war der Vater, der lachte, so laut und dröhnend, dass die Fenster vibrierten. Die Kurve kam näher, und Krumbads Mutter begann zu schreien. Eine Hand schloss sich um Tonis Arm. Sie drehte den Kopf. Tom saß auf dem Beifahrersitz. Er sagte etwas, doch seine Worte wurden verschluckt von dem Knall, mit dem der Wagen die Leitplanke durchbrach.

Schweißgebadet und mit wild rasendem Herzen war Toni aufgewacht, und auch jetzt, in ihrem Büro und bei hellem Tageslicht, hämmerte allein bei der Erinnerung an diesen Traum ihr Herz wie verrückt. Natürlich wusste sie, dass das kein prophetischer Traum gewesen war. An so etwas hatte sie noch nie geglaubt. Ihr Gehirn hatte lediglich aus den Dingen, die es im Speicher gefunden hatte, eine wüste

Story gebastelt; trotzdem blitzte der Gedanke auf, dass sie bei Schirmer vielleicht einen Schritt zu weit gegangen war.

Sie hatte sich jemanden zum Feind gemacht, der mächtig und skrupellos genug war, alles und jeden aus dem Weg zu räumen, der ihm gefährlich werden konnte, und nun stand sie möglicherweise selbst auf seiner Abschussliste. Ja, vielleicht hatte sie einen Fehler begangen und hätte sich alles besser überlegen sollen. Aber verdammt noch mal – man durfte doch so jemandem nicht das Feld überlassen! Wenn jeder nur den Schwanz einzog und kuschte, konnten diese Typen schalten und walten, wie sie wollten, und lachten sich höchstens tot über den Staat und seine Gesetze, anstatt sich an sie zu halten. Natürlich war sie nur ein kleines Lichtlein ohne jeglichen Einfluss, und für Schirmer war es vermutlich ein Leichtes, sie wie eine Kerzenflamme einfach mit Daumen und Zeigefinger auszulöschen. Doch andererseits konnte auch der winzigste Funke unter günstigen Umständen einen verheerenden Brand verursachen, dem alles Geld und alle Macht nichts entgegenzusetzen hatten.

Toni stand auf, um sich eine Tasse Kaffee zu holen. Hans hatte für zehn Uhr eine Besprechung anberaumt, in der sie ihr weiteres Vorgehen planen wollten. Sie schaute auf die Uhr. Noch eine halbe Stunde. Genug Zeit, um ein wenig mit der Staatsanwaltschaft zu plaudern. Es musste ihr einfach gelingen, dort zumindest den Hauch eines Zweifels an Salickis Täterschaft zu säen.

Zurück am Schreibtisch, griff Toni sofort nach dem Hörer.

»Kohl«, meldete sich eine männliche Stimme.

»Guten Morgen«, antwortete Toni. »Stieglitz von der Mordkommission München. Entschuldigen Sie, ich habe mich offensichtlich verwählt. Ich wollte eigentlich Frau Dr. Draeger sprechen.«

»Ah, Frau Stieglitz.«

Toni stutzte. Warum hörte sich der Mann so an, als würde ihr Name ihm etwas sagen?

»Nein, Sie haben sich nicht verwählt. Ich nehme an, es geht um die Sache Krumbad?« Er wartete ihre Antwort gar nicht erst ab, sondern sprach sofort weiter. »Dann sind Sie bei mir richtig. Ich habe den Fall übernommen. Frau Dr. Draeger wurde kurzfristig versetzt. Sehr bedauerlich, sie war eine ausgesprochen engagierte Kollegin.«

Toni nahm für einen Augenblick den Hörer vom Ohr und sah ihn stirnrunzelnd an. Bedauern klang anders, fand sie. Ganz anders. Und von einer Versetzung hatte die Draeger auch nichts gesagt. Das passte so gar nicht zu ihr. Sie war immer sehr kommunikativ und auf eine reibungslose Zusammenarbeit bedacht gewesen. Außer sie war von ihrer Versetzung selbst kalt erwischt worden. Tonis Zwerchfell zog sich zusammen.

»Sind Sie noch dran, Frau Stieglitz?«

»Ja. Ja, natürlich.«

»Gut. Das wäre doch sehr unglücklich gewesen, wenn Sie aufgelegt hätten, bevor ich mich für die hervorragende Arbeit bedanken kann, die Sie und Ihre Kollegen geleistet haben. Auch wenn es natürlich sehr bedauerlich ist, wie die Sache insgesamt geendet hat.«

Schon wieder behauptete er, etwas sehr bedauerlich zu finden, und klang stattdessen höchst zufrieden.

»Sie ist aber noch nicht zu Ende«, sagte Toni.

»Wie bitte?«

»Die Sache. Sie ist noch nicht zu Ende. Salicki hat es nicht getan. Das Geständnis war falsch.«

Stille. Dann ein Atemzug. Und noch einer. Und dann schallendes Gelächter. Es klang genauso unecht wie zuvor sein Bedauern, und es endete ebenso abrupt, wie es begonnen hatte.

»Sie geben wohl nie auf, Frau Stieglitz. Aber Sie sollten besser akzeptieren, dass es vorbei ist. Ich sehe nämlich keinen Grund, an der Echtheit der Geständnisse zu zweifeln, und als erfahrene Beamtin wissen Sie, dass mit dem Tod des Beschuldigten das Strafverfahren eingestellt wird. Also tun Sie sich selbst einen Gefallen, und schließen Sie mit dem Fall ab, bevor sich Ihre Verbissenheit negativ auf Ihre Gesundheit auswirkt.«

Siebzig

Durch das offene Fenster wehte der Glockenschlag der Frauenkirche zu ihr herein. Zehn Uhr. Besprechung. Toni stand auf und schloss das Fenster wieder. Inzwischen fühlte es sich nicht mehr an, als wäre die Luft in ihrem Zimmer zum Schneiden dick, und auch das Rauschen in ihren Ohren hatte sich gelegt. Nicht aber das Gefühl, eine eiskalte Hand würde in ihrem Nacken liegen.

Dieser Kohl, der Staatsanwalt, von dem sie zuvor nie gehört hatte, war genauso wenig zufällig auf dem Stuhl der Draeger gelandet, wie die Draeger auf einem anderen Posten. Da steckte System dahinter. Und Beziehungen. Und Macht. In welches Nest hatte sie da nur hineingestochen? War es wirklich Schirmer, der an all den Hebeln saß? Oder liefen die Fäden weit über ihm in der Hand eines viel mächtigeren Puppenspielers zusammen?

Es war bereits fünf Minuten nach zehn, und Sörens Platz war immer noch frei. Hans deutete auf das Telefon.

»Ruft den Herrn Kollegen doch bitte an und fragt, ob er es einrichten kann, uns ein paar Minuten seiner kostbaren Zeit zu schenken.«

Contutto nickte und griff nach dem Telefon.

»Besetzt«, sagte er, kaum dass er gewählt hatte, und legte den Hörer wieder auf.

»Gut, dann fangen wir eben ohne Sören an. Also.« Hans atmete tief ein und wieder aus. »Um es kurz zu machen: Die Ermittlungen werden eingestellt. Laut Staatsanwalt gibt es aufgrund der Geständnisse keinen Zweifel an Salickis Täterschaft. Uns bleibt nichts weiter zu tun, als den Laden aufzuräumen, die restlichen Vermerke und Berichte zu schreiben und alles hinüber in die Nymphenburger Straße zu schicken, damit sie das Verfahren einstellen können.«

»Nein. Ganz sicher nicht.«

Alle Köpfe drehten sich in Tonis Richtung.

»Das können wir nicht machen. Ihr wisst genauso gut wie ich, dass da was faul ist und Salicki zu diesem Geständnis gezwungen wurde. Mir ist noch nicht klar, wie und womit Schirmer ihn so weit gebracht hat, aber das finden wir noch heraus. Wir brauchen lediglich etwas mehr Zeit.«

»Toni, bitte.« Hans schüttelte unwillig den Kopf. »Du hast doch gehört, was ich gesagt habe. Der Staatsanwalt ...«

»... steckt bis über die Unterlippe mit drin«, fuhr sie dazwischen. »Ich habe erst vor einer halben Stunde mit ihm telefoniert. Die Draeger wurde ganz überraschend versetzt. So überraschend, dass sie garantiert bis heute Morgen selbst nichts davon gewusst hat. Da sieht doch ein Blinder mit Krückstock, dass ...«

»Leute, das glaubt ihr nicht!«, platzte Sören in den Raum, auf dem Gesicht ein breites Grinsen.

»Schön, dass du schließlich doch noch Zeit gefunden

hast, dich zu uns zu gesellen«, sagte Hans. Auf seinem Gesicht lag nicht die Spur eines Lächelns.

Sören hob entschuldigend die Hände. »Tut mir leid, aber ich hatte gerade eine Bekannte am Telefon. Sie ist Krankenschwester und …«

»Heb dir das für die Mittagspause auf.« Hans' Geduldsfaden war offensichtlich dabei auszufransen. »Sowohl deine Privatgespräche als auch die allgemeinen Mitteilungen darüber. Das gehört jetzt nicht hierher.«

»Doch, das tut es.«

Toni zog die Brauen hoch. Wenn Sören Hans in diesem Gemütszustand widersprach, musste er etwas wirklich Bedeutendes in der Hinterhand haben.

»Es geht um unseren Fall«, schob Sören rasch hinterher. »Es war kurz nach halb fünf heute Morgen. Babs stand gerade draußen beim Rauchen und unterhielt sich mit einem Sani, als ein Taxi zur Notaufnahme gerast kam. Das Taxi stand noch nicht richtig, als aus dem Fond ein Typ im dunklen Anzug herausstolperte. Sein Hemd war voller Blut, und seine rechte Hand war mit einem Tuch umwickelt, das ebenfalls blutgetränkt war. Babs und der Sani sind sofort zu ihm gerannt und wollten helfen, doch der Typ scheuchte sie weg und brüllte nur nach einem Arzt. Babs meinte, er habe sich aufgeführt, als wäre er entweder der Präsident der Vereinigten Staaten oder ein Verbrecherkönig. Da sie die Neugier in Person ist, hat sie ihn heimlich mit dem Handy fotografiert und mir vorhin sein Bild geschickt, weil ihr das mit dem Verbrecherkönig gar nicht so abwegig erschien. Und nun schaut mal, wen sie fotografiert hat.«

Er ließ sein Handy quer über den Tisch in Hans' Hände gleiten. Ihr Chef setzte seine Brille auf und betrachtete das Foto mit gerunzelter Stirn. Drei oder vier Sekunden vergingen, dann setzte er seine Brille wieder ab.

»Ist das wirklich der, den ich vermute?«, fragte er und schaute Sören an. Der nickte. Das Handy hielt er immer noch so, dass niemand außer ihm auf das Display sehen konnte.

»Nun macht es nicht so spannend!«, sagte Toni. »Um wen geht es?«

Hans legte das Smartphone vor sich auf den Tisch und schob es in die Mitte. Toni streckte den Hals. Das Bild stand auf dem Kopf, dennoch brauchte sie nur einen Blick, um zu erkennen, wen das Foto zeigte. Scharf eingesogener Atem aus Beates Richtung und ein gemurmeltes »Das glaube ich nicht!« von Contutto zeugten davon, dass auch die beiden ihn erkannt hatten. Der Mann, der heute Morgen blutverschmiert in die Notaufnahme gewankt war, war kein anderer als Leonid Schirmer.

Sekundenlang sagte niemand etwas. Alle starrten nur auf den Bildschirm, bis dieser sich schließlich verdunkelte und Schirmers schmerzverzerrtes Gesicht verschwand. Toni schaute Sören an.

»Was fehlt dem Ärmsten denn?« In ihrer Stimme lag nun genauso wenig Bedauern wie zuvor in der des Staatsanwalts.

»Was ihm fehlt?«, wiederholte Sören. »Ein Zeigefinger. Angeblich hat er mitten in der Nacht Hunger bekommen und wollte sich mit dem elektrischen Tranchiermesser eine Scheibe Braten abschneiden. Dummerweise war er laut

Babs ziemlich angetrunken und hat deshalb wohl nicht nur den Braten erwischt.«

»Tja«, sagte Toni, während Contutto und Beate das Gesicht verzogen. »So ist das nun mal. Die meisten Unfälle passieren im Haushalt.«

Einundsiebzig

Am späten Nachmittag war die Meldung über Schirmers Unfall bereits auf ihrem Weg durch das Netz. Eine Münchner Boulevardzeitung hatte es als Erste gebracht. Es war schneller gegangen, als Toni gedacht hatte. Sie hatte eigentlich erst am Abend damit gerechnet, schließlich hatte sie sich erst kurz nach Mittag dafür entschieden, einen kleinen anonymen Tipp loszuwerden. Praktischerweise stand eine der letzten Telefonzellen Münchens ausgerechnet in der Augustinerstraße direkt an der Mauer des Polizeipräsidiums, sodass sie nicht einmal weit fahren musste, um sicherzugehen, dass garantiert keine Spur zu ihr führte.

Die Befriedigung war allerdings nur von kurzer Dauer gewesen, und sie hatte bitter geschmeckt. Was hatte sie denn schon damit erreicht? Dass Schirmers Name für einen, zwei, im günstigsten Fall drei Tage im Gespräch war, um dann von interessanteren Meldungen über interessantere Menschen verdrängt zu werden. Wahrscheinlich würde Schirmer eine Zeit lang die Füße stillhalten und seine Wunden lecken, doch dann würde er genauso weitermachen wie zuvor, und nichts hatte sich geändert. Vielleicht bekam er sogar einen Versehrtenbonus, der es ihm ermöglichte, früher als geplant auf das politische Parkett zurückzukehren.

Sie hingegen musste sich eingestehen, dass sie auf ganzer Linie verloren hatte. Mit allen Mitteln hatte sie versucht, den Fall am Leben zu erhalten. Sie hatte Hans bekniet, ihn angefleht, war sogar in das Präsidialbüro gestürmt, um mit dem Präsidenten zu sprechen, doch der war nicht bereit gewesen, sie zu empfangen, sondern hatte ihr ausrichten lassen, dass immer noch die Staatsanwaltschaft Herrin eines Verfahrens war und die Polizei sich nach deren Anweisungen zu richten hatte. Auch eine Frau Stieglitz.

Das war erst vor wenigen Tagen gewesen, doch es fühlte sich an, als wären bereits Wochen oder Monate vergangen. Nachdem der Präsident sie so eiskalt hatte abblitzen lassen, hatte Toni etwas getan, was sie zuvor noch nie gemacht hatte: Sie hatte ihren Chef darum gebeten, einen Schwung ihrer Überstunden abbauen zu dürfen, obwohl noch jede Menge Schreibkram zu erledigen war.

»Bleib für den Rest der Woche zu Hause«, hatte Hans, ohne zu zögern, gesagt. »Und die nächste auch noch. Mindestens.« Er hatte ihr angesehen, wie sehr sie das alles frustrierte, und es für eine gute Idee gehalten, wenn Toni wenigstens für ein paar Tage auf Abstand ging. Sie hatte es sich auch ganz fest vorgenommen – doch es hatte nicht funktioniert. Statt die Koffer zu packen, sich in ihr Auto zu setzen und aufs Geratewohl irgendwohin zu fahren, hatte sie sich zu Hause vergraben und sich in einem wilden Gedankenstrudel den Kopf über Tom, Krumbad und Salicki zerbrochen, bis sie sich gefühlt hatte wie ein Raubtier im Käfig –

und prompt ihre Auszeit abgebrochen hatte und wieder zum Dienst gefahren war.

Als Hans heute Morgen durch ihre offen stehende Bürotür geblickt hatte, hatte er nur kurz die Augenbrauen gehoben, sonst aber kein Wort über ihr unerwartetes Auftauchen verloren. Er kannte sie zu gut, um davon wirklich überrascht zu sein.

Jetzt, am frühen Nachmittag, kam Hans wieder in ihr Büro, in der Hand eine zusammengefaltete Zeitung.

»Besprechung. Jetzt«, sagte er und war wieder verschwunden, noch bevor Toni ihn nach dem Grund fragen konnte. Kaum eine Minute später hatte sich das gesamte Team im Besprechungsraum versammelt und wartete gespannt auf den Anlass dieser spontanen Versammlung.

Hans betrat als Letzter den Raum, setzte sich und warf die aufgefaltete Zeitung auf den Tisch.

»Sagt euch das etwas?«, fragte er.

Schock!, verkündete die Titelseite. *Hund findet menschlichen Finger!*

Alle nickten. Das war die Schlagzeile des Tages. Toni hatte davon schon heute Morgen im Radio gehört. Wieder ein Grund, sich kein Haustier anzuschaffen, hatte sie gedacht. Katzen schleppten halb tote Mäuse in die Wohnung, die sich dann hinter Sofas und Schränken verkrochen und dort zu stinkenden Tierleichen wurden, während Hunde sich entweder in den Haufen ihrer Artgenossen wälzten und dann selbst stanken oder Leichenteile apportierten.

»Deshalb hast du uns aber nicht zusammengetrommelt, oder?«, fragte Sören.

»Doch«, antwortete Hans. »Genau deshalb.«

»Wieso?«, schaltete sich Toni ein. »Hat der Hund den Rest, der zu dem Finger gehört, vielleicht auch noch irgendwo ausgegraben?«

»Nein. Den Rest müssen wir ausgraben.«

»Ausgraben? Wir?« Contutto riss die Augen auf. »Wo denn? Auf dem Friedhof? Hoffentlich hast du einen Namen zu dem Finger, sonst sind wir verdammt lang beschäftigt, bis wir die passende Leiche mit neun Fingern gefunden haben.«

Toni fiel sofort ein Mann mit neun Fingern ein. Aber der war noch am Leben.

»Kein Friedhof, kein Name«, antwortete Hans, »aber ...«

»Kein Name?«, unterbrach ihn Contutto. »Und wie sollen wir den Rest dann finden?«

»Zum Beispiel, indem du mich ausreden lässt«, entgegnete Hans und warf Contutto einen warnenden Blick zu. »Es gibt nämlich eine Spur. Eine Fingerspur, um genau zu sein, und die befindet sich auf der Patronenhülse, aus der eine der Kugeln stammt, die auf Krumbad abgefeuert wurde.«

Sekundenlang herrschte Stille im Raum. Stille, in der man die Gedanken, die durch die Köpfe rasten, beinahe hören konnte. Auch in Tonis Kopf setzte sich ein Bild zusammen, das sie aber sofort wieder verdrängte, weil es zu abenteuerlich und gleichzeitig zu schön war, um wahr zu sein.

»Du meinst«, setzte sie vorsichtig an, »dieser Finger, den der Hund seinem Herrchen gebracht hat, hat einen Abdruck auf genau der Hülse hinterlassen, die wir in dem Abbruchhaus gefunden haben, in dem Krumbad erschossen wurde?«

»Exakt.«

»Dann bedeutet das folglich auch«, fuhr Toni fort, »dass der Mensch, an dem dieser Finger einmal angewachsen gewesen war, auch die Waffe in der Hand gehalten haben muss und vielleicht sogar den Abzug gedrückt hat und …«

»… und jetzt nur noch neun Finger hat«, beendete Beate den Satz.

»Vor allem Letzteres engt den Kreis der Verdächtigen stark ein«, sagte Sören. »Genau genommen fällt mir spontan nur einer ein, auf den alle diese Eigenschaften zutreffen.«

»Schirmer«, flüsterte Toni.

Das Stimmengewirr, das nun um sie losbrach, wurde vollkommen vom Tosen ihrer Gedanken übertönt. Das war sie. Das war die Verbindung zu Schirmer, nach der sie so verzweifelt gesucht hatte. Nun kam er ihnen nicht mehr aus. Jetzt war es nur noch eine Frage der Zeit, bis er auf der richtigen Seite der Gitterstäbe saß, und wenn sie dafür bis zum Umfallen schuften musste.

»Eine Sache verstehe ich aber noch nicht«, drang Beates Stimme durch das Tosen. »Wenn das wirklich Schirmers Finger ist, dann war die Geschichte mit dem Tranchiermesser eine Lüge. Aber warum?«

Die Frage war durchaus berechtigt, dachte Toni und war gespannt, ob ihr Chef darauf eine Antwort hatte.

»Es sind bisher nur Spekulationen, aber vermutlich hängt es mit dem Fundort des Fingers und somit dem eventuellen letzten Aufenthaltsort seines ehemaligen Besitzers zusammen«, sagte Hans. »Das gute Stück lag nämlich in unmittelbarer Nähe eines Etablissements namens Virgin Island.«

»Virgin Island?« Contutto zog die Brauen zusammen. »Mir sagt der Name zwar nichts, aber er klingt gewaltig nach einem Puff.«

»Gut geraten«, sagte Hans. »Und was fällt dir zu dem Namen Neunfinger-Charly ein?«

»Ist das eine Figur aus einem schlechten Krimi?«

»Leider daneben«, sagte Hans und schaute in die Runde. »Sonst noch jemand?« Als niemand antwortete, schüttelte er den Kopf und seufzte. »Entweder bin ich zu alt, oder ihr seid zu jung. Früher konnte jeder Polizist in München mit diesem Namen etwas anfangen. Neunfinger-Charly heißt in Wirklichkeit Karl-Heinz Schwinghammer und war in den Achtzigern und Neunzigern eine ziemliche Größe in der Münchner Rotlichtszene. Charly war neben seinen Nobelbordellen speziell für zwei Dinge bekannt: mit einer Vielzahl Prominenter aus dem Showgeschäft per Du zu sein, und seine nicht unbedingt zimperliche Art, mit unliebsamen Konkurrenten oder zahlungsunwilligen Kunden umzugehen. Es heißt, dass dem einen oder anderen nach einer Unterredung unter vier Augen schon einmal ein Finger fehlte.«

Contutto stieß einen leisen Pfiff aus.

»Lass mich noch einmal raten: Das Virgin Island gehört ganz zufällig dem Herrn Schwinghammer?«

»Ja und nein«, antwortete Hans. »Ja, es gehört einem Herrn Schwinghammer, allerdings Karl-Heinz junior. Der Senior hat sich kurz nach der Jahrtausendwende zur Ruhe gesetzt und seinem Sohnemann die Etablissements überlassen.«

»Und wie es scheint, nicht nur die«, sagte Beate, »sondern auch seine Geschäftsmethoden.«

»Never change a running system«, murmelte Contutto. »Wenn ich an die beiden Prostituierten zurückdenke, die Schirmer aller Wahrscheinlichkeit nach misshandelt hat, dann würde das genau ins Schema passen: Der Herr Abgeordnete benimmt sich wieder einmal daneben, gerät diesmal aber an den Falschen und bezahlt nicht mit seinem guten Namen, sondern mit dem Verlust eines Körperteils.«

»Tja«, sagte Toni. »Vielleicht hätte er sich vorher darüber Gedanken machen sollen, dass es Menschen gibt, die mindestens genauso skrupellos sind wie er, und Orte, an denen seine parlamentarische Immunität nichts wert ist.«

Toni musste sich am Riemen reißen, um ihre Freude hierüber nicht allzu deutlich zu zeigen. Schirmer hatte sich zu sicher gefühlt, und nun hatte ihn seine eigene Überheblichkeit ins Straucheln gebracht. Nicht nur, dass er einen anderen Menschen unterschätzt hatte – er hatte gleichzeitig die Geschwindigkeit des Behördenapparates überschätzt. Das Verfahren gegen Salicki war nämlich offiziell noch nicht eingestellt worden, sodass sie die Ermittlungen wieder aufnehmen konnten. Für Siegesgeheul war es zwar noch viel zu früh, aber ihr Optimismus wuchs und ihr Kampfgeist kehrte zurück. Sie hatten eine zweite Chance erhalten, und die würden sie nutzen. Diesmal würde Schirmer ihnen nicht entkommen.

Zweiundsiebzig

Die überraschende Wendung hatte dem gesamten Team einen so großen Energieschub verliehen, dass Hans sie am Abend beinahe mit Gewalt aus den Büros hatte scheuchen müssen. Toni hatte nur sehr widerwillig das Feld geräumt, und als Raff sie angerufen und gefragt hatte, ob sie mit ihm und Iris noch in den Biergarten gehen wolle, hatte sie zunächst abgelehnt, weil sie allein mit ihren Gedanken hatte sein wollen. Doch Raff hatte nicht lockergelassen und so lange auf sie eingeredet, bis Toni schließlich nachgegeben hatte. Nun saß sie im Englischen Garten am Chinesischen Turm, genoss mit geschlossenen Augen die Strahlen der Abendsonne auf ihrem Gesicht und war ihrem Kollegen insgeheim sogar dankbar für seine Hartnäckigkeit. Plötzlich wurde es dunkel, und sie öffnete die Augen.

»Hallo, Patentante!« Raff drückte ihr einen Kuss auf die Wange und setzte sich zu ihr.

»Hallo, Papa in spe«, antwortete sie und schaute sich gleich danach stirnrunzelnd um. »Wo ist Iris?«

»Im Auto. Sie passt auf, dass es nicht abgeschleppt wird.

Dummerweise war nämlich nur noch im absoluten Halteverbot etwas frei.«

»Ah ja. Und wie hast du dir den weiteren Abend vorgestellt? Bringst du ihr das Getränk ans Auto, und wir prosten uns per Skype zu?«

»Nicht ganz.« Raff kratzte sich im Nacken. »Ich muss dir etwas gestehen …« Er sah sie mit schuldbewusster Miene an. »Ich hab Iris gesagt, dass das nicht ganz fair ist, aber sie hat sich nicht davon abbringen lassen.«

Toni verstand nur Bahnhof.

»Könntest du etwas weniger in Rätseln sprechen?«, sagte sie. »Was ist an einem Abend im Biergarten nicht ganz fair?«

»Nun ja«, druckste Raff herum und warf einen raschen, beinahe gehetzten Blick über ihre linke Schulter. Toni machte Anstalten, ebenfalls in diese Richtung zu schauen, doch Raff legte rasch seine Hand auf ihren Arm und zog ihre Aufmerksamkeit wieder auf sich. »Das wirst du schon sehen. Es ist nur zu deinem Besten. Versprochen.« Damit stand er auf, tätschelte ihren Arm und eilte davon.

»He!«, rief Toni und drehte sich um. »Was soll …« Weiter kam sie nicht, denn die restlichen Worte blieben ihr im Hals stecken, und mit einem Schlag hörte die Welt auf, sich zu drehen.

Dunkelgraue Gewitteraugen sahen sie an.

»Hallo, Toni!«

Zwei, drei Herzschläge lang fühlte es sich an, als wäre sie aus Raum und Zeit gefallen, dann sprang die Welt ruckelnd wieder an.

»Hi, Tom«, sagte sie. Zu mehr war sie nicht in der Lage. Sie fühlte sich auf einmal unbeholfener als ein Teenager bei seinem ersten Date. Er deutete auf den Platz ihr gegenüber.

»Darf ich?«

Toni nickte stumm und sah zu, wie er sich setzte. Warum war er hier? Sie verschränkte die Finger ineinander, spürte, wie ihre Handflächen feucht wurden, löste die Finger wieder, schob die Hände unter ihre Oberschenkel, wartete.

Tom schaute sie nicht an, fuhr mit der Hand über seine Glatze, räusperte sich. Wie eine Mauer stand die Sprachlosigkeit zwischen ihnen, wurde mit jedem Moment höher und unüberwindlicher. Toni schluckte. Sie musste etwas sagen. Wenn sie beide stumm blieben und so auseinandergingen, würden sie sich nie mehr etwas zu sagen haben. Sie musste endlich wissen, was los war. Alles war besser als diese verdammte Ungewissheit, in der sie die letzten Tage gelebt hatte.

»Was ...«»Haben ...«, setzten sie beide an und verstummten gleichzeitig wieder.

»Nach dir«, sagte Tom, und Toni wünschte, er wäre in diesem Moment weniger höflich gewesen, aber so war es nun an ihr. Sie holte tief Luft.

»Haben Raff und Iris das eingefädelt?«, fragte sie. Ihre Stimme klang rau und kratzig.

Tom schaute sie an und nickte. Wie bei ihrer allerersten Begegnung traf sie auch jetzt der Blick aus seinen Gewitteraugen mitten ins Herz. Erst in diesem Moment wurde ihr voll und ganz klar, wie sehr sie ihn vermisst hatte und wie groß ihre Angst davor war, Tom zu verlieren. Sie sah, wie er schluckte. Auch er schien sich in seiner Haut alles andere als wohlzufühlen.

»Es tut mir leid«, stotterte er und senkte den Blick. Toni wurde kalt. Jetzt war es so weit.

Im Hintergrund klirrten Maßkrüge, Menschen lachten, Vögel zwitscherten, doch die Stille, die sie beide in diesem Moment umgab, übertönte alles.

Schließlich hob er den Kopf. »Ich habe mich wie ein Idiot benommen und muss verdammt viel wiedergutmachen.« Er schaute sie an. »Bekomme ich noch eine Chance?«

Tonis Körper schien nur aus Herzklopfen zu bestehen. Hatte er das wirklich gesagt? Wollte Tom wirklich noch mit ihr zusammen sein? Keine Trennung? Kein Lebwohl?

Sie sah, wie sich seine Hand auf dem Tisch langsam und zögerlich in ihre Richtung schob, als hätte er Angst, sie mit einer schnellen Bewegung zu verscheuchen. Toni blickte auf, schaute ihm ins Gesicht, schaute in seine Gewitteraugen. Sie waren dunkler als sonst, als wären sie voller Regen.

Langsam zog sie ihre linke Hand unter ihrem Bein hervor, legte sie ebenfalls auf den Tisch. Einen Moment lang hielt sie inne, dann schob sie ihre Hand auf die seine zu, genauso langsam und vorsichtig, wie er es zuvor getan hatte, bis sich ihre Fingerspitzen fast berührten. Ein, zwei Atemzüge lang bewegte sich keiner von ihnen, dann griff Tom nach ihrer Hand, umschloss ihre Finger, drückte sie sanft. In diesem Moment spürte Toni, wie die Strahlen der Sonne ihre Haut wieder erreichten. Wärme breitete sich in ihr aus. Sie blickte ihn an, lächelte. Manche Tage waren ein einziges großes Versprechen.

Epilog

Regina schloss die Wohnungstür hinter sich. Aus der Küche empfing sie der Duft von Tomatensoße. Leonie hatte ihr Versprechen also gehalten.

»Ich koche heute Abend für uns, Mama«, hatte sie am Morgen gesagt, als sie beide am Küchentisch gesessen und gefrühstückt hatten. »Wenn du schon am Samstag arbeiten musst, dann sollst du dich nicht auch noch ums Essen kümmern müssen.«

Mit einem müden Lächeln streifte Regina ihre Schuhe von den Füßen und strich sich das Haar aus dem Gesicht. Es war von der feuchten Hitze in der Reinigung wieder völlig zusammengefallen, außerdem hatte sie noch immer den Geruch von Chemikalien in der Nase. Aber egal. Hauptsache, sie hatte wieder einen Job. Sie hatte es auf gut Glück in der Reinigung versucht, in der sie schon einmal gearbeitet hatte, und hatte tatsächlich eine Stelle bekommen. Trotzdem mussten sie sich eine günstigere Wohnung suchen, auf Dauer reichte ihr Verdienst einfach nicht aus, und auf neue Schulden wollte sie sich auf keinen Fall einlassen.

»Hallo, Mama!«, rief ihre Tochter aus der Küche.

»Hallo, mein Stern«, antwortete Regina und bemühte sich, nicht dorthin zu blicken, wo immer Romans Schuhe gestanden hatten. Die leere Stelle versetzte ihr noch immer einen Stich. Ganze zwei Wochen hatte es gedauert, bis sie es endlich über sich gebracht hatte, Romans Sachen in einen Müllsack zu stecken. Weggeworfen hatte sie den Sack jedoch noch nicht.

»Das duftet aber gut«, sagte sie und drückte ihrer Tochter einen Kuss auf die Wange.

»Es gibt Spaghetti und dazu Tomatensoße mit Oliven. Habe ich selbst gekocht, nach einem Rezept aus dem Internet.« Leonies Wangen waren gerötet, und ihre Augen glänzten. Ihre Tochter, die bisher immer einen großen Bogen um den Herd gemacht hatte, war sichtlich stolz auf sich, und Regina auf ihre Tochter. Die Ereignisse der letzten Wochen hatten Leonie verändert. Natürlich hatte sie immer noch ihre Teenager-Trotzphasen, aber insgesamt war sie reifer geworden, und sie beide waren sich auch ein wenig näher als zuvor. Schade, dass es nicht auf andere, weniger schmerzhafte Art passiert war.

»Ist Post gekommen?«, fragte Regina.

»Ja, ein Brief«, antwortete Leonie. »Er liegt auf dem Tisch. Von der Allianz, glaube ich.«

Allianz? Regina runzelte die Stirn. Sie hatten keinen Vertrag bei dieser Versicherung. Dann war es sicherlich nur Werbung. Sie setzte sich an den Tisch, griff nach dem Umschlag und öffnete ihn.

Sehr geehrte Frau Lerchl … Ihnen mitteilen, dass Roman Salicki …

Die Buchstaben begannen zu verschwimmen. Regina fuhr sich mit der Hand über die Augen, blinzelte, musterte den Briefkopf, das Logo, die Fußzeile, den Umschlag. Alles schien echt zu sein, kein Fake. Sie las den Text noch einmal, langsam, Wort für Wort, hielt ihren Blick unter großen Mühen davon ab, wie irr über das Papier zu rasen.

»... probieren?«

Etwas Rotes schob sich zwischen Regina und den Brief. Der Geruch von Tomatensoße wurde stärker, doch sie reagierte nicht.

»Mama? Was ist los? Ist etwas passiert?«

Erst die Angst in der Stimme ihrer Tochter holte Regina zurück. Sie schaute noch einmal auf das Papier in ihren Händen, auf das in diesem Moment ein großer Tropfen Tomatensoße fiel.

»Hier.« Regina streckte ihrer Tochter den Brief entgegen.

»Oh verflixt, das wollte ich nicht!« Hastig hielt sie eine Hand unter den Kochlöffel. »Tut mir leid.«

»Nein, ich meine nicht den Fleck«, sagte Regina. »Lies das Schreiben, und dann sag mir, was darin steht.«

»Okay«, antwortete Leonie gedehnt, legte den Löffel beiseite, nahm den Brief und setzte sich. Regina sah ihrer Tochter zu, beobachtete, wie sich ihre Augäpfel von rechts nach links und wieder zurück bewegten und wie sich ihre Brauen immer mehr zusammenzogen. Schließlich sah Leonie auf.

»Und?«, fragte Regina. »Was steht darin?« Erst jetzt bemerkte sie, dass sie die ganze Zeit über ihre Daumen gedrückt gehalten hatte. Sie öffnete ihre Fäuste und hoffte, dass Leonie den Inhalt genauso verstanden hatte wie sie selbst.

»Hunderttausend Euro«, sagte Leonie ernst. »Roman hat eine Lebensversicherung über hunderttausend Euro abgeschlossen – und du kriegst jetzt das Geld.«

Leonie griff nach Reginas Hand. Die Finger ihrer Tochter waren genauso eiskalt wie ihre eigenen.

»Ich habe es gewusst«, sagte Leonie leise. »Roman hat keine Show abgezogen. Er hat dich wirklich geliebt.«

Nachwort

Die Verschwörungstheorien rund um die rechtliche Einstufung von Gamma-Butyrolacton (GBL) sind natürlich frei erfunden. Alles andere entspricht jedoch den Tatsachen.

Gammahydroxybuttersäure (GHB) unterliegt dem Betäubungsmittelgesetz, weshalb unerlaubte Herstellung, Handel und Besitz unter Strafe gestellt sind. GHB hat als Partydroge zweifelhaften Ruhm erlangt, da es in geringen Mengen euphorisierend, angstlösend und enthemmend wirkt. Insbesondere bei höherer Dosierung treten allerdings Nebenwirkungen wie Übelkeit, Erbrechen, Kopfschmerzen, Halluzinationen, Verwirrtheitszustände, depressive Verstimmungen und noch einiges mehr auf.

Bei Überdosierung können sich die Nebenwirkungen bis zur Bewusstlosigkeit mit völliger Hilflosigkeit steigern. Vor allem in Kombination mit Alkohol kann es bis zum Atemstillstand und zu Herz-Kreislauf-Versagen kommen. Im Zusammenspiel mit anderen Drogen ist die Wirkung von GHB sogar völlig unberechenbar.

Darüber hinaus birgt GHB ein enormes Suchtpotenzial.

Täglicher Konsum kann bereits nach wenigen Wochen zur Abhängigkeit mit starken, teils lebensbedrohlichen Entzugserscheinungen führen, die nicht selten auf der Intensivstation behandelt werden müssen. Schwerstabhängige Personen müssen GHB mitunter stündlich konsumieren, um Entzugserscheinungen zu vermeiden.

Gamma-Butyrolacton (GBL) ist ein chemisches Massenprodukt, von dem in Deutschland jährlich mehr als 50.000 Tonnen produziert werden (Stand 2017). Es bildet den Grundstoff für viele andere Chemikalien oder alltägliche Produkte, wie zum Beispiel Farben oder Reinigungsmittel.

Im Gegensatz zu den verbotenen »K.-o.-Tropfen« Gammahydroxybuttersäure (GHB) unterliegt GBL nicht dem Betäubungsmittelgesetz – und zwar trotz der Tatsache, dass es im Körper innerhalb kürzester Zeit zu GHB umgewandelt wird und dabei auch noch eine in etwa doppelt so starke Wirkung entfaltet.

Weil GBL so eine große Bedeutung für die Wirtschaft hat, ist der Handel damit grundsätzlich nicht strafbar. Erst dann, wenn GBL nachweislich nur *zum Zweck des Konsums* abgegeben wird, ist eine Ahndung nach dem Arzneimittelgesetz möglich.

Um zu verhindern oder zumindest zu erschweren, dass Gamma-Butyrolacton als Droge missbraucht oder zu GHB weiterverarbeitet wird, hat sich die chemische Industrie einem freiwilligen Monitoring unterworfen. Dies bedeutet, dass Hersteller von GBL von ihren Kunden eine sogenannte »Endverbleibserklärung« verlangen. In dieser Erklärung muss der Kunde angeben, zu welchem Zweck er die Chemikalie verwenden wird.

Für Privatkunden ist es somit nicht mehr ohne Weiteres möglich, Klein- und Kleinstmengen zu erwerben. Unmöglich ist es jedoch nach wie vor nicht.

Trotz all dieser Tatsachen ist es laut Expertenmeinung nicht zu erwarten, dass GBL in das Betäubungsmittelgesetz aufgenommen wird. Die Bundesregierung steht auf dem Standpunkt, dass es enorme negative Auswirkungen auf die Wirtschaft hätte, wenn GBL dem Betäubungsmittelgesetz unterläge. Sogar die Vergällung, sprich die Zugabe von bitteren Geschmacksstoffen, die eine heimliche Verabreichung verhindern oder zumindest erschweren sollen, wurde aus Rücksicht auf die Industrie verworfen. Grund: Für die Verarbeitung von GBL soll die Reinheit des Stoffes erhalten bleiben – obwohl es laut Fachleuten problemlos möglich wäre, die zugesetzten Stoffe wieder zu entfernen.

Auch die Weltgesundheitsorganisation (WHO) hat die Gefahr von GBL erkannt und vorgeschlagen, GBL in den sogenannten Anhang I des Übereinkommens der Vereinten Nationen über psychotrope Stoffe aufzunehmen. Dieses Übereinkommen regelt den Umgang mit Stoffen, die sich auf die menschliche Psyche auswirken, wie zum Beispiel LSD oder Amphetamin. Eine Aufnahme von GBL in diesen Anhang wurde durch die Suchtstoffkommission der Vereinten Nationen (CND) jedoch einstimmig abgelehnt. Grund waren auch hier die Erschwernisse und finanziellen Einbußen, die der Wirtschaft dadurch entstehen würden.

Anmerkung

München-Kennerinnen und -Kennern sowie eifrigen Krimileserinnen und -lesern ist es sicher nicht verborgen geblieben, dass das Kommissariat 11 der Münchner Kriminalpolizei und somit die Münchner Mordkommissionen schon seit längerer Zeit nicht mehr in der Ettstraße, sondern in der Hansastraße beheimatet sind. Ich habe lange überlegt, ob ich den Schauplatz meiner Romane auch dorthin verlegen soll, habe mich dann aber dafür entschieden, von der künstlerischen Freiheit Gebrauch zu machen und »meine« Mordkommission im Polizeipräsidium zu belassen. Ich mag dieses Gebäude und sein besonderes Flair einfach zu sehr und wollte ihm deshalb literarisch nicht einfach den Rücken kehren.